Les Gardiens des Portes

ALICIA

D1407285

Les Gardiens des Portes

ALICIA

Sonia Alain

Éditeur : François Doucet
Révision linguistique : Isabelle Veillette
Correction d'épreuves : Nancy Coulombe, Katherine Lacombe
Conception de la couverture : Mathieu C. Dandurand
Photo de la couverture : © Thinkstock
Mise en pages : Sébastien Michaud
ISBN papier 978-2-89733-670-7
ISBN PDF numérique 978-2-89733-671-4
ISBN ePub 978-2-89733-672-1
Première impression : 2014
Dépôt légal : 2014
Bibliothèque et Archives nationales du Québec
Bibliothèque Nationale du Canada

Éditions AdA Inc.
1385, boul. Lionel-Boulet
Varennes, Québec, Canada, J3X 1P7
Téléphone : 450-929-0296
Télécopieur : 450-929-0220
www.ada-inc.com
info@ada-inc.com

Diffusion
Canada :   Éditions AdA Inc.
France :   D.G. Diffusion
                Z.I. des Bogues
                31750 Escalquens — France
                Téléphone : 05.61.00.09.99
Suisse :   Transat — 23.42.77.40
Belgique :   D.G. Diffusion — 05.61.00.09.99

Imprimé au Canada

Participation de la SODEC. $\mathcal{S}$ODEC

Nous reconnaissons l'aide financière du gouvernement du Canada par l'entremise du Fonds du livre du Canada (FLC) pour nos activités d'édition.
Gouvernement du Québec — Programme de crédit d'impôt pour l'édition de livres — Gestion SODEC.

Catalogage avant publication de Bibliothèque et Archives nationales du Québec et Bibliothèque et Archives Canada

Alain, Sonia, 1968-

    Les gardiens des portes
    Sommaire : t. 1. Abbygaelle -- t. 2. Alicia.
    ISBN 978-2-89733-667-7 (vol. 1)
    ISBN 978-2-89733-670-7 (vol. 2)

I. Alain, Sonia, 1968-   . Abbygaelle. II. Alain, Sonia, 1968-   . Alicia. III. Titre. IV. Titre : Abbygaelle. V. Titre : Alicia.

PS8601.L18G37 2014   jC843'.6   C2013-942577-2
PS9601.L18G37 2014

DÉDICACE

À mon père, Jacques, ainsi que sa compagne, Gloria, deux êtres magnifiques que j'aime beaucoup. Deux cœurs d'or emplis d'amour et de sagesse.

Remerciements

Un immense merci à mon mari, Sylvain, pour sa présence, son soutien et ses mots réconfortants. Merci d'être présent à mes côtés pour vivre mon rêve.

Merci à ma grande amie Marie-Josée d'être toujours présente et de bon conseil.

Je voudrais aussi remercier Catherine Bourgault et Rachel Graveline pour leur aide si précieuse. Mon récit a été enrichi grâce à leurs sages conseils.

Et finalement, merci aux Éditions AdA de m'avoir donné la chance de poursuivre mon rêve avec ce deuxième tome de cette série fantastique.

PROLOGUE

Fódla, aussi connue sous le nom d'Hyménée dans la communauté des métamorphes, contempla avec gravité la surface lisse de l'onde du puits des oracles. La vision qui s'y reflétait quelques instants auparavant venait de disparaître, faisant naître une vive inquiétude chez la reine des Tuatha Dé Danann.

D'une démarche souple, elle arpenta le sol inégal de la grotte, l'expression soucieuse. Un banc de brume dissimulait cet endroit sacré au regard des curieux, l'isolant de tous, y compris des autres membres du cercle des anciens. Il était impératif que ses agissements demeurent secrets. Elle n'avait plus aucune confiance en ses semblables, sauf en quelques rares exceptions. Le mal rongeait son peuple, corrompant nombre des leurs sur son passage. Inspirant profondément, elle fit le vide. Combien de temps encore avant que tout ne s'effondre? L'exil dans cet univers parallèle au monde des humains, qu'on appelait le Sidh, n'avait-il pas servi de leçon aux siens? Jadis, ils vivaient pourtant en paix sur les quatre îles mythiques, alors qu'aujourd'hui, ils habitaient sous les collines et les tertres de l'Écosse, divisés plus que jamais en deux cours; celle des Seelie — les êtres de lumière — et des Unseelie — les créatures de l'ombre sous le pouvoir d'Abaddon, l'ange de l'apocalypse.

C'était lors de la destruction de leur civilisation qu'ils avaient trouvé refuge sur les rivages de l'Écosse, le jour de la fête de Beltaine. Par chance, ils avaient réussi à sauvegarder les quatre talismans ensorcelés, les dissimulant à la convoitise de leur ennemi. Grâce à leur savoir, ils avaient pu les soustraire à Abaddon. En des temps anciens, ce dernier était parvenu à rompre l'équilibre entre le bien et le mal, causant leur perte à tous. Elle refusait que l'histoire se répète. Envers et contre tout, elle sauverait l'humanité, ainsi que les Tuatha Dé Danann d'un sort aussi funeste. Il lui incombait d'empêcher que le voile qui séparait leurs deux mondes se déchire.

Si une telle chose devait se produire, hommes, femmes et enfants, de toutes espèces confondues, seraient plongés à tout jamais dans un gouffre infernal, livrés à la tyrannie des créatures de la nuit. La démence, la fureur, la violence s'abattraient alors sur leurs deux univers. Les démons assoiffés de sang à la solde d'Abaddon n'auraient de cesse de violer, de tuer sans aucune pitié, les transformant tous en esclaves.

Percevant soudain un léger frémissement dans l'air, Fódla se recomposa rapidement une expression plus sereine. Personne ne devait connaître l'étendue de ses tourments. En distinguant l'odeur familière de la Seelie qui cherchait à la rejoindre, elle dissipa la brume magique qui l'entourait d'un mouvement gracieux de la main. Sans se retourner, elle s'adressa d'une voix claire à la nouvelle arrivante :

— Lyliall, ma très chère amie, quel bonheur de te revoir après de si longues années d'absence.

En signe de déférence, la Seelie courba la tête, les yeux imprégnés de tristesse. Avec lenteur, la reine fit volte-face. Ainsi, Lyliall lui demeurait fidèle en dépit des évènements. Ce constat la réconforta. En cette période trouble, elle lui serait d'une aide précieuse.

— Le temps est maintenant venu d'affronter notre destin.

En entendant ces paroles, Lyliall tressaillit. Ce qu'elle redoutait depuis un certain moment déjà était sur le point de se reproduire. À nouveau, l'équilibre entre les mondes ne tenait plus qu'à un fil.

— Vous allez donc réveiller la deuxième clé de voûte? demanda-t-elle avec un serrement au cœur.

Nullement surprise que la Seelie soit au courant pour Abbygaelle, la reine s'autorisa un bref sourire dérisoire. En dépit de son allégeance, Lyliall ne la suivait pas aveuglément. Contrairement à ses congénères, elle était pourvue d'une grande finesse.

— J'en ai bien peur… Abbygaelle ne sera pas en mesure de contrecarrer Abaddon seule. Elle aura besoin de ses sœurs.

— Non! s'écria Lyliall avec affliction. Pas toutes les trois…

À cette perspective peu plaisante, Fódla poussa un soupir de lassitude. Tout comme Lyliall, elle redoutait de dévoiler simultanément les trois clés de voûte. Elles étaient pourtant leur dernier espoir pour lutter contre le péril qui planait au-dessus de leurs têtes. Du moins, le destin d'Abbygaelle était déjà en marche. La jeune femme était désormais sous la protection de son gardien, Marcus, ainsi que des membres de son clan. Cependant, malgré sa force phénoménale, il lui faudrait malgré tout l'appui d'Alicia, et probablement celui d'Amélie également.

Tout comme Lucurius, Conrad était un laquais à la solde d'Abaddon. Il se révélait d'ailleurs une menace des plus sérieuses, car ce sorcier sombre avait acquis son savoir-faire grâce à la magie dénaturée des Unseelie. Plus que tout, il aspirait à se tailler une place de choix dans le royaume d'Abaddon, contrairement à Lucurius, qui était aveuglé par sa vengeance à l'égard de son demi-frère Marcus.

Malheureusement pour eux, Abaddon savait très bien qu'Alicia représentait un danger de taille pour lui ; voilà pourquoi il avait mandaté Conrad pour la détruire. Malgré le fait qu'Alicia soit à l'abri de cet ennemi redoutable pour le moment, il n'en serait pas toujours ainsi. Un jour ou l'autre, Conrad finirait par la retrouver, d'où l'urgence de l'éveiller à ses pouvoirs. Il était impératif qu'elle soit à son tour sous la protection d'un gardien des portes ; en l'occurrence le laird[1] MacGrandy, un homme arrogant, certes, mais en qui elle avait toute sa confiance. Comme si elle avait suivi le cours de ses pensées, Lyliall osa s'adresser à elle sans y avoir été invitée.

— Le laird du clan MacGrandy ignore que son existence est sur le point d'être irrémédiablement modifiée, n'est-ce pas ? demanda-t-elle avec un soupçon de reproche.

— C'est exact. Cependant, les siens ont conclu un pacte avec nous jadis. Ils sont liés au Sidh, ainsi en a-t-il été décidé. Nous leur accordons l'immortalité tant qu'ils demeurent dans notre monde ; en contrepartie, ils se doivent de protéger le voile.

---

1. Chef d'un clan.

— C'est sa mère, Yule, ainsi que son père, le brenn[2] du clan à l'époque, qui ont fait ce serment, lui rappela Lyliall. Keith MacGrandy s'y était opposé dès le départ. De plus, il n'a jamais caché sa méfiance envers vous.

— À la mort du brenn, Keith MacGrandy a hérité de la charge de laird, avec tout ce que cela impliquait.

— Mais il l'ignore… tout comme le fait qu'en devenant file[3] des druides, il se retrouverait gardien des portes.

— Être file des druides implique d'être le dépositaire de tout leur savoir, mais aussi d'être un gardien des portes. Il ne tenait qu'à lui de s'informer des termes exacts du contrat.

— Vous vous êtes jouée de lui, Ma Reine. Keith MacGrandy n'est pas homme à être manipulé de la sorte.

— Si tu sous-entends qu'il n'aimera pas le rôle que je lui réserve, j'en suis tout à fait consciente. Toutefois, tout comme Marcus, le chef des métamorphes, il me doit allégeance, déclara Fódla avec agacement. Quant à toi, n'oublie pas quelle est ta place, termina-t-elle avec froideur.

Lyliall s'inclina respectueusement, puis disparut, jugeant qu'elle en avait suffisamment dit dans l'immédiat. Son silence évident arracha une grimace aigre à la reine. Par chance, personne ne savait qu'Alicia Dumont était également une enfant voyante : une mortelle apte à percer le voile protecteur dont s'entouraient les Seelie, mais aussi les Unseelie. Un atout de taille pour les évènements qui s'annonçaient.

Fódla ferma les yeux. Par sa seule pensée, elle se transporta jusque dans les Highlands. Même si elle pouvait

2. Chef de guerre chez les Celtes.
3. Chef des druides.

voyager sans contrainte entre le Sidh et le monde des vivants, il en était tout autrement pour les humains, car ceux-ci étaient assujettis aux lois immuables du temps. Quelques heures ou quelques jours dans le Sidh correspondaient en réalité à plusieurs années, voire à une éternité dans l'univers des humains. Il n'y avait eu qu'une exception à cette règle : Keith MacGrandy.

Bien avant qu'il ne soit laird, elle l'avait fait chasser momentanément du Sidh, non sans l'avoir entouré au préalable d'un sort de protection afin de le prémunir contre les effets dévastateurs du temps. Son bannissement avait duré un siècle. Elle ne lui avait permis de revenir dans le Sidh qu'en 1575. Plus d'une fois, il avait dû faire preuve de ruse pour échapper à l'inquisition. Il faut dire qu'à cette époque, il n'était pas rare de brûler vif une personne sur la place publique pour sorcellerie.

Durant cette période, il avait fréquenté plus d'un mage sombre, à la recherche de connaissances. Il ne s'était pas privé dès lors pour jouer avec des forces obscures afin de trouver un moyen de retourner auprès des siens. Il ignorait qui l'avait trahi de la sorte, ainsi que la raison qui l'avait amené à cet exil, mais il avait toujours soupçonné les Tuatha Dé Danann d'en être les instigateurs, d'où sa méfiance à leur endroit.

Elle l'avait fait bannir sous de fausses accusations (afin de mieux mystifier le cercle des anciens, tout comme le clan MacGrandy), mais c'était uniquement pour qu'il en vienne à acquérir ce pouvoir qui le caractérisait si bien dorénavant. S'il était demeuré dans le Sidh, il n'aurait jamais recouru à de tels extrêmes. Ce qui faisait de lui depuis un gardien des portes redoutables, à même de détruire Conrad et de combattre Abaddon.

Elle jouait en toute impunité avec la trame des évènements, transgressant les règles les plus élémentaires de leur monde, mais il n'y avait pas d'autre option...

Juin 2009 (Cégep de Rimouski)

Alicia s'étira plusieurs fois avant de se résoudre à soulever ses paupières encore lourdes de sommeil. La nuit avait été fort agitée. Elle avait fêté en compagnie d'Hélène et de Caroline. Fourrageant dans sa chevelure emmêlée, elle étouffa un bâillement. Décidément, ces petites sauteries n'étaient pas faites pour elle. Sportive avant tout, elle n'affectionnait pas particulièrement cette sensation nauséeuse qui accompagna son réveil. De toute évidence, elle avait passé l'heure de son jogging depuis fort longtemps puisque le soleil avait déjà atteint son zénith. Tout en maugréant contre elle-même, elle se leva. D'une démarche traînante, elle longea le couloir du 4½ qu'elle partageait avec Courtney, une amie d'école. Arrivée devant la porte close de la chambre de Courtney, elle fronça les sourcils. C'était plutôt inhabituel, car normalement, son amie courait tous les matins, sans aucune exception.

Alicia n'hésita qu'une fraction de seconde avant de frapper. Ne recevant aucune réponse, elle entrouvrit la porte.

— Debout, fainéante, lança-t-elle d'une voix atone. Il est...

Le tableau qui s'offrit à elle la saisit. Inapte à émettre le moindre son, elle demeura pétrifiée. Son cœur cognait précipitamment contre sa poitrine ; ses jambes menaçaient de se dérober sous elle. Une odeur fétide la percuta de plein fouet, l'arrachant à cet état d'hébétude. Un hurlement d'horreur monta du plus profond de son être, franchissant ses lèvres avec une force inouïe.

Incapable de détourner son regard de la scène morbide, elle se mit à trembler de toute part en continuant de crier comme une démente. C'était impossible : le corps déchiqueté qui gisait dans une mare de sang ne pouvait être Courtney. Les yeux emplis de frayeur qui la fixaient au-delà de la mort étaient pourtant bien ceux de son amie. Ne pouvant en supporter davantage, elle se laissa glisser mollement le long du cadrage. Des larmes brouillèrent sa vision, lui dissimulant désormais les membres qui formaient des angles anormaux, ainsi que la bouche déformée par un rictus grossier.

Alertés par les hurlements, les voisins s'étaient empressés d'appeler les autorités. Lorsque les policiers se présentèrent sur les lieux, personne ne répondit. Ils durent se résoudre à défoncer la porte d'entrée. Ils trouvèrent Alicia recroquevillée, tétanisée sur place. Le premier agent qui la rejoignit se pencha vers elle, puis tourna la tête vers l'intérieur de la chambre. Un flot de bile monta dans sa gorge. Il déglutit plusieurs fois avant de parvenir à réfréner des haut-le-cœur. Jamais en vingt ans de carrière il n'avait vu un tel carnage.

Au même moment, une jeune femme débaula en trombe dans l'appartement, la peur au ventre. Aucun des policiers n'eut le temps de freiner son élan. Le souffle court, Amélie se figea en apercevant le visage ensanglanté de sa cousine. Elle était arrivée trop tard…

❊ ❊ ❊

Innies MacGrandy, vierge intouchable du clan MacGrandy, avait dû boire à même la source sacrée du Sidh, puis mâcher quelques feuilles de gui afin de purifier son corps. Avec aisance, elle prit place sur le trépied situé au cœur de la clairière, à proximité de leur village. Elle se prépara mentalement à recevoir l'oracle de la reine des Tuatha Dé Danann, cette divinité qu'ils vénéraient depuis toujours. En vue de cet évènement d'importance, ses trois frères, le laird Keith, Glen et Todd, avaient recueilli pour elle les feuilles d'un vert jaunâtre dans la forêt, lors du sixième jour de l'année celtique. La plante avait permis de chasser les mauvais esprits de son être, la prédisposant à un état beaucoup plus serein. Considérée comme la grande vate[4] du clan malgré son jeune âge, elle avait consacré sa vie entière à l'art de la divination, à la révélation des prophéties.

Ce fut donc en ce jour de la fête de Beltaine que Keith MacGrandy apprit de sa bouche la venue d'une quête qu'ils se devraient d'accomplir au nom des dieux. Ne pouvant se soustraire à son devoir, malgré son agacement, il constitua un noyau composé de ses deux frères, de leur ami Dougall, ainsi que de deux guerriers, Connall et Clyne. Selon l'oracle énoncé par sa sœur, ils devaient se rendre tous les six, lors de la fête de Samain, au cercle de pierres de Brodgar, l'un des passages principaux vers le monde des humains. Ils devaient y rencontrer leur destinée.

---

4. Personne qui tient lieu de lien entre les divinités et les humains.

CHAPITRE I

Découverte d'un monde parallèle

Alicia contemplait à travers la fenêtre le paysage enchanteur qui défilait sous ses yeux. À l'opposé de ses deux amies, Caroline et Hélène, qui somnolaient, elle était incapable de détacher son regard des Highlands. Parties de la gare d'Édimbourg le matin même, elles s'étaient embarquées sur le First ScotRail, qui assurait la liaison jusqu'à Inverness.

En songeant aux huit semaines qui venaient de s'écouler, Alicia appuya sa nuque contre le dossier du siège en fermant brièvement les paupières. Cet interlude lui avait permis de se remettre de l'épreuve horrible qu'elle avait subie quelques mois plus tôt. Non qu'elle puisse oublier un jour le corps mutilé de sa colocataire, Courtney, mais du moins elle ne faisait plus de cauchemars la nuit. Par chance, Caroline et Hélène s'étaient montrées des plus compréhensives envers elle, se révélant des compagnes fort divertissantes. Toutes trois passionnées par les Highlands et la culture celtique, elles avaient décidé d'un commun accord de s'offrir ce voyage de rêve. Leur sac sur le dos, elles avaient pris l'avion à destination de l'Écosse.

Arrivées à temps pour le Festival international d'Édimbourg qui avait lieu chaque année, elles avaient déambulé plusieurs jours dans les rues animées de la capitale, assistant aux parades militaires sur l'esplanade du château d'Édimbourg. Au souvenir de tous ces Écossais qui portaient le kilt, un sourire fleurit sur les lèvres d'Alicia. Plusieurs de ces jeunes hommes étaient de magnifiques spécimens en soi. Avec leurs mollets musclés, leur torse bien dessiné sous leur chemise, ainsi que leur allure arrogante, elles en avaient eu pour leur argent. Surtout Hélène, qui n'avait cessé de les lorgner, la bouche grande ouverte. Toutefois, si elle voulait se montrer honnête avec elle-même, Alicia devait s'avouer ne pas avoir été indifférente non plus à tout ce déploiement de forces brutes. Ce soir-là, elles étaient retournées à leur petit hôtel pittoresque les yeux brillants.

Les jours s'étaient succédé à un rythme effréné, se transformant en semaines, puis en mois. Fidèles à leur goût pour la musique écossaise, elles s'étaient jointes en septembre à un groupe organisé qui se rendait à Inverness par autobus afin d'assister à la plus prestigieuse compétition de joueurs de cornemuse en solo du monde. Elles n'avaient pas été déçues, loin de là. Au souvenir de la mélodie enchanteresse qui avait filtré de cet instrument à vent des plus particuliers, Alicia frissonna. Pour une raison qu'elle ne parvenait pas à s'expliquer, les sons que les musiciens extirpaient de la cornemuse la chaviraient; comme si son âme s'envolait en symbiose avec l'air harmonieux qui s'en échappait.

Bercée par le va-et-vient constant du train, Alicia s'assoupit à son tour, la tête emplie d'images merveilleuses.

❊ ❊ ❊

Dès leur arrivée à la gare d'Inverness, les trois jeunes femmes regagnèrent sans plus tarder le Glen Mhor Hotel pour y déposer leurs effets personnels. Alicia avait besoin d'une bonne nuit de sommeil afin d'être fraîche et dispose pour leur excursion dans les Highlands le lendemain. À la seule pensée de fouler le sol où s'était déroulée la bataille de Culloden, elle éprouva un pincement incompréhensible au cœur. Tant de valeureux Highlanders avaient péri lors de ce soulèvement jacobite, tant de richesses y avaient été perdues… Que n'aurait-elle pas donné pour entrevoir ces guerriers farouches animés d'une telle flamme patriotique, portant fièrement le kilt aux couleurs de leur clan, et avançant au rythme de la cornemuse ? L'évènement avait dû être effroyable et fantastique tout à la fois ! Surprise par la tournure de ses réflexions, Alicia se secoua en fronçant les sourcils. D'où pouvaient bien lui venir toutes ces idées loufoques ?

Cette nuit-là, son sommeil fut peuplé d'étranges visions. À son réveil, même si ses rêves s'étaient évaporés, elle garda en mémoire l'image troublante d'un homme revêtu d'un plaid, dont le regard avait la teinte chaude de l'ambre. Alicia réfréna un frisson d'appréhension à son souvenir. Cet individu lui avait semblé si réel que cela l'avait perturbée au-delà de tout raisonnement. Elle se releva précipitamment, en proie à une vive émotion. En se glissant dans la douche, elle se dit que mieux valait oublier toute cette histoire. Après tout, il ne s'agissait que d'un songe, rien de plus.

Deux jours plus tard, alors qu'elle contemplait le loch[5] Ness, Alicia réfléchit de nouveau à ce rêve récurrent. Tout comme le premier soir, elle revit l'inconnu plus sombre que jamais, un sourire énigmatique sur les lèvres. Le début de barbe sur son menton et ses joues, en plus de son teint hâlé, accentuait davantage la dureté de ses traits. Il exhalait de sa personne une énergie troublante. Pourquoi diable l'image de cet homme la hantait-elle ainsi ? Était-ce la beauté sauvage des lieux qui l'influençait ou bien était-elle encore ébranlée par les évènements survenus près du campus du cégep ? « Fichtre, je vais devoir juguler mon imagination débridée ! » se morigéna-t-elle en dirigeant son regard vers les eaux limpides. D'humeur taciturne depuis son réveil, elle avait préféré s'isoler quelques heures de ses amies afin de chercher un peu d'apaisement dans ce décor hors du temps.

Elle inspira profondément, tout en prenant appui sur l'un des rochers couverts de lichen pourpre. Elle enfouit ses pieds nus dans la mousse humide du sol après s'être départie de ses chaussures et de ses bas. La lande s'étendait à perte de vue, contrastant avec la pureté d'un ciel bleu sans nuages. De petits tertres apparaissaient par endroits parmi les fougères et les bruyères, minuscules buttes de terre tapissée de thalles. Portant son regard plus loin, elle aperçut les énormes bovins des Highlands qui broutaient tranquillement. En matinée, elle avait pris plaisir à visiter les vestiges du château de Sinclair. Avec respect, elle avait frôlé du bout des doigts les pierres grisâtres usées par le passage des siècles. Une douce nostalgie l'avait alors envahie à leur contact, faisant resurgir une agitation inexplicable. Elle avait été surprise par la virulence de ses émotions, plus

---

5. Lac allongé.

appuyées encore depuis leur arrivée au cœur des Highlands. C'était comme si une sensation de déjà-vu l'habitait. Son estomac se noua à ce souvenir.

Ébranlée, elle ne remarqua pas de prime abord qu'un épais brouillard s'était formé, remontant peu à peu des profondeurs de la vallée. Une impression de froid intense la saisit simultanément. Si elle n'avait pas été le seul être humain à des lieues à la ronde, elle aurait pu croire qu'une présence étrangère l'observait avec acuité. L'esprit soudain en alerte, elle parcourut la lande d'un regard incertain. Un faible murmure parvint jusqu'à elle au moment même où la brume l'enveloppait. N'y voyant plus rien, elle se recroquevilla sur elle-même, le cœur en déroute. Sa respiration s'accéléra, un poids oppressa sa poitrine. Elle chercha à percer le voile opaque qui l'entourait tout en resserrant ses bras autour de ses jambes. Ce fut alors que quelque chose effleura sa joue, la faisant tressaillir. Une voix lointaine susurra à son oreille une incantation dans une langue beaucoup trop ancienne pour qu'elle puisse en saisir le sens. Au son de ce ton doucereux, Alicia s'effondra mollement sur le tapis de mousse. Le brouillard se dispersa aussitôt comme par enchantement, laissant place à un soleil éclatant.

Quand Caroline et Hélène la rejoignirent, Alicia dormait paisiblement dans l'herbe fraîche. Elle se réveilla en sursaut à leur arrivée, se figeant d'instinct. Se redressant sur un coude, elle remarqua avec étonnement que la brume avait déserté la lande. Elle s'efforça d'afficher une expression sereine sur son visage lorsqu'elle constata que ses deux amies l'observaient avec inquiétude. Elle ne désirait pas les affoler inutilement. Cependant, au plus profond de son être,

un malaise persista, comme un écho provenant des recoins
secrets de son âme.

❋ ❋ ❋

Les archipels situés au nord de l'Écosse se dressaient dans
l'onde agitée. Appuyée au bastingage du bateau qui les
amenait tout droit vers les îles Orcades, Alicia contemplait
avec ravissement le paysage à couper le souffle, lui faisant
oublier momentanément les préoccupations qui la tracas-
saient depuis la veille. Même de loin, elle pouvait apercevoir le littoral dénudé de tout arbre. Elles devaient se rendre
sur l'île Hoy en premier lieu. C'était là que se trouvait le
bungalow dans lequel elles résideraient dans les jours à
venir.

À peine débarquée, Alicia offrit son visage à la caresse
du vent tout en inspirant pleinement l'air marin du large.
C'était si vivifiant… Avec une bonne humeur contagieuse,
ses deux amies glissèrent leur bras sous les siens, l'entraînant à leur suite.

— Allez, viens Alicia. De fabuleuses découvertes nous
attendent, lança joyeusement Caroline.

— De beaux jeunes hommes forts et séduisants également, ajouta Hélène avec humour.

— Hélène, ne peux-tu donc songer à autre chose qu'à
ces Écossais en kilt? demanda Caroline en s'esclaffant.

Un sourire amusé se dessina sur les lèvres d'Alicia.
Depuis cette fameuse compétition de cornemuse, ce sujet
était devenu le point chaud de leurs taquineries mutuelles.
Elles en riaient d'ailleurs toujours à leur arrivée au

bungalow. Alicia s'immobilisa à la vue de la maison. Le bâtiment qui se détachait sur l'étendue d'eau en contrebas était des plus originaux, surtout avec son toit escarpé qui se colorait de mille feux sous le soleil couchant. Se décidant à entrer à la suite de ses deux amies, Alicia réprima de justesse un gloussement en découvrant à brûle-pourpoint l'ahurissement d'Hélène.

— Merde ! Dites-moi que je rêve, les filles ! s'exclama celle-ci avec vivacité. Y a-t-il seulement quelque chose qui ne soit pas rose dans cette pièce ?

En apercevant à son tour le décor de la chambre qui leur était réservée, Alicia s'efforça de garder son sérieux pour ne pas froisser les propriétaires qui se trouvaient peut-être dans les parages, alors que Caroline demeurait muette d'étonnement.

— Hélène, ce n'est pas grave. Tant que les lits sont confortables… déclara-t-elle en avisant les courtepointes fuchsia, le papier peint fleuri dans les teintes de magenta, ainsi que les rideaux rose pâle.

— Tu te moques de moi, Alicia ? demanda la principale intéressée avec incrédulité. Tu ne vas tout de même pas prétendre que c'est prodigieux ?

— Je n'irais pas jusque-là, concéda Alicia avec une note d'amusement dans la voix. Cependant, avoue que c'est assez unique en son genre, poursuivit-elle en faisant un clin d'œil complice à Caroline.

Devinant que ses amies se gaussaient à ses dépens, Hélène haussa les épaules, préférant s'installer plutôt que d'argumenter davantage sur le sujet. Connaissant son tempérament irascible, Caroline la rejoignit.

— Il n'y a pas de quoi fouetter un chat. Après tout, nous sommes que de passage.

Elle enserra sa taille dans une étreinte amicale, puis l'embrassa sur la joue.

❋ ❋ ❋

Au cœur de la nuit, Alicia rêva de nouveau au Highlander. Cette fois-ci, il lui fit signe de le suivre, ce qui ne manqua pas de la troubler. Elle refusa net, mue par son instinct. L'inconnu plissa les paupières face à son opposition évidente. Il la transperça de son regard vif, un sourire sarcastique sur ses lèvres. Alicia le fixa entre ses cils mi-clos, mal à l'aise. Elle l'observa avec circonspection, cherchant à percer ses pensées, sans succès. À peine cligna-t-elle des yeux qu'il avait disparu. Elle recula d'un pas, nullement rassurée. Ce fut à cet instant précis qu'elle s'éveilla, le cœur battant la chamade. Elle se redressa, une main sur la poitrine. Elle demeura longuement assise dans le noir, déstabilisée par cette vision fugace. Impossible de se rendormir désormais.

Toutefois, rien n'y paraissait plus lorsqu'elle rejoignit Hélène et Caroline sur l'île de Mainland. Le climat était des plus agréables en cette saison, un temps très doux comme souvent au début de novembre. C'était l'époque du « Peedie Summer » pour la région : le petit été. Le vent soufflait faiblement, faisant virevolter les mèches brunes d'Alicia, occultant de cette manière le trouble qui la perturbait depuis son réveil. Par bonheur, ses deux amies ne semblaient pas avoir remarqué son agitation, elle n'aurait donc pas à subir leurs taquineries habituelles. De toute façon, elle désirait chasser de son esprit cette impression de catastrophe imminente qui l'habitait. Cette escapade tombait à point. Explorer le cercle de pierres de Brodgar, voilà ce qu'il lui fallait.

Une fois arrivée sur les lieux, Alicia demeura sans voix en apercevant les vingt-sept monolithes qui se détachaient du ciel bleu, ainsi que la lande jonchée de lichen. Le site se trouvait sur une bande de terre étroite, au centre de deux lochs. L'effet était des plus saisissants! Elle savait, pour l'avoir lu quelque part dans ses brochures touristiques, que le rond presque parfait de cent trois mètres de diamètre était composé à l'origine de soixante dolmens.

Alicia s'engagea d'un pas lent sur le sentier qui ceinturait les pierres encore dressées et osa pénétrer à l'intérieur même du cercle, par l'entrée située au nord-ouest. Tout en contemplant le paysage environnant, elle se rappela tout à coup que c'était le 1er novembre, jour de la Samain. Quelle coïncidence étrange de se retrouver là à cette date précise! La Samain soulignait le début de la saison sombre dans l'année selon la croyance celte, marquant ainsi l'ouverture d'un passage vers l'Autre monde. N'était-il pas mentionné aussi dans ses dépliants que ce type d'emplacement était jadis utilisé comme lieu de culte et de rassemblement pour les druides? Alicia tourna sur elle-même, soudain mal à l'aise, songeant qu'il serait peut-être préférable qu'elle rejoigne Hélène et Caroline, qui se promenaient plus loin sur la lande.

Un épais brouillard se leva dès l'instant où cette pensée traversa son esprit, envahissant l'endroit avec une rapidité effarante, l'isolant de ses amies. En reculant à tâtons, elle heurta un monolithe. Derrière elle se trouvait un autel sur lequel reposait une branche de gui, la plante sacrée des druides. C'était à n'y rien comprendre! Elle était pourtant sûre que cet objet n'y était pas quelques minutes plus tôt. Elle se dirigea vers ce qui lui apparaissait être l'entrée du cercle de pierres, incertaine. Elle se cogna de nouveau contre l'un des monolithes en marchant à l'aveuglette, puis y aperçut avec stupéfaction des symboles tracés avec ce qui lui semblait être de la suie. Ses doigts effleurèrent malgré elle les marques, lui causant une sensation de vertige. Prenant appui sur le roc brut et inégal, elle s'efforça d'inspirer profondément afin de calmer l'agitation qui la gagnait.

Elle fit volte-face en percevant soudain le faible écho d'une respiration précipitée dans son dos. Au même moment, elle croisa le regard ambré de l'inconnu de ses rêves. Il ne paraissait pas des plus tendres; au contraire, il la dévisageait avec méfiance. Alicia eut un hoquet de stupeur. Quelque peu haletante, elle chercha à retrouver le fil de ses pensées. Une panique inexplicable s'insinua dans chacune des fibres de son corps. Visiblement, il semblait tout aussi déconcerté qu'elle de sa présence en ces lieux inhabituels. Après être demeuré immobile quelques instants, il avança dans sa direction d'un pas énergique, la mâchoire contractée. Elle tenta de réprimer son affolement, mais son air redoutable la déstabilisait. Elle s'astreignit à reculer, consciente qu'elle ne ferait pas le poids devant cet homme s'il se décidait à l'agresser. Elle sut, au plus profond de son être, qu'il lui fallait mettre le plus de distance possible entre eux. Elle s'efforça aussitôt de dissimuler son trouble. «Il ne doit pas voir mon affolement!» se dit-elle, la peur au ventre. Son pouls battait furieusement contre ses tempes, une sueur froide coulait dans son dos. Elle s'élança, terrifiée, se fondant dans la brume.

Keith demeura interdit devant cette vision pour le moins inattendue. Comment cette simple mortelle pouvait-elle le voir, alors qu'il se trouvait bien à l'abri derrière le voile qui séparait leurs deux mondes? À moins qu'elle ne soit une voyante, donc insensible aux effets de cette barrière invisible. Cette perspective le rendit encore plus perplexe. Étonnamment, cette humaine dégageait une essence ancestrale qui le confondait. Il s'agissait sans contredit de la femme aperçue dans ses songes à maintes occasions. Qui était-elle? Quel rôle jouait-elle dans leur mission? À l'évidence, elle était différente de ses semblables. Ses iris d'un vert vif renfermaient une teinte de vie sauvage particulière. Ses cheveux, qui descendaient jusqu'au milieu de son dos, son nez mutin, sa silhouette généreuse ne le laissaient pas indifférent non plus. Quel sort enchanteur cette étrangère lui avait-elle lancé? Même à travers l'épais brouillard, il avait pu percevoir son magnétisme surnaturel.

Tout en méditant, Keith réfléchit aux paroles que sa sœur Innies avait prononcées lors de la fête de Beltaine, quelques mois auparavant. N'était-ce pas sur la base de sa prophétie qu'ils avaient entrepris cette quête vers ces lieux, précisément au moment où cette voyante apparaissait à la frontière de leurs deux mondes? Était-ce la raison pour laquelle ils se retrouvaient tous ici? Devaient-ils ramener cette voyante au sein de leur peuple, la protéger d'éventuelles représailles de la part de Conrad? La reine des Tuatha Dé Danann finirait bien par se manifester, lui fournissant les réponses à ses questions, ou leur apporterait son soutien. Pour l'heure, la puissance de ses deux frères, ainsi que son propre pouvoir devraient suffire à contrer toute attaque-surprise qui pourrait survenir. N'était-il pas le file des druides, le maître du savoir-faire de ses ancêtres ?

Alors qu'il s'apprêtait à rejoindre Glen et Todd, ainsi que les hommes de son groupe, il ressentit soudain la présence maléfique des korrigans, en plus de celle du mage noir. Une bouffée de colère remonta en lui.

— Bon sang ! jura-t-il pour lui-même, la mine sombre.

Les sens en alerte, il se précipita vers l'endroit précis où la jeune femme avait disparu quelques instants auparavant. Il n'y avait plus aucun doute dans son esprit désormais : ces créatures ignobles venaient pour elle. Il devait donc la protéger. C'était fort probablement ce que la reine des Tuatha Dé Danann attendait de sa part.

Désorientée, Alicia n'en finissait plus de déambuler à l'aveuglette dans le brouillard qui l'entourait, cherchant désespérément une sortie. Il lui était impossible de reprendre pied dans le monde réel. Effrayée, elle plaqua ses mains sur sa poitrine, là où son cœur menaçait d'éclater. Elle inspira par coups, la gorge étreinte dans un étau. Tout son être lui criait qu'elle était en danger… Elle frémit en percevant tout à coup une présence sur sa droite. Avant même d'être en mesure de porter son regard dans cette direction, un éclair fulgurant la frappa de plein fouet, la projetant brutalement au sol. Elle s'évanouit sous la force du choc. Une vague odeur de chair carbonisée se répandit dans la lande, alors que toute forme de vie sembla déserter les lieux.

Pour sa part, Keith fut submergé par la puissance de l'énergie négative qui se déploya subitement à l'intérieur du cercle de pierres, à tel point que tous les poils de son corps se hérissèrent. Une douleur acérée le tenailla lorsqu'il capta mentalement le calvaire dans lequel se débattait l'étrangère.

Alicia poussa un hurlement déchirant en reprenant connaissance. Sa vue était trouble, son souffle, court. La souffrance qui la consumait était insoutenable. Elle se redressa au prix d'un effort considérable. Ce fut avec effroi qu'elle aperçut le nouveau venu qui la surplombait. Ce dernier arborait une expression cruelle qui la fit frissonner d'appréhension. Il exultait, et le rictus qu'il affichait ne laissait rien présager de bon. Il avait tout d'un être malveillant, un monstre capable des pires bassesses. D'instinct, Alicia devina qu'il s'apprêtait à la supprimer, sans aucune autre forme de procès.

Avec une vitesse effarante, son agresseur se pencha vers elle, puis l'empoigna par le cou. Alicia suffoqua sous la pression de ses doigts d'acier sur sa trachée. Elle tenta en vain de se dégager, mais l'homme la souleva dans les airs à bout de bras, sans aucun problème. Un sentiment de panique la gagna. Ses jambes ballottaient dans le vide, tandis que sa vision s'obscurcissait. Croyant sa dernière heure survenue, elle eut une brève pensée pour ses amies. Quand l'étranger la propulsa violemment contre l'un des monolithes, sa tête heurta la pierre rigide dans un craquement sinistre. Plus morte que vive, elle s'affala sur le sol spongieux telle une poupée de chiffon.

Keith aperçut le corps désarticulé de la jeune femme au pied de l'immense monolithe en arrivant sur place. Il projeta une barrière de feu entre Conrad et l'inconnue grâce à un puissant sort magique, forçant l'homme à reculer. Une lueur dangereuse brilla dans ses yeux. Puisant dans l'énergie de la terre, il souleva les bras en invoquant la force du vent. Ses veines saillirent sous sa peau. En réponse, l'air environnant se chargea d'électricité dévastatrice. Conrad fut emporté par un vortex au même moment. Il n'eut que le temps de lui lancer un regard meurtrier avant de disparaître. Son cri de rage se répercuta contre les pierres froides du mégalithe.

Keith rejoignit l'étrangère en deux foulées afin de constater la gravité de son état. Inquiet de la position incongrue de ses membres, il s'accroupit à ses côtés. Il ne douta pas que sa survie ne tenait qu'à un fil en détaillant son corps inerte. Il l'allongea sur le sol avec minutie, une expression austère sur le visage. Son front se barra d'un pli soucieux. Ses blessures étaient si profondes qu'il craignit de ne pouvoir la sauver. Percevant alors une essence ancestrale sur sa gauche, il se retourna d'un mouvement vif. Il se figea en croisant le regard flamboyant de la créature divine qui venait d'apparaître.

Keith s'agenouilla en baissant la tête dans une révérence déférente. Que faisait la reine des Tuatha Dé Danann en ces lieux, elle qui vivait en marge des humains, comme tous ceux de son espèce d'ailleurs ? Il demeura prosterné, tous ses sens en alerte, mais garda néanmoins la main droite de la jeune femme entre les siennes afin de lui insuffler de sa propre énergie vitale pour la maintenir en vie. Un sourire fugace étira les lèvres fines de Fódla en avisant la scène. Elle frôla le front d'Alicia d'une caresse légère avant de s'approcher de Keith à pas feutrés. Le corps d'Alicia s'arqua à son contact alors qu'un râle s'échappait de sa gorge. Rassurée sur son sort, la souveraine reporta toute son attention sur Keith, qui fronçait les sourcils.

— Laird MacGrandy, ta présence en ces lieux honore ceux de ton clan. En répondant à mon appel, tu as conforté mon opinion à ton sujet ; ainsi, je peux effectivement compter sur ton dévouement.

Surpris, Keith releva la tête, ne se gênant pas pour croiser le regard de la reine. Il se rembrunit en avisant son expression. Il n'avait nullement confiance en cette race suprême. Fódla poursuivit, faisant fi de sa suspicion.

— La Cour d'été a besoin de la puissance et de la force de tes guerriers, Laird MacGrandy, et plus particulière- ment de la magie qui coule dans vos veines. La jeune femme qui repose à tes côtés nous est très précieuse. Je m'attends à ce que tu la protèges. Elle ne doit pas retomber entre les mains de Conrad, ni de ses vassaux. Dès que possible, vous devrez la ramener au tertre des Seelie, ordonna-t-elle d'un ton qui ne tolérerait aucune réplique.

Keith la dévisagea avec circonspection, sans cacher son irritation d'être ainsi commandé. La reine s'empressa de poursuivre, consciente qu'une panoplie de questions se bousculait dans son esprit.

— L'heure n'est pas encore venue de t'en dévoiler plus, Laird MacGrandy. Il me faut retourner immédiatement au palais avant que mon absence ne soit remarquée. Si cela peut te rassurer, sache que tu ne seras pas seul pour affronter la tourmente à venir…

Afin d'attirer davantage son attention sur ce qui allait suivre, elle se tut, demeurant silencieuse quelques secondes avant de continuer dans un murmure :

— J'ai placé sur ta route une Seelie aux pouvoirs infinis en la personne de Lyliall. Tu peux avoir une confiance absolue en elle, car c'est une fervente gardienne de la lumière. De plus, dans quelques jours, un haut-elfe du nom de Lachlan vous rejoindra, ainsi qu'une guerrière valkyrie, Cheyne.

Elle réprima un sourire amusé en voyant sa mâchoire contractée. Elle devait prendre garde à ne pas se mettre ce puissant druide à dos : de lui dépendaient beaucoup de choses.

— Je suis consciente que tous ces mystères t'exaspèrent, Laird MacGrandy. Tu aimes être seul maître de ton destin. Pourtant, tu devras faire une exception cette fois-ci.

La reine releva la main en le voyant sur le point de répliquer, une expression de contrariété sur son visage raffiné, ce qui freina Keith dans son élan. Il n'était jamais bon de provoquer la colère des Tuatha Dé Danann, encore moins lorsqu'il s'agissait de leur souveraine. Il l'avait appris à ses dépens par le passé. Ayant suivi le cours de ses pensées, Fódla comprit que son aversion envers eux était toujours aussi vive, ce qui n'allait pas faciliter la suite des évènements. Elle devrait faire preuve de prudence à l'avenir.

— J'ai déjà soigné en grande partie les blessures de cette jeune femme, Laird MacGrandy ; à toi de faire le reste, déclara-t-elle avec un soupçon de commisération dans la voix. Une dernière chose : garde en mémoire que sa survie est vitale…

Elle disparut sans un mot de plus. Keith fut parcouru d'un frisson d'anticipation, aiguillonné par tant de mystère, ainsi que par l'attitude pour le moins singulière de la reine. Homme d'action et guerrier dans l'âme, il attendait avec impatience le moment où il pourrait enfin affronter Conrad pour mettre un terme à ses agissements. Reportant son attention sur l'étrangère, il entama sans plus tarder un chant guérisseur, tout en effleurant de ses paumes le corps terrassé. Une énergie puissante se dégagea de ses mains, alors qu'un halo flamboyant embrasa la tête, les membres, puis finalement le torse d'Alicia. Une douce mélodie glissa dans l'air.

Keith traça des signes magiques sur son front, ses seins et son ventre en psalmodiant des mots dans la langue ancienne des druides. Atteignant un niveau de transe supérieur, il fut en mesure dès lors de la sonder. Il esquissa un sourire de satisfaction en constatant qu'elle était désormais hors de danger. Il abaissa ses barrières en ne décelant aucune menace dans les environs, s'autorisant ainsi une brève incursion dans son esprit. À peine l'effleura-t-il qu'une onde de chaleur le transperça. Une exquise odeur de jasmin l'envahit, pénétrant jusqu'au plus profond de son être, l'entraînant vers un chemin dangereusement séduisant.

Il laissa fuser un juron en coupant tout contact avec elle et se secoua pour chasser le malaise grandissant qui le gagnait. « Par tous les dieux, qu'est-ce qui se passe ? » Leurs deux âmes s'étaient d'abord heurtées l'une à l'autre, pour finalement se fusionner un court instant. Keith n'arrivait pas à s'expliquer ce phénomène, ce qui éveilla d'autant plus sa méfiance.

Alicia ouvrit prestement les yeux sous son intrusion, inspirant goulûment telle une noyée qui refait surface. Son cœur fit un bond dans sa poitrine en découvrant l'homme à ses côtés. Il irradiait de lui une aura presque sauvage.

Percevant le danger poindre dans chacune des fibres de son corps, elle s'éloigna vivement en se traînant sur les coudes. Elle demeura indécise, envoûtée par son regard. L'esprit confus, elle chercha avec fébrilité à retrouver le fil conducteur des derniers évènements. Ses pensées se bousculaient à une vitesse folle, ce qui ne faisait qu'augmenter davantage son désarroi.

Keith jugea plus judicieux de garder le silence sans toutefois la quitter des yeux. Il lui tendit la main avec réserve afin de l'aider à se relever. Un frisson parcourut Alicia. Elle secoua la tête avec vivacité en signe de négation, préférant se tenir à l'écart. Ce simple mouvement brusque lui arracha une grimace douloureuse, la ramenant à l'ordre. Elle toisa l'inconnu, plus suspicieuse que jamais. Keith croisa les bras sur son torse, agacé. Décidément, cette oie blanche ne manquait pas de cran. Aucune femme de son clan ne se serait permis de le rembarrer ainsi, sous peine de s'attirer son courroux. Mais l'heure n'était pas au badinage. Conrad pouvait, par un sortilège obscur, contrecarrer sa magie et revenir sur ses pas pour terminer ce qu'il avait commencé. Étant donné la dépense d'énergie considérable qu'il venait de déployer, son pouvoir risquait d'être insuffisant devant la sorcellerie de celui-ci, d'autant plus qu'il semblait avoir été coupé de ses frères.

Il emprisonna les mains d'Alicia dans un étau de fer en tenant pour acquis qu'une simple mortelle ne s'insurgerait pas contre son autorité. Il la souleva avec une facilité déconcertante, puis la bascula à califourchon sur son dos. Il s'éloigna des lieux à grandes enjambés, indifférent à la surcharge de poids qu'il transportait. Paniquée, Alicia se démena comme une folle, mais rien n'y fit. La seule chose qu'elle récolta en retour fut une douleur lancinante lorsqu'il resserra son étreinte, lui broyant presque les os des poignets. Une plainte lui échappa, faisant sursauter Keith. Il s'immobilisa en comprenant qu'il l'avait blessée. Il la ramena devant lui pour la déposer rudement sur le sol. Irrité, il la fixa avec hostilité.

— Accepterez-vous de me suivre sans contester si je vous relâche?

Trop abasourdie pour rétorquer, Alicia demeura muette. Elle recula d'instinct. Keith s'assombrit davantage. Exacerbé, il se passa une main dans les cheveux en maugréant. Lorsqu'il fit un pas dans sa direction, Alicia se replia sur elle-même.

— Vous n'avez rien à craindre de ma part, *mortelle*, lâcha-t-il d'un ton bourru. Je suis ici pour vous protéger.

Il jura de nouveau en la voyant secouer la tête en signe d'incompréhension. Il devait trouver un moyen de gagner sa confiance.

— Je sais que vous êtes dépassée par les évènements, poursuivit-il, plus calme. Je voudrais pouvoir vous expliquer plus en détail, mais le temps nous est compté. Si vous désirez vivre, vous devrez vous en remettre à moi. L'homme qui vous a attaquée cherchera à vous retrouver afin de terminer ce qu'il a commencé. Si cela devait arriver, vous ne pourriez rien faire pour l'en empêcher. Croyez-moi, vous ne souhaitez pas un tel sort…

Pour toute réponse, Alicia soutint farouchement son regard, les lèvres tremblantes, le corps raide. Son insécurité sans cesse grandissante contribua à lui faire perdre le peu de maîtrise qui lui restait sur ses nerfs. Sans réfléchir, elle le gifla avec force. Une douleur cuisante vrilla dans sa paume droite. Pour sa part, Keith ne broncha pas d'un pouce. Seule sa mâchoire se contracta. Trop courroucée pour le remarquer, Alicia l'apostropha avec hargne.

— Je vous interdis de vous approcher de moi, encore moins de me toucher ! cria-t-elle, au bord de l'hystérie.

— Écoutez-moi bien, jeune *mortelle*…

— Cessez de m'appeler ainsi ! le coupa-t-elle avec hostilité. Je m'appelle Alicia Dumont !

Surpris, Keith oublia l'affront subi, ne pouvant retenir un éclat de rire. Un éclair de malice traversa ses prunelles. Le sourire insolent qu'il lui décocha alors la déstabilisa. « Eh bien, les jours à venir ne manqueront pas de charme en compagnie d'une telle tigresse ! » songea-t-il. Il croisa les bras tout en la parcourant d'un long regard empreint d'une assurance décadente.

— Dans ce cas, bienvenue à vous, Alicia du clan Dumont. Pour ma part, je suis Keith, laird du clan MacGrandy, lâcha-t-il avec sarcasme. Maintenant, laissez-moi vous mettre en garde. Ne vous avisez plus jamais de me gifler comme vous l'avez fait… ou bien il vous en cuira ! déclara-t-il d'un ton glacial.

Alicia se figea, plus que jamais sur la défensive. Pressé par le temps, Keith s'avança vers elle, la dominant de toute sa hauteur.

— À présent que ce point est éclairci, pouvons-nous continuer notre chemin ou bien préférez-vous affronter une seconde fois la démence du mage noir qui vous a attaquée ?

Alicia frissonna à cette seule pensée. Elle ne comprenait pas ce qui lui était arrivé quelques instants auparavant. Toutefois, elle était certaine d'une chose : en aucun cas elle ne voulait revivre ce qui s'était passé. Tout se confondait dans sa tête! «C'est insensé…» Elle devait faire un cauchemar. C'était l'unique explication logique. Sauf que son songe prenait une tournure des plus dramatiques. Ne sachant plus que croire, ni à qui se fier, elle gémit faiblement. Elle réprima un sursaut de surprise en le détaillant avec attention. Elle venait tout à coup de remarquer son habillement. En fait, l'étranger ne portait pour tout vêtement qu'un plaid drapé autour de ses hanches, dont l'une des extrémités reposait négligemment sur son épaule droite. Des bottes de peau, grossièrement tannée, gainaient ses mollets robustes, alors que deux larges anneaux d'or enserraient ses biceps. Dans quel coin reculé avait-elle atterri?

Keith ne se perdit pas en conjectures. Il l'entraîna à sa suite en l'empoignant par le bras. Ils avaient déjà perdu assez de temps. Alicia se laissa faire, dans un état second.

La brume s'était peu à peu dissipée, faisant place à la lande et aux collines majestueuses. Alicia était médusée, car pour un peu, elle se serait crue de nouveau de retour dans les Highlands. Pourtant, c'était inconcevable. Ils avaient arpenté les monticules recouverts de bruyères sans répit. Fourbue, elle était incapable de soutenir plus longtemps cette cadence effrénée.

La nuit était maintenant tombée. Lorsque l'inconnu s'immobilisa, Alicia en profita pour le scruter à la dérobée sous la douce lumière argentée qui baignait les lieux. Une légère brise faisait virevolter quelques mèches noires échappées du bandeau qui retenait sa chevelure. Keith demeura silencieux, indifférent à l'examen rigoureux de la jeune femme. Il semblait transporté vers de lointains horizons. Elle pouvait distinguer sa mâchoire ferme, ainsi que ses traits rudes, même sous la faible lueur de la lune.

Alors qu'elle poursuivait son investigation avec curiosité, son regard croisa le sien. Déstabilisée, elle détourna aussitôt les yeux. Keith soupira. La pauvre ne comprenait rien à tout ce qui lui arrivait. Lui-même d'ailleurs ne parvenait pas à y voir clair, en dépit de toute sa prescience. À l'évidence, cette mortelle allait avoir besoin d'une dose considérable de courage pour être en mesure de survivre dans son monde, car il était certain d'une chose : maintenant que Conrad l'avait débusquée, il ne la lâcherait plus. «Pourquoi diantre cette étrangère se retrouve-t-elle sous la tutelle de la reine des Tuatha Dé Danann? Représente-t-elle un obstacle aux desseins du mage noir?» se demanda Keith avec suspicion. Assurément, sinon, le mage noir n'aurait jamais réagi avec autant de précipitation.

Alicia resserra les pans de sa veste sur sa fine chemise de coton. Toute cette histoire la dépassait. Pour la énième fois, elle se répéta que c'était impossible. Elle devait impérativement se réveiller! Elle pressa ses mains l'une contre l'autre, incapable de se calmer. Ses paumes étaient moites. Elle devait faire quelque chose avant de perdre la raison. Elle avait besoin de comprendre ce qui lui arrivait… Résolue à y voir plus clair, elle s'arma de courage, déterminée à affronter l'homme qui l'avait conduite en ces lieux.

— Qui êtes-vous exactement? demanda-t-elle d'une voix tendue.

Keith hésita une fraction de seconde avant de lui répondre. Que pouvait-il lui dire? Comment la convaincre de l'existence des Seelie, de l'Autre monde? Au doute qui marquait ses traits, il devina que cela ne serait pas chose aisée. De toute évidence, elle était néophyte en la matière. Que faire dans ce cas pour l'aider à départager la réalité du folklore? Jugeant qu'il était mieux de la ménager dans un premier temps afin d'éviter qu'elle ne se braque encore plus, il entama ses explications sur une base plus terre-à-terre.

— Alicia du clan Dumont, comme je vous l'ai déjà signalé, je suis Keith, du clan MacGrandy, commença-t-il d'un ton rocailleux. J'appartiens à une tribu très ancienne qui vit selon un mode ancestral. En fait, nous préférons demeurer en symbiose avec la nature, contrairement à votre peuple qui ne peut plus exister sans toute cette technologie dévastatrice que vous avez conçue. Vous êtes si tributaires de votre science désormais que vous en oubliez l'essentiel, la vie elle-même.

Keith se renfrogna en remarquant l'expression dubitative de la jeune femme. Cette mortelle n'allait pas se laisser si aisément convaincre. Il lui faudrait user d'arguments de poids pour y parvenir. Réfrénant un soupir de frustration, il la fixa de nouveau avec insistance.

— Je suis le laird de notre clan, mais aussi le gardien des pouvoirs sacrés des druides. Nous habitons dans les Highlands depuis plusieurs siècles déjà, dans un univers invisible aux humains, une dimension parallèle à la vôtre. À l'occasion, lors de moments propices, telle la fête de Samain, le 1er novembre dans votre calendrier, un passage s'ouvre, permettant de circuler librement entre nos deux mondes. Le cercle de Brodgar est l'une des portes principales qui nous relient. Est-ce que vous saisissez ce que cela implique?

Alicia éclata d'un rire nerveux, dépassée par les évènements. Keith cilla l'espace d'un instant, puis afficha à nouveau une mine grave qui accentuait davantage son regard sombre. Alicia s'esclaffa une seconde fois face à son expression solennelle. « Cette conversation n'a aucun sens ! C'est absurde ! » Elle ne pouvait qu'être en présence d'un fou furieux ; autrement, c'était elle qui devenait cinglée... elle espérait toutefois qu'il ne s'agisse que d'un mauvais rêve ! Dans ces conditions, pourquoi n'arrivait-elle pas à se réveiller ? Devant son scepticisme évident, Keith s'enflamma. Cette insouciante ne cessait de se défier de lui, ainsi que de tout ce qu'il avançait. Comment lui faire entendre raison dans ce cas ?

Il l'attira vers lui en l'empoignant par les épaules, si bien que quelques centimètres à peine les séparaient. La fougue qui transperçait tout son être l'ébranla bien malgré elle. Tout en essayant de retrouver le fil de ses pensées, Alicia tenta de le repousser en appuyant ses paumes sur son torse. Keith la relâcha brusquement à son contact. Une colère à peine contenue faisait briller ses pupilles.

— Maintenant, vous allez devoir m'écouter, jeune *mortelle*. Tout ce qui vous entoure est réel. Plus vite vous le comprendrez, plus grandes seront vos chances de vous en sortir vivante ! lança-t-il d'une voix sourde.

— Seigneur ! Mettez-vous à ma place une seconde ! Je ne comprends rien à tout ceci ! J'ignore même si je suis en train de rêver ou si je suis bel et bien éveillée, s'emporta-t-elle à son tour.

En réponse à son plaidoyer, Keith murmura une courte incantation en frôlant ses tempes du revers de la main afin de l'endormir grâce à un sort de sommeil. Alicia s'affala contre sa poitrine, inconsciente. Keith inspira profondément en faisant le vide dans son esprit, chassant toute trace de frustration. Plus serein, il accéda à la source de son pouvoir, invoquant de nouveau les forces de la nature. Par chance, il avait recouvré suffisamment d'énergie pour s'y risquer. Soulevant Alicia avec délicatesse, il tendit ses sens vers les racines de la terre. L'air s'intensifia autour d'eux alors qu'un voile de brume chaud et humide les enveloppait. En un instant, ils furent projetés vers le tertre des Seelie. Dès leur arrivée, Keith la déposa avec célérité sur le sol jonché de mousse. Il éprouvait un malaise sans cesse grandissant en présence de la jeune femme, encore plus à son contact. C'était comme si son existence entière était sur le point de chavirer.

Lorsqu'Alicia ouvrit avec peine ses paupières lourdes, quelle ne fut pas sa surprise en apercevant une chute d'eau qui s'écoulait un peu plus loin! Elle se redressa, certaine de ne pas l'avoir remarquée auparavant. Où était-elle? Comment s'était-elle retrouvée en ces lieux? Déroutée, elle parcourut les alentours d'un regard scrutateur. Ses prunelles croisèrent celles de Keith, accroupi à ses côtés. Son expression rêche l'intrigua, la perturbant dans un même temps. Cet étranger dégageait tour à tour une puissance presque effrayante, ainsi qu'un magnétisme déconcertant. Sensible malgré elle à ce mélange contradictoire, elle baissa vivement la tête afin de cacher son agitation. Keith n'eut pas besoin de poser les yeux sur elle pour deviner la tournure que prenaient ses réflexions. Ses pensées l'imprégnaient tout entier, sa présence toute proche commençait sérieuse-ment à ébranler sa maîtrise légendaire. Pour une raison inconnue, elle le touchait comme nulle femme ne l'avait fait par le passé. Plus dangereux encore... cette émotion allait bien au-delà du simple désir physique. C'était comme si leurs deux âmes étaient destinées à se rencontrer, à s'unir. Cette situation ne l'enchantait guère. D'aucune façon, il ne voulait se retrouver lié à cette mortelle.

Alicia avait conscience de la tension qui habitait l'étranger. Elle en éprouvait d'ailleurs un curieux malaise. Quelque part au fond d'elle-même, cette constatation l'at-tristait. Avant même de comprendre ce qu'elle faisait, elle déposa sa main sur son avant-bras. Elle pouvait sentir le jeu de ses muscles, ce qui lui procura un sentiment d'allé-gresse. Que lui arrivait-il ? Elle ne connaissait rien de cet homme. Alors, qu'est-ce qui la poussait vers lui ? Pourquoi cherchait-elle à établir un contact entre eux ?

De plus en plus déstabilisé par les émotions qui submergeaient la jeune femme, Keith eut l'impression de perdre pied. Tout son être vibrait en sa présence. Il lui fallait trouver un moyen de briser le lien qui s'était forgé entre eux.

Sans crier gare, une impulsion impossible à contenir l'emplit entièrement. Il la bascula sur le sol, incapable de réfréner son élan. Puis, il plaqua ses mains de chaque côté de ses tempes, les paumes face à lui. Il la cloua sur la terre inégale et s'empara de ses lèvres dans un baiser impérieux. Alicia gémit tout contre lui en répondant avec la même fer-veur. Keith avait une conscience aiguë du corps chaud sous le sien, des courbes sensuelles, ce qui attisa davantage son désir. Il se redressa d'un bond en retrouvant brusquement ses esprits. Il s'éloigna d'elle à grandes enjambées sans un seul regard derrière lui.

Sidérée, Alicia demeura immobile, les nerfs à fleur de peau. Cette étreinte sauvage l'avait ébranlée. Ses émotions oscillaient entre la colère et la frustration. Les joues en feu, elle chercha à réfréner les battements précipités de son cœur. De quel droit cet homme se permettait-il une telle familiarité ? Tout en remettant de l'ordre dans sa tenue, elle se releva tant bien que mal, puis se dirigea vers lui, furibonde.

— À quoi jouez-vous exactement ? lâcha-t-elle avec hargne.

Contre toute attente, Keith ne daigna pas lui répondre. Redressant le menton, elle se planta devant lui. À sa plus grande stupéfaction, il l'ignora, allant même jusqu'à poursuivre sa route. « Ciel ! Cet homme est un salopard de premier ordre ! » Elle s'entêta, trop bouleversée pour en demeurer là. Plus que jamais, elle avait besoin d'explications.

— Pour qui vous prenez-vous au juste ? cria-t-elle en l'agrippant par le bras. Vous débarquez dans ma vie en me tenant des propos délirants ! Vous m'embrassez sans pudeur... Alors quoi ? Vous pensez sincèrement que je vais continuer sans me rebiffer ? Ça suffit maintenant ! Je repars chez moi, et ce n'est certainement pas vous qui m'en empêcherez !

— Taisez-vous ! tonna Keith.

Alicia tressaillit. Le défiant du regard, elle lui tourna le dos, résolue à lui tenir tête. Par tous les dieux, cette mortelle avait un tempérament digne d'une vraie guerrière doublée d'une langue aussi acérée que celle d'une vipère. Au moment où elle s'apprêtait à s'en aller, il la bâillonna avec sa paume, à l'affût du danger.

Il venait de détecter une présence dans les parages. Alicia tenta de se dégager, inconsciente du risque qu'ils couraient. La retournant vers lui sans ménagement, il déposa un doigt en travers de ses lèvres afin de lui intimer le silence. Une vague de peur la submergea aussitôt au souvenir de ce qui lui était arrivé quelques instants auparavant dans le cercle de pierres. La gravité de son expression ne laissait planer aucun doute : ils n'étaient plus seuls. Un frisson d'appréhension la secoua.

En percevant la menace poindre dans chacune des fibres de son corps, elle commença à croire sérieusement à toute cette histoire et se résigna dès lors à accorder foi à ses propos. Il n'y avait pas d'autres solutions à sa situation dans l'immédiat, même si cette décision lui coûtait beaucoup.

❊   ❊   ❊

Plusieurs minutes s'étaient écoulées depuis la disparition d'Alicia dans le brouillard. De plus en plus inquiète, Hélène tourna la tête vers la droite. Au moins, Caroline était toujours à ses côtés. Elle promena un regard perdu sur les environs, ne sachant trop par où entamer ses recherches. Confuse, elle essayait désespérément de comprendre ce qui s'était produit. Pourtant, Alicia avait été là quelques instants auparavant. C'était illogique ! Elle tenta de retrouver la silhouette familière de son amie, mais avec cette brume, elles n'y voyaient plus clair. Mais où se trouvait-elle donc ? À peine cette question posée, une amère réalité prit subitement forme dans son esprit. «Les falaises! Non!» Alicia avait-elle pu tomber du haut de l'un de ces précipices?

Faisant volte-face, Hélène courut en direction des escarpements. Elle arriva aux bords de ceux-ci à bout de souffle, les jambes tremblantes. Elle fut horrifiée en apercevant le remous tumultueux des vagues qui venaient s'y fracasser en contrebas. L'incrédulité devant une telle possibilité fit place à l'angoisse, car nul signe de vie ne lui parvenait à des lieues à la ronde. Qu'était-il advenu d'Alicia? Elle ne pouvait s'être volatilisée tout de même…

Hélène barricada dans un recoin de ses pensées les sentiments de doute qui minaient son énergie. Plus que jamais, elle avait besoin de toute sa tête. Elle hésita encore quelques secondes avant de déterminer la meilleure marche à suivre. Elle décida finalement de s'aventurer plus en profondeur dans la brume. Caroline lui emboîtait toujours le pas, ne désirant pas demeurer en retrait.

Elles perdaient leurs points de repère ainsi plongées dans l'obscurité. Tournant sur elle-même, Hélène scruta les alentours: il y avait du brouillard à perte de vue. Prise de frissons, elle referma ses bras autour de sa taille, mais rien n'y fit. Un mauvais pressentiment la gagna. Étirant la main, elle s'empara de celle de Caroline, la pressant avec force.

Elles déambulaient depuis quelques minutes déjà à l'aveuglette, quand des paroles prononcées dans une langue qui leur était inconnue leur parvinrent en sourdine. Hélène se figea, nullement rassurée. Ce fut alors que des grognements sinistres retentirent derrière elles. Alarmée, elle coula un regard incertain dans cette direction.

Ce fut avec stupeur qu'elle vit apparaître cinq hommes habillés de plaids, une épée au poing. Simultanément, une étrangère à la stature impressionnante se glissa sur leur gauche. Avant même qu'Hélène puisse émettre le moindre son, une horde de korrigans à l'allure funèbre surgirent à leur tour. Des yeux rouges irradiant de cruauté les lorgnèrent avec malveillance. Leur vision arracha un cri de terreur à Caroline. Paniquée, elle s'accrocha au bras d'Hélène. Puis, tout dégénéra rapidement. Alors que les bêtes monstrueuses se préparaient à se jeter sur elles, les cinq guerriers et la nouvelle venue s'interposèrent. Un affrontement sanglant s'ensuivit. Les rugissements furent couverts par le bruit du métal qui s'entrechoquait, résonnant lugubrement aux oreilles des deux jeunes mortelles.

Bousculée dans la ruée, Caroline fut séparée d'Hélène. Soudain, des éclairs jaillirent de nulle part, puis un vent déchaîné se leva. L'un des hommes eut tout juste le temps d'écarter Hélène d'une poussée violente, à distance du tourbillon qui s'était formé et qui menaçait de l'engloutir. Trop éloignée pour être secourue, Caroline fut happée, sans que personne ne puisse rien y changer. La femme qui leur était venue en aide sauta aussitôt à sa suite. La reine Fódla lui avait ordonné de protéger la clé de voûte. Ignorant laquelle des humaines était concernée, Cheyne ne perdit pas de temps en réflexions inutiles et se concentra sur celle qui se retrouvait en difficulté. Elle parvint à accrocher l'une des chevilles de Caroline avant que celle-ci ne disparaisse.

Se relevant avec peine, Hélène porta un regard dévasté alentour. Un calme étrange avait envahi les lieux. Le contraste avec la bataille qui avait fait rage quelques instants plus tôt était d'autant plus marquant. Un sentiment de peur la transperça. Les cinq guerriers l'encerclaient. Même s'ils l'avaient protégée au péril de leur vie, ils n'en restaient pas moins inquiétants. Alicia avait-elle été victime, comme Caroline, d'une attaque-surprise de la part de ces êtres sortis de nulle part? Elle demeura pétrifiée, inapte à faire le point. Tour à tour, elle dévisagea les hommes et fronça les sourcils en constatant que l'un d'eux s'éloignait du groupe. C'était celui qui l'avait poussée au sol au moment où le tourbillon avait foncé sur elle.

Sans égard pour ce qui l'entourait, celui-ci ferma les paupières, entrant dans une sorte de transe. Ainsi immobile, il ressemblait à l'une de ces statues grecques qu'Hélène avait découvertes jadis sur un site Web traitant de faits historiques. Il semblait froid, et aussi solide que le roc. Elle resta sur ses positions, le regard rivé sur cette apparition qui venait tout droit d'une époque depuis longtemps révolue, incapable de détourner les yeux. Indifférent à cet examen, l'inconnu demeura concentré, l'esprit tendu vers son frère aîné. Il ne revint parmi eux qu'après quelques minutes de silence, l'expression trouble et la mâchoire crispée. Ils devaient rejoindre Keith sans plus attendre.

Après avoir été happée par le vortex, Caroline fut larguée dans une grotte sombre. Elle hurla d'effroi lorsque deux bras massifs l'agrippèrent avec rudesse à sa sortie. Par la suite, elle fut basculée sans ménagement sur une épaule, puis ce fut le noir total, jusqu'à son réveil dans cet endroit sinistre. Un frisson d'appréhension la secoua quand elle découvrit les lieux. Tout était si brouillé dans sa tête qu'elle ne parvenait plus à réfléchir adéquatement. Que lui arrivait-il? Où se trouvait-elle? En voulant se relever, une douleur fulgurante la transperça, lui arrachant une plainte étouffée. Le corps en sueur, elle retomba inerte sur le sol rocailleux.

Elle ne reprit connaissance que quelques heures plus tard. Tous ses sens en alerte, elle se retourna avec précaution sur le dos. Elle cherchait désespérément à percer la pénombre environnante, mais peine perdue. Même le temps paraissait s'être suspendu. Aucun indice ne pouvait lui permettre de s'orienter, la plongeant dans l'incertitude la plus totale. Elle entreprit de faire le tri dans les derniers évènements survenus, mais après quelques tentatives, elle renonça. Ces efforts pitoyables n'avaient pour résultat que d'accentuer son mal de tête.

Effrayée, elle essaya de se relever, refoulant du même coup sa peur de la souffrance à venir. Elle prit appui sur ses mains en contractant la mâchoire. Ce simple geste la fit défaillir; elle persista néanmoins. Elle ne pouvait pas demeurer étendue sur ce sol glacial et humide indéfiniment. Malgré que ses jambes se dérobèrent par deux fois sous son poids, elle parvint à se redresser, haletante. Bien que ses yeux s'habituaient graduellement à la noirceur environnante, elle n'arrivait toujours pas à discerner ce qui l'entourait. Plus que tout, le silence pesant qui l'enveloppait fit monter en elle une angoisse grandissante. Submergée par la terreur, elle se concentra sur la paroi derrière elle, cherchant ainsi à contenir la crise d'hystérie qui menaçait de l'engloutir. S'efforçant de régulariser sa respiration, elle focalisa son attention sur les signaux que lui envoyait son corps. Ce ne fut que trop tard qu'elle perçut les bruits de pas qui se rapprochaient. Lorsqu'un verrou grinça sinistrement, son sang se glaça dans ses veines.

La lourde porte de métal s'ouvrit, livrant passage à deux créatures hideuses. Dès son entrée, l'un d'eux inséra une torche grossière dans un socle fiché sur le mur. Caroline poussa un cri de frayeur à leur vue, puis détourna les yeux afin de ne plus croiser leur regard cruel. Tout en l'ignorant, les nouveaux arrivants firent place à deux compères qui traînaient derrière eux une forme inanimée. Ils la balancèrent à ses pieds avec rudesse. Caroline se pétrifia. Elle reconnut avec peine le visage de la femme qui s'était portée à son secours au moment de son enlèvement.

Les bêtes se retirèrent en abandonnant le flambeau sur les lieux. Dès leur sortie, elle tomba à genoux aux côtés de l'inconnue en réprimant à peine une grimace d'horreur. Le fin tissu du voile court et transparent qui habillait la guerrière était déchiré, laissant entrevoir les plaies purulentes qui la recouvraient. L'étrangère n'eut aucune réaction en dépit de tous les efforts qu'elle déploya pour l'éveiller. Caroline pria pour qu'on vienne rapidement les délivrer de cet enfer, se sentant plus que jamais démunie.

Après un moment, elle dirigea de nouveau son attention sur la femme, le regard mitigé. Elle l'étudia avec intérêt. Celle-ci était d'une stature colossale et semblait à peine plus âgée qu'elle-même. Non sans stupeur, elle nota son accoutrement particulier. La jupette en cotte de mailles qu'elle portait paraissait presque légère. Les jambières et les épaulières qui la gainaient étaient faites d'un cuir résistant. Sa chevelure d'un blond vénitien était nattée dans son dos. Plus aucune trace ne subsistait du casque surmonté d'une aile de cygne qu'elle avait arboré au début de la confrontation. Qui était-elle ? Pourquoi avait-elle tenté de la secourir ? Une vague d'appréhension la submergea aux souvenirs de ce qui s'était passé dans la lande.

Par un détour tordu du destin, elle s'était retrouvée projetée dans une tout autre réalité. Fervente croyante du surnaturel, elle n'avait aucun doute sur le fait qu'une telle chose soit possible. Le problème était de savoir dans quel monde elles avaient abouti. Elle gémit en songeant aux monstres répugnants qui l'avaient faite captive. Qu'était-il advenu d'Hélène ? Avait-elle subi le même sort ? Folle d'angoisse, Caroline se retourna vers l'étrangère, qui reposait toujours sur le sol, les yeux clos. Elle fit une courte prière dans un soupir douloureux. Il lui fallait s'accrocher à l'espoir infime qu'elle serait secourue. Elle devait tenir…

Keith entraîna Alicia derrière un amoncellement de rochers avec empressement. Il lui ordonna d'y demeurer caché jusqu'à nouvel ordre sans un seul mot d'explication. Elle ne devait se montrer sous aucun prétexte. Comprenant la précarité de leur situation, Alicia n'opposa aucune résistance et s'y abrita, alarmée à l'idée de ce qui allait suivre. Une panoplie de scénarios aussi effrayants les uns que les autres traversèrent son esprit, la laissant pantelante de peur. Cinq guerriers apparurent plus bas dans la vallée alors que Keith s'éloignait d'elle. Keith se détendit à leur vue, éclatant même d'un grand rire sonore. Il étreignit ses deux frères avec chaleur dès qu'ils l'eurent rejoint, heureux de les retrouver indemnes. Il s'avança vers le reste du groupe en saluant ses hommes, puis administra une claque magistrale sur l'épaule de Glen.

Cependant, il se rembrunit en apercevant la silhouette plus menue qui les accompagnait, d'autant plus en décryptant ses pensées confuses. Un sentiment de frustration le gagna en apprenant qu'une deuxième humaine avait été capturée par Conrad. Il serra les dents en lançant un regard mauvais en direction de la nouvelle venue. Il comprit en constatant sa mine revêche qu'elle était encore plus rébarbative que cette Alicia du clan Dumont. Par tous les dieux, ils n'étaient pas au bout de leurs peines. Avec Conrad qui s'agitait dans l'ombre, ils ne pouvaient se permettre de s'empêtrer en plus de cette autre mortelle. À cette perspective, il jura abondamment. Le problème, c'était qu'il avait donné sa parole à la reine des Tuatha Dé Danann.

De l'endroit où elle se trouvait, Alicia perçut très bien toute l'étendue de la tension qui habitait Keith. Les pieds ancrés dans la terre, telle une statue de pierre, une expression féroce sur le visage, il représentait l'image même d'une sourde colère à peine contenue. Étant donné sa familiarité avec les étrangers, elle tint pour acquis qu'elle ne courait aucun danger. Elle décida donc d'outrepasser ses ordres et se dirigea vers eux. Tout en s'approchant, elle détailla les cinq nouveaux venus avec attention. Sa stupeur fut d'autant plus grande en découvrant Hélène au centre de l'attroupement. Alicia s'élança vers elle dans un cri de joie, sans remarquer le regard courroucé que lui dédia Keith au passage. Toute à son bonheur de la retrouver, elle en oublia la présence des six hommes.

Keith la rejoignit d'un pas vif, assailli par une crainte irraisonnée. Une fois arrivé à sa hauteur, il lui fit faire demi-tour, puis étreignit avec fermeté ses épaules. Surprise, Alicia jeta un coup d'œil inquisiteur dans sa direction. L'orage grondait en lui ! Il l'entraîna à sa suite, muré dans un mutisme glacial, puis la repoussa sans douceur derrière l'amoncellement de pierres.

— *Mortelle* inconsciente! Il me semblait pourtant avoir été très clair! Sous aucun prétexte vous ne deviez quitter la protection de ces rochers. Vous y étiez protégée par ma magie. C'était stupide de vous exposer ainsi, vociféra-t-il.

Pour Alicia, c'en était trop. «Comment étais-je censée le deviner, puisque ce bougre d'homme n'a même pas eu la délicatesse de m'en informer?» songea-t-elle avec exaspération en lui lançant un regard noir. L'affrontant sans peur, elle pointa un doigt accusateur dans sa direction.

— Écoutez-moi, espèce de rustre, je ne suis pas l'une de vos compagnes soumises, cracha-t-elle avec hargne, une étincelle de rébellion dans les prunelles. Alors, cessez de me rabaisser avec vos «mortelles». Il me semble vous avoir mentionné que mon nom était Alicia. J'en ai plus qu'assez de votre arrogance!

Puis, ulcérée, elle pivota, retournant vers son amie, le menton relevé dans un air de bravade, le regard enflammé. Glen et Todd ne perdirent rien de la scène inusitée qui se déroulait sous leurs yeux. Todd éclata d'un rire moqueur. «Eh bien! Cette humaine ne manque pas de tempérament, ni de courage d'ailleurs!» songea-t-il avec plaisir. Pour un peu, il l'aurait applaudie. C'était bien la première fois que quelqu'un osait rembarrer son frère aîné. Lui qui n'inspirait que crainte, voire terreur la plupart du temps à cause de son héritage de file des druides, voilà qu'il était singulièrement remis à sa place par une simple mortelle, une femme de surcroît. De quoi alimenter les longues soirées au coin du feu. Quelle leçon d'humilité pour ce grand seigneur!

Remarquant le regard d'avertissement de Glen, ainsi que la mine sombre de Keith, il jugea plus prudent dans l'immédiat de s'abstenir de tout commentaire. Tout en les ignorant, Keith entreprit d'établir leur camp sommaire afin de chasser le malaise qui croissait en lui. « Satanée bonne femme, elle ne perd rien pour attendre ! » maugréa-t-il pour lui-même. Il n'avait pas l'habitude de malmener la gent féminine, préférant plutôt la séduire, mais là, les sentiments contradictoires qui l'habitaient étaient d'un tout autre ordre.

Hélène, pour sa part, ne comprenait rien à cet échange orageux. Qui était cet homme, et quel rapport avait-il avec Alicia ? Cette relation tendue entre eux lui parut étrange. Devinant les questions sur les lèvres de son amie, Alicia prit les devants. Elle ne désirait pas s'étendre sur le sujet pour l'instant. Elle souhaitait en apprendre davantage à propos de sa rencontre avec les cinq guerriers, et surtout sur ce qui était advenu de Caroline.

Le soleil s'était couché depuis fort longtemps déjà, parant le ciel de mille étoiles. Keith s'était enfermé dans un mutisme inconfortable pour tous. L'unique fois où il s'était adressé au groupe avait été pour leur ordonner d'aller se reposer. Trop fatiguée pour protester, Alicia avait jugé plus sage d'obtempérer, préférant s'installer sans histoire. Pourtant, le sommeil ne venait pas. Elle était perturbée par le récit d'Hélène ; de plus, elle s'inquiétait pour Caroline. Alors que les cinq hommes avaient été des plus bavards, ne ratant pas une occasion de se lancer dans la narration de leurs exploits, Keith était demeuré silencieux, ne révélant rien de leur confrontation avec le mage noir. Cependant, il était évident qu'il ne perdait rien de leur compte rendu. Il avait même semblé très intéressé par la description, ainsi que le rôle de la femme qui avait volé au secours de Caroline. Le mot « valkyrie » avait franchi ses lèvres. Quand elle l'avait questionné à ce propos, il s'était contenté de lui mentionner qu'avec une telle alliée, son amie avait de fortes chances de survivre. Devant l'attitude fermée de Keith, elle n'avait pas poussé plus loin son interrogatoire.

Tout en essayant de s'installer le plus confortablement possible, malgré sa couche rudimentaire, Alicia observa Keith à la dérobée entre ses cils mi-clos. Une étincelle énigmatique traversa les yeux de celui-ci lorsque leurs regards se croisèrent. Ce fut Alicia qui détourna la première les yeux. Il se disait son protecteur ; mais qui était-il en réalité ? Pourquoi cherchait-il à l'aider ? Lasse de s'interroger sans cesse, elle soupira. Ce fut tant bien que mal qu'elle s'efforça de trouver le sommeil.

Keith demeura éveillé afin de tenir le premier tour de garde pendant que les autres dormaient. Ce fut à ce moment-là qu'il eut à nouveau la visite de la reine des Tuatha Dé Danann. Ce qui ne l'étonna guère. Il s'appuya avec nonchalance à l'un des rochers, les jambes étendues sur le sol, sachant pertinemment qu'il ne lui servirait à rien de la presser de questions. Fódla sourit devant l'impudence de son assurance.

— Laird MacGrandy, je vois que ma présence ne te surprend guère. Serais-tu à ce point présomptueux de tenir pour acquis le fait que je m'adresse à toi une seconde fois ?

— Je connais suffisamment les Tuatha Dé Danann pour deviner que vous n'en aviez pas terminé avec moi. De plus, ne m'aviez-vous pas donné rendez-vous à cet endroit ?

— En effet, je suis heureuse d'ailleurs de constater que tu as pu y amener Alicia saine et sauve !

— Tout le plaisir fut pour moi, Ma Reine ! lâcha-t-il avec un soupçon d'ironie.

La souveraine le scruta de son regard perçant, mais préféra ne pas relever la raillerie du laird. Nullement impressionné, Keith se redressa d'un bond souple.

— En avons-nous fini avec les politesses d'usage ? attaqua-t-il d'emblée. Pourquoi cette mortelle est-elle ici ? Ceux de votre race ne sont pourtant pas renommés pour accorder si aisément leurs faveurs.

— Je te croyais plus intuitif, Laird MacGrandy ! lui répondit-elle avec morgue à son tour. Cette jeune mortelle, comme tu te complais à l'appeler avec autant de condescendance, n'est pas ce qu'elle semble être. Elle est beaucoup plus en réalité.

Le voyant plisser les yeux en signe d'incrédulité, elle sourit d'un air énigmatique. Cette expression pour le moins inattendue intrigua Keith. Que lui cachait-elle au juste ? Pourquoi tant de mystère autour de cette humaine ? Du coin de l'œil, il examina la silhouette assoupie près du feu. L'étrangère lui apparaissait des plus communes. Il ne décelait aucune magie chez elle. Consciente d'avoir aiguisé sa curiosité, Fódla s'avança vers lui avec grâce.

— Tu fais bien de t'interroger à son sujet, Laird MacGrandy, car contrairement à ce que tu crois, Alicia détient un pouvoir immense… qui n'a d'égal que le tien, poursuivit-elle, plus conciliante. C'est pourquoi j'ai besoin de ton savoir antique pour l'éveiller.

Surpris, Keith se retourna vers elle. Il était plus que réceptif désormais. Un éclair malicieux traversa le regard de la reine.

— J'étais certaine que je susciterais ton intérêt, Laird MacGrandy. Je n'en attendais pas moins de ta part d'ailleurs. Cette jeune femme est en fait une clé de voûte, en plus d'être une puissante enchanteresse dotée de la vision d'une voyante... sauf qu'elle l'ignore. Sa magie se transmet d'une génération à l'autre depuis fort longtemps déjà, dans l'attente de cet instant, sans qu'aucun de ses ancêtres ne l'ait su ou ne s'en soit douté.

De plus en plus perplexe, Keith sonda une seconde fois l'étrangère, mais sans résultats probants. Il fronça les sourcils, incapable de détecter quoi que ce soit.

— Son pouvoir est à peine perceptible, du moins pour le moment, commença la reine d'une voix énigmatique.

À ces mots, Keith se raidit, tout en cherchant avec plus d'ardeur encore à lire en elle. Un faible écho effleura à peine ses sens, puis disparut aussi subitement qu'il était apparu. S'il n'avait pas su de quoi il en retournait exactement, il n'aurait jamais remarqué cette subtilité.

— Comment est-ce possible ? s'informa-t-il d'un ton sec.

— Depuis sa naissance, une toile a été tissée autour de sa magie, afin de l'y contenir, la préservant ainsi du monde extérieur. D'ailleurs, l'écran qui la bride a été fabriqué lors de la pleine lune, par une fileuse de nuit très puissante qui logeait en solitaire sous un dolmen. Tu n'es pas sans comprendre qu'une telle protection ensorcelée ne peut être défaite que par une force ancestrale. Celui qui parviendrait à dénouer tous les fils détiendrait un ascendant considérable sur son âme, ainsi que sur sa magie. Tu es celui que nous avons choisi pour l'éveiller, Laird MacGrandy. Ton propre pouvoir contrebalancera le sien. Toi seul pourras l'aider à maîtriser cette énergie phénoménale, avant qu'elle ne soit elle-même en mesure de le faire. Tu seras son guide, son assise !

Désarçonné, Keith se passa nerveusement une main dans les cheveux tout en marchant de long en large. Des émotions contradictoires le submergeaient. Par tous les dieux, c'était bien au-delà de tout ce qu'il avait pu imaginer ! Faisant volte-face, il darda un regard perçant sur la jeune femme qui était toujours inconsciente de la destinée qui l'attendait. Tout en serrant les poings, il affronta de nouveau la reine.

— Vous savez pertinemment que l'union de nos deux magies provoquera d'immenses remous au sein même de la Cour d'été, que nos deux âmes se retrouveront alors entraînées malgré elles, piégées par cette force, liées à tout jamais. Je ne pourrai l'éveiller sans risquer de m'y brûler. Nous serons enchaînés l'un à l'autre, sans espoir de retour ! Vous le comprenez, n'est-ce pas ?

— Tout à fait ! C'est pourquoi nous l'avons bridée jusqu'à ce jour, et que nous avons porté notre choix sur toi, Laird MacGrandy. Sache qu'il est trop tard pour reculer, car j'ai d'ores et déjà dénoué le premier fil de la toile. J'ai de plus fait appel à son essence ancestrale afin qu'elle se prépare à cette épreuve. Je suis certaine que tu as remarqué le magnétisme qui vous attire indéniablement l'un vers l'autre. Elle t'a vu plus d'une fois dans ses songes, déjà son esprit tente de te rejoindre. Elle est perdue, désorientée… J'aurais désiré qu'elle puisse s'acclimater en douceur, mais le temps nous est compté. Abaddon a pressenti sa puissance latente. À travers Conrad, il cherche à l'atteindre pour la détruire.

— Pourquoi ? Que gagnerait-il en agissant de la sorte ?

— Alicia n'est pas une clé de voûte ordinaire. À l'inverse de celles qui l'ont précédée, elle peut sceller définitivement le passage qui mène au monde des ténèbres. Abaddon ne peut risquer qu'elle tombe entre les mains de ses ennemis. Il préfère l'éliminer.

Keith n'avait pas besoin d'en entendre davantage pour être convaincu. Aucun peuple ne survivrait si les démons brisaient le voile sans que personne ne puisse le refermer. Pourtant, il ne pouvait accepter sans ciller l'idée d'être lié à tout jamais à une clé de voûte, enchanteresse de surcroît. Il était loin d'être tranquillisé. Il savait pertinemment l'attrait qu'exerçaient de telles créatures sur la gent masculine. Sa propre mère était une enchanteresse redoutable. Combien de fois avait-il été témoin de son ascendance sur son père, ainsi que les hommes de la tribu ? Entre de mauvaises mains, un charme aussi puissant pouvait s'avérer des plus dévastateur. Déjà qu'Alicia avait une influence marquée sur ses sens lorsqu'il se retrouvait en sa compagnie, qu'en serait-il quand ses pouvoirs seraient débridés ? Un engouement soudain l'enveloppa. Surpris, il releva la tête. La reine avait disparu, alors qu'Alicia le fixait avec intensité de l'autre côté des flammes. Ébranlé par la détresse qui se reflétait dans ses yeux, il contourna le feu de camp en silence pour la rejoindre. Sa décision était prise...

Alicia ne se rebiffa pas quand il la souleva. Réveillée depuis peu par une voix lointaine aux intonations ensorcelantes, elle avait ouvert les yeux. Son attention avait été attirée par la silhouette massive de Keith. Ses joues brûlaient sous l'effet d'une émotion trop vive, son âme chavira sous son regard soutenu. D'instinct, ses mains se tendirent vers lui dans une invitation muette. Déconcertée par rapport à ce flot de sensations qui l'assiégeait, elle sursauta lorsqu'une puissante décharge électrique la traversa tout entière au contact des doigts de Keith.

Keith, quant à lui, se sut perdu dès l'instant où il la toucha. Il était ébranlé par son désarroi évident. Il l'entraîna à l'écart, déterminé à la préserver du mal. Il enfouit son visage bien malgré lui dans son abondante chevelure, humant le parfum léger de jasmin qui s'en dégageait. Il appuya son front contre le sien en poussant un soupir désespéré. Sa peau était si douce que c'était une vraie torture. Par tous les dieux, s'il ne prenait pas garde, il risquait de s'égarer en chemin. Il retrouva un semblant d'équilibre mental en repoussant les émotions violentes qui le submergeaient, puis étendit la jeune femme avec délicatesse.

Alicia ne savait que penser. Cet homme la fascinait au-delà de toute raison. Malgré tout, une voix intérieure lui soufflait de faire attention. Conscient de son hésitation, Keith se pencha vers elle, l'emprisonnant de ses bras. Après un bref moment d'incertitude, il effleura son cou du bout des doigts, puis descendit lentement jusqu'à sa poitrine. Alicia frissonna sous cette caresse légère. Keith profita de sa confusion pour plaquer sa paume droite sur son plexus solaire. Elle sursauta, le fixant d'une expression égarée. Une douce chaleur s'intensifia alors au centre de son être, la consumant tout entière. Cependant, la torpeur fit bientôt place à une vive douleur, bloquant sa respiration. Surprise, elle tenta d'échapper à son étreinte brûlante, mais Keith affermit sa prise. Il s'installa à califourchon sur son bassin avec une détermination inébranlable, la maintenant captive. Il releva ses deux poignets au-dessus d'elle, puis les emprisonna de sa main gauche. Alicia se tordit violemment, des plaintes déchirantes montant dans sa gorge.

En percevant sa souffrance, Keith redressa la tête et l'enveloppa de son regard ardent, tout en psalmodiant un chant dans une unique note grave et impérieuse. Sous le charme, Alicia fut transportée par l'étrange mélopée. Avec précaution, Keith invoqua les forces de la nature pour l'aider à dénouer les fils de l'ensorcellement. Il plongea en son centre en fermant les paupières afin d'être en mesure de distinguer toutes les subtilités qu'il renfermait. Il rassembla tout son pouvoir, puis visualisa mentalement les longs doigts fins d'une fileuse. Ayant bien imprégné cette image dans son esprit, il fit virevolter le pouce et l'index imaginaires tout autour de la toile grâce à sa seule volonté. Un à un, les nœuds se défirent, libérant graduellement la magie qui y était contenue. Les battements désordonnés du cœur d'Alicia l'obligèrent toutefois à suspendre son opération.

Celle-ci haletait, les tempes en sueur. Elle chercha de son regard fiévreux un moyen d'échapper à la douleur qui la tenaillait. Keith relâcha son emprise et la releva avec délicatesse. Il prit appui à l'un des rochers, passablement épuisé. Il lova la jeune femme contre son torse, plus affecté qu'il ne l'aurait cru. Alicia s'y blottit, à bout de résistance.

— Je suis désolé! Je sais que vous souffrez, mais soyez courageuse, *mo chroí*[6], tout sera terminé sous peu, chuchotat-il à son oreille d'une voix rauque.

Pour toute réponse, Alicia gémit faiblement. Attendri par sa vulnérabilité, Keith la serra plus étroitement encore et déposa un léger baiser sur le sommet de sa tête. Elle semblait si frêle, si perdue. Jamais une femme ne l'avait ému autant. Il embrassa avec tendresse ses paupières closes, puis dégagea ses tempes des mèches rebelles qui y collaient.

---

6. Mon cœur.

— Ne m'abandonnez pas… parvint-elle à murmurer au prix d'un immense effort. J'ai si peur… lâcha-t-elle dans un sanglot étranglé.

— N'ayez crainte. Quoi qu'il advienne, je serai toujours à vos côtés. Je ne vous abandonnerai pas, *mo chroí*.

— Pourquoi…

— Chut! Chaque chose en son temps. Oubliez pour l'instant toutes ces questions qui vous épuisent inutilement, souffla-t-il en utilisant le pouvoir de sa voix pour l'envoûter.

Incapable de s'opposer à son sort d'assujettissement, Alicia se soumit. Elle tendit une main tremblante vers son visage, à peine consciente de ce qui l'environnait. Il la prit dans la sienne, l'étreignant avec émotion. Leurs deux paumes se rejoignirent dans une parfaite communion. Keith prononça une incantation antique et l'invita avec douceur à la répéter après lui, scellant ainsi leurs deux âmes à tout jamais.

Alicia perdit connaissance peu après et s'affala dans ses bras. Il entreprit dès lors de dénouer les derniers nœuds. Il lui lança un autre sortilège d'apaisement en percevant sa résistance, puis brisa avec vigueur cette frontière suprême. Alicia s'arqua sous la force de l'impact dans un ultime râle. Sachant qu'il ne pourrait échapper à sa destinée, Keith s'ouvrit à sa magie nouvellement éveillée. Leurs âmes entrèrent en contact avec fracas. Tout le corps de la jeune femme fut pris de soubresaut, alors que lui-même lâcha une plainte ténue. Des décharges foudroyantes vinrent percuter les anneaux d'or qu'il portait aux biceps, les faisant crépiter.

— Vous êtes désormais mienne, et pour toujours, *mo chroí*, souffla-t-il.

Même dans les profondeurs de son inconscience, Alicia discerna l'écho de sa voix et frissonna à l'énoncé de ses propos murmurés avec tant de conviction.

Fourbue, elle sombra dans un sommeil de plomb. Keith se détacha avec douceur de son étreinte, puis se releva, rassuré sur son sort. Il chercha à faire le vide dans son esprit, épuisé par la dépense considérable d'énergie. Afin de se régénérer, il reprit contact avec les forces de la terre. Il jeta un dernier regard dans sa direction tout en recouvrant de son plaid les épaules de la jeune femme. Il déposa un baiser léger sur ses lèvres pâles. Perturbé, il regagna son poste de surveillance en silence. Il avait besoin de solitude pour réfléchir aux implications de son geste. Il resta immobile, les yeux rivés sur la nuit étoilée. Il percevait encore avec clarté l'arôme du parfum d'Alicia sur lui. En dépit de son potentiel phénoménal, il n'en demeurait pas moins qu'elle était néophyte en matière de magie. Avait-il commis un impair en la mêlant à son insu à cette bataille contre les ténèbres ? Pouvait-il se fier entièrement à la reine ? Tourmenté par un doute insidieux, il se massa les tempes en soupirant. Sa rencontre avec la jeune femme cachait des desseins beaucoup plus grands que le simple éveil de ses pouvoirs, il en était certain. La reine des Tuatha Dé Danann ne lui avait pas tout révélé. Quelque chose se tramait dans le Sidh, et la souveraine n'y était pas étrangère. Tout ce qu'il espérait, c'était d'avoir fait le bon choix.

La mine soucieuse, il tendit ses sens vers la Cour d'été. Le sort en était maintenant jeté, et que les dieux lui viennent en aide, car il avait agi au-delà de ce qui lui avait été demandé. Ayant déjà eu un aperçu de la force qui animait Alicia, ainsi que de son caractère, il sut dès lors qu'elle n'allait pas du tout aimer avoir été manipulée de la sorte. Non seulement se retrouvait-elle captive du Sidh à tout jamais, habitée d'un pouvoir phénoménal, mais en plus, elle était désormais épouse de laird. Lors de son éveil, Keith avait formulé à son insu l'incantation sacrée des druides qui les unissait en tant qu'époux et épouse. Profitant de sa faiblesse, il lui avait fait répéter cet engagement après lui, alors qu'elle était inconsciente de sceller pour l'éternité sa vie à la sienne.

Cette nuit-là, Alicia eut d'étranges visions. On l'épiait... D'ailleurs, une sensation de vertige la saisit subitement, suivie d'un malaise profond. Dans un état second, elle fut incapable de bouger, ni de prononcer le moindre mot. D'instinct, elle chercha la silhouette rassurante de Keith, mais celui-ci s'était éloigné, se trouvant hors de sa portée. Quelqu'un ou quelque chose tentait de sonder son esprit.

— *N'aie pas peur, Alicia*, murmura une voix doucereuse dans sa tête. *Je suis venue pour toi !*

Alicia sursauta et se figea en apercevant la créature enchantée qui se tenait immobile sur sa droite. Ne sachant quelle attitude adopter, elle ferma les yeux, laissant le temps nécessaire à ses sens de s'apaiser. Elle tressaillit en les ouvrant de nouveau. L'être surnaturel s'était évaporé, alors que plus aucune impression de vertige ne subsistait. Elle sombra, incapable de combattre plus longtemps le sommeil.

❋ ❋ ❋

Lorsqu'Alicia se réveilla le lendemain matin, un sentiment étrange l'animait. Que lui était-il arrivé la nuit dernière ? Quel était le lien qui reliait Keith aux fragments de souvenirs qui demeuraient toujours aussi confus dans son esprit ? Frustrée de ne pouvoir se rappeler les évènements de la veille, elle se promit de questionner Keith à ce sujet dès que possible. Décidée à agir plutôt que de rester passive face aux circonstances inhabituelles qui l'assaillaient, elle se releva d'un bond. Prise d'étourdissement, elle dut prendre appui à un rocher pour ne pas s'effondrer. Elle passa une main tremblante sur son front moite, la respiration courte. Elle retrouva son équilibre avec peine avant de se diriger à pas mesurés vers la source qui s'écoulait non loin de là, espérant pouvoir s'y rafraîchir un peu. Un picotement désagréable parcourut sa nuque lorsqu'elle traversa la lande qui la séparait du cours d'eau. Elle fit volte-face en sentant qu'elle courait un grave danger. Les battements de son cœur s'accélérèrent. Une vive douleur martela sa tête, l'obligeant à s'arrêter. Puis, un vide énorme embrouilla son esprit, la glaçant jusqu'au plus profond de son être. Elle chercha à regagner la présence rassurante des hommes assis près du feu de camp.

Elle pressentait qu'il lui fallait rejoindre Keith le plus rapidement possible. Toutefois, à la pensée du guerrier, un malaise l'envahit. Tout la ramenait vers cette nuit, comme si quelque chose de vital s'y était produit sans qu'elle en ait souvenir. Pour quelle raison n'arrivait-elle pas à se départir de cette impression de catastrophe ? D'où lui venait cette intime conviction qu'il l'avait marquée d'une empreinte indélébile ?

En la voyant s'avancer en direction du groupe, l'expression hagarde, le visage d'une pâleur mortelle, Keith s'inquiéta. Une fois à sa hauteur, il déposa une main légère sur son front. Il fronça les sourcils en constatant qu'il était brûlant de fièvre. Il s'apprêtait à la sonder lorsqu'une vive douleur la foudroya sur place, lui arrachant un cri d'agonie. Prompt à réagir, Keith l'obligea à le regarder. Il concentra toute son attention sur son esprit. Une peur irrationnelle le gagna en captant qu'une force obscure cherchait à prendre possession d'Alicia, empêchant du même coup toute forme de contact entre eux. Sous l'effet de cette agression soutenue, le corps de la jeune femme se tordit alors que son regard reflétait tout de la souffrance qui était la sienne.

Keith essaya d'établir un lien entre eux, afin d'avoir un accès direct à la source même de son pouvoir, mais sous l'assaut de la terreur, elle le repoussa. Sachant qu'il n'arriverait à rien ainsi, il psalmodia une incantation de défense. Dès lors, une puissante décharge le projeta au loin, puis un halo de lumière incandescent enveloppa Alicia. Aussi subitement qu'elle était apparue, la lueur disparut, emportant la jeune femme avec elle. Furieux, Keith jura en s'emparant de son plaid d'un geste brusque. Il s'élança dans la lande sans un mot, une ombre dangereuse dans le regard. Il devait la retrouver. Les siens lui emboîtèrent aussitôt le pas en devinant ses intentions. Hélène n'eut d'autre choix que de les suivre, trop abasourdie pour émettre la moindre opinion.

Keith, pour sa part, s'en voulait amèrement. Perturbé par les évènements récents et trop sûr de lui, il avait omis une règle élémentaire, voire essentielle la nuit dernière :

celle d'ériger une barrière de protection tout autour de leur campement. Maintenant, c'était Alicia qui en faisait les frais! Accélérant la cadence, il se prépara mentalement à la suite des choses. Il lui fallait à tout prix extirper sa compagne des griffes de Conrad avant qu'il ne soit trop tard! Un frisson d'appréhension le parcourut et son cœur se serra en songeant à ce qui l'attendait.

Quand Caroline ouvrit enfin les yeux, elle se trouvait de nouveau dans sa cellule, en proie à une vive douleur à la nuque. Son regard chercha la silhouette familière de Cheyne, la valkyrie venue à son secours. Elle ne fut pas surprise de constater son absence; sans doute étaient-ils revenus. Ayant perdu toute notion du temps, elle ignorait tout de la durée de leur captivité. Rendue trop faible par les conditions affreuses de leur détention et les mauvais traitements, elle n'avait plus la force d'échanger avec Cheyne, lors des rares moments où elles se retrouvaient ensemble. «Pourquoi?» Caroline ne cessait de retourner cette question dans son esprit. Nul doute qu'à ce rythme, elle ne tiendrait plus longtemps, contrairement à sa compagne. «Si seulement ce calvaire pouvait prendre fin!» songeat-elle avec désespoir. Elle en était à cette réflexion macabre lorsque la porte s'ouvrit dans un grincement lugubre, livrant passage à ses geôliers. Les bêtes repoussèrent Cheyne avec rudesse vers le milieu de la pièce, puis se tournèrent vers elle, le regard froid. Caroline comprit qu'ils venaient la chercher... Un hurlement de pure terreur franchit ses lèvres quand ils l'empoignèrent par les aisselles pour l'entraîner vers cette salle qu'elle ne connaissait que trop bien désormais…

CHAPITRE II

Exploration du Sidh

Alicia errait depuis un bon moment déjà, désespérant de retrouver Keith et le reste du groupe. Maintenant que la nuit était tombée, elle était plus que jamais désorientée. Une sourde angoisse faisait battre son cœur à un rythme effréné. Elle n'y voyait rien à des kilomètres à la ronde, puisque la lande était plongée dans une obscurité oppressante. Aucune étoile ne brillait dans le ciel couleur d'encre. L'air était si glacial qu'une légère buée se formait devant son visage à chaque expiration. Elle tenta de réchauffer ses doigts gourds en frottant vivement ses mains l'une contre l'autre. Elle s'efforça de demeurer calme malgré l'affolement qui menaçait de la gagner. Elle savait pertinemment que dans le cas contraire, elle n'arriverait jamais à sortir vivante de ce bourbier. Le seul élément positif était le fait que la douleur qui l'avait terrassée quelques instants auparavant avait disparu, lui octroyant un moment de répit. Pourquoi se retrouvait-elle dans cette situation ? Massant ses tempes pour chasser son trouble, elle essaya de faire le point afin de trouver une issue.

Elle était à l'affût du moindre bruit, tous ses sens aux aguets. Un froissement dans les bruyères attira son attention. Sur le qui-vive, elle chercha à percer la noirceur environnante. Un tumulte grondait en elle. Sa respiration s'accéléra, des gouttes de sueur perlèrent à son front.

Un craquement de branche retentit derrière elle. Incapable de réfréner son sentiment de panique qui montait en crescendo, elle s'élança à l'aveuglette. Des brindilles fouettèrent son visage sur son passage, marquant sa chair tendre, mais ces blessures ne la firent pas ralentir pour autant. Elle parvenait à peine à discerner ce qui l'entourait, si bien qu'elle finit par trébucher. Elle poussa un cri aigu en s'affalant de tout son long sur la terre ferme. Sa tête heurta avec rudesse le sol rocailleux. Elle demeura immobile quelques secondes, étourdie par le choc. Elle tâta du bout des doigts la bosse qui se formait sur son cuir chevelu, grimaçant sous la douleur cuisante. Croyant être de nouveau suivie, elle se releva en vacillant. Elle continua d'avancer d'une démarche instable, animée par son désir de mettre le plus de distance possible entre elle et ce qui se cachait dans l'ombre.

※　※　※

Tout en promenant un regard incertain sur les six hommes qui la précédaient, Hélène constata avec découragement qu'ils paraissaient plus perturbés qu'elle par ce qui venait de se produire. Quant à Keith, son inquiétude avait grimpé d'un cran quand il s'était rendu compte qu'il était incapable de percevoir la présence de la jeune femme dans le Sidh. Comme si ses pouvoirs druidiques avaient été

engourdis par une magie puissante. Sans aucun doute
s'agissait-il d'un sort Unseelie ou pis encore, d'un maléfice
obscur. C'était à n'y rien comprendre! Il avait pourtant tenté
de garder le contact avec Alicia, mais ils avaient été séparés
malgré tout. Il n'arrivait pas à oublier son expression
apeurée. Qu'était-il advenu d'elle? Cette question le mettait
au supplice. Il disciplina son esprit à faire le vide, conscient
qu'il ne servait à rien de se laisser miner de la sorte. Il aurait
besoin de toute sa concentration et de tout son savoir pour
la retrouver.

Hélène observa de nouveau l'homme qui tenait lieu de
chef au sein du groupe. Vu sa réaction démesurée, elle se
doutait que son amie courait un grave danger. Lasse d'attendre des explications qui ne venaient pas, elle se résigna à
prendre les devants. Faisant face à Keith, elle l'apostropha
rudement.

— Qu'est-ce qui se passe, nom de Dieu? Où se trouve
Alicia? attaqua-t-elle sans détour.

Keith stoppa net, surpris par cet assaut pour le moins
inattendu. «Bon sang, les femmes mortelles sont-elles donc
toutes aussi acariâtres?» se demanda-t-il avec humeur. Il
serra la mâchoire, puis darda un regard inquisiteur dans sa
direction.

— Sachez que je n'ai pas l'habitude de laisser une
femelle discuter mes décisions, lâcha-t-il avec impatience.
J'ai déjà suffisamment de problèmes avec votre amie pour
que vous en rajoutiez à votre tour.

Quand son frère lui tourna promptement le dos, Glen
perçut sa mine féroce. Il ne s'y trompa pas. La nouvelle
venue n'avait aucune idée des ennuis qu'elle courait en bra-
vant Keith de la sorte. Il avait rarement vu son aîné dans un

tel état, ce qui l'alarma d'autant plus. La dernière fois que Keith avait été aussi vindicatif datait de l'époque funèbre de son retour d'exil. Il se rappelait très bien l'homme qu'il avait été alors : sombre, à la limite du maléfique. Aucun membre de leur clan ne s'était risqué à l'aborder durant cette période, même les plus valeureux d'entre eux. Il avait fallu des années, ainsi que la mort de leur père pour que la lueur obscure qui habitait son regard en permanence disparaisse pour de bon. Depuis, toute personne sensée évitait de le provoquer inutilement.

Échangeant un coup d'œil entendu avec Todd, Glen s'avança d'une démarche raide vers Keith.

— Tu seras responsable de cette péronnelle, déclara celui-ci avec froideur. Assure-toi qu'elle se taise ! S'il le faut, n'hésite pas à la bâillonner.

Hélène eut un hoquet de stupeur à ces mots. Elle s'éloigna des six hommes à reculons. Cette bande de sauvages ne lui disait rien qui vaille. Elle les observa tour à tour avec suspicion. Glen s'adressa à elle d'un ton acerbe.

— Vous n'avez pas à vous méfier de nous. Nous ne sommes pas vos ennemis. Votre amie Caroline et vous ne devriez pas vous trouver ici. Votre présence représente un obstacle à notre mission. Dans ces conditions, si j'étais à votre place, j'éviterais d'énerver davantage mon frère. Autrement dit, je me tiendrais tranquille, termina-t-il d'une voix dépourvue d'amabilité.

D'abord abasourdie, Hélène demeura muette quelques secondes, mais sa nature belliqueuse reprenant le dessus, elle en oublia toute prudence, défiant du regard le chef du groupe.

— Écoutez-moi bien, espèce de salaud! Hier, Caroline a été enlevée par des bêtes sorties tout droit de l'enfer, et maintenant j'ignore totalement ce qui est advenu d'Alicia. Alors, épargnez-moi votre condescendance, voulez-vous! Que ça vous plaise ou non, nous sommes toutes les trois impliquées dans cette foutue histoire… cracha-t-elle avec aigreur.

Sur le point de perdre son sang-froid, Keith préféra se taire. Il marcha d'un pas furieux jusqu'à l'un des rochers en serrant les poings. «Bon sang! C'est à croire que ces satanées bonnes femmes se sont toutes donné le mot pour m'injurier!» Il demeura quelques secondes immobile tout en inspirant l'air pur de la forêt. En se passant une main dans les cheveux, il songea, non sans amertume, que les dieux avaient une façon bien particulière de tester ses limites. Pour un peu, il aurait laissé sa colère éclater, réduisant pour toujours cette mégère au silence. Pourtant, il n'en fit rien. Il comprenait d'une certaine façon les émotions contradictoires qui ébranlaient la jeune femme. Il se retourna d'un bloc dans un soupir.

— Nous allons en premier lieu retrouver Alicia. Par la suite, nous aviserons… lâcha-t-il d'une voix atone, l'expression soucieuse.

Hélène éprouva un pressentiment inconfortable en percevant son anxiété. Keith détourna son regard en devinant ses pensées grâce à une écoute profonde de son esprit. Mal à l'aise, Hélène s'agita.

— Vous savez quelque chose au sujet de la disparition d'Alicia, n'est-ce pas? demanda-t-elle, plus soupçonneuse que jamais.

Conscient qu'il ne pouvait la garder dans l'ignorance indéfiniment, Keith se crispa avant de répondre.

— Je suis certain qu'au moment de son ravissement, une Seelie a tenté de la protéger en l'enveloppant d'un voile de lumière. Mais, ça n'a pas été suffisant pour la sauver. Conrad avait déployé un puissant sort pour la capturer. La Seelie n'a pu que le contrecarrer en partie, expliqua-t-il d'un ton sec.

Keith foula le sol de grandes enjambées, tel un fauve pris au piège. Hélène sentit la panique la gagner.

— Attendez! Je ne comprends rien à vos propos. C'est du délire! Qu'est-ce qu'une Seelie, qui est ce Conrad? Merde! Que signifie cette connerie?

Keith se retourna d'un bloc en proie à une fureur irraisonnée. La mâchoire crispée, il la fixa avec dureté. Hélène recula, plus que jamais aux abois.

— Une Seelie est une créature immortelle qui appartient à une race enchantée de ce monde, déclara Keith. C'est un être de lumière. À l'opposé, Conrad est un sorcier aux pouvoirs considérables qui œuvre pour les ténèbres. La Seelie n'a pas réussi à délivrer Alicia des griffes du mage à temps; néanmoins, elle est parvenue à briser le cercle maléfique qui l'entourait, si bien qu'Alicia a dû être projetée quelque part entre ici et le repaire de Conrad. Mais où, et dans quel état? Je l'ignore, et c'est ce qui me préoccupe. Il est impératif de la localiser avant Conrad.

Il prononça cette dernière phrase dans un murmure. L'assurance démesurée dont il faisait preuve depuis le début semblait s'être fissurée. Que ce guerrier commence à craindre ce qui allait advenir ne pouvait signifier qu'une seule chose : les circonstances étaient beaucoup plus dramatiques qu'elle ne le croyait.

— Quel danger Alicia court-elle qui nous oblige à la retrouver au plus vite ?

Keith se referma. Hélène sentit l'effroi s'insinuer cruellement dans ses entrailles face à son mutisme lourd de sous-entendus.

— Qu'est-ce que vous me cachez ? Parlez ! s'écria-t-elle.

Keith releva lentement la tête. Une étincelle sauvage se reflétait dans ses prunelles. Hélène porta inconsciemment une main à son cœur. Cet homme représentait une menace redoutable qui lui donnait froid dans le dos. Il n'hésiterait certainement pas à tuer de ses mains s'il le fallait. Un grognement agacé monta dans la gorge de Keith en devinant ses pensées. Il resta sur ses positions, se refusant à lui dévoiler toute la vérité.

— Parce qu'elle est mienne ! eut-il pour toute réponse.

Glen, qui était demeuré en retrait, eut un hoquet de stupeur à cet énoncé. Il darda un regard inquisiteur dans sa direction, mais Keith l'ignora délibérément. Hélène déglutit avec difficulté en percevant la tension entre les deux frères.

— Que voulez-vous insinuer ? murmura-t-elle d'une voix tremblante.

— Alicia est désormais ma compagne, mon épouse… Nous avons échangé les vœux sacrés des druides. Il n'y a rien de plus à ajouter. Maintenant, écoutez-moi bien : il est impératif que nous la retrouvions rapidement. Ensuite, lorsqu'elle sera en sécurité entre les murs protecteurs du broch[7], nous pourrons diriger nos recherches vers votre amie Caroline.

---

7. Forteresse.

Hélène resta bouche bée. Comment cela était-il possible ? Elles venaient toutes trois à peine d'atterrir dans ce monde de fou. Tout en lui décochant un regard inquisiteur, elle réprima le flot d'injures qu'elle s'apprêtait à lui jeter au visage. Elle devina d'instinct qu'il n'en dirait pas davantage. Sans doute Glen se fit-il le même constat en apercevant le pli soucieux qui barrait le front de son frère, car il se garda bien de faire le moindre commentaire. Toutefois, un questionnement muet demeurait en suspension entre eux. « Pourquoi diable mon frère a-t-il pris la décision de lier son âme à celle de cette jeune mortelle, pour l'éternité de surcroît ? » se demanda-t-il avec surprise. Keith s'était toujours abstenu de s'engager sérieusement avec les femmes de leur clan. Pourquoi maintenant, et surtout, pourquoi avec elle ? À voir la mine renfrognée de son aîné, il préféra reporter à plus tard son interrogatoire. Keith était le laird de leur clan, nul n'avait autorité sur sa personne. Celui-ci jeta un coup d'œil significatif dans sa direction. Glen inclina la tête en signe de compréhension.

Foudroyée par une douleur violente, Caroline ouvrit grand les yeux, puis promena un regard affolé autour d'elle. Une peur irraisonnée la gagna quand elle vit qu'elle était plongée dans la pénombre. La pièce dans laquelle elle se trouvait lui était inconnue. Cette observation l'effraya d'autant plus qu'elle ne portait pour seul vêtement qu'une ample tunique noire. Des inscriptions étranges marquaient le tissu grossier de lin. Un cri d'horreur franchit ses lèvres en constatant que celles-ci étaient dessinées avec du sang frais. En percevant l'odeur métallique, son estomac se révulsa.

Sans lui laisser le temps de se remettre de ses émotions, une bête s'approcha d'un air lugubre. Sans ménagement, elle la poussa vers les cinq anneaux situés au milieu de la salle. Ceux-ci étaient verticaux, emboîtés les uns dans les autres et forgés d'un alliage mat. Elle fut hissée jusqu'au centre. S'emparant de ses poignets avec brutalité, le garde les emprisonna dans un étau de fer de chaque côté de sa tête. Il verrouilla également ses chevilles après les avoir écartées, sans égard pour la souffrance qu'il lui infligeait en étirant ses membres au-delà du supportable. Son hurlement de douleur lui arracha un sourire cruel. Les liens brûlaient sa peau à vif, ajoutant à son martyre. Dès qu'il se fut éloigné, les anneaux commencèrent une rotation progressive les uns sur les autres dans un grincement sinistre, puis de plus en plus rapidement. La pression qui s'y créa la paralysa. Son corps se contracta sur lui-même alors qu'elle était aspirée par les ténèbres. Son esprit fut transporté vers des lieux lugubres, glacials, qu'elle répugnait à explorer, même en pensée. Les murs qui l'entouraient avaient disparu, remplacés par une grotte inhospitalière. Sa respiration se bloqua dans sa gorge quand des bruits de pas résonnèrent, se rapprochant d'elle. Une voix provenant d'outre-tombe l'appela avec ferveur. Caroline cria de toutes ses forces, en proie à une terreur sans nom. Simultanément, elle fut prise d'assaut par des décharges fulgurantes. Tout son être s'embrasait, sa tête menaçait d'éclater. Ce calvaire sembla durer une éternité, si bien qu'elle perdit toute notion du temps.

Lorsqu'elle fut finalement délivrée des fers qui la retenaient prisonnière, elle s'effondra sur le sol. À quatre pattes, elle chercha à reprendre son souffle, mais elle suffoquait sous l'emprise de la douleur qui l'irradiait tout entière. À ce constat, la créature qui manipulait l'instrument de torture se tourna vers le mage noir qui se tenait immobile à ses côtés.

— Nous allons la perdre si nous l'exposons plus long-temps à l'influence de l'artefact Unseelie. Nous ne pouvons continuer de tourmenter son esprit fragile sans risquer de le détruire, signala le gobelin d'une voix gutturale.

— Poursuivez! lâcha Conrad sans aucune compassion. Sous peu, cette mortelle capitulera; elle n'a pas d'autres choix. Ce n'est qu'une pauvre chose sans volonté. Elle se pliera au maléfice, s'assujettira à sa puissance, intima-t-il.

Devant l'hésitation du gobelin, il rétrécit ses paupières, tout en affichant une expression des plus lugubres. La bête s'inclina, avant de reporter toute son attention sur la captive. En contemplant la scène à son tour, un éclat malsain traversa le regard du mage, le faisant paraître plus cruel encore. Il n'y avait absolument rien de miséricordieux chez lui. Son maître nécessitait des réponses, et il était hors de question qu'il faillisse à sa mission. L'une des trois mortelles qui avaient traversé le voile était la clé de voûte. Les deux autres n'étaient que des leurres pour mieux les mystifier. Il détenait l'une des humaines, mais les deux autres étaient toujours hors de sa portée. Cependant, il savait qu'Abaddon avait envoyé ses sbires aux trousses des deux étrangères. Pour sa part, il avait bien l'intention de découvrir ce qu'il en était réellement de sa captive

❊ ❊ ❊

Alicia marchait à l'aveuglette depuis des heures déjà. Malgré tous ses efforts pour retrouver son chemin, elle n'y parvenait pas. Elle était à bout de force, perdue dans une tourbière, loin de toute civilisation. La fraîcheur et l'humidité du climat la firent frissonner. Transie, elle ne savait que faire, peinant à avancer sur la terre gorgée d'eau. Les matières organiques en voie de putréfaction qui jonchaient les lieux n'offraient aucune aire de repos adéquate. Pourtant trop épuisée pour continuer, elle n'eut d'autre choix que de se laisser choir sur le sol détrempé. Tout en repliant ses jambes sous son menton, elle appuya son front sur ses genoux. Bientôt, ses paupières lourdes de sommeil se refermèrent sur son regard fiévreux. Elle sombra dans une torpeur profonde.

Keith fronça les sourcils en percevant soudain le voile du Féth Fíada qui l'entourait. Cependant, en reconnaissant l'essence de la Seelie qui avait tenté de protéger Alicia, il se détendit, retrouvant un peu d'espoir. Malgré qu'elle demeurait invisible à leurs yeux, un léger effleurement dans son esprit l'avertit de sa présence. Soulagé, il comprit alors qu'elle cherchait à combiner son pouvoir au sien. Grâce à son aide, il serait plus facile pour lui de localiser Alicia, puis d'établir un contact avec elle. Keith se concentra, inspirant profondément. Le temps leur était compté, il n'avait plus aucune marge de manœuvre. Il savait que la magie qui affluait depuis peu dans le corps d'Alicia devait l'épuiser considérablement. Elle avait besoin de ses capacités druidiques pour contrebalancer cette énergie redoutable. Dans le cas contraire, cette force se retournerait contre elle, la consumant de l'intérieur. Il devait donc la retrouver, et vite…

Dès l'énoncé des premiers mots psalmodiés, il s'entoura d'un puissant sort de préservation, ne faisant qu'un avec la source même de la terre. En réponse, la Seelie lui insuffla de sa propre magie. Keith chancela sous l'impact. Il demeura néanmoins profondément ancré au tapis de lichen sous ses pieds. Il sonda les environs, élargissant de plus en plus son champ de vision, jusqu'à ce qu'il capte finalement une faible résonance émanant d'Alicia. Une image s'imposa de force à lui. Il la vit, allongée sur un lit de mousse, les cheveux en bataille.

Concentrant toute son attention sur son esprit, il ferma les paupières, se préparant mentalement au voyage qu'il effectuerait pour la rejoindre. Il chanta une incantation de sa voix grave alors que la Seelie créait momentanément un couloir entre eux, le temps nécessaire pour qu'ils puissent tous traverser. Hélène, qui était restée en retrait depuis le début, ouvrit de grands yeux apeurés. Un cri d'angoisse se bloqua dans sa gorge en voyant soudain le monde disparaître autour d'elle. Un éclat lumineux l'aveugla, puis ils furent aspirés avec rudesse dans un vortex. Elle eut l'impression d'une descente infernale. Quelques secondes après, ils furent expulsés du tourbillon. Les hommes atterrirent avec assurance, mais Hélène percuta durement la terre ferme dans un grognement sourd. Par chance, le sol spongieux parvint à amortir sa chute. Elle se releva en vacillant, quelque peu désorientée, le cœur au bord des lèvres. Elle contempla avec ahurissement le paysage différent qui l'entourait.

Alicia rêvait qu'elle se retrouvait au milieu d'une immense étendue d'eau, lorsqu'un bourdonnement prononcé s'immisça dans son esprit encore embrumé de sommeil. Le bruit étourdissant s'accentua, l'éveillant entièrement. Captant un mouvement sur sa droite, elle tourna la tête dans cette direction. Elle aperçut trop tard le gobelin qui la visait. Avant même qu'elle ne puisse esquisser le moindre geste de fuite, une fléchette maléfique fut lancée vers elle. Alicia s'écroula dès l'instant où la sorcellerie que renfermait l'arme Unseelie se diffusa dans son système. Ses muscles se tétanisèrent l'un après l'autre, sa vision s'embrouilla graduellement. Puis, ce fut le noir total. Elle était aveugle et paralysée, impuissante désormais à se défendre. Une peur sans nom lui noua les entrailles. N'ayant pas encore perdu la faculté de son ouïe, elle entendit très clairement l'approche de ses agresseurs. Un hurlement monta du plus profond de son être quand deux bras décharnés la relevèrent. Un de ses tortionnaires lui attacha les poignets derrière le dos à l'aide d'une corde raide. L'un d'eux la balança ensuite sans ménagement sur son épaule, lui coupant le souffle sous la force de l'impact. Ils se mirent en route sans plus tarder.

À chaque mouvement brusque, l'os pointu de son assaillant s'enfonçait traîtreusement dans son estomac. Alicia fut prise d'un haut-le-cœur. Elle n'en pouvait plus d'être ballottée ainsi, tête en bas. Lorsqu'un liquide visqueux s'écoula sur la jambe du gobelin, celui-ci la jeta avec vigueur sur le sol. Son atterrissage brutal sur la terre rocailleuse lui arracha une grimace douloureuse. Alicia demeura prostrée dans la même position, dans l'attente du prochain coup à venir. Ce fut alors que l'écho d'un chant lointain parvint jusqu'à eux, rendant ses agresseurs nerveux. Un brouhaha général précéda la lutte qui se déclencha près d'elle, suivi d'un silence confondant. Alicia déglutit avec peine, sur le qui-vive. Elle était incapable de distinguer quoi que ce soit.

La main qui s'abattit soudain sur son épaule fit bondir son cœur dans sa poitrine. Sans doute dut-elle crier, car une paume se plaqua sur sa bouche. Ses poignets furent libérés avec célérité de leurs entraves, puis quelqu'un la jucha sans difficulté sur son dos. La familiarité de l'inconnu, ainsi que ses mouvements prestes, lui indiqua qu'il la connaissait. Elle cessa de se débattre en constatant alors qu'il s'agissait de Keith. Elle s'amollit contre lui à bout de résistance, puis enfouit son visage dans son cou. Lorsque les larmes silencieuses d'Alicia glissèrent sur sa peau, Keith tenta de faire abstraction de son désarroi, refusant pour l'instant de s'appesantir sur les émotions que la jeune femme faisait naître en lui.

Il courait depuis un certain moment déjà, enjambant les obstacles qui se dressaient sur leur route sans aucun problème. Alicia demeura immobile, consciente de la précarité de leur situation. Elle sentait sous ses doigts les muscles de Keith qui se tendaient sous l'effort fourni. Jugeant qu'ils s'étaient suffisamment éloignés, celui-ci s'arrêta afin de reprendre son souffle. Il en profita alors pour s'assurer qu'Alicia allait bien. Il la déposa avec douceur sur le sol. Par chance, elle avait retrouvé la pleine maîtrise de son corps durant leur fuite, ce qui était bon signe.

— *Mo chroí*, est-ce que vous allez bien? demanda-t-il avec une note d'anxiété dans la voix.

Trop secouée pour répondre, Alicia essaya tant bien que mal dans un premier temps de calmer le tumulte qui grondait en elle. Keith se fit moins insistant, plus compréhensif face à son mutisme. Quand il l'étreignit, il sentit la tension qui émanait d'elle à un point tel qu'il craignait qu'elle ne cède sous la pression. Il l'obligea sans équivoque à appuyer son front sur son épaule. Il massa sa nuque raide d'une main experte, dénouant un à un les muscles crispés. Un soupir de bien-être s'échappa des lèvres tremblantes d'Alicia, et son abandon total ne laissa pas Keith indifférent. Cependant, le temps leur était compté. Ils ne pouvaient se permettre de s'immobiliser trop longtemps. Alicia perçut la respiration profonde de Keith avant même qu'il ne se décide à parler.

— *Mo chroí*, d'ici la fin de la journée, il y a des chances qu'il me faille avoir recours à votre magie pour nous sortir de cette galère. J'ai déjà considérablement épuisé mes forces. Serez-vous en mesure de m'aider ? demanda-t-il avec douceur en s'écartant.

Il s'astreignit à demeurer impassible devant son expression confuse. Déconcertée par ce qu'il venait de lui dire, Alicia chercha à fuir la protection de ses bras.

— Du calme... murmura Keith. Je sais que vous êtes déroutée, mais vous devrez vous fier à moi...

Un rire désabusé s'échappa de la gorge de la jeune femme. Si cet homme, bâti comme une armoire à glace, avait besoin d'elle pour les sortir de ce mauvais pas, c'était perdu d'avance. Ce charabia qu'il lui racontait à propos de magie n'avait aucun sens pour elle. Elle avait beau essayer de garder l'esprit ouvert, mais là, cette histoire prenait des proportions dérisoires.

— J'ignore ce que vous attendez de moi ! s'écria-t-elle en s'agitant. Mais vous divaguez...

— Non, *mo chroí*. Je n'ai pas le temps de vous expliquer. Croyez-moi, vous n'êtes pas sans ressource.

— C'est absurde! Comment puis-je vous aider? lâcha-t-elle d'une voix cassée. Je suis aveugle!

Son cri du cœur l'ébranla. Contrairement à elle cependant, il savait que cette cécité n'était que temporaire. La rétine était la région la plus vulnérable chez un humain lorsqu'il était exposé à des maléfices obscurs. Cette défaillance se résorberait d'elle-même sous peu. Il replaça une mèche de cheveux rebelle derrière son oreille avec une familiarité déconcertante. Alicia sursauta, déstabilisée par ce soudain revirement.

Keith laissa retomber sa main, conscient de son trouble. Elle avait été rudement secouée, il ne devait donc pas la bousculer. De plus, il percevait très bien l'instabilité de sa magie en réponse à sa fébrilité. Dans l'état actuel des choses, tout mouvement brusque ou toute émotion vive pouvait avoir des répercussions désastreuses. En aucun cas, il ne désirait faire les frais de ses foudres. Voilà pourquoi il avait ordonné aux hommes de son clan de demeurer en retrait avec Hélène, pendant que lui-même amenait Alicia à l'écart. Mal à l'aise, celle-ci s'agitait de plus en plus. La proximité de Keith éveillait quelque chose au plus profond de son être qu'elle ne souhaitait pas découvrir. Keith frôla ses tempes d'une caresse légère devant son déni évident.

— Alicia, ne ressens-tu pas au fond de ton cœur qui je suis? demanda-t-il en utilisant son prénom et le tutoiement à escient. Ne te rappelles-tu pas la fusion de nos deux âmes, *mo chroí*? poursuivit-il d'une voix rauque.

Alicia blêmit, incertaine. Des émotions contradictoires la submergèrent au fur et à mesure que des fragments de la nuit dernière lui revenaient en mémoire.

— Non… murmura-t-elle dans un souffle.

Elle recula d'un pas en secouant vivement la tête afin de chasser les souvenirs qui l'assaillaient. Elle eut la sensation qu'un gouffre énorme s'ouvrait sous ses pieds, menaçant de l'engloutir. En réponse à ses tourments, une bourrasque s'éleva au-dessus d'eux, faisant virevolter ses cheveux.

— Alicia… non… s'empressa d'intervenir Keith. Tu ne dois pas laisser libre cours à ta magie de la sorte, c'est dangereux.

Alicia se figea sous le choc de cette découverte. Elle tremblait sous l'assaut du pouvoir brut qui l'envahissait. Comme si le voile qui obscurcissait sa vision s'était relevé d'un coup, elle recouvra abruptement la vue. Le monde se mit à tourner autour d'elle, un sentiment de légèreté l'habitait, lui donnant l'impression d'être détachée de sa propre enveloppe charnelle.

— Keith… murmura-t-elle d'une voix blanche.

— Ça va aller, Alicia, eut-il pour toute réponse en la soulevant dans ses bras au moment où elle s'effondrait.

Désorientée, elle s'accrocha à son cou avec l'énergie du désespoir, cherchant un point d'ancrage solide dans cette mer déchaînée qui balayait tout sur son passage. Keith resserra son emprise autour de son corps agité de soubresauts.

— Alicia, les gobelins risquent de revenir en force avec des korrigans. Je dois t'amener en lieu sûr.

Alicia était incapable de parler tant ses idées s'embrouillaient. D'un faible hochement de tête, elle acquiesça avant d'appuyer sa joue glacée contre son épaule réconfortante.

Plus que jamais déterminé à la protéger, Keith décida de la conduire au nord, dans un village dissimulé au regard de Conrad. Il lui expliquerait tout ce qu'elle avait besoin de savoir une fois qu'ils se retrouveraient sur les terres sacrées de son clan.

※　※　※

La nuit assombrissait le ciel depuis un bon moment déjà quand ils firent halte aux abords d'un loch. Une fois à l'intérieur de la caverne à flanc de montagne qui s'y trouvait, Keith étendit Alicia sur une couche sommaire avec d'infinies précautions. Il la savait encore sous le choc des derniers évènements, d'où son mutisme soutenu. Il la laissa tranquille afin de lui permettre de se reprendre. Il partit à la recherche de nourriture, ainsi que de tourbe pour alimenter leur feu de camp.

Il constata qu'Alicia demeurait toujours perdue dans ses pensées lorsqu'il revint avec quelques poissons pendus à une corde tressée. Il s'accroupit près des flammes et entreprit de préparer leur repas en silence. Toutefois, il resta à l'affût du moindre changement chez elle. Il dépeça habilement les harengs avant de les enfourcher sur une branche pour les faire cuire au-dessus des braises. Une fois que ce fut fait, il se redressa d'un bond souple, puis se dirigea vers l'étendue d'eau afin de s'y rincer les mains.

Alicia s'approcha du feu pour se réchauffer. Ses doigts étaient légèrement engourdis par le froid. Au retour de Keith, elle suivit chacun de ses faits et gestes entre ses cils mi-clos. Elle ne savait que penser des sous-entendus qu'il avait eus à son sujet à propos de la magie. Plus dérangeants cependant étaient ces fragments de souvenirs, concernant cette fameuse nuit au campement, qui lui revenaient en mémoire. Elle joua avec une mèche de ses cheveux, ne sachant comment aborder la question avec lui. Keith releva un sourcil interrogateur en percevant la raison principale de son trouble. Un sourire satisfait se dessina sur ses lèvres. Il se déshabilla sans aucune gêne devant elle, déterminé à provoquer une réaction de sa part. Alicia manqua s'étrangler en constatant sa nudité. Frondeur, Keith s'éloigna en direction du loch. Malgré la rougeur qui colorait ses joues, Alicia fut incapable de détourner les yeux. Tous ses sens s'éveillèrent à la vue de son corps vigoureux. Ses muscles bien découpés étaient une invite aux pensées les plus folles. Étant donné qu'il était de dos, elle ne pouvait apercevoir la partie intime de son anatomie ; cependant, la vision de ses fesses bien fermes qui se contractaient à chacun de ses pas ne la tranquillisait pas. Elle avait chaud et froid simultanément, sans parler de son cœur dont les battements s'étaient précipités. Son souffle se bloqua dans sa poitrine quand il lui jeta un regard pénétrant par-dessus son épaule. Ce diable d'homme savait exactement l'effet qu'il produisait sur elle, et il s'en réjouissait. Mal à l'aise, elle se racla la gorge. Désemparée, elle ne sut que faire lorsqu'il plongea dans les profondeurs du lac, surtout qu'il l'avait invitée à se joindre à lui d'un geste de la main. Elle était partagée entre son désir de répondre à cette impulsion insensée et celui de demeurer bien sagement à sa place.

Toutefois, étant donné qu'il tardait à refaire surface, elle décida de s'approcher du bord. Elle n'était pas très rassurée, et pour cause. À peine venait-elle d'atteindre la rive qu'une main velue surgit brusquement de l'onde, emprisonnant l'une de ses jambes dans une poigne inflexible. Elle fut subitement attirée vers les bas-fonds du loch. Elle hurla à pleins poumons avant d'être engloutie par les flots. Son cri se répercuta sur les parois des rochers.

Un pressentiment de mauvais augure envahit Keith quand il refit surface. Il constata avec effarement qu'Alicia n'était plus là. Une inquiétude sourde le gagna. Son instinct l'avertissait qu'elle était en danger ; pourtant, il ne voyait nulle trace d'altercation sur les berges. « Où est-elle, bon sang ? » se questionna-t-il, en proie à un sentiment inconfortable. Il s'apprêtait à partir à sa recherche lorsqu'elle émergea soudain dans une gerbe d'eau. Elle se débattait désespérément contre quelque chose, mais il ignorait quoi. Il se rua aussitôt vers elle. Elle disparut de nouveau à l'instant même où il allait l'atteindre. Il plongea à son tour, la peur au ventre. Il faillit s'étrangler en croisant le regard féroce du monstre marin qui la retenait. Il s'agissait d'un cheval informe, sorti tout droit de l'enfer. Cet être abject était doté d'un tronc humain, de longs bras, d'une tête disproportionnée pourvue d'un œil unique, ainsi que d'une gueule énorme. C'était de loin l'un des plus dangereux vassaux des Unseelie. Conrad avait dû user d'arguments de poids pour obliger cet échouise à quitter les profondeurs de la mer salée ; lui qui répugnait tant à se retrouver dans les eaux douces des lochs.

Alicia essaya de se dégager de l'emprise de la créature afin de regagner la surface. Cependant, elle avait beau frapper de ses poings le visage difforme, donner de puissants coups de pieds sur l'abdomen de la bête, rien n'y faisait. Dans une ultime tentative d'évasion, elle chercha à atteindre l'œil hideux de ses doigts, mais sans succès. Son sang battait contre ses tempes, la peur la paralysait progressivement, lui faisant perdre tous ses moyens. À bout de souffle, elle hoqueta, avalant du même coup une rasade substantielle d'eau. Le monstre affirma sa prise dans l'attente du dernier soubresaut de vie qui s'échapperait de son corps, aspirant à déguster la chair tendre et les organes juteux de sa proie.

Conscient que le temps leur était compté, Keith fit abstraction du peu d'énergie qui lui restait et provoqua un immense remous en combinant la force naturelle de l'onde à la sienne. Une lumière éblouissante nimba tout son être. En réponse, un puissant tourbillon se forma. Simultanément, une décharge fulgurante jaillit de ses mains, puis percuta la tête massive de la créature. L'échouise relâcha sa victime sous la douleur et se retrouva aussitôt prisonnier du vortex que Keith avait créé. La gueule énorme tenta d'attraper la jeune femme inerte au passage, mais un courant glissa sous l'abdomen d'Alicia, l'éloignant de tout danger. Les bras démesurés de la bête se balancèrent dans tous les sens alors que le maelström l'entraînait plus profondément encore. Dès qu'il toucha le fond du loch, une violente déflagration retentit. De l'être obscur, il ne resta plus qu'une substance noire, qui se dispersa dans les ondes redevenues calmes.

Alicia était inconsciente lorsque Keith la ramena sur le bord de la rive. La pâleur mortelle de son visage lui fit craindre le pire. Sans perdre de temps, il massa avec vigueur son thorax afin de dégager ses poumons. Un liquide verdâtre en jaillit. Se penchant sur elle, il scella ses lèvres aux siennes, lui insufflant de sa propre énergie vitale. Elle s'étouffa en cherchant désespérément à reprendre son souffle, le corps secoué de spasmes. Sa gorge et sa poitrine brûlaient, des larmes lui montaient aux yeux. Elle se redressa brusquement, le regard empli de terreur au souvenir de la bête hideuse qui l'avait entraînée dans les profondeurs des eaux. Keith glissa une main autour de sa taille pour l'aider à se relever. Encore sous le choc, Alicia s'appuya instinctivement contre son épaule solide. En constatant qu'elle était frigorifiée, il l'incita à s'asseoir près du feu. Toutefois, la chaleur des flammes n'arrivait pas à la réchauffer. Elle claquait des dents et grelottait. Sans un mot, il s'installa derrière elle, puis l'entoura de ses bras puissants, la mine sombre. Il força les défenses de son esprit pour tenter de l'apaiser, et psalmodia une étrange mélopée à son oreille. Alicia frémit à son contact. Elle se laissa aller contre son torse, envahie par une douce torpeur. Keith l'étreignit tout en déposant un léger baiser sur sa tête.

Malgré tout, elle tremblait toujours de froid. Il l'engourdit à l'aide d'un sort, avant de se risquer à la départir de ses vêtements détrempés. Keith recouvrit ses épaules de son propre plaid avec tendresse. Il dut déployer un effort considérable pour résister à l'attrait qu'exerçait son corps nu contre le sien. Néanmoins, en dépit de sa bonne volonté, ses sens s'emballèrent. «Satané pouvoir d'enchanteresse!» pesta-t-il dans son for intérieur. Comme s'il avait été piqué à vif, il se releva dans un juron. Il s'empressa d'étendre une peau de bovin sur le sol humide et l'incita à s'y asseoir. Alicia ne contesta même pas et se perdit dans la contemplation des flammes. Keith se rhabilla avec un kilt et une chemise de rechange en maugréant, puis reporta son attention sur la préparation de leur repas. Il devait penser à autre chose.

Alicia refusa la nourriture d'un bref signe de la tête lorsqu'il lui présenta le plat rudimentaire. Avec humeur, Keith retourna à sa place, déterminé à l'ignorer. Le silence oppressant qui s'installa entre eux n'échappa pas à Alicia. Elle se sentait dépassée. Trop de choses inexplicables s'étaient produites dans un court laps de temps, à tel point que son équilibre mental menaçait de flancher. Déboussolée, elle prit appui à l'un des rochers en fermant les yeux. Que n'aurait-elle pas donné pour regagner son univers!

De son côté, Keith devinait que les derniers évènements avaient eu raison de sa résistance. Il aurait souhaité avoir plus de temps devant lui pour l'initier, mais le destin en avait décidé autrement. Qui sait quel vassal Conrad allait leur envoyer la prochaine fois? Il devrait être beaucoup plus vigilant à l'avenir. Portant à nouveau son attention sur la jeune femme, il soupira en se massant les tempes.

Le jour avait cédé la place aux ombres de la nuit quand il se risqua à s'approcher d'elle. Il nota qu'Alicia en avait profité pour renfiler ses vêtements. Ce constat le dérangea dans une certaine mesure. Il aurait aimé qu'elle arbore plus longtemps ses couleurs en gardant son plaid sur ses épaules. Se refermant sur lui-même, il se morigéna pour cette fadaise. Ce n'était ni le lieu, ni le moment de penser à de tels détails; il y avait plus important à faire.

Alicia se tendit en sentant qu'il était d'humeur taciturne. Cette attitude ne lui disait rien qui vaille. Une fois parvenu à sa hauteur, il s'adoucit légèrement. S'accroupissant à ses côtés, Keith releva son menton du bout des doigts. Un sourire triste flotta sur ses lèvres alors que son regard demeurait grave.

— *Mo chroí*, il y a certaines choses dont nous devons discuter, murmura-t-il d'une voix qui se voulait rassurante.

Il se pencha vers elle, attiré par son magnétisme. Leurs visages se frôlaient presque, leurs souffles s'entremêlaient.

Encouragé par son immobilité, il se risqua à effleurer sa bouche. Elle lâcha prise, touchée par sa douceur. La digue qui retenait captives ses émotions se rompit d'un coup. Des larmes libératrices coulèrent sur ses joues alors qu'elle se pressait davantage contre lui. Lorsque leurs lèvres se séparèrent, elle appuya son front contre l'épaule de Keith. Il l'étreignit en caressant ses cheveux d'une main apaisante. Alicia pleura longuement. Ce ne fut qu'une fois épuisée qu'elle s'assoupit entre ses bras. Cette nuit-là, Keith se contenta de fixer les étoiles qui s'illuminaient une à une, sans toutefois lâcher son précieux fardeau.

Un sentiment de bien-être enveloppait Alicia au moment de son réveil. Elle était si bien, lovée contre le torse ferme de Keith. Elle avait l'impression que plus rien ne pouvait l'atteindre, qu'elle était en sécurité. Tournant la tête dans sa direction, elle ne fut pas étonnée de constater qu'il ne dormait pas. Ainsi, il l'avait veillée durant son sommeil.

— Qui es-tu réellement ? demanda-t-elle dans un souffle, passant de façon naturelle au tutoiement.

Nullement surpris par sa question, Keith resta silencieux l'espace d'un instant, avant de resserrer son étreinte.

— En tout premier lieu, je suis un homme… fait de chair et de sang, répondit-il en frôlant son visage du revers de la main. Je ne suis pas l'une de ces créatures diaboliques comme celle qui t'a attaquée, poursuivit-il, son regard plongé dans le sien. Je suis le laird de mon clan, ainsi qu'un guerrier redoutable. Mais… je suis beaucoup plus également…

Volontairement, il ne termina pas sa phrase. Malgré sa nervosité, Alicia demeura immobile entre ses bras, prête à écouter la suite. Elle avait besoin d'entendre les révélations qu'il s'apprêtait à lui faire, pour en apprendre davantage sur ce lien particulier qui les unissait. Keith venait à peine de croiser sa route ; néanmoins, elle était plus proche de cet être exceptionnel que de nul autre petit ami par le passé, comme si sa place était auprès de lui. Toutefois, il détenait un pouvoir phénoménal, mystérieux, qu'elle ne comprenait pas. S'il n'était pas l'une de ces créatures surnaturelles, d'où lui venait cette magie qui l'habitait ?

Alicia le fixa avec intensité, à la recherche de réponses. Chose certaine, il n'était pas qu'un simple humain... il était beaucoup plus ! Il semblait aussi attendre quelque chose de sa part. Elle ignorait quoi exactement. La familiarité dont il faisait preuve à son égard la déroutait tout autant. Un élément important lui manquait. Fatiguée d'avancer à l'aveuglette, elle avait bien l'intention de connaître cette fois-ci le fin mot de l'histoire.

N'ayant rien perdu de ses réflexions grâce à une écoute profonde de son esprit, Keith se crispa. Comment la renseigner au sujet de sa destinée sans l'alarmer ? Surtout, de quelle manière lui expliquer l'union de leurs deux âmes sans la braquer ? Incapable de demeurer plus longtemps immobile, il se releva. Il marcha de long en large, tout en se passant une main fébrile dans les cheveux. Cette soudaine agitation de sa part intrigua Alicia au plus haut point. Elle lui fit face, se redressant à son tour.

— Laird MacGrandy, j'ai besoin de réponses ! Vous avez fait des choses qui dépassent tout entendement. Des exploits qu'un simple humain n'aurait pu réaliser... déclara-t-elle en retournant inconsciemment au vouvoiement, ce que Keith ne manqua pas de noter.

Elle semblait vouloir de nouveau ériger une barrière entre eux, mais il s'y refusait. Il la considérait comme une compagne à part entière désormais, malgré l'étrangeté de leur rencontre.

— Tu as raison... lâcha-t-il en s'arrêtant devant elle. Je possède effectivement des pouvoirs. Ceux-ci me viennent de mes ancêtres. Je suis né magicien, mais contrairement à Conrad, je respecte la vie. Je fais appel à cette science uniquement pour servir le bien. Je ne cherche pas à corrompre les êtres, ni les forces de la nature. Le druidisme est le fondement même de notre civilisation, il règle notre existence, notre façon d'agir. En tant que file, je suis le gardien des connaissances, de notre sagesse.

Alicia encaissa ces révélations sans broncher. Elle avait déjà une bonne idée de sa capacité à interférer avec les éléments naturels, ce qui la rendait nerveuse. Submergée par ce flot d'informations, elle marcha jusqu'aux rives du loch, évitant toutefois de s'approcher de trop près. Keith la rejoignit en quelques enjambées, lui faisant faire volte-face.

— Je sais que tout ceci te perturbe...

— Le mot est plutôt faible... le coupa-t-elle d'emblée. Comment suis-je censée m'y retrouver ? J'ai été propulsée dans un univers qui, jusqu'à tout récemment, n'était que du folklore à mes yeux. Je suis pourchassée par un désaxé qui ne cherche qu'à m'éliminer alors que j'ignore la raison de son acharnement. L'une de mes amies est disparue aux mains de monstres sanguinaires, et elle est peut-être morte à l'heure actuelle. L'autre est quelque part dans ce monde, en compagnie de cinq guerriers celtes sortis tout droit d'un passé depuis longtemps révolu. Pour ma part, je suis coincée avec un magicien aux pouvoirs démesurés, qui malgré le fait qu'il me soit totalement étranger, me traite avec une familiarité désarmante. Seigneur! Je n'ai fait que marcher dans un cercle de pierres en ruine...

— Je sais, *mo chroí*.

— Vous ne savez rien, justement! s'insurgea-t-elle en pointant un doigt vindicatif sur sa poitrine. Vous ne pouvez pas comprendre! Je suis prisonnière et je ne vois aucune issue possible... Je dois retourner dans l'univers qui est le mien, lâcha-t-elle avec force.

— C'est impossible! répondit-il dans un souffle.

— Et pourquoi donc? s'écria-t-elle.

— Parce que plusieurs années se sont déjà écoulées depuis ton départ. Si tu traversais le Féth Fíada sans protection adéquate, tu mourrais.

Abasourdie, Alicia demeura coite. Elle enserra sa taille de ses bras par réflexe. «Non! C'est ridicule!» pensa-t-elle en secouant la tête. Keith l'empoigna par les épaules, le corps raide.

— Alicia... commença-t-il.

— Taisez-vous! vociféra-t-elle, le repoussant avec vigueur. Je vous ordonne de vous taire. Laissez-moi en paix! ajouta-t-elle d'une voix emplie d'une fureur mal contenue.

— Je ne peux pas, Alicia... puisque tu es mon épouse... déclara-t-il à son tour d'un ton implacable, le regard dur.

Alicia s'apprêta à le rembarrer lorsque des émotions contradictoires affluèrent en elle d'un seul coup, la déstabilisant. Un feu vif monta du plus profond de son être, menaçant de l'embraser entièrement. Keith se crispa en prenant conscience du danger qui le guettait. Il la scruta avec acuité.

La tension qui grimpait entre eux était presque palpable. Finalement, ce fut Keith qui rompit le silence pesant.

— *Mo chroí*, calme-toi. Tu ne dois pas permettre à ta colère de prendre le dessus sur le reste.

Il tenta une approche dans sa direction sans geste brusque. À peine frôla-t-il sa joue de la paume qu'une chaleur intense irradia dans tout son être. Il recula vivement sous la douleur cuisante en grommelant.

— Par tous les dieux, Alicia, arrête !

Alors qu'elle demeurait toujours immobile, le regard enflammé, Keith jura à nouveau. Il n'arriverait à rien en persistant dans cette voie. Alicia était en proie à une rage froide, si bien que son pouvoir y répondait d'instinct. Le problème résidait dans le fait que cette fureur était dirigée contre lui. Vu les dépenses d'énergie considérables qu'il avait dû déployer pour la retrouver, puis la sauver des griffes de l'échouise, il était presque aussi vulnérable qu'un bébé naissant face à sa magie brute. « Bon sang, j'aurais dû puiser à même sa magie lorsque j'en avais la possibilité ! » se morigéna-t-il avec vigueur. Il devait trouver un moyen de s'en sortir.

Pour sa part, Alicia ne parvenait plus à réfléchir clairement. Un brasier ravageur la consumait tout entière. Elle avait si chaud, et la douleur était si cuisante, qu'il lui fallait extraire de ses entrailles ce feu dévastateur le plus vite possible. À l'instant même où Keith l'avait touchée, elle avait ressenti un bref moment de répit alors que sa colère se déversait en lui. À peine fut-elle consciente de le faire souffrir en retour. Voulant se soulager de ce mal insoutenable, elle tendit les bras, permettant au flux destructeur de s'évacuer librement de ses mains. Une puissante déflagration s'échappa de tout son être, percutant Keith de plein fouet. Celui-ci arriva à dévier une partie du jet mortel vers les renflements du loch. Une nappe de bouillon intense envahit l'onde tranquille, faisant fuir la faune environnante. La balance de la décharge qui frappa Keith le projeta avec violence contre les rochers. Il chuta lourdement en gémissant. Il s'exhorta au calme en haletant avec peine. Ce fut au prix d'un effort considérable qu'il parvint à s'allonger sur le dos. Une douleur lancinante irradia dans son abdomen, là où le jet d'énergie l'avait atteint. Malgré toutes ses précautions, il n'avait pas été en mesure de contrecarrer totalement l'attaque. Il était désormais à la merci des foudres de sa jeune épouse.

Alicia respirait avec plus de facilité maintenant qu'elle était délestée en partie du feu qui l'avait consumée. Elle tomba sur les genoux dans une plainte âpre. Elle dut prendre appui sur le sol avec ses mains pour ne pas vaciller. Ses cheveux collaient à ses tempes, son corps en sueur frissonnait sous la fraîcheur de la brise du matin. Elle déglutit avec difficulté tant sa gorge était asséchée. Que lui était-il arrivé ? Elle observa les alentours sans comprendre. Un pli d'inquiétude barra son front lorsqu'elle distingua au loin la silhouette familière qui demeurait immobile. Elle se traîna jusqu'à Keith, craignant le pire. Elle eut un haut-le-cœur en apercevant la brûlure profonde qui recouvrait presque la totalité de son abdomen.

Keith eut tout juste la force de l'empoigner par le cou. Ses doigts broyèrent sans hésitation la trachée de la jeune femme. Ce simple déploiement d'énergie le vida de ses dernières réserves. Il devait se préserver d'une nouvelle attaque de sa part. Il riva son regard au sien, les dents serrées. Une telle détermination s'y lisait qu'Alicia en eut froid dans le dos. Elle essaya d'échapper à son emprise, suffoquant sous sa poigne. Des dizaines de points lumineux papillonnèrent dans sa tête alors que des pulsations sourdes battaient contre ses tempes.

Keith lâcha prise dès qu'il perçut mentalement sa détresse. Il laissa retomber lourdement son bras sur le côté. Alicia prit une grande inspiration tant bien que mal, les larmes aux yeux, les doigts crispés sur ses genoux. Ce ne fut qu'après quelques secondes interminables qu'elle parvint finalement à retrouver une respiration presque normale. Elle porta une main à son cou et grimaça sous la douleur.

Keith, qui n'avait rien perdu de la scène, cilla en rencontrant son regard voilé. Par chance, sa jeune compagne semblait être revenue à de plus nobles intentions. Même si cette perspective était plus rassurante, sa situation était toutefois précaire. Se sachant gravement atteint, il aspirait à des soins urgents. Pour le moment, la seule aide disponible dont il disposait était justement l'artisane de son malheur.

— Dis-moi, *òigh*[8], est-ce la femme ou la furie qui a attenté à ma vie qui se trouve devant moi? demanda-t-il avec hargne.

Sous la surprise, Alicia tomba assise sur ses talons. Elle l'observa en silence, plus méfiante que jamais. Elle se garda bien de demeurer à sa portée. Simultanément, ses paroles se firent un chemin dans son esprit embrumé. Elle ouvrit de grands yeux emplis d'effroi, puis poussa un cri d'effarement

---

8. Femme.

en saisissant le sens exact de sa question. Elle contempla tour à tour ses paumes, puis la blessure de Keith. Elle se releva brusquement, envahie par un sentiment d'horreur, et recula vivement, une main plaquée sur sa bouche. Keith prit peur en la voyant sur le point de se sauver.

— Alicia, attends! arriva-t-il à articuler.

Celle-ci se figea dans son élan. À voir son expression, il était évident qu'elle était plus que troublée.

— *Mo chroí...* murmura Keith. Ce n'est pas ta faute. Tu ne pouvais pas savoir...

Une telle douleur se reflétait dans les prunelles de Keith qu'Alicia eut le cœur brisé. Revenant sur ses pas, elle se laissa choir à ses côtés, l'enveloppant d'un regard brillant de larmes. Il souffrait à cause d'elle!

— Seigneur... je suis désolée... Je suis désolée...

— Alicia... j'ai besoin de ta magie...

La jeune femme ne sut que répondre. Elle ne comprenait même pas ce qu'il attendait d'elle. Une confusion totale régnait dans son esprit, si bien que Keith ne parvint pas à déchiffrer ses pensées. Il ne perdait rien à risquer une approche étant donné sa position précaire.

Il leva la main dans sa direction, serrant la mâchoire pour retenir le cri qui menaçait de franchir ses lèvres. Il se crispa en frôlant la poitrine de sa compagne. L'énergie qui y logeait l'envahit sans contrainte. Sous la douleur vive, son corps s'arqua, lui arrachant des grognements rauques. Un picotement inexplicable parcourut Alicia quand la plaie noircie s'illumina de l'intérieur. Keith transpirait abondamment sous l'effort fourni, lui faisant redouter le pire. Elle aurait tant souhaité être en mesure d'apaiser sa souffrance. Le calvaire qu'il endurait était une vraie torture en soi.

Comme une réponse à ses tourments, une douce chaleur irradia dans ses paumes. Instinctivement, elle apposa ses mains sur la blessure, sursautant lorsqu'une force phénoménale s'en dégagea. Keith se raidit à nouveau, fermant les paupières sous ce nouvel assaut. Sa mâchoire se contracta, sa respiration s'accéléra à un rythme effréné. Le corps terrassé par des spasmes violents, il s'arc-bouta dans un dernier soubresaut, puis s'affala. Son bras retomba inerte. Il se laissa glisser vers les profondeurs de la nuit, à demi inconscient.

Alicia ouvrit lentement les yeux et demeura interdite en reprenant contact avec le monde réel. Aussi étrange que cela puisse paraître, la plaie béante avait maintenant fait place à une peau saine aux teintes cuivrées. Plus aucune trace de la brûlure ne subsistait. Elle frôla l'abdomen de Keith avec hésitation, n'osant croire à ce miracle. Toutefois, en voyant qu'il s'était évanoui, elle prit peur. Elle s'empressa de déposer une main sur sa poitrine afin de vérifier qu'il vivait toujours. Un tel soulagement l'envahit en constatant que son cœur battait qu'elle en aurait pleuré de joie. Son expression sereine, sa respiration régulière firent tomber ses dernières craintes. Elle se blottit contre lui, rassurée. Elle ne tarda pas à sombrer à son tour dans un sommeil réparateur.

Une faible brise s'éleva soudain dans l'air, les enveloppant d'un voile protecteur. Le contour flou de la reine se dissipa aussitôt.

Keith fut le premier à s'éveiller, alors que le crépuscule pointait à l'horizon. Une légère pression sur son flanc lui indiqua qu'Alicia s'était assoupie dans le creux de son épaule. Contre toute attente, cette sensation se révéla des plus agréables. Peu de femmes pouvaient se vanter d'avoir passé une nuit entière avec lui, encore moins d'avoir dormi à ses côtés. Non sans intérêt, il promena un regard appréciateur sur la silhouette généreuse de sa nouvelle épouse. Pour une raison qu'il ne pouvait s'expliquer, il ne désirait pas la réveiller immédiatement, préférant la contempler en silence.

Cependant, au souvenir de son attaque, il fronça les sourcils. S'il avait été sceptique à son sujet, il avait désormais la preuve irréfutable qu'elle possédait une puissance égale à la sienne. La former ne serait pas des plus aisés, surtout avec son tempérament rebelle. Il espérait ne pas avoir à en faire les frais trop souvent. Portant une main à son abdomen, il poussa un profond soupir. En revanche, elle avait fait un travail remarquable pour le guérir. Il savait pertinemment qu'il n'aurait pas eu la force de se soigner seul, même en puisant à la source de sa magie.

Alicia se figea en ouvrant les yeux. Elle percevait très bien la présence éveillée de Keith. Du moins, il semblait aller mieux. Embarrassée après les évènements tragiques de la veille, elle se releva d'un bond, le front soucieux. Mal à l'aise, elle détourna le regard en inspirant l'air frais à plus d'une reprise pour calmer son trouble. Toutefois, elle était consciente qu'il lui faudrait éclaircir la situation tôt ou tard. Prenant son courage à deux mains, elle lui fit face.

— Que m'arrive-t-il ? attaqua-t-elle sans détour en montrant ses paumes.

— Alicia, tout comme moi, tu n'es pas qu'une simple mortelle… Tu es beaucoup plus que ça.

Il se tut afin de lui laisser le temps de saisir ses propos, mais demeura à l'affût de sa réaction. Comme rien ne se produisait, il poursuivit :

— Tu possèdes aussi un potentiel phénoménal. La différence qui nous distingue, c'est que dans ton cas, ta magie a été bridée dès ta naissance, dans l'attente de cet instant précis. Depuis fort longtemps déjà, ce pouvoir se transmet d'une génération à l'autre dans ta famille.

La jeune femme encaissa le coup sans ciller, trop abasourdie pour émettre le moindre commentaire. Elle aurait pourtant voulu hurler, frapper quelque chose. À la place, elle resta figée, la tête en ébullition, le corps glacé. Incapable de formuler une seule pensée cohérente, elle se contenta de regarder Keith sans vraiment le voir. Lorsqu'il la prit dans ses bras, elle n'opposa aucune résistance.

— Que suis-je exactement ? parvint-elle à murmurer contre sa poitrine.

Keith hésita à lui répondre. Mieux valait taire pour le moment le fait qu'elle était une clé de voûte, ainsi que tout ce qu'une telle situation impliquait. Déjà qu'il s'apprêtait à aborder un sujet épineux qui risquait de la perturber encore plus.

— Alicia, nous devons parler de notre union…

À ces mots, Alicia se raidit contre lui, puis se redressa, piquée à vif, les yeux habités d'un feu incandescent.

— Je n'ai pourtant aucun souvenir de m'être liée à vous, Laird MacGrandy, ou d'avoir donné mon aval à quoi que ce soit dans ce sens, lâcha-t-elle d'un ton cinglant en mettant une certaine distance entre eux.

— C'est faux, Alicia. Quelque part au fond de toi, tu sais que je ne mens pas. Cette nuit-là au campement, j'avais pour mission de briser le sortilège qui retenait ta magie prisonnière afin de t'éveiller à celle-ci. Dans la foulée, nos deux âmes se sont retrouvées liées à tout jamais. Ce qui est fait ne peut être défait, *mo chroí*. Tu as prononcé après moi l'incantation des druides qui fait de toi ma compagne à part entière. Personne ne peut y changer quoi que ce soit, pas même les dieux.

Furieuse d'avoir été manipulée de la sorte, Alicia se dirigea vers la berge d'une démarche saccadée. Elle se remémorait dorénavant les évènements avec une clarté effarante. Il disait vrai ; elle sentait la connexion qui les reliait. Revenant sur ses pas, elle le fusilla du regard.

— Vous m'avez délibérément piégée ! Je me rappelle très bien votre présence rassurante à mes côtés et le fait d'avoir ressenti une peine insoutenable… mais pas d'un accord de mariage. J'étais perdue, j'avais peur ! Mais surtout, j'avais confiance en vous… poursuivit-elle d'une voix cassée.

— Il n'y avait pas d'autres solutions, Alicia ! se défendit-il avec conviction. Lorsque la reine m'a sollicité pour t'éveiller, je savais ce que ça impliquait. J'ai accepté de sacrifier mon libre arbitre, de m'allier à toi pour l'éternité. Tu es mienne désormais ! énonça-t-il avec férocité.

Soufflée par la portée de ses paroles, elle tressaillit. Il se dégageait de tout son être une telle assurance, une telle certitude, qu'elle ne sut que répondre. Leurs chemins venaient à peine de se croiser ; comment pouvait-il faire preuve d'autant d'abnégation ? « Pourquoi lui ? » se demanda-t-elle.

— Parce que j'étais le seul à pouvoir contrer ta magie ! déclara-t-il sans la quitter des yeux.

Elle massa ses tempes douloureuses, nullement surprise qu'il puisse entendre ses pensées. Ne venait-elle pas après tout de ressentir les émotions qui l'agitaient? Une peur irraisonnée s'empara d'elle en se rappelant ce qui s'était passé au lever du jour. Elle lui en voulait de l'avoir manipulée de la sorte, mais pas au point de le supprimer sur place.

— Tu crois vraiment que tu seras à même de gérer mes pouvoirs? s'informa-t-elle d'une voix tendue, en retournant bien malgré elle au tutoiement. Pourtant, j'aurais pu te tuer... Comment peux-tu envisager l'avenir avec moi dans ces conditions? attaqua-t-elle plus durement, sur la défensive.

— *Òigh* inconsciente... déclara Keith en relevant son menton. Ce matin, j'étais sans protection, presque en totalité vidé de mon énergie. En temps normal, tu aurais été incapable de réaliser un tel exploit. Crois-moi, c'est toi qui te serais retrouvée en fâcheuse posture en d'autres circonstances. Je t'ai sous-estimée, *mo chroí*. Je ne ferai pas cette erreur une deuxième fois. La reine ne m'a pas désigné pour rien.

Alicia lança un coup d'œil dubitatif dans sa direction, ne sachant pas si elle devait accorder foi à ses propos. Peut-être tentait-il seulement de la rassurer? Elle sut qu'il disait vrai en remarquant son expression pleine d'arrogance. Keith l'empoigna par les bras d'une étreinte ferme, son regard braqué au sien, ce qui interrompit le fil de ses pensées.

— Grâce à tes pouvoirs d'enchanteresse, tu pourras facilement ensorceler tout représentant du sexe masculin, exiger d'eux tout ce que tu voudras. Toutefois, un petit conseil : ne t'avise jamais d'utiliser ce pouvoir contre moi, *mo chroí*, ou il t'en cuira! termina-t-il d'un ton catégorique.

Alicia ouvrit la bouche avec l'intention de protester, mais se ravisa. Elle percevait trop bien la force sous-jacente qui émanait de Keith. Il ne serait pas judicieux de s'y frotter.

— Pourquoi la reine a-t-elle décidé de m'éveiller, moi, plutôt que l'une de mes ancêtres ou de mes descendantes? Pourquoi maintenant?

— Tu connais l'essentiel pour le moment, eut-il pour toute réponse. Ma priorité demeure ta protection. Tant que tu n'arriveras pas à te défendre seule, tu seras vulnérable. Nous allons nous rendre au village du Glen Morg. Une fois là-bas, nous serons tranquilles pour entamer ton apprentissage.

— Tu me caches certaines choses, Keith. Je peux le sentir...

— Il n'y a rien de plus à ajouter pour l'instant, *òigh* rebelle! lâcha-t-il avec humeur.

Désarçonnée par cette réplique pour le moins surprenante, Alicia ne put retenir un éclat de rire libérateur. Ainsi, il la trouvait récalcitrante. Eh bien, il n'était pas au bout de ses peines, car elle n'avait pas l'intention de renoncer si facilement. Il était peut-être son époux (ce qu'elle n'était pas encore prête à accepter, ni à lui pardonner d'ailleurs), mais pas son maître!

— Dis-moi, Laird MacGrandy, je suis curieuse. Quels sont tes projets me concernant, maintenant que je suis ton épouse? demanda-t-elle d'un ton faussement doucereux.

— Ça, tu le sauras assez tôt, *mo chroí*...

Un délicieux frisson parcourut Alicia au son de sa voix grave. Elle allait devoir prendre garde à ne pas se laisser envoûter par ce diable d'homme si elle désirait garder son libre arbitre.

Jugeant le sujet clos dans l'immédiat, Keith recouvrit les épaules de la jeune femme de son propre plaid. Un sentiment étrange s'empara de lui en la voyant porter les couleurs de son clan.

Ils marchaient à une cadence effrénée depuis déjà plus de trois heures. En cours de route, Alicia en avait appris beaucoup sur le peuple du laird, ainsi que leur langage et la hiérarchie qui régnait au sein du clan. Lorsqu'il lui avait donné la signification du mot « mo chroí », Alicia avait ressenti un trouble étrange et s'était alors murée dans un silence soutenu pendant de longues minutes. Ce n'est que lorsque Keith ralentit considérablement le pas qu'elle sortit de ses pensées. Elle en profita dès lors pour se masser le bas du dos en grimaçant. Le soupir de lassitude qu'elle poussa attira l'attention de Keith. Il voyait bien à ses traits tirés qu'elle était fatiguée, mais il ne pouvait se permettre de rester plus longtemps sur place. Ils en avaient encore pour un bon moment avant de regagner la protection des murs du village. Le soir ne tarderait plus à tomber. Il refusait de lui faire courir le moindre risque en passant une autre nuit à découvert. Il lui fallait donc remédier à la situation d'une façon ou d'une autre.

Une main chaude enserra celle de la jeune femme, la prenant au dépourvu. Au même moment, un contact s'établit entre leurs esprits. Keith profita de cette connexion entre eux pour lui insuffler une faible dose de sa propre énergie vitale. Alicia sourcilla en percevant un léger picotement dans sa paume. Elle leva un regard empli de gratitude vers lui. Ce simple geste de sollicitude la laissa sans voix. En guise de réponse, il étreignit brièvement ses doigts, les yeux empreints d'une émotion indéchiffrable. Un trouble étrange la gagna lorsqu'il commença à caresser l'intérieur de son poignet avec son pouce. Les petits mouvements circulaires qu'il effectuait éveillèrent ses sens, faisant naître un désir incisif au creux de son ventre. Ayant la faculté de lire en elle comme dans un livre ouvert, Keith la ramena vers lui avec une lenteur calculée. Il ne voulait surtout pas l'effaroucher. Le souffle court, Alicia le fixa avec intensité, anticipant le moment où leurs lèvres se frôleraient de nouveau. À l'inverse de la dernière fois, son baiser fut plus exigeant, comme s'il cherchait à la posséder tout entière. Le temps sembla s'arrêter l'espace d'un instant. Subjuguée par sa force brute, Alicia laissa fuser sa magie bien malgré elle. D'emblée, Keith plia sous la violence de l'assaut.

— Nom de Dieu, Alicia, grommela-t-il entre ses dents, une veine saillant à son cou.

La jeune femme se figea en le voyant tomber à genoux. «Bon sang! Je vais devoir lui apprendre à brider rapidement les effets de son pouvoir avant que les choses ne dégénèrent!» songea Keith, excédé. En attendant, il serait bien avisé de penser à s'entourer d'un puissant sortilège de protection avant de l'approcher. Assurément, il aurait été plus judicieux de se tenir à l'écart de ses courbes délicieuses, mais après le baiser qu'ils venaient d'échanger, tout son être s'y refusait. Pire, il en redemandait davantage. Et comme il n'était pas homme à se défiler…

Ne sachant quelle attitude adopter, Alicia demeura immobile, une expression mortifiée sur le visage. Keith se redressa avec lenteur. Face à son mutisme des plus révélateur, il s'enorgueillit. L'opinion de sa jeune épouse envers lui n'était pas des plus flatteuse. De toute évidence, elle le prenait pour une faible chose qu'il fallait prémunir de ses pouvoirs. À cette idée, un sourire impudent prit naissance sur ses lèvres.

— Ce n'est pas ta faute, *mo chroí*. Sois sans crainte, il n'y a rien là que je ne puisse contrecarrer, lâcha-t-il en frôlant sa joue du revers de la main.

Nullement rassurée, Alicia le dévisagea avec incrédulité. Qu'est-ce qu'il racontait? Elle venait sans le vouloir de le terrasser par sa seule pensée. Elle avait bien vu la douleur qui avait crispé ses traits, sans parler de son juron qui avait été des plus révélateurs.

— Comment peux-tu affirmer une telle chose? s'emporta-t-elle, horrifiée.

— Alicia, je ferai attention la prochaine fois.

— Ma parole, tu es fou! Il n'y aura pas de prochaine fois. Je refuse d'être responsable...

Sans lui laisser la possibilité de poursuivre sa plaidoirie, il l'attira à lui promptement. Elle perdit pied dès l'instant où ses lèvres prirent possession des siennes dans un baiser impérieux. Dûment préparé, Keith n'eut aucune difficulté à refouler sa magie.

L'air s'électrisa autour d'eux. Animée par un sentiment d'urgence, Alicia s'agrippa à ses épaules en gémissant. Les mains de Keith étaient partout à la fois, l'explorant sans vergogne, éveillant sa sensualité. Tout en pressant son corps contre le sien, Keith se dit qu'il serait bon de s'enfoncer dans le repli soyeux de sa féminité. Il aspirait à goûter la douceur de sa peau, à s'enivrer de son parfum, mais ce n'était ni le lieu, ni le moment de se perdre dans une telle volupté. Quand il la libéra enfin à contrecœur, elle était à bout de souffle, son être vibrant d'une faim véhémente. Une fierté bien masculine s'empara de lui en avisant l'égarement qui se peignait sur le visage de sa compagne. De toute évidence, Alicia cachait un tempérament vif qu'il lui tardait de découvrir plus en profondeur. Toutefois dans l'immédiat, il se devait de réfréner ses ardeurs. Alicia était visiblement encore sous le choc de leur étreinte ; d'ailleurs, il percevait très bien le tumulte qui faisait battre son cœur à un rythme effréné.

— Viens, *mo chroí*, dit-il en lui tendant la main. Il nous faut continuer notre route, lâcha-t-il à brûle-pourpoint en lui décochant un sourire mystérieux.

Ils poursuivirent leur périple, chacun perdu dans ses pensées respectives. Ce ne fut qu'au moment d'atteindre les abords du village qu'Alicia sortit de sa torpeur. Sans pouvoir se l'expliquer, elle éprouva une désagréable impression, comme si la vallée entière semblait vouloir l'engloutir. Relevant la tête, elle aperçut le nuage de fumée noire qui s'échappait au loin… en direction du bourg. Keith, qui l'avait remarqué aussi, tourna le visage vers elle, la fixant d'un regard empreint de tristesse. Alicia ressentit son désarroi de plein fouet. Il pressentait ce qui les attendait. Comme une réponse à son angoisse, un cri lugubre retentit dans la lande. Elle frissonna en resserrant les pans du plaid autour de ses épaules alors que Keith pâlissait abruptement.

Cet horrible hurlement ne pouvait provenir que d'une banshee. Ce qui signifiait qu'une catastrophe s'était abattue sur le village, que ses gens avaient péri.

Lâchant la main d'Alicia, il se rua vers le Glen Morg, la jeune femme sur ses talons. Elle se pétrifia en découvrant les lieux dévastés. Les solides remparts du bourg avaient été pulvérisés, et l'unique porte qui donnait accès à l'endroit avait brûlé. Les corps des gardes qui en surveillaient l'entrée étaient entièrement calcinés. À peine pouvait-on encore discerner les fondations rectangulaires de certaines maisons. Il était impensable que cette forteresse bâtie de pierres massives puisse avoir été détruite de la sorte. Le hameau avait été construit à même un promontoire, si bien que les fortifications surplombaient toute la lande environnante. Comment avaient-ils pu être attaqués par surprise dans ces conditions? Car il n'y avait aucun doute dans l'esprit d'Alicia : la population n'avait pas eu le temps de se mettre à l'abri. «Seigneur!» songea-t-elle, incrédule. Il était presque impossible de distinguer les êtres humains des décombres. Les corps calcinés jonchaient le sol aux teintes rougeâtres. C'était une véritable boucherie! Alicia détourna le regard en réprimant de justesse un haut-le-cœur. Jamais, dans toute son existence, elle n'avait eu à faire face à tant de barbarie.

L'odeur fétide qui flottait dans l'air se faisant de plus en plus soutenue, elle fut incapable de réfréner davantage la nausée qui la gagnait. Elle tomba à genoux, sur le point de défaillir. Keith la rejoignit, les traits figés dans une expression indéchiffrable. Il l'entoura de ses bras afin de lui transmettre un peu de sa propre force. Peu à peu, ses tremblements s'espacèrent. Il recueillit avec déférence les larmes silencieuses qui roulaient sur ses joues. Sa sollicitude le toucha infiniment. Sous l'émotion, la gorge de Keith se noua. Il n'arrivait pas à pleurer la perte des siens, mais du moins, l'affliction sincère de sa jeune compagne mettait un baume sur son âme à vif. Il enfouit son visage dans ses cheveux en enserrant sa nuque d'une poigne ferme.

— Merci, souffla-t-il d'une voix cassée contre son cou.

Incapable de parler, Alicia déposa ses doigts fins sur son avant-bras en signe de réconfort. Ils demeurèrent ainsi enlacés pendant quelques minutes avant que Keith ne se décide à se relever.

— Tu crois que tu pourras tenir le coup, *mo chroí*? s'informa-t-il avec commisération.

Elle se leva en hochant faiblement la tête. Elle recommença d'une démarche incertaine à déambuler parmi les débris qui jonchaient le sol, un poids énorme sur les épaules. Visiblement, Keith espérait trouver des survivants. Il ne pouvait se résoudre à accepter leur mort, plus particulièrement celle d'une personne qui lui était très chère : une enfant... sa fille.

Alicia s'obligea à ne négliger aucun endroit. Chacun des regards qu'elle posait sur les corps mutilés lui brisait le cœur. Même en fermant les yeux, leur image restait gravée dans sa mémoire. Un sentiment de panique la gagna quand des voix venues d'outre-tombe parvinrent jusqu'à ses oreilles. Elle percevait très bien les cris d'agonie, ainsi que les pleurs déchirants des victimes. De plus, elle entrevoyait désormais leurs silhouettes fantomatiques qui couraient dans tous les sens, tentant d'échapper à la fureur de leurs ennemis. Alicia tendit la main vers un garçonnet qui appelait désespérément sa mère. Elle aurait tant souhaité le secourir, mais l'enfant disparut, pulvérisé sur place. Elle suffoqua sous le poids de ces visions. Keith la retint de justesse par les épaules au moment où elle s'effondra.

— Alicia, qu'y a-t-il? la pressa-t-il.

Sous le choc, la jeune femme demeura silencieuse. Keith posa une paume sur sa joue. Il la sonda avec attention, les sourcils froncés, la mine soucieuse. Ce simple contact la ramena dans le monde réel. Face à son interrogation muette, elle se sentit plus perdue que jamais.

— J'étais là... J'étais là! tenta-t-elle d'expliquer d'une voix sourde.

— Alicia, que veux-tu dire par «j'étais là»? Où étais-tu, *mo chroí*?

— Ici! J'étais ici, mais... je me trouvais au milieu d'eux, au moment de l'attaque... J'ai vu cet enfant foudroyé sur place. Oh, mon Dieu! Ils étaient tous si effrayés, et il régnait un tel chaos. Comment est-ce possible? s'écria-t-elle, au bord de l'hystérie.

— Alicia, regarde-moi! Regarde-moi! ordonna-t-il. Ce ne sont que des échos, rien de plus. Tu ne maîtrises pas encore tes pouvoirs, c'est pourquoi tu es si sensible aux vibrations qui imprègnent cet endroit. Tu dois apprendre à fermer ton esprit à toutes ces visions.

— C'est au-dessus de mes forces, Keith! Je n'y arrive pas!

— Il le faudra pourtant, Alicia.

Il emprisonna son visage entre ses mains avec autorité. Il devait l'aider à se reprendre. Alors qu'il se préparait à la guider, il capta un mouvement furtif sur leur droite. Par instinct, il repoussa Alicia derrière lui afin de lui faire un rempart de son corps. Celle-ci se crispa en percevant la tension qui irradiait de chacune des fibres de son être. Elle observa les alentours avec anxiété, tous ses sens en alerte. Ce fut à ce moment-là qu'elle la vit : une vieille femme aigrie, décharnée, avec de longs cheveux hirsutes. Cette créature hideuse ne portait pour tout vêtement qu'une simple robe d'un vert grisâtre, en plus d'un manteau défraîchi qui cachait à peine les veines de ses membres tordus. Sa gorge creuse et sa mâchoire décrochée ajoutaient à l'horreur. Alicia demeura interdite face à cette vision cauchemardesque. Une sueur froide coula dans son dos en croisant le regard glacial de la banshee. Lorsque cette dernière poussa à nouveau son cri lugubre ponctué de douloureuses inflexions, Alicia fut saisie d'épouvante. Déchirée par cette plainte funeste, elle sentit ses forces l'abandonner. Son goût de vivre la déserta progressivement, alors que son âme semblait vouloir la quitter. Percevant tout de l'étendue de sa détresse, Keith paniqua. Il devait écarter sa compagne des lieux avant qu'elle ne sombre dans une mélancolie dévastatrice.

— Alicia ! s'écria-t-il en lui faisant face. Alicia ! insista-t-il en la secouant avec rudesse. Tu dois t'éloigner de cet endroit ! Est-ce que tu m'entends ? Sauve-toi, *mo chroí* ! Sauve-toi... hurla-t-il, la peur au ventre, en constatant que ses yeux perdaient de leur éclat.

Alicia se raidit, ébranlée par son appel incisif. Dès qu'elle fut délivrée du sort de la banshee, son instinct de survie reprit le dessus. Sans réfléchir, elle courut à perdre haleine vers l'extérieur du village, puis elle s'arrêta net dans son élan en constatant que Keith ne la suivait pas. Folle d'inquiétude, elle cria son nom. Keith paniqua en la voyant faire marche arrière.

— Va-t'en, Alicia ! lui enjoignit-il alors d'un ton sec.

La jeune femme eut un moment d'hésitation avant d'obtempérer. De son côté, Keith savait très bien qu'il ne courait aucun danger, à l'inverse d'Alicia. Il était prémuni contre les effets de la banshee. En dépit du fait qu'elle soit déchue, la créature demeurait attachée aux MacGrandy. Messagère de la mort, celle-ci n'avait fait que son devoir en se présentant devant le laird du clan.

CHAPITRE III

La révélation

Alicia bifurqua au dernier moment et s'engouffra dans l'une des maisons situées en périphérie du village. Pour une raison qu'elle ne pouvait s'expliquer, elle y avait été attirée. Elle lança un regard derrière elle, folle d'inquiétude pour Keith. Elle songea à revenir sur ses pas, submergée par un sentiment funeste. Toutefois, au souvenir de l'urgence qui avait transpercé dans la voix de Keith, elle refoula son désir. Les jambes flageolantes, elle hésita une fraction de seconde avant de s'introduire dans le bâtiment. L'obscurité qui régnait à l'intérieur de l'habitation lui conférait une apparence sinistre, ce qui donnait la chair de poule à Alicia. Sans parler de l'odeur de moisi qui persistait dans l'air. Sur les nerfs, elle sursauta quand un léger craquement se fit entendre sur sa droite. Qu'avait-elle fait ? Bien que Keith lui ait ordonné de se sauver, elle se sentait coupable de l'avoir abandonné, le laissant affronter seul la créature abjecte. N'était-il pas risqué de se séparer ? Indécise, elle parcourut les alentours d'un œil anxieux.

Une ambiance mystérieuse émanait des lieux, comme si quelqu'un tentait de l'assujettir à un charme. Ses poils se hérissèrent sur sa nuque. Une voix en elle lui enjoignait de rebrousser chemin, de retrouver Keith. Elle se débattait contre quelque chose d'invisible, et sa tête était en ébullition. Elle se dirigea sous l'effet d'un envoûtement vers la pièce située tout au fond. Elle avança à tâtons, les bras tendus, car elle n'y voyait presque rien. Elle avait le souffle court et redoutait le pire. Un faible cri fusa de ses lèvres quand elle heurta soudain quelque chose de dur sur le plancher. Elle n'eut que le temps de se raccrocher au coin d'une table pour éviter de trébucher.

À contrecœur, elle se pencha. Une grimace de dégoût déforma ses traits lorsque ses mains rencontrèrent un corps tétanisé. Elle retira vivement ses mains, et s'apprêtait à se relever quand une lueur blanchâtre se mit à flamboyer, nimbant le cadavre d'une douce lumière. Elle s'obligea à s'accroupir, le cou raide, l'estomac noué par l'appréhension. L'homme tenait une épée, dont la lame était ornée d'étranges symboles. Chose étonnante, les deux paumes semblaient soudées l'une contre l'autre sur la garde. Alicia avança avec prudence ses doigts perclus vers l'arme. À son contact, elle éprouva un vertige. Elle ferma ses paupières l'espace de quelques secondes, le temps de se reprendre. Ce fut à cet instant qu'elle sentit la présence d'une tierce personne. Elle sursauta en apercevant la forme floue qui flottait non loin d'elle. Alicia recula avec précipitation sous la surprise. Son cœur rata un battement.

Elle se préparait à fuir lorsque l'image se précisa, révélant la silhouette d'une femme d'une beauté exceptionnelle, presque irréelle. Elle dut se faire violence pour ne pas céder à la panique. Tout en observant l'apparition avec plus d'attention, elle remarqua non sans confusion que la créature irradiait d'une puissance prestigieuse. Sa peau, presque laiteuse, contrastait avec sa chevelure abondante, d'un rouge éclatant. Ses yeux brillaient dans la pénombre, tels deux tisons ardents. Élégamment vêtue, elle était enveloppée d'une longue robe vaporeuse qui ondulait autour d'elle, alors qu'une collerette en calice encadrait son visage aux traits nobles. L'être mystérieux déploya gracieusement ses bras dans sa direction, frôlant ses tempes d'une douce caresse.

— Viens, *cailín*[9], susurra-t-elle avec tendresse.

Alicia la rejoignit, hypnotisée par la voix mélodieuse. Une sensation de vide l'envahit. L'inconnue dut le percevoir, car un voile mélancolique obscurcit son regard.

— Te voilà porteuse d'un bien lourd fardeau, mon enfant. Malheureusement, tout comme les autres, tu ne pourras échapper à ton destin !

L'impact de ces paroles eut un effet dévastateur sur la jeune femme. Ainsi, tout ce qui s'était produit depuis son arrivée en ces lieux étranges n'était pas le fruit du hasard. Nul doute qu'elle avait délibérément été attirée dans le cercle de pierres. Étonnamment, en dépit de son désarroi, elle ne pouvait s'empêcher de ressentir une confiance absolue en cet être, comme si une partie d'elle-même la reconnaissait.

— *Cailín*, je sais à quel point tu es dépassée par les évènements, murmura la reine avec tristesse. C'est pourquoi j'ai choisi le laird MacGrandy pour te seconder.

Alicia se tendit à cette mention. Keith disait donc vrai en affirmant ne pas avoir eu le choix, songea Alicia avec un certain soulagement. Tout comme elle, il avait été manipulé.

---

9. Jeune fille.

Jusqu'à quel point s'en accommodait-il dans ce cas ? Un sourire énigmatique s'afficha sur les lèvres de Fódla en percevant ses pensées.

— Il n'y a aucune duplicité chez le laird. Certes, il est un guerrier redoutable, mais il est doté d'une âme noble. Tu peux avoir une confiance absolue en lui, Alicia. Tu ne pouvais espérer meilleur gardien pour te protéger du danger qui te guette dans l'ombre.

— Pourquoi ? s'exclama alors Alicia avec vigueur.

— Aussi frustrant cela soit-il pour toi, je ne peux t'en dire davantage dans l'immédiat.

— Non ! Vous ne pouvez me laisser ainsi ! J'ai besoin de comprendre, s'écria-t-elle avec accablement.

— C'est trop tôt, déclara la reine d'une voix si glaçante que la jeune femme se figea.

Une lueur incertaine dansa dans ses prunelles. Méfiante, Alicia chercha à déchiffrer son expression. La souveraine lui accorda quelques secondes pour se reprendre. Elle ne devait surtout pas la brusquer ; néanmoins, il y avait une dernière chose qu'elle se devait de faire avant de quitter les lieux. S'approchant du défunt allongé sur le sol, elle traça un signe sur son front en murmurant des paroles inaudibles pour Alicia. Il était évident qu'elle avait très bien connu cet homme : elle le voyait à la tristesse qui habitait son regard.

Reportant son attention sur Alicia, Fódla lui tendit un fourreau d'un geste gracieux. Visiblement, elle attendait qu'elle en ceigne sa taille. Alicia s'exécuta en dépit de l'inconfort qu'elle ressentait. Une fois que ce fut fait, la reine s'empara du pommeau avec révérence, le libérant sans entrave des paumes qui y étaient soudées. L'arme fut ensuite glissée dans son étui.

— Alicia, cet artefact est l'épée de Nuada. C'est un puissant talisman, *cailín*. Tu dois toujours l'utiliser avec prudence. Elle peut transpercer le fer, ainsi que l'acier le plus résistant. Sa lame est infaillible, ses blessures, mortelles, même pour un sorcier noir ou un ange déchu. Prends-en bien soin, car elle nous est très précieuse. Ton époux saura t'enseigner les rudiments pour t'en servir. Prends toutefois garde, car sa magie est sanguinaire, lui dit-elle d'une voix grave.

Elle lui désigna un point précis dans la pièce. Alicia suivit la direction qu'elle lui indiquait, interloquée. Elle porta les doigts à ses lèvres en apercevant le cadavre d'une fillette d'une dizaine d'années sous les décombres. Alicia se retourna dans la direction de l'être mystérieux, ne sachant ce qu'elle attendait d'elle, mais la reine avait déjà disparu. Elle réprima un frisson en reportant son attention sur la forme inerte. Elle s'approcha, la gorge étreinte dans un étau. D'une main tremblante, elle dégagea le pauvre petit corps des ruines qui l'emprisonnaient. Ses traits semblaient imprégnés d'une telle douceur qu'Alicia en eut les larmes aux yeux. Avec tristesse, elle remarqua les boucles brunes qui encadraient le visage angélique. Ne pouvant en supporter plus, elle détourna la tête. Ce faisant, son regard capta un chatoiement au poignet de l'enfant. Il s'agissait d'un bracelet de cuivre, finement ciselé, paré de minuscules étoiles à cinq branches. Elle l'effleura, fascinée. Une vision s'imposa de force à son esprit à son contact.

Les murs sombres de la maison firent bientôt place à la beauté des eaux miroitantes d'un loch niché au creux d'une vallée verdoyante. Plus loin en contrebas apparut un énorme four de pierre devant lequel se tenait un homme d'âge mûr.

Celui-ci portait pour tout vêtement une aube retenue par un cordon tressé de la couleur du cuivre. L'étranger maintenait dans sa main droite un long maillet, qu'il fracassait sans effort sur une plaque de métal. Percevant sa présence, il se redressa, puis la salua avec chaleur. Alicia comprit alors qu'elle assistait à une scène qui s'était déjà déroulée par le passé. Avant même qu'elle puisse tenter de déchiffrer le sens de cette vision, une voix impérieuse l'interpella avec insistance.

Son retour abrupt dans le monde réel lui coupa le souffle. Son pouls battait furieusement contre ses tempes. Déstabilisée, elle mit quelques secondes avant de soulever ses paupières. Elle croisa alors le regard chargé d'appréhension de Keith. Il se tenait près d'elle, aussi raide qu'une barre d'acier. Nul besoin de mots pour ressentir les émotions violentes qui l'agitaient. Sans lui laisser la possibilité de s'expliquer, il l'attrapa par le coude. Ce faisant, il remarqua la silhouette de l'enfant qui reposait sur le plancher derrière elle.

— Non… hurla-t-il en s'écroulant aux côtés de la fillette.

Son cri du cœur arracha un frisson à Alicia. Une telle douleur se dégageait de tout son être lorsqu'il prit le corps sans vie dans ses bras qu'une boule se forma dans sa gorge. Il berça la petite avec amour, caressant ses cheveux de ses doigts tremblants. Ne sachant que faire pour l'apaiser, elle demeura immobile. De voir cet homme si rude et si sûr de lui en temps normal affligé de la sorte la retourna.

Son désespoir était si poignant qu'elle ne put faire autrement que de vouloir le réconforter. Lentement, elle tendit une main vers lui. À peine toucha-t-elle son épaule que

Keith relevait brusquement la tête dans sa direction. Elle eut un coup au cœur en apercevant les larmes qui perlaient à ses paupières. Sa souffrance allait bien au-delà des mots.

Alicia se pencha vers lui pour déposer un léger baiser sur son front avec une tendresse désarmante. À cet instant précis, une pensée accablante prit forme dans l'esprit de Keith. Tour à tour, il porta son regard sur la fillette, puis sur Alicia. Il resta interdit sous le poids de la découverte qu'il fit alors.

Pour sa part remuée par le flot d'émotions qui se bousculaient chez son compagnon, ainsi que par les propos de la reine, Alicia éprouva soudain le besoin pressant de sortir de ce mausolée. Encore trop secoué pour réagir, Keith ne chercha même pas à la retenir lorsqu'elle partit.

Alicia déambulait parmi les décombres, les bras serrés autour de sa taille. Plus que tout, elle souhaitait fuir ces lieux maudits, mettre le plus de distance possible entre elle et la douleur de Keith qui la brûlait comme une plaie à vif. Levant la tête vers le ciel d'un bleu limpide, elle songea que la vie pouvait parfois prendre des détours dramatiques. Inconsciemment, elle frôla le fourreau du bout des doigts. L'épée pesait lourd sur ses hanches, comme un rappel du calvaire qui était désormais le sien.

Alicia l'avait quitté depuis quelques minutes déjà lorsque Keith perçut le danger qui se rapprochait d'eux. Retrouvant ses esprits, il se précipita à sa suite. Il avait perdu Kylia, la personne qui comptait le plus à ses yeux jusqu'à ce jour. Il était hors de question qu'Alicia lui soit également arrachée. Dès sa sortie du bâtiment, il s'immobilisa net. Un Seelie venait de se matérialiser devant lui, une lance pointée sur sa gorge. Le contact glacial du métal sur sa peau l'incita à la prudence. D'autant plus qu'il reconnaissait très bien l'arme : la lance de Lug. Une fois lancée, celle-ci atteignait toujours sa cible, animée par une volonté qui lui était propre. Tout comme les autres talismans sacrés, elle était assoiffée de sang. Qu'est-ce que cela signifiait ? La reine lui avait pourtant certifié que les Seelie étaient leurs alliés dans cette bataille.

De toute évidence, Alicia n'était pas dans les parages. Keith voulait à tout prix éviter qu'elle se retrouve dans une situation précaire. Ne percevant nul écho d'elle dans les environs, il pria pour que sa compagne demeure hors de portée le plus longtemps possible, du moins tant qu'il n'aurait pas résolu ce mystère.

❄ ❄ ❄

Caroline n'offrit aucune résistance quand deux bras la projetèrent avec brutalité dans sa cellule puisqu'elle était toujours sous l'emprise de l'artefact. Cheyne se rapprocha de la jeune femme dès que les gardes furent repartis. Enfin, elles étaient de nouveau ensemble. Elle souleva la tête de sa protégée avec précaution pour lui faire boire quelques gouttes de l'eau nauséabonde que leurs geôliers avaient bien daigné leur jeter. Cheyne serra contre elle le corps tremblant de Caroline afin de lui apporter un peu de réconfort. La valkyrie se racla la gorge avant de parler. Elle devait être certaine que Caroline serait à même de comprendre ce qu'elle avait à lui dire.

— Jeune humaine, écoutez-moi bien, chuchota-t-elle contre son oreille pour ne pas attirer l'attention de leurs bourreaux. Nous devons sortir de cet endroit maudit pendant qu'il en est encore temps.

— C'est impossible, j'arrive tout juste à tenir debout, murmura Caroline d'une voix éteinte.

— Nous n'avons pas le choix. Sous peu, nous n'aurons même plus la volonté nécessaire pour survivre.

Caroline hoqueta à ces paroles crues. Sa respiration se fit laborieuse à la pensée de ce qui les attendait. Elle savait que Cheyne avait raison. Aurait-elle la force d'y parvenir? Elle en doutait. Pourtant, elle se devait d'essayer, puisque demeurer en ces lieux la condamnerait irrémédiablement. Le regard angoissé qu'elle leva vers Cheyne dénotait tout de la terreur qui l'habitait.

— Comment tromper la vigilance des gardes? demanda-t-elle dans un souffle. Ils se relaient à notre porte constamment.

— Il faut garder espoir, eut Cheyne pour toute réponse. Nous trouverons bien un moyen.

Caroline acquiesça faiblement. Elle avait toute confiance en cette étrangère qui l'avait veillée de son mieux. C'était grâce à Cheyne qu'elle avait tenu le coup. Sinon, elle serait devenue folle, ou pire…

❄ ❄ ❄

Alicia avait trouvé refuge dans la lande recouverte de fougères, en contrebas de la vallée. L'esprit embrouillé, elle s'arrêta. Un amalgame d'émotions contradictoires se départageait en elle, lui interdisant pour l'instant toute pensée cohérente. Elle tenta de calmer les battements effrénés de son cœur en fermant les paupières. Elle devait faire le vide dans sa tête. Une nouvelle vision, beaucoup plus alarmante cette fois-ci, s'imposa de nouveau à elle. Les images défilèrent avec rapidité devant ses yeux, la laissant hébétée après leur passage. Elle voyait Keith, qui restait immobile, le corps raide. Une lance était pointée dans sa direction, avec à son extrémité une chaîne particulière. En fait, celle-ci semblait animée d'une force de vie sauvage. Elle vibrait avec intensité entre les mains de celui qui la tenait. Alicia frissonna en apercevant l'être austère qui faisait face à Keith. Elle comprit alors avec effroi qu'il ne s'agissait pas de résonnances du passé. Ces évènements se déroulaient en temps réel.

Comme une réponse à ses émotions, l'épée à sa hanche se mit à luire de façon préoccupante. L'arme exerçait un attrait séducteur sur ses sens, cherchant à la manipuler. Alicia se rebiffa avec horreur. Il était hors de question qu'elle laisse un artefact dicter ses faits et gestes. Elle devait garder la tête froide si elle voulait avoir une chance de porter secours à Keith. Il était sa priorité. Sans plus tarder, elle retourna au village, à l'affût du moindre bruit suspect.

Elle était arrivée à s'approcher suffisamment de Keith pour discerner l'expression de son visage. Rien ne transpirait de lui. Il demeura concentré sur l'inconnu qui tenait la lance. En réalité, Keith était loin d'être aussi détaché ; au contraire, il fulminait. Dès qu'il avait perçu sa présence derrière le buisson, un sentiment de panique l'avait gagné.

De son côté, Alicia sentit son inquiétude monter d'un cran. Quelque chose clochait. L'ennemi se contentait de pointer la lance sur la gorge de Keith, mais sans paraître pressé de le tuer pour autant. On aurait pu croire qu'il attendait quelque chose ou encore quelqu'un…

Comme un écho à ses réflexions, un vent puissant balaya subitement la terre calcinée, faisant virevolter les cendres autour d'eux. Un courant d'air glacial la transperça, lui arrachant un frisson. Tout en protégeant ses yeux de ses avant-bras, Alicia chercha à discerner d'où provenait la menace. Une sueur froide coula dans son dos à la seule pensée que le mage noir puisse l'avoir retrouvée.

Puis, le calme revint. Elle se mordit la lèvre inférieure jusqu'au sang en découvrant le géant hideux qui surplombait désormais Keith. La gorge sèche, elle détailla le nouvel arrivant avec circonspection. Celui-ci portait des vêtements de paysans sur un abdomen ventru, des sandales à ses pieds démesurés, ainsi qu'une tunique courte à capuchon. Un accoutrement des plus inusités. Malgré la grossièreté de sa mise, nul doute que cet ogre devait être un puissant guerrier, car une force brute irradiait de toute sa personne. Le garde qui se tenait en faction devant Keith recula de deux pas sur un signe discret de celui-ci.

Keith mit un genou en terre, et inclina la tête en signe de respect en reconnaissant l'être céleste qui venait d'apparaître. Que pouvait bien faire le dieu des druides en ces lieux ? Une seule fois, il avait eu l'infime honneur de contempler Dagda dans toute sa splendeur ; c'était il y avait très longtemps. Cette divinité était le père et le roi de tous les Celtes, le plus important de tous après le dieu suprême Lug. Il était de surcroît le gardien de la magie, régnant en seigneur sur le Sidh. Il maîtrisait à la perfection les quatre éléments vitaux de la nature.

En déchiffrant les pensées de Keith, Dagda éclata d'un grand rire sonore, puis donna une tape magistrale dans son dos. Celui-ci fut projeté au sol sous la force de l'impact.

— Relève-toi, Laird du clan MacGrandy. Je vois que malgré ton rang, tu sais faire preuve d'humilité en ma présence. Je suis flatté que tu aies reconnu le maître qui se tient devant toi, qui te fait l'honneur de sa visite.

Keith se redressa avec assurance à ces mots. Il croisa les bras sur sa poitrine, puis se campa fièrement sur ses jambes. Dagda appréciait le guerrier arrogant ; néanmoins, cette affection ne l'empêchait pas de mettre son projet à exécution. Au contraire, il exultait à l'idée de lui faire subir cette épreuve.

— Laird MacGrandy, tu n'es pas sans savoir que rien n'échappe à mon regard perçant, commença-t-il d'un ton cinglant.

Keith fronça les sourcils. Il n'aimait pas du tout cette entrée en matière non conventionnelle. Suspicieux, il demeura sur ses gardes. Dagda l'observa d'une expression inquisitrice.

— Malgré tout, quelqu'un cherche à me mystifier. Je soupçonne d'ailleurs cette chère Fódla d'en être l'instigatrice, et toi, d'y prendre part. J'exècre d'être tenu ainsi dans l'ombre. Voilà pourquoi j'ai décidé d'intervenir, afin de mettre un frein à ses plans, quels qu'ils soient.

En entendant ces paroles, Keith éprouva un malaise qui augmenta en crescendo. Cette histoire ne lui disait rien qui vaille. Il connaissait l'animosité légendaire entre la reine et le dieu. Il ne désirait pas se retrouver coincé entre les deux, encore moins faire les frais d'une vendetta, surtout avec Alicia dans les parages.

Malheureusement, avant qu'il n'ait pu tenter quoi que ce soit pour la protéger, quatre Seelie se matérialisèrent derrière elle. Déstabilisée, Alicia n'eut pas le temps d'esquisser le moindre geste de fuite. Elle était cernée. Deux des Seelie emprisonnèrent ses épaules d'une poigne de fer, le regard placide. Ils l'incitèrent à rejoindre Dagda d'une poussée dans le dos. Pour sa part, Keith s'efforça de demeurer stoïque. Il ne devait montrer aucun signe de faiblesse, sinon, il craignait d'en révéler trop sur les sentiments qu'il commençait à nourrir à l'égard de la jeune femme. Il ne souhaitait surtout pas que ses émotions se retournent contre lui. Sa compagne serait une arme beaucoup trop dangereuse pour qui voudrait faire pression sur lui. Toutefois, l'agitation grandissante de celle-ci lui rendait la tâche ardue.

En lançant un bref coup d'œil en direction de Keith, Alicia devina qu'il n'était pas aussi calme qu'il y paraissait. Une colère sourde couvait en lui. Il n'avait aucune confiance en l'être suprême qui lui faisait face, ce qui ne la rassura nullement.

Dès qu'Alicia fut amenée à sa hauteur, le dieu posa un regard gourmand sur sa silhouette généreuse. Un frisson d'appréhension la parcourut en remarquant la lueur de convoitise qui y brillait. D'une démarche conquérante, Dagda tourna lentement autour d'elle, sans le quitter des yeux. Impudent, il plaqua une main immense sur son ventre plat. Alicia sursauta, se raidissant sous l'aplomb d'un tel geste. Mal à l'aise, elle tenta de se dégager, mais une force puissante la retenait captive.

— Cette jeune mortelle est délicieuse, Laird MacGrandy, féconde de surcroît. J'espère qu'elle est obéissante, et ce, à tous les égards, lâcha-t-il en jetant un bref coup d'œil vers

Keith. Quelle volupté ce serait de pouvoir se glisser dans son fourreau étroit…

Alicia poussa un cri d'horreur, révulsée à cette seule perspective. Préoccupé au plus haut point, Keith serra les dents. Dagda était reconnu pour être un dieu insatiable, qui menait une vie dissolue. Que cherchait-il exactement ? Toujours sous la menace de la lance, Keith demeura sur ses gardes. Il ne voulait surtout pas risquer la sécurité d'Alicia, encore moins son intégrité. Dagda jouait avec lui. S'il n'y prenait pas garde, ce dieu-druide pouvait devenir un péril sérieux pour sa survie.

Alicia leva un regard incertain sur l'être qui lui faisait face, la dominant de plusieurs têtes, consciente plus que jamais du mutisme soutenu de Keith. Le dieu la scruta d'un œil concupiscent, un sourire prédateur sur les lèvres en surprenant son expression.

— Je prends un immense plaisir à explorer de nouveaux horizons, jeune mortelle… susurra-t-il d'une voix profonde à son oreille.

Une étincelle de panique apparut dans les prunelles d'Alicia. Une sensation de froid l'envahit, vite remplacée par un sentiment d'urgence. Jamais Keith n'accepterait que cet être abject pose la main sur elle. Elle le sentait sur le point d'exploser, tout comme elle d'ailleurs. La situation ne devait surtout pas dégénérer, encore moins que son pouvoir échappe à sa volonté comme la dernière fois. Fermant les paupières, elle s'efforça de régulariser sa respiration, de faire le vide dans son esprit. Keith perçut le changement subtil qui s'opérait en elle.

Pour sa part déterminé à faire réagir le file de ses druides, Dagda attaqua plus crûment. Pas question qu'il se fasse damer le pion par cette maudite reine. Il y avait trop longtemps qu'elle n'en faisait qu'à sa guise. Elle devrait se plier aux règles qui régissaient leur monde, et s'il devait se servir de ces deux humains pour y parvenir, il n'allait certainement pas s'en priver.

— Laird MacGrandy, j'ai bien envie de découvrir le plaisir entre les jambes d'une jeune magicienne au joli minois. Qu'en dis-tu ?

Saisie, Alicia se tourna vers Keith, ses beaux yeux emplis d'une terreur sans nom. Son sang se figea dans ses veines en constatant son expression. Devant elle se dressait désormais un guerrier redoutable, prêt à tout pour défendre ce qui lui appartenait.

— Je vous déconseille de la toucher ! déclara Keith avec une dureté implacable. Elle est mienne !

— Eh bien, Laird MacGrandy ! Oserais-tu me défier, par hasard ? Pour une mortelle insignifiante de surcroît. Dans ce cas, je te recommande fortement de te reprendre. Autrement, cet écart de conduite pourrait se révéler très néfaste pour toi, mais surtout... pour elle, le menaça Dagda d'un ton glacial. Il serait dommage de sacrifier un druide de ta valeur...

— Non ! s'écria Alicia.

— Tais-toi, *òigh* ! ordonna Keith d'une voix tranchante.

Alicia tiqua à cette injonction, mais l'expression mauvaise de Keith la dissuada d'en dire davantage. Keith barricada son esprit à tout sentiment, essayant tant bien que mal de se recomposer un air impassible. Il avait une conscience aiguë que sa jeune compagne était toujours menacée. Toutefois, la main lourde que Dagda promenait maintenant sur les seins d'Alicia ne lui rendait pas la tâche aisée. Le dieu scruta le laird avec une attention accrue, à l'affût de la moindre manifestation de sa part, mais Keith s'efforça de demeurer retranché derrière son masque flegmatique.

— Intéressant, murmura Dagda pour lui-même.

Animé par un désir pervers, il afficha un rictus cynique. Contrecarrer les plans de cette maudite reine se révélait encore plus passionnant qu'il ne l'aurait cru. Il serait captivant de voir comment ces deux antagonistes allaient réagir face à la situation éprouvante qu'il était sur le point de déclencher. Savourant déjà sa victoire, Dagda détailla à nouveau la jeune femme en tapotant sa bouche charnue.

— Laird MacGrandy, j'aurais un marché honnête à te proposer, lâcha-t-il sans même regarder Keith. Cette petite est une puissante magicienne et toi, le file de mes druides. Elle est plus que fertile en cet instant… commença-t-il, avant de se taire volontairement pour ménager son effet et de lancer un coup d'œil en direction du laird.

De plus en plus nerveux, Keith se tendit, au point que ses muscles saillirent sous sa peau. Une expression féroce se peignit sur son visage. Satisfait, Dagda lécha ses lèvres d'une langue gourmande.

— J'exige que tu t'accouples séance tenante avec elle. Qui sait? Il pourrait en résulter un enfant aux pouvoirs phénoménaux.

— Il n'en est pas question! s'insurgea Keith. Vous ne pouvez réclamer une telle chose!

— C'est là que tu te trompes, Laird MacGrandy. Je peux tout… Ou tu prends cette mortelle de ton plein gré ou je t'y contrains. Oh! J'oubliais! Il va de soi que j'assisterai à ce charmant divertissement pour m'assurer de ton obéissance.

Sous la fureur, Keith passa outre la lance pointée sur lui et se jeta sur le dieu, mais ce dernier fut plus rapide. Il referma sa paume sur le cou gracile de la jeune femme, ce qui le freina net dans son élan.

— Réfléchis bien... Je peux tout aussi bien briser sa nuque d'une simple pression, priver ce joli corps de toute étincelle de vie.

Keith serra les poings, les traits déformés par une haine meurtrière. Ils étaient piégés. Dagda n'aurait aucun remords à mettre sa menace à exécution. Que n'aurait-il pas donné pour épargner à sa compagne ce qui allait suivre ? Cependant, mieux valait que ce soit lui qui l'engrosse que ce dieu vicieux. Dans le cas contraire, elle risquait de ne pas y survivre. Il se tourna avec réticence vers Dagda, les yeux emplis d'orage. Un sourire dépravé étira les lèvres de celui-ci.

— Laird MacGrandy, tu auras droit en prime à une délicate attention de ma part. Afin de te rendre plus réceptif à ses charmes, je ferai en sorte de stimuler la magie de cette délicieuse enchanteresse.

Keith poussa un cri de rage. Cet être lubrique ne se contenterait pas de l'aiguillonner, il le rendrait fou de désir, au point de le déchaîner.

— Accordez-moi un instant avec elle, réclama Keith d'un ton tranchant.

— Pourquoi diable ferais-je une telle chose, Laird MacGrandy ? Tu n'es pas en position d'exiger quoi que ce soit de moi !

— C'est ma compagne... rugit celui-ci.

— Attention à ne pas m'exaspérer, file, ou il t'en cuira, l'avertit Dagda d'un ton cinglant en plissant les paupières.

Résolu à défendre sa cause, Keith ne tint nullement compte de cette mise en garde, allant même jusqu'à porter une main au pommeau de son épée. Dagda le fixa longuement, surpris par cet affront, avant d'éclater d'un rire gras.

— Ton courage et ton audace sont à ton honneur, file. Cela me divertit. Je t'accorderai donc ce bref entretien.

Keith se dirigea vers Alicia en desserrant les poings, la mine sombre. Celle-ci le vit s'approcher, le visage pâle, les yeux agrandis d'effroi. Une fois parvenu à sa hauteur, Keith la saisit par le coude, puis l'éloigna des autres.

— Alicia... murmura-t-il.

Il caressa sa joue avec douceur. Elle s'accrocha à lui en secouant faiblement la tête. Elle vivait un véritable cauchemar. Il plongea son regard dans le sien, emprisonnant ses doigts glacés dans ses mains.

— Je suis désolé, souffla-t-il, la mort dans l'âme. Il n'y a aucune échappatoire. Est-ce que tu comprends ce que j'essaie de te dire? la pressa-t-il d'une voix douloureuse.

— Non... le supplia-t-elle. Keith, par pitié, ne fais pas ça.

— Alicia, si je résiste, ce sera pire encore. Il utilisera ton pouvoir contre moi. Si ça devait se produire, je ne serais plus en mesure de me retenir, lâcha-t-il avec un mélange de désespoir et de colère.

Alicia eut l'impression de perdre pied en saisissant la portée réelle de ses paroles. Prise de panique, elle tenta de se soustraire à l'emprise de Keith, mais ayant déjà prévu sa réaction, celui-ci resserra son étreinte autour de ses mains.

— *Mo chroí*, écoute-moi. Écoute-moi! ordonna-t-il avec plus de force. Il n'y a pas d'autres solutions. Même en unissant nos deux magies, nous serions impuissants à le combattre. Ce serait signer notre arrêt de mort à tous les deux.

Alicia déglutit péniblement. De nouveau, Keith chercha à la rassurer avec des gestes tendres. Par tous les dieux, même s'il la convoitait, il ne pouvait se résoudre à la posséder de cette façon. «Bon sang! Elle est ma compagne!» s'insurgea-t-il. L'empoignant par la nuque, il appuya son front contre le sien. Alicia était aux abois, il ne pouvait lui en vouloir au demeurant.

— Alicia, oublie Dagda. Tu es ma compagne, *mo chroí*. Ce n'était qu'une question de temps avant que je te fasse mienne. Je sais que tu mérites mieux que ce que je m'apprête à te faire subir. Je refuse d'abuser de ton corps avec violence, mais si je me rebiffe, Dagda prendra plaisir à intensifier le désir que j'éprouve pour toi. Il n'hésitera pas à transformer cette union en un acte de débauche. Je t'en conjure, ne t'insurge pas...

Alicia releva la tête, le menton tremblant de peur. Même s'il n'y avait aucune duperie dans le regard de Keith, elle ne pouvait se soumettre de son plein gré.

— Keith, je n'y arriverai pas, c'est au-dessus de mes forces.

— Alicia, ne rends pas la situation plus difficile qu'elle ne l'est déjà! Si tu résistes, il n'y aura rien de tendre entre nous deux, ce sera un viol pur et simple. Ne fais pas ça! la supplia-t-il avec accablement.

Dagda dut percevoir la réticence de la jeune femme, car il foudroya Keith d'une décharge cuisante en guise d'avertissement. Ce dernier ploya sous la douleur et tomba à genoux, les dents serrées. Ses barrières abaissées, il reçut de plein fouet la sensualité dévastatrice qui émanait d'Alicia. Dagda avait relâché en partie sa magie, sans leur accorder la moindre chance. Il aurait dû deviner qu'il en serait ainsi. Déterminé alors à se contenir le plus longtemps possible, Keith raidit les bras le long de son corps. Il devait au moins lui permettre de se préparer mentalement à ce qui allait suivre, mais son parfum lui faisait l'effet d'un puissant aphrodisiaque. Il rejeta la tête vers l'arrière en laissant échapper une longue plainte lugubre. Alicia s'agenouilla face à lui en comprenant que le désir qu'il éprouvait envers elle se transformait en quelque chose de beaucoup plus sombre. La main fraîche qu'elle déposa sur son cou brûlant lui arracha un gémissement rauque.

— Keith, je t'en prie, reste avec moi ! Keith, reste avec moi ! l'implora-t-elle avec ferveur.

Au son de sa voix caressante, un frisson voluptueux le parcourut tout entier. Un éclair de lucidité illumina momentanément ses yeux. Il devait se raccrocher à quelque chose. Insérant ses doigts dans la terre, il puisa à même l'énergie qui s'y trouvait pour refaire surface. Il haletait, tout son être tremblait sous l'effort fourni. Il souffrait mille morts, ce qui mettait Alicia au supplice. Des gouttes de sueur perlaient aux tempes de Keith, des grognements montaient de sa gorge. Il était évident que c'était un combat perdu d'avance. Plus il résisterait, plus grand encore serait son calvaire, et au final, il serait assujetti à son pouvoir. Incapable de supporter davantage d'être la cause de son martyre, elle prit son visage entre ses mains, l'embrassa avec ferveur. Elle se soumit de son plein gré à son désir brut. Keith la dévora de ses lèvres avides, tourmenté par une faim insatiable. Lorsqu'il la relâcha brusquement, elle avait le souffle court.

De toute évidence, il luttait âprement pour se contenir. Cependant, le regard qu'il leva vers elle était beaucoup trop -incandescent pour être normal.

— Keith… l'interpella-t-elle d'une voix cassée.

Quelque chose s'agita au plus profond de celui-ci en percevant son appel désespéré. À la vue des larmes qui brillaient dans les yeux de sa compagne, il reprit pied dans la réalité. Il chercha à brider ses sens, mais il n'y arrivait pas. Par tous les dieux, il allait devenir fou s'il résistait plus longtemps. Tout son être brûlait d'un feu ardent. Il se consumait entièrement de l'intérieur.

— Alicia… chuchota-t-il dans une supplique poignante.

Alicia commença à se dévêtir en ressentant tout du combat qu'il se livrait, puis dénoua la ceinture qui soutenait son épée. Elle s'efforça de faire abstraction du dieu, ainsi que de ses gardes. Seul Keith comptait. Les poils de ses bras se hérissèrent au contact de l'air, son sang se glaça dans ses veines. Incapable d'en supporter plus, Keith se départit de son fourreau. Il se débarrassa vivement de son propre plaid, les traits déformés par une souffrance mêlée de désir. Il la plaqua sur le sol dans un grognement rauque. Il devait la prendre maintenant. Il empoigna ses cuisses sans douceur, puis écarta ses jambes avant de les soulever sans équivoque. Il la pénétra d'une poussée brutale, lui arrachant un cri de douleur. À forts coups de butoir, il força l'étroit passage. Elle avait déjà connue d'autres hommes intimement par le passé, mais jamais avec une telle sauvagerie.

La vigueur démentielle avec laquelle il la posséda la fit ployer comme un simple fétu de paille. Des plaintes déchirantes franchirent ses lèvres alors qu'elle tentait de lui échapper, incapable d'en supporter davantage. Quand elle le griffa sur la joue, il enserra ses poignets dans un étau inflexible. Conscient de ce qu'il lui faisait sans pouvoir s'arrêter pour autant, Keith vivait un véritable enfer. Chaque gémissement de souffrance d'Alicia lui lacérait le cœur.

Dans un ultime sursaut, il la pénétra profondément, brisant son dernier soubresaut de volonté. La jeune femme demeura immobile, les yeux hagards. En s'effondrant à ses côtés, Keith la ramena vers lui, faisant un rempart de son propre corps. Elle n'eut aucune réaction ; pis encore, sa peau était glacée. La peur au ventre, Keith la recouvrit de son plaid, puis l'entoura de ses bras. Portant un regard sur son visage, il eut froid dans le dos. Alicia ne sortirait pas indemne de cette épreuve, lui non plus au demeurant.

— C'est terminé, *mo chroí*, murmura-t-il à son oreille d'une voix éteinte. Alicia, pardonne-moi…

Il s'étrangla sous le poids des remords. Son désarroi évident la chavira, l'arrachant par le fait même à sa léthargie morbide. Elle n'avait pas été la seule à en baver. Tout comme elle, Keith avait été victime de la duplicité du dieu. Comment lui en vouloir dans ces conditions ?

— Keith…

Quand leurs yeux se croisèrent, celui-ci fut ébranlé jusque dans son âme. Il n'y avait aucune condamnation dans le regard d'Alicia, uniquement une résignation poignante. Il comprit dès lors qu'il serait prêt à tout pour cette femme. Elle tenait son cœur entre ses mains. Abasourdi par cette soudaine révélation, il en demeura muet de stupeur. Il se devait de la sortir de cette situation précaire, quel qu'en soit le prix à payer.

Se détachant d'elle à contrecœur, il se redressa tout en fusillant le dieu-druide d'un éclat meurtrier. Il poussa même l'audace en s'avançant jusqu'à sa hauteur.

— Vous avez eu ce que vous désiriez, Dagda, maintenant laissez-nous tranquilles !

Au son de cette voix empreinte d'une colère à peine contenue, Alicia tressaillit et serra le vêtement sur son corps meurtri. Relevant les yeux, elle éprouva une peur irraisonnée quand un vent obscur l'enveloppa. Apparemment, le dieu n'appréciait pas cette injonction. Keith devina alors qu'il n'en resterait pas là. Dagda allait l'assujettir une seconde fois au pouvoir de sa compagne, sans égard pour tout le tort qu'il lui causerait. Il se tourna vers la jeune femme, dégoûté. Plutôt mourir...

Alicia sentit son ventre se nouer en apercevant l'expression de Keith.

— Fuis... souffla-t-il.

Elle secoua énergiquement la tête, affolée. Il était hors de question qu'elle l'abandonne de nouveau. Il risquait de se faire écorcher vif si elle s'exécutait. En deux enjambées, Keith fut à ses côtés. Au passage, il empoigna le fourreau de l'épée sur le sol et le mit de force entre ses mains.

— Alicia, fais-le pour nous deux, lui enjoignit-il d'une voix tendue.

Elle s'étrangla en comprenant que Dagda avait l'intention de renouveler cette petite expérience.

— Je t'aime, chuchota-t-il à son oreille avant de l'envelopper d'un voile de dissimulation.

Elle s'élança, invisible désormais aux regards des autres, vers le seul endroit qu'elle savait sûr dans les environs : une grotte située à l'extérieur du bourg. Keith fonça sur l'un des

Seelie afin de faire diversion et le plaqua durement au sol.
Dagda et les quatre Seelie furent déroutés l'espace d'un instant par cette attaque soudaine, ce qui permit à Alicia de
s'esquiver en toute impunité.

Un hurlement inhumain percuta contre les murs de
la forteresse lorsqu'elle franchit les portes du village.
« Keith », songea-t-elle aussitôt. Elle se figea, déchirée par
l'incertitude.

— Sauve… toi… cria Keith d'une voix hachée en percevant son hésitation.

Les larmes aux yeux, elle obtempéra, courant comme
une folle vers la caverne. Keith la disait protégée par un sort
impénétrable. Elle l'espérait, car dans le cas contraire, elle
ne donnait pas cher de sa peau si Dagda remettait la main
sur elle.

Keith fut relevé avec rudesse, puis traîné jusqu'à Dagda.
Sous le regard implacable de celui-ci, les Seelie l'encerclèrent. Le sol trembla sous ses pieds lorsqu'ils levèrent les
bras pour invoquer la puissance de la terre. Toute son
énergie étant concentrée sur le champ protecteur qu'il avait
élevé autour d'Alicia, Keith se retrouvait désormais vulnérable face aux pouvoirs des sbires de Dagda. Mentalement,
il se prépara à la souffrance qui n'allait pas tarder à le terrasser. Son épée étant trop loin pour qu'il puisse s'en
emparer, il était donc sans défense. Avec une efficacité
redoutable, les Seelie projetèrent sur lui des éclairs fou-
droyants en guise de punition.

Keith résista le plus longtemps qu'il le put, du moins
jusqu'à ce qu'Alicia soit hors de danger. Mais, il était sur le
point de faiblir tant la douleur était insupportable. Il avait
l'impression qu'on le dépeçait à l'aide de plusieurs lames

chauffées à blanc. Vint cependant un moment où ses jambes se dérobèrent sous lui. Le corps en sueur, il parvint tout juste à relever la tête pour affronter la colère du dieu.

— J'espère pour toi, Laird MacGrandy, que cette mortelle porte suffisamment de ta semence dans son ventre pour concevoir un enfant. Dans le cas contraire, file, ton insubordination te vaudra la mort.

Sur ces mots lourds de menaces, il disparut avec ses cinq gardes. Keith roula sur le dos dans un râle. Au même moment, il relâcha son emprise sur le sort de dissimulation qu'il maintenait actif autour de sa compagne. Celui-ci se dissipa aussitôt.

Quand elle pénétra dans la grotte, Alicia était à bout de souffle. Elle s'empressa de détailler les environs d'un regard vif. Elle ne voulait surtout pas se retrouver piégée dans cet endroit, ni avoir de mauvaises surprises. Elle en était d'ailleurs à son inspection lorsqu'une sensation de froid intense l'enveloppa. La panique la gagna quand elle comprit qu'elle n'était plus protégée par l'enchantement de Keith. Qu'est-ce que cela signifiait? Se refusant à imaginer le pire, elle pressa ses mains l'une contre l'autre. Elle devait garder foi en lui. Au souvenir des mots qu'il avait murmurés avant sa fuite, son pouls s'emballa. Il disait l'aimer. «Seigneur! Comment est-ce possible?» se demanda-t-elle avec effarement. Pourtant, Keith MacGrandy n'était pas homme à se dévoiler aussi impunément, elle en était certaine. Ce qui ajoutait d'autant plus de poids à sa déclaration. Pour sa part, elle ne savait que penser. Certes, elle éprouvait des sentiments marquants pour ce guerrier sombre. Toutefois, pouvait-elle réellement parler d'amour ? Ne désirant pas approfondir la question dans l'immédiat, elle reporta son attention sur la grotte. Nullement rassurée, elle passa une main sur son front. Un fait était immuable cependant : sans la présence de Keith, elle se sentait perdue.

Elle le fut d'autant plus lorsque son regard fut attiré vers le fond de la caverne. Une brume épaisse recouvrait un pan entier de la surface rugueuse. Un tel phénomène était impossible, surtout que l'air chargé d'humidité semblait stagner au-dessus du sol, comme si le temps lui-même s'était figé. Alicia demeura sur le qui-vive. Un picotement dérangeant remonta le long de sa colonne vertébrale, lui donnant la chair de poule. Ne sachant que faire, elle resta immobile quelques secondes avant de se décider à avancer d'un pas hésitant. Dès qu'elle fut assez près, elle frôla l'étrange manifestation de sa paume. Aussitôt, une chape de brouillard s'enroula autour de son poignet, la frigorifiant jusqu'aux os. Elle recula précipitamment, le cœur battant la chamade. Alicia eut alors la désagréable impression de se tenir en équilibre précaire sur le bord d'un précipice. Sa respiration se bloqua l'espace d'un instant.

Soudain, une image prit forme dans son esprit. Tout d'abord flous, les contours se dessinèrent par la suite avec de plus en plus de précision. La jeune femme eut alors la certitude que le banc de brume dissimulait en fait un passage secret qui menait vers une autre dimension. Elle sut d'instinct que quiconque s'aventurait sur cette route sans permission se verrait à jamais perdu dans les limbes de l'oubli. Sous l'emprise d'un pouvoir mystérieux, elle tendit les mains, paumes vers le ciel. Contre sa volonté, ses lèvres murmurèrent une incantation ancestrale. À l'énoncé des paroles sacrées, le brouillard se divisa en deux. Sans savoir vraiment ce qu'elle faisait, Alicia s'engagea sur le chemin inconnu. Derrière elle, le voile se referma, l'engloutissant...

Glen fulminait toujours. Devoir suivre les ordres que Keith lui avait donnés avant son départ ne l'enchantait guère. Non qu'il contestait l'autorité de celui-ci : c'était plutôt le but de la mission dont il l'avait chargé qui le dérangeait. Retrouver le haut-elfe du nom de Lachlan pour l'intégrer à leur groupe n'était pas ce qui le contrariait, car il s'était tout de suite senti en confiance avec cet être discret et sans âge. En contrepartie, le fait de devoir s'allier à la Seelie Lyliall le perturbait. Les haut-elfes étaient des créatures de lumière. Leur bienveillance et leur essence correspondaient en tout point aux divinités célestes qu'ils vénéraient. C'était un peuple très ancien, fier, civilisé, qui demeurait fidèle aux traditions, à leur héritage. Leur agilité en faisait des êtres gracieux, leur rapidité et leur bravoure, des alliés de premier choix. Maîtres de la magie, ils étaient aussi d'excellents tacticiens, aux prouesses martiales renommées, préférant de loin les arches et les lances. Dans un domaine comme dans l'autre, ils étaient d'une efficacité redoutable. Tous comme eux, les haut-elfes abhorraient Conrad, car il avait rallié à sa cause les elfes noirs, leurs cousins germains. Depuis, ces deux souches bien distinctes se livraient une guerre sans merci.

Ce qui n'était pas le cas pour les Seelie, car contrairement aux haut-elfes et aux elfes noirs, qui se vouaient une haine impitoyable, les Seelie et les Unseelie se toléraient dans une certaine mesure. Le fait qu'aucune bataille ni aucun conflit n'ait eu lieu entre les deux groupes l'indisposait considérablement. Pour lui, la ligne était trop mince entre ce qui séparait la Cour d'été de la Cour de l'ombre. Il était trop aisé de passer de l'un à l'autre. De toute façon, peu importait le camp auquel ils appartenaient, ce peuple demeurait mystérieux, hermétique, rébarbatif à tout contact avec les diverses espèces du Sidh.

Songeant alors à Keith, Glen ressentit un immense vide. Il aimait son aîné, qu'il vénérait depuis sa plus tendre enfance. Keith leur avait enseigné pendant d'innombrables heures, à Todd et à lui, les rudiments de la magie, en plus de les entraîner au combat. Toutefois, depuis son bannissement dans le monde des humains, il n'était plus le même. Le jeune homme insouciant qu'il était avait disparu. Un guerrier dur, sombre, intransigeant, était revenu à sa place. Ce changement radical s'était révélé des plus confondants pour tous. Malgré tout, Glen avait peu à peu appris à connaître celui qu'il était devenu, à l'accepter. Par malheur, la venue des trois mortelles, en particulier cette Alicia Dumont, risquait de perturber le cours de leur vie.

Tendu, Glen jeta un regard indécis en direction de Lyliall, qui semblait être perdue dans une méditation profonde. Il était convaincu qu'elle en savait beaucoup plus que ce qu'elle laissait transparaître. Qui protégeait-elle par son silence? D'autant plus que Lachlan avait quitté les siens pour leur apporter son soutien. Pourquoi donc? Ayant senti le flot d'incertitudes qui entouraient Glen comme un halo de noirceur, Lyliall ouvrit les yeux. Elle s'avança vers lui et effleura son avant-bras de ses doigts fins. Glen eut un mouvement de recul, surpris par ce geste inattendu. Il s'éloigna d'une démarche raide en pestant intérieurement.

De son côté, Lyliall savait que par son mutisme soutenu, elle aliénait les autres. Même si ce sentiment de méfiance la perturbait, elle comprenait que, pour le bien de tous, il devait en être ainsi. L'enjeu était trop grand. Sa filiation avec la reine des Tuatha Dé Danann devait demeurer secrète. Cependant, le haut-elfe avait saisi la subtilité, tout comme l'étendue de leur plan, vu son lien étroit avec le Sidh. Par chance, elle pouvait être assurée de sa discrétion. C'était surtout Glen qui l'inquiétait. Ce Celte ressemblait beaucoup trop à son frère aîné. Il n'accepterait pas longtemps de marcher à l'aveuglette.

Malgré tout, les suspicions excessives de Glen ne l'empêchèrent pas pour autant de lever le camp. Que cela lui plaise ou non, Keith lui avait ordonné de partir à la recherche de la valkyrie, ainsi que de l'humaine qui avait disparu. Il se devait donc d'obéir. Avec l'aide de Lyliall, il ouvrit un passage. Hélène regarda d'un œil noir la lumière éblouissante qui venait d'apparaître devant eux. Elle n'avait aucun désir de s'aventurer de nouveau dans ce vortex, mais Glen ne lui laissa pas le choix. Avec impatience, il la poussa d'une bourrade rude à l'intérieur.

❀ ❀ ❀

Deux korrigans faisaient le guet sur le pont délabré qui surplombait un ruisseau aux eaux visqueuses et nauséabondes. Les deux bêtes se tenaient face à face, plaisantant grossièrement, lorsqu'un éclat fulgurant les aveugla. Dans l'incapacité de réagir promptement, ils furent foudroyés sur place en un instant. Ils s'effondrèrent sur les planches de bois pourries, le visage déformé dans un rictus obscène, une odeur de soufre se dégageant de leur corps calciné. Dès leur sortie du vortex, Glen n'avait pas hésité une seule seconde à lancer une boule de feu dans leur direction.

De leur cellule, Cheyne et Caroline entendirent le bruit d'une puissante déflagration à travers les murs épais. S'ensuivirent les échos assourdissants d'une confrontation violente. Cheyne ne mit pas long à comprendre que le repaire de leurs assaillants était attaqué. C'était là une chance inespérée pour tenter une évasion. Avec vivacité, elle gratta de ses ongles la terre fraîchement retournée dans l'un des coins de leur prison. Il était à prévoir que des gardes viendraient s'assurer qu'elles étaient toujours dans leur cellule. Un large sourire étira ses lèvres en apercevant l'objet qu'elle avait pris soin de dissimuler la veille.

Affermissant sa prise sur l'arme tranchante qu'elle avait extraite de sa cachette, Cheyne vint rejoindre sa protégée. Elle avait réussi à s'emparer de ce bout de métal après avoir trompé la vigilance de leurs geôliers. Dès lors, un plan avait germé dans son esprit dans l'attente du moment opportun. D'emblée, elle s'allongea à plat ventre sur la terre rugueuse. D'un signe de tête, elle signala à la jeune femme de s'accroupir dans l'un des coins les plus reculés du cachot. Un bras replié sous elle, Cheyne dissimula avec soin son arme de fortune, puis s'obligea au calme. Elle devait offrir l'image même de la victime sans défense, à bout de résistance. Comme elle s'y attendait, les gardes ne furent pas longs à arriver. Le grincement sinistre de la porte qui s'entrouvrait fit naître un puissant sentiment d'anticipation en elle. Tel un fauve guettant sa proie, elle demeura immobile, tous ses sens aux aguets. Quelque peu distraits par les défla-grations qui résonnaient entre les murs de la grotte, les deux créatures se penchèrent vers Cheyne sans vérifier au préalable si elle était bien inconsciente. Quant à Caroline, elle était trop effrayée pour représenter le moindre danger pour eux. Profitant de ce moment d'inattention, la valkyrie se releva prestement dans un cri de guerre retentissant. D'un geste vif, elle trancha la gorge du premier assaillant, puis planta l'éclat de métal directement dans le cœur du deuxième. La rapidité, ainsi que la précision de son attaque ne laissèrent aucune chance aux deux cerbères. Caroline plaqua ses paumes sur ses oreilles, incapable de supporter le gargouillement sinistre du gardien qui se noyait dans son propre sang, une main appuyée en vain sur sa gorge pour endiguer le flot. Sans lui laisser le temps de se ressaisir, Cheyne s'élança vers Caroline, et l'obligea à se relever pres-tement. Pour le moment, son propre corps était galvanisé par l'adrénaline qui coulait dans ses veines, lui donnant la force nécessaire pour agir, mais cela ne saurait durer éter-nellement. Leur temps était compté. D'un coup d'épaule, elle entrouvrit davantage la lourde porte. Elle jeta un rapide coup d'œil sur les environs afin de s'assurer qu'il n'y avait personne d'autre en faction sur les lieux. Elle sortit, Caroline sur ses talons, quand elle fut certaine qu'elles étaient seules. Sans doute les autres cerbères avaient-ils été appelés en ren-fort pour contenir l'offensive.

Cheyne entraîna Caroline sans perdre de temps, profi-tant ainsi de l'occasion qui s'offrait à elles. Les deux captives rejoignirent l'embouchure d'un couloir d'une démarche claudicante. Caroline peinait à suivre la valkyrie. Son visage était livide, signe que les mauvais traitements successifs

qu'elle avait subis depuis leur arrivée l'avaient considérablement affaiblie. Toutefois, elle s'efforça de juguler sa souffrance et avança, consciente qu'une telle occasion ne se
présenterait pas une nouvelle fois.

À l'intersection de deux corridors, elles tombèrent sur
des corps calcinés. Caroline poussa un hurlement d'horreur, vite étouffé par la paume de Cheyne. La valkyrie
tendit l'oreille en serrant les dents, inquiète. Personne à l'horizon. Elle lança un regard de mise en garde à la jeune
femme. Caroline hocha la tête en signe d'assentiment.
Cheyne s'empara au passage de l'épée de l'un des korrigans
morts, satisfaite d'avoir enfin une arme plus adéquate pour
se défendre.

Cheyne observa les alentours avec exaspération en arrivant à un deuxième croisement. Cet endroit était un vrai
labyrinthe. Elle reporta son attention sur Caroline, indécise
sur la marche à suivre. Celle-ci était d'une blancheur cadavérique. Sur le point de défaillir, elle se raccrocha au bras de
Cheyne. Elles devaient sortir de cet enfer rapidement. Afin
de lui accorder un bref répit, la valkyrie s'engagea seule
dans l'un des corridors en éclaireuse. À cet instant précis,
une herse s'abattit entre elles, les isolant l'une de l'autre.
Caroline poussa un cri de désespoir.

Elle fixa le grillage, les pupilles dilatées par la peur, puis
s'effondra sur le sol en sanglotant. Du côté opposé de la
herse, Cheyne tournait en rond, rageant contre ce nouveau
coup du sort. Faisant demi-tour, elle agrippa les barreaux
rouillés. Elle tenta de les faire bouger, sans résultat
probant.

— Caroline, je n'ai aucun moyen d'ouvrir cette grille.
Ce qui signifie que nous allons devoir poursuivre nos routes

séparément. Les korrigans ne tarderont plus à rappliquer sur les lieux. Vous devez fuir ! Retrouvez ceux qui ont attaqué cet endroit. Peut-être ces étrangers seront-ils en mesure de vous apporter leur aide.

Malgré l'urgence de ses paroles, Caroline n'eut aucune réaction. Elle demeura recroquevillée sur elle-même. La guerrière s'impatienta. Elle ne pouvait lui permettre de renoncer si facilement.

— Debout, mortelle ! ordonna-t-elle d'un ton sec.

Caroline la dévisagea d'un regard hagard. Ce que Cheyne exigeait d'elle était au-dessus de ses forces. Elle n'y arriverait jamais.

— Vous désirez donc retourner dans cet enfer ? demanda Cheyne d'une voix dure.

L'expression féroce qu'elle afficha alors ébranla Caroline. Au souvenir des tortures qu'on lui avait infligées, la jeune femme laissa fuser de ses lèvres tremblantes un gémissement misérable. Au prix d'un effort considérable, elle se redressa. D'un bref signe de tête, Cheyne la salua, puis s'élança vers l'un des nombreux couloirs. Au moins, sa protégée avait désormais une chance d'échapper à ce calvaire.

Avancer un pas devant l'autre fut des plus pénibles pour Caroline. Pourtant, elle n'avait pas le choix. Elle serra les poings avec une telle force que ses ongles s'enfoncèrent dans ses paumes, la faisant tressaillir. S'obligeant à continuer, elle se dirigea d'une démarche chancelante vers l'un des corridors. Pour ne pas s'effondrer, elle longea les murs en y prenant appui. Elle grimaça quand la pierre inégale érafla sa peau à vif. Au moment où elle débouchait dans l'une des salles, elle fut happée par deux bras puissants. Brisée, elle n'offrit aucune résistance. Malgré son inertie, la main de son assaillant demeura en place, la bâillonnant, alors qu'une poigne ferme la maintenait plaquée contre un torse musclé.

Elle mit un certain temps avant de se rendre compte que les membres qui la retenaient prisonnière n'étaient nullement déformés. En baissant la tête, elle remarqua qu'ils appartenaient à un humain. Son sursaut de stupeur attira l'attention de l'homme, qui la relâcha aussitôt. Caroline se retourna avec lenteur, le cœur en déroute. Un guerrier celte lui faisait face. Elle s'effondra en larmes en le reconnaissant. Dougall releva avec douceur son menton, quelque peu ému de sentir ce corps frêle contre lui. Il fut attristé d'y découvrir un visage défait par la souffrance. Il la serra d'instinct entre ses bras afin de lui prodiguer un peu de sa propre chaleur. Caroline oublia l'espace d'un instant toute l'horreur du moment, rassurée malgré la précarité de leur situation. Toutefois, elle retrouva rapidement ses esprits en se rappelant son amie.

— Je vous en prie, aidez-moi! souffla-t-elle d'une voix chevrotante. Lorsque nous avons fui, j'ai été séparée de ma compagne de cellule. Je vous en supplie… Vous devez faire quelque chose. Sans elle, je n'aurais jamais survécu.

— Calmez-vous, jeune mortelle. Glen va vous sortir d'ici. Quant à votre protectrice, je vous promets de faire tout mon possible pour la récupérer.

Non loin de lui, Glen se rembrunit et réagit vivement. Furieux, il interpella Dougall avec force.

— Ne fais pas l'idiot! Il est hors de question que tu y retournes sans nous. Tu sais tout comme moi que si nous repartons, tu seras seul pour faire face à une horde de korrigans.

— Je trouverai bien un moyen de m'échapper, avança Dougall d'un ton déterminé. Nous ne pouvons abandonner cette valkyrie, Keith ne le permettrait pas. Cette femme ne mérite pas de crever entre leurs mains, pas après ce qu'elle a fait. Si Connall accepte de rester avec moi, nous aurons une chance d'en ressortir vivants.

Devant la justesse de ses propos, Glen n'eut d'autre choix que de s'incliner. Deux hommes parviendraient plus facilement à passer inaperçus, même si la manœuvre demeurait suicidaire. En cas de problème, il n'y aurait personne pour leur venir en aide. D'un autre côté, la rapidité avec laquelle ils avaient retrouvé la mortelle indiquait que le mage noir n'était apparemment pas sur les lieux. Dans le cas contraire, ils auraient eu à affronter un déploiement beaucoup plus imposant, si bien qu'ils n'en auraient pas tous réchappé. La situation ne lui plaisait pas, mais somme toute, le risque en valait la peine. D'un signe de tête en direction de son ami, il donna son aval, puis souleva la jeune femme dans ses bras.

À son signal, Lyliall invoqua les forces brutes de la terre, entrant en contact direct avec les nombreuses lignes d'énergie enfouies au plus profond du sol. Aussitôt, ils furent enveloppés d'un halo étincelant, laissant derrière eux les deux guerriers.

Après leur départ, Dougall ne perdit pas de temps pour entamer ses recherches, Connall sur les talons. Partout où ils passaient, le schéma était le même. Il n'y avait que des corridors sombres, humides, d'où se dégageait une odeur pestilentielle. Interdits, ils avaient parcouru un bon bout de chemin sans rencontrer la moindre résistance. Pourtant, cet endroit aurait dû regorger de korrigans, car leur intrusion subite ne pouvait être restée inaperçue. Plus suspicieux que jamais face à ce calme apparent, ils avançaient avec prudence. Ils se faufilèrent ainsi jusqu'au cœur même de la grotte. Nerveux, Dougall scrutait les environs, habité par la sensation désagréable d'être tombé dans un piège.

Il en était à cette réflexion quand l'écho d'une bataille leur parvint en sourdine. Sur le qui-vive, ils s'engagèrent dans le couloir sur leur droite. Une fois arrivés sur les lieux, ils demeurèrent à l'abri derrière un angle. Dougall s'accorda quelques secondes pour évaluer la situation. Il constata avec soulagement qu'ils avaient enfin retrouvé la valkyrie. Pour l'instant, deux korrigans leur faisaient dos, bloquant le passage, alors que les autres combattaient la guerrière. Les deux hommes tirèrent rapidement leur épée du fourreau, puis s'avancèrent à pas feutrés. Ils n'eurent aucune difficulté à trancher la gorge des deux monstres laissés en poste. Les bêtes s'effondrèrent simultanément dans un bruit mat.

Les cinq korrigans occupés à combattre la valkyrie ne remarquèrent même pas l'arrivée des Celtes. Dougall et Connall foncèrent dans la mêlée après avoir affermi leur prise sur la poignée de leur épée. Cheyne se figea l'espace d'un instant, perplexe que deux inconnus lui viennent en aide. Cependant, elle fit volte-face en percevant une présence menaçante derrière elle. Cheyne transperça la poitrine d'un korrigan sans aucune hésitation. En peu de temps, les créatures furent mises hors d'état de nuire. Cheyne se tourna vers les deux hommes et les dévisagea avec circonspection. Dougall lui sourit avec chaleur en lui tendant la main.

❋ ❋ ❋

Dougall, Connall et Cheyne marchèrent sur plusieurs kilomètres. Convaincre la valkyrie de les suivre n'avait pas été difficile à faire, surtout lorsqu'ils l'avaient informée que Caroline était désormais en sécurité. Fourbus et épuisés, ils rejoignirent le reste du groupe. Ils avaient pu fuir par un tunnel étroit qui servait de canalisation pour l'évacuation des déchets, jusqu'à une fosse localisée à l'extérieur des murs de la grotte. L'odeur qu'ils dégageaient depuis était infecte. Étonnamment, ils n'avaient pas été suivis et n'avaient pas rencontré d'autre résistance. Pendant que Cheyne retrouvait sa compagne de cellule avec soulagement, Glen s'éloigna du groupe, la mine songeuse. Il ressentait un étrange malaise. Cette mission de sauvetage s'était déroulée beaucoup trop facilement...

CHAPITRE IV

Passage vers une autre dimension

Alicia n'offrit aucune résistance quand deux mains imprégnées de puissance la soulevèrent avec délicatesse. Elle se laissa porter sans contester, n'ayant pas la force d'ouvrir les yeux. Elle décelait également la présence d'une tierce personne à travers les brumes qui obscurcissaient ses pensées. Celle-ci frôla son visage glacé de ses doigts emplis de bienveillance, pendant qu'un doux murmure s'élevait jusqu'à ses oreilles. Elle s'assoupit peu à peu, bercée au rythme d'un chant lointain. Sa tête roula dans le creux d'une épaule ferme, alors qu'elle reposait mollement dans les bras de l'étranger. Le mystérieux personnage qui la maintenait contre son torse échangea un coup d'œil complice avec la femme qui l'accompagnait.

Les deux inconnus marchèrent un bon moment à travers les talus de la vallée avant d'atteindre leur village. Sous le regard curieux des habitants du bourg, l'homme entra d'un pas vif dans la maison principale, son précieux fardeau entre ses mains. Il l'allongea avec d'infinies précautions sur l'une des banquettes en terre battue, puis il remonta jusqu'à son cou le plaid aux couleurs du clan des

MacGrandy. Même assoupie, Alicia put ressentir tous les bienfaits de sa chaleur sur son corps endolori.

Quelques heures passèrent avant qu'elle n'émerge enfin d'un sommeil de plomb, trop profond d'ailleurs pour être naturel... Alicia prit conscience qu'elle avait perdu tous ses points de repère. Son ventre se noua. Assise sur un banc rudimentaire, une femme la veillait en silence, le dos droit, un doux sourire sur les lèvres. Alicia n'eut pas le temps de l'interroger que déjà la silhouette imposante d'un homme se dessinait à contre-jour dans l'encadrement.

— Elle a repris connaissance, murmura la femme d'une voix mélodieuse.

Le nouveau venu eut un bref signe de tête à son intention. Il détailla Alicia sans aucune pudeur, une expression mystérieuse sur le visage. Celle-ci s'agita, mal à l'aise sous son regard scrutateur. Ne désirant pas l'effrayer outre mesure, le nouvel arrivant s'approcha lentement. Parvenu à sa hauteur, il déposa une main calleuse sur son épaule.

— Vous n'avez rien à craindre de nous, jeune fille, déclara-t-il d'un ton neutre. Vous êtes en sécurité ici.

Alicia cilla à ses paroles. L'étranger avait tout de l'apparence d'un guerrier empreint de fierté et aguerri. D'une certaine façon, il lui rappelait même Keith. À cette pensée, son cœur se serra. Où était Keith? Que lui était-il arrivé? Sans doute l'inconnu dut-il ressentir son désarroi, car il releva un sourcil interrogateur. S'efforçant de revenir au moment présent, elle le détailla avec plus d'acuité. Elle nota que, malgré sa chevelure grisonnante, une longue barbe rousse encadrait ses traits taillés rudement. Elle jugeait qu'il devait avoir une cinquantaine d'années environ. Sous l'apparence brute qu'il affichait, elle décela cependant de la sagesse, ce qui l'apaisa dans une certaine mesure.

Sa méfiance évidente fit sourire l'homme. Sans un mot, il reporta son attention sur la femme qui se tenait immobile à ses côtés. Celle-ci était à peine plus jeune que son compagnon, quoique de stature beaucoup plus délicate. Elle portait une tunique d'un blanc éblouissant, saupoudrée de poussière d'or. Des cheveux d'un roux flamboyant bordaient un visage rayonnant et d'une beauté époustouflante.

Alors qu'elle tentait de se redresser, Alicia fut prise de vertiges. L'étourdissement fut d'une telle intensité qu'elle retomba sur le lit en grimaçant.

— Que m'arrive-t-il ? demanda-t-elle au prix d'un effort considérable.

— Doucement, petite, vous êtes encore passablement secouée, lui répondit l'inconnue en déposant une main apaisante sur son front moite.

L'étrange mélopée entendue plus tôt flotta à nouveau dans l'air. Trop épuisée pour résister au charme, Alicia ferma les paupières, puis sombra dans un sommeil lourd. D'un commun accord, les deux êtres s'éclipsèrent. Du moins, ils étaient maintenant rassurés sur son état.

❋ ❋ ❋

À l'aube du deuxième jour, Alicia s'éveilla en sursaut. Désorientée, elle promena un coup d'œil incertain sur la pièce. Un léger malaise l'envahit quand elle prit conscience qu'elle ne parvenait toujours pas à comprendre ce qui s'était passé. Décidée à se relever cette fois-ci, elle se souleva sur un coude. Son mouvement attira l'attention de la femme qui la veillait encore. Alicia suspendit son geste, dans l'attente de ce qui allait suivre. Se méprenant sur sa réaction, l'étrangère l'enveloppa d'un regard empli de gentillesse, cherchant visiblement à l'apaiser.

— Soyez rassurée, jeune fille. Aucun mal ne vous sera fait en ces lieux.

C'était ce que l'homme lui avait également dit auparavant. Dubitative malgré tout, Alicia demeura silencieuse, sur ses gardes. Un sourire amusé fleurit sur les lèvres de l'inconnue. Comme si de rien n'était, elle tapota aimablement sa main.

— Je suis Yule MacGrandy, la renseigna-t-elle avec une note de gaîté dans la voix.

De toute évidence, cette femme faisait partie du clan de Keith. À la pensée de celui-ci, Alicia sentit son ventre se nouer d'une peur viscérale. Quelque chose lui échappait, quelque chose de très grave si elle se fiait à son instinct. Cependant, tout était si confus dans son esprit.

— Où suis-je ? demanda-t-elle, lasse.

— Dans le village du Glen Torg.

Alicia ferma les yeux, tentant de retrouver le fil de ses souvenirs, mais peine perdue. Des éléments lui manquaient.

— Pourquoi suis-je ici ? s'informa-t-elle en se massant les tempes.

— Vous avez franchi la brume enchantée qui sépare nos mondes sans y être préparée, jeune fille. Vous êtes restée inconsciente presque trois jours entiers, répondit l'inconnue avec sollicitude.

Alicia releva vivement la tête sous la surprise. Elle avait la bouche entrouverte, prête à la bombarder de questions, lorsque l'homme entra dans la pièce d'un pas décidé. D'emblée, sa voix demeura en suspens. Elle jaugea le nouveau venu entre ses paupières mi-closes.

— Alors, Yule, comment se porte notre malade? demanda Isaac, une étincelle moqueuse dans les prunelles.

— Beaucoup mieux, lui répondit celle-ci avec douceur. Toutefois, elle est confuse.

— Hum! Je vois...

Yule l'arrêta dans son élan, alors qu'il faisait mine de se diriger vers Alicia. Elle l'amena à l'écart, sans prêter attention à la jeune femme.

— Isaac, son voyage à travers les brumes l'a quelque peu affectée, mais je soupçonne qu'il y a plus que ça. La petite a subi un traumatisme important, j'en suis certaine, chuchota-t-elle en jetant un bref coup d'œil vers la principale intéressée. Je crois qu'elle ne garde aucune trace de ce qui lui est arrivé.

Isaac observa sa sœur, le regard grave. Si Yule disait vrai, cela compliquait la situation. Que s'était-il passé exactement de l'autre côté du voile? Pourquoi Keith n'était-il pas avec elle? Il avait espéré obtenir des réponses à ce sujet, car tout ce qu'ils savaient pour le moment, c'était uniquement ce que la reine des Tuatha Dé Danann avait bien accepté de leur révéler quand elle leur était apparue quatre jours plus tôt. C'était d'ailleurs à sa demande que Yule et lui s'étaient rendus au pied des deux monolithes qui encadraient le chemin qui menait dans la dimension parallèle à la leur afin d'y recueillir la jeune femme inconsciente. Lorsqu'ils l'avaient retrouvée, elle était à peine recouverte d'un plaid aux couleurs de leur clan. Isaac se rembrunit au souvenir de ce que Fódla avait bien accepté de leur dévoiler à son sujet.

Que cette petite soit une clé de voûte, enchanteresse de sur-croît, était déjà une chose, mais qu'en plus elle se soit unie à son neveu selon les rites anciens en était une tout autre. «Dieu du ciel! Pourquoi Keith en est-il venu à une telle extrémité?» se questionna-t-il, la mine soucieuse. Ce genre d'attitude ne lui ressemblait pourtant pas. Un élément essentiel lui manquait, mais lequel? Plus que jamais, il sus-pectait la reine de duplicité. Par chance, Yule prenait plutôt bien la situation. Toutefois, il la connaissait suffisamment bien pour deviner qu'elle s'inquiétait pour son fils aîné.

Isaac fronça les sourcils en reportant son attention sur la jeune femme. Un pouvoir phénoménal l'habitait, ce qui le préoccupa. Pour avoir grandi aux côtés d'une enchanteresse redoutable, il savait pertinemment que Keith n'était pas au bout de ses peines. Gérer un tel potentiel n'allait pas être aisé, sans parler du désir démesuré que pouvait faire naître chez un homme ce type de magie. Plus d'un guerrier endurci s'était traîné aux pieds de Yule à une certaine époque. Qu'en serait-il de cette Alicia? Décidément, toute cette histoire ne lui disait rien qui vaille.

À l'instar de son frère, Yule avait été stupéfaite par les informations que leur avait transmises la reine. Cependant, elle s'était rapidement reprise, ne souhaitant pas alarmer Isaac inutilement. Déjà qu'il se faisait du souci pour elle depuis l'attaque de Conrad. Elle n'en revenait tout simple-ment pas. Elle qui avait craint que son fils aîné ne parvienne jamais à trouver la compagne idéale. Voilà que c'était chose faite, avec un être de sa trempe au demeurant. De quoi s'y perdre en conjectures.

À la pensée de Keith, un voile de tristesse assombrit son regard. Les derniers jours n'avaient pas été de tout repos, sapant considérablement ses réserves d'énergie, ainsi que son moral. Elle était inquiète pour le reste des siens. Certes, Isaac et elle avaient réussi à faire traverser un nombre important de survivants dans les brumes ensorcelées au moment de l'attaque; toutefois, plusieurs étaient demeurés derrière. Condamner le passage par un sortilège afin que Conrad ne puisse pas les poursuivre avait terminé de l'épuiser, si bien qu'elle se sentait démunie face à l'arrivée de la jeune femme, ainsi qu'aux questions que soulevait sa présence. Kylia avait péri dans cette horreur; en serait-il de même pour son fils aîné? À ce souvenir, son cœur se serra. Elle avait beaucoup pleuré la mort de cette enfant chérie, sa seule et unique petite-fille. Elle ne pouvait s'empêcher de songer à la réaction de Keith lorsqu'il découvrirait le corps sans vie de Kylia parmi les décombres. Il serait dévasté…

C'était en prévision d'une attaque sournoise de Conrad qu'ils avaient construit ce village, il y avait fort longtemps, une réplique exacte du Glen Morg dans un espace-temps parallèle : le Glen Torg. Ainsi, ils n'étaient pas totalement démunis, ni sans ressource. Malheureusement, dans la confusion de la bataille, l'épée de Nuada avait été perdue, ce talisman sacré des dieux dont ils étaient les gardiens. Quelle n'avait pas été leur stupeur en retrouvant l'arme entre les mains d'Alicia! Pour la énième fois, Yule se demanda ce qui avait bien pu se produire de l'autre côté. Pourquoi la reine Fódla avait-elle décidé d'envoyer Alicia dans leur dimension, loin de son fils? Seul un être divin avait le pouvoir de passer outre les remparts magiques qu'ils avaient mis en place pour condamner l'accès au passage qui menait vers eux. Étant donné que la souveraine les avait prévenus de l'arrivée d'Alicia, il n'y avait aucun doute dans l'esprit de

Yule que c'était elle également qui avait fait traverser sa belle-fille. Ce qui la ramenait à la même question : pourquoi?

Lançant un coup d'œil scrutateur en direction d'Alicia, Yule plissa les yeux. Pour le moment, celle-ci ne semblait pas en mesure de se rappeler quoi que ce soit au sujet de la raison de sa présence en ces lieux. Yule espérait de tout cœur que cet état de fait changerait sous peu. Malgré ses craintes au sujet de Keith, elle refusait de bousculer la jeune femme pour obtenir des réponses. Comme s'il avait deviné ses pensées, Isaac tourna la tête dans sa direction.

— Je comprends qu'elle a besoin de repos, mais le temps nous est compté. Nous devons savoir ce qui est advenu du laird.

Devant le regard attristé de sa sœur, il poussa un soupir, plus que jamais soucieux.

— Je suis certain que Keith est toujours en vie, Yule. D'une façon ou d'une autre, sa destinée est liée à cette mortelle. Plus vite Alicia reprendra ses esprits, plus rapidement nous serons fixés.

— J'en suis tout à fait consciente, Isaac ! Malgré mon inquiétude pour mon fils, je ne peux m'empêcher d'avoir peur pour l'âme de cette petite. Elle semble si jeune, si innocente, si vulnérable ! Donnons-lui encore quelques instants de répit avant de la précipiter dans le chaos.

— Aie confiance ! Si Keith l'a faite sienne selon les rites anciens, c'est qu'elle est plus forte qu'il n'y paraît. Il doit tenir énormément à elle. En ces temps troubles, il est le meilleur atout qu'elle ait…

Yule poussa un soupir de lassitude en constatant qu'Alicia avait fermé les paupières. Croyant qu'elle s'était assoupie, ils s'approchèrent de sa couche, l'observant longuement. Néanmoins, Alicia ne dormait pas; elle désirait seulement faire le vide dans son esprit. Elle resta immobile en percevant la présence toute proche des deux étrangers à son chevet et retint son souffle. Les idées encore embrouillées, elle chercha des réponses aux nombreuses questions qui se bousculaient en elle. Incapable de trouver des explications satisfaisantes, elle ouvrit de nouveau les yeux, croisant leur regard.

— Pourquoi ne puis-je me souvenir des derniers évènements précédant ma venue en ces lieux? demanda-t-elle, une expression déterminée sur le visage. J'ai l'impression d'avoir un énorme trou dans la tête. Qu'est-ce qui m'arrive? Qui êtes-vous exactement?

D'abord surpris, Isaac et Yule demeurèrent silencieux quelques instants. Isaac fut le premier à rompre le silence lourd.

— Si vous êtes légèrement désorientée, c'est à cause de votre passage impromptu à travers les brumes du temps. Il n'y a pas matière à vous inquiéter, tout devrait se résorber sous peu. D'ici là, vous devez vous reposer. Lorsque vous irez mieux, nous discuterons de votre situation, ainsi que de celle de Keith.

Alicia éprouva à nouveau un étrange malaise à l'évocation de Keith. Elle se rappelait très bien l'attaque de l'échouise dans le loch, ainsi que leur marche à travers les landes pour rejoindre le Glen Morg. Le souvenir de la plénitude qu'elle avait ressentie au moment de son réveil ce matin-là entre ses bras la fit rougir. Elle baissa la tête, dési-reuse de cacher son trouble.

Son émoi ne passa pas inaperçu aux yeux de Yule et d'Isaac. Nullement consciente de la tournure que prenaient leurs pensées, Alicia chercha à retrouver le fil des siennes. Plus que jamais, elle était certaine que quelque chose d'im-portant lui échappait. Frustrée, elle repoussa le plaid qui la recouvrait.

— Pourquoi ne suis-je pas au Glen Morg? demanda-t-elle d'un ton plus sec qu'elle ne l'aurait voulu.

L'hésitation d'Isaac lui fit l'effet d'une douche froide. Elle prit peur, habitée par un funeste sentiment.

— Où est Keith?

Le tremblement dans sa voix fit tiquer Yule. Inquiète également, celle-ci pressa ses mains l'une contre l'autre.

— Nous espérions que vous seriez à même de nous éclairer à ce sujet.

— Quoi? s'écria Alicia, la poitrine étreinte dans un étau.

— Vous étiez seule et inconsciente lorsque nous vous avons trouvée, spécifia Isaac.

— Ce… C'est impossible… Nous étions ensemble. Keith désirait me conduire au Glen Morg. Il disait que j'y serais en sécurité. Il ne peut pas avoir disparu ainsi, sans laisser de trace, s'énerva Alicia, de plus en plus perturbée.

— Jeune fille… commença Yule, misérable. Le Glen Morg n'existe plus… il a été détruit par Conrad…

Saisie d'effroi, Alicia se figea, suffoquant sous le poids d'une telle nouvelle. Ses traits se décomposèrent. Elle avait l'impression de se tenir en équilibre précaire sur le bord d'un précipice. Elle blêmit d'un coup lorsque des souvenirs épars refluèrent avec force dans son esprit. Un cri pitoyable franchit ses lèvres quand toutes les pièces du casse-tête s'agencèrent soudain dans un ordre parfait.

— Non... Keith...

Isaac sentit un pincement familier lui étreindre le cœur en lisant la détresse qui habitait son visage. Il l'obligea à porter son attention sur lui en s'emparant de son avant-bras, mais Alicia se dégagea d'un geste brusque.

— Je dois partir immédiatement! s'énerva-t-elle en tentant de se relever.

— Il n'en est pas question. Vous êtes encore beaucoup trop faible.

— Vous ne comprenez pas! Je dois retrouver Keith...

Ne lui laissant pas la possibilité de continuer sa phrase, Isaac l'empoigna fermement par les épaules.

— Pour aller où, jeune inconsciente? Vous êtes dans une autre dimension.

L'expression d'Alicia se durcit. Crispant les lèvres de rage, elle foudroya l'homme d'un regard meurtrier.

— Je vous ordonne de me relâcher! déclara-t-elle d'un ton incisif.

Isaac contracta la mâchoire sous la force de cette injonction. Un élancement lancinant envahit ses tempes, le faisant plier sous la douleur. Il se ressaisit rapidement. Respirant avec difficulté, il serra les poings, faisant le vide dans son esprit. Par tous les dieux, cette petite était extrêmement puissante, et sa magie, plus dévastatrice encore que celle de sa sœur. S'il n'avait pas été pourvu de la faculté de repousser les effets contraignants d'une enchanteresse, il aurait ployé comme un simple brin de paille. Il était évident qu'Alicia devait apprendre à se maîtriser, sinon ce serait l'anarchie totale autour d'elle.

En voyant son frère essuyer du revers de la main le sang qui s'écoulait de ses narines, Yule prit le relais. Elle-même enchanteresse, elle n'avait rien à craindre du pouvoir d'Alicia. Elle put ressentir le flot d'énergie qui affluait dans l'air en s'approchant à son tour de la jeune femme. Elle lui frôla les tempes d'une caresse légère, tout en psalmodiant une ancienne incantation à son oreille. Alicia frémit à son contact, puis exhala un profond soupir. Tout son corps se relâcha, ses pupilles retrouvèrent leur éclat naturel. Vidée de toute force, elle retomba mollement sur la banquette, le front en sueur, la tête en feu. Yule prit place à ses côtés, dégageant son cou des mèches de cheveux qui s'y étaient collées. Son geste était empreint d'une tendresse qui fit monter les larmes aux yeux d'Alicia.

— Chut! Il faut vous calmer maintenant, jeune fille. Vous mettre dans un tel état ne vous ramènera pas Keith plus rapidement.

— Je dois savoir ce qui lui est arrivé… murmura Alicia en s'étranglant.

— C'est impossible pour l'instant. Notre lien avec les autres a été rompu lorsque nous avons été attaqués. Depuis que nous avons condamné le passage, nous ignorons tout de ce qui a pu advenir. Vous êtes la seule qui soit en mesure de nous rassurer sur le sort de mon fils.

Engloutie par le désespoir, Alicia ne porta pas attention de prime abord aux propos de Yule. Son âme saignait à l'idée que Keith soit en danger. Il s'était sacrifié pour la sauver, elle ne pouvait l'oublier. Peu importait ce que Dagda l'avait forcé à lui faire. Au souvenir du hurlement de souffrance qu'il avait poussé au moment de sa fuite, elle eut un coup au cœur. Yule la serra entre ses bras avec affection, soucieuse de la réconforter. Alicia se dégagea fermement de son étreinte et fixa l'homme d'un regard féroce.

— Keith est mon époux. Il est hors de question que je l'abandonne. Je dois découvrir ce qui s'est produit après mon départ, déclara-t-elle avec force.

Yule se pétrifia. Que s'était-il donc passé pour que la jeune femme soit si troublée ? Quel préjudice Keith avait-il subi ? Alicia tremblait de toute part tant son émotion était vive, ce qui ne la rasséréna nullement.

— Mon fils est un guerrier aguerri, ainsi qu'un druide redoutable ; il saura faire face au danger, tenta-t-elle de la rassurer.

Comprenant tout à coup qui était réellement Yule, Alicia se replia sur elle-même. Rongée par l'incertitude, elle ferma les yeux. Quelques larmes traîtresses perlèrent à ses cils. Malgré sa répugnance à expliquer à Yule ce qui était arrivé de l'autre côté du passage, elle ne pouvait se taire. La mère de Keith était en droit de connaître la vérité au sujet de son fils.

— J'ignore si Keith est toujours vivant… lâcha-t-elle dans un souffle en levant un regard voilé vers Yule.

— Oh, mais il l'est ! J'en suis convaincue, ma petite.

Alicia fronça les sourcils, dubitative. Keith avait pris possession de son âme, la liant à lui de façon irrévocable, à un point tel que la seule idée de le perdre lui était insupportable. Ce qui était effrayant dans un sens.

Désireuse de chasser l'angoisse qui ravageait ses traits, Yule l'étreignit avec chaleur, une expression confiante sur le visage.

— Courage. Il trouvera bien un moyen de passer outre les barrières magiques que nous avons érigées pour fermer le passage. Mon frère Isaac est le chef de ce village ; n'hésitez pas à vous en remettre à lui en attendant le retour de Keith.

Alicia demeura songeuse. Yule paraissait si sûre d'elle que ses appréhensions furent quelque peu calmées. Peut-être devrait-elle profiter du temps qui lui était imparti pour en apprendre davantage sur le clan MacGrandy.

— Je sais si peu de choses en fait, murmura-t-elle plus pour elle-même que pour la femme à ses côtés.

Un sourire entendu se dessina sur les lèvres de Yule. Elle commençait à croire qu'il y avait une raison à la venue d'Alicia dans leur bourg. La reine Fódla n'agissait jamais à la légère.

— Il y a tant à dire… entama-t-elle, heureuse d'orienter les pensées d'Alicia vers autre chose. Tout d'abord, sachez que les habitants de ce village font également partie du clan MacGrandy. Cependant, à l'opposé du broch de Keith, nous vivons pacifiquement. Nous ne sommes pas des guerriers. Nous laissons cela aux hommes de mon fils.

Yule s'arrêta soudain, sa bonne humeur assombrie au souvenir des évènements récents.

— Jusqu'à tout dernièrement, nous étions à l'abri des attaques des vassaux de Conrad, protégés par notre magie, ainsi que par quelques guerriers choisis avec soin par Keith. J'ignore comment Conrad a réussi à percer notre bouclier protecteur. C'était si foudroyant que nous avons été inca-pables de le repousser. Nous n'avons été qu'une poignée de gens à traverser les brumes pour trouver refuge dans cette dimension, et c'est au prix d'un effort considérable que nous sommes parvenus à sceller le passage. Malheureusement, en bloquant ainsi l'accès à Conrad, nous nous sommes isolés du reste de notre clan.

Alicia secoua la tête, accablée par les scènes d'horreur qui s'imposaient d'elles-mêmes à son esprit. Sa respiration se fit plus laborieuse au souvenir du corps sans vie de la fillette découvert dans les décombres. Tout la ramenait à elle. Pourquoi? Alicia fixa longuement la femme qui se tenait en silence à ses côtés, bouleversée par ses visions cauchemardesques.

— Ils sont tous morts si horriblement... lâcha-t-elle d'une voix cassée. Tous ces cadavres...

— Je sais, répondit Yule, atterrée. Nous n'avons rien pu faire pour les sauver.

— Il y avait une fillette ensevelie sous les vestiges. C'est affreux... Keith était inconsolable. Un tel désarroi se lisait sur son visage que c'en était douloureux.

Alicia s'étrangla, incapable de poursuivre. Que n'aurait-elle pas donné pour effacer cette souffrance de son regard! Pour sa part, Yule n'avait aucun doute sur la profondeur du chagrin qu'avait dû ressentir son fils. Elle aurait souhaité lui épargner cette épreuve, mais ils étaient arrivés trop tard. Kylia n'était déjà plus de ce monde lorsqu'ils l'avaient retrouvée. Le cœur en miettes, ils l'avaient abandonnée sur place.

— Cette petite avait une grande valeur à nos yeux, surtout pour Keith. C'est la raison pour laquelle les vassaux de Conrad nous ont attaqués. Il voulait sa perte...

— Seigneur! Ce n'était pourtant qu'une enfant... s'écria Alicia avec horreur.

Yule soupira. La révolte d'Alicia était tout à fait légitime. Ignorant tout des tourments qui rongeaient la femme à ses côtés, Alicia riva son regard au sien.

— Quel rapport Keith avait-il avec cette fillette? demanda Alicia d'une voix blanche. Pourquoi était-il à ce point affecté par sa mort?

— Lui seul pourra répondre à cette question. Je n'ai pas le droit de révéler son secret.

À ces mots, Alicia se figea. Pourquoi tant de mystère pour cette enfant? Qui était-elle en réalité? Un frisson glacial parcourut son dos. Elle n'aimait pas ça… Se méprenant sur ses craintes, Yule s'efforça d'adopter une attitude plus sereine.

— Il faut garder espoir, Alicia, avoir foi en les divinités.

Une grimace de mépris se peignit sur le visage d'Alicia à cet énoncé. Le peu qu'elle connaissait des dieux l'avait dégoûtée pour une vie entière, lui enlevant toute envie d'en savoir davantage.

— C'est pourtant l'un d'eux qui nous a attaqués, ne put-elle s'empêcher de lancer avec hargne.

Yule relâcha sa main avec un hoquet de stupeur. «Par tous les dieux, comment est-ce possible?»

— Alicia, qu'est-ce qui vous est arrivé exactement?

La jeune femme se referma comme une huître. Elle ne désirait pas s'épancher sur le sujet, encore moins en présence de la mère de Keith. Ce qui avait eu lieu ne regardait que Keith et elle, personne d'autre.

— Je suis désolée, mais je ne souhaite pas en parler. C'est beaucoup trop délicat.

Yule fronça les sourcils, perplexe, puis observa longuement sa belle-fille. Visiblement, cette dernière était très perturbée. Elle hocha la tête en signe d'assentiment, comprenant qu'il ne servirait à rien de la presser de questions.

❃   ❃   ❃

Lorsqu'Alicia se réveilla le lendemain matin, elle était beaucoup plus fraîche et dispose que la veille. Étrangement, son sommeil avait été sans rêve, sans doute grâce au breuvage mystérieux que lui avait fait boire Yule avant qu'elle ne s'allonge.

Un broc d'eau avait été déposé près de sa couche, afin qu'elle puisse se laver de façon sommaire. Légèrement nauséeuse, elle eut une pensée pour les commodités du XXIe siècle. Que n'aurait-elle pas donné pour une bonne douche chaude! À la place, elle devait se contenter d'un tissu rêche et d'eau froide. Elle s'activa en réprimant un soupir de frustration. Ce ne fut qu'après qu'elle avisa le repas succinct qui avait été laissé sur une table rustre. Elle grimaça à la seule idée d'avaler quoi que ce soit. Malgré son manque d'appétit, elle s'efforça néanmoins de manger. Elle devait reprendre des forces si elle voulait être en mesure d'affronter la suite des évènements.

Quand Isaac et Yule vinrent la rejoindre un peu plus tard, elle avait retrouvé un semblant de sérénité. En silence, Isaac l'invita à le suivre vers l'extérieur. Alicia cligna plusieurs fois des paupières sous l'éclat éblouissant du soleil. C'était si bon de sentir les rayons bienfaiteurs sur son corps glacé. Les yeux clos, elle inspira profondément, les paumes sur son ventre. Isaac lui accorda un bref moment de répit avant de l'entraîner avec Yule en direction d'un temple, un lieu sacré dont il était le gardien attitré, là où était conservé tout leur savoir ancestral.

Le sanctuaire était situé à l'écart du village, en contrebas de la vallée. Trop préoccupée pour contempler le paysage magnifique qui s'offrait à elle, Alicia s'installa sur le bord du banc de pierre, le dos droit. Elle eut la chair de poule lorsqu'une légère brise glissa sur sa peau. Tout en remontant le plaid qui était tombé de ses épaules, elle en huma l'odeur musquée, celle de Keith. Aussitôt, ses pensées se tournèrent vers lui. Elle l'appela de tout son être, cherchant à établir un lien entre eux. Elle crispa les poings sur le tissu, morfondue de ne pouvoir y parvenir.

Sensible à son humeur, Isaac échangea un coup d'œil furtif avec sa sœur. Cette dernière haussa les épaules en signe d'impuissance. Isaac se redressa, les bras croisés sur sa poitrine, désireux d'en finir le plus rapidement possible. Sa ressemblance avec Keith était si frappante qu'Alicia en fut déstabilisée l'espace d'un instant.

— Il y a certaines choses dont nous devons discuter.

L'expression grave d'Isaac la mit immédiatement sur la défensive. Elle se doutait bien que ce qu'il se préparait à lui révéler n'allait pas lui plaire, mais elle était loin de penser que ce serait si catastrophique. Le corps tendu, elle toisa l'homme sans aucune réserve. Isaac releva un sourcil interrogateur. De toute évidence, cette petite avait plus de caractère qu'il n'en paraissait. Ce qui était bon signe étant donné ce qu'il s'apprêtait à lui dire. La veille, Yule et lui avaient longuement échangé à ce propos. Ils en étaient venus à la même conclusion : elle devait savoir.

— Jeune fille, avez-vous la moindre idée de ce que vous êtes ? demanda-t-il sans ambages.

Alicia tiqua sous la surprise. Ce que Keith lui avait appris à son sujet n'était déjà pas facile à encaisser, et elle n'était pas d'humeur à en découvrir davantage.

— Keith m'a fait mention de pouvoirs magiques, du fait que je suis une enchanteresse, répondit-elle d'un ton sec, ses yeux habités d'un éclat funeste. C'est tout ce que j'ai besoin de savoir.

— Il n'y a rien de mal à être une enchanteresse, s'insurgea aussitôt Yule en percevant le dégoût dans sa voix.

— Je ne crois pas que Keith soit de votre avis, ni moi d'ailleurs, cracha Alicia avec rancœur.

— Par tous les dieux ! s'écria Yule bien malgré elle. Que nous cachez-vous donc, jeune fille ?

Alicia pinça les lèvres, la respiration hachée, le dos raide. Elle se braqua, incapable de se retenir davantage.

— Dites-moi, en tant qu'enchanteresse, comment réagiriez-vous si un être pervers retournait votre pouvoir contre votre compagnon, tout en se délectant de votre souffrance commune ?

Yule demeura figée sur place, les yeux agrandis d'horreur, trop stupéfaite pour dire quoi que ce soit. Alicia se releva avec brusquerie. Elle arpenta les environs d'une démarche saccadée, les poings serrés le long de son corps au point d'en avoir les jointures blanchies. Isaac ne savait que répondre. Alicia revint à la charge, le cœur empli d'une rage à peine contenue. Elle s'arrêta à leur hauteur, puis les toisa avec hargne.

— À quoi ça peut bien me servir si c'est pour blesser ceux qui me sont chers, ainsi que moi-même par la même occasion ? J'ai failli tuer votre fils, Yule, à cause de cette satanée magie. Sans compter qu'il s'est retrouvé contraint à commettre un sacrilège sur ma personne pour satisfaire les desseins d'un dieu lubrique. Tout ça parce que je ne maîtrise pas mes pouvoirs ! hurla-t-elle au comble du désespoir. Et merde ! il s'est sacrifié sans aucune hésitation pour assurer ma sécurité…

En réponse à sa douleur, un des murs du temple explosa avec une violence inouïe, faisant voler des morceaux de roc de toute part. Isaac plongea sur sa sœur par réflexe, la protégeant de son corps massif. Un cri échappa à celle-ci lorsqu'un éclat entailla sa joue. Ce ne fut qu'après s'être assuré que plus aucun danger ne les menaçait qu'Isaac redressa la tête.

Alicia vacilla, vidée de toutes ses forces. Un sanglot resta coincé dans sa gorge.

— Keith est peut-être mon protecteur, mais je ne peux pas supporter d'être l'artisane de son malheur. C'est au-dessus de mes forces… lâcha-t-elle misérablement, les larmes aux yeux.

Isaac se releva, touché par sa détresse. Toutefois, il prit soin de demeurer entre elle et Yule.

— Keith est un gardien des portes! décréta-t-il d'une voix puissante. C'est sa destinée…

— Gardien de quelle porte au juste? le coupa-t-elle, exaspérée.

Isaac hésita une fraction de seconde, ce qui ne passa pas inaperçu au regard scrutateur d'Alicia. Elle plissa les paupières, tendue comme un arc, dans l'attente du coup à venir.

— Vous êtes la porte qu'il se doit de protéger envers et contre tout, eut-il pour toute réponse.

— Putain! C'est quoi ce bordel encore?

Même s'il ne saisissait pas le sens exact des mots qu'elle venait de prononcer, il avait une idée générale de ce qu'ils voulaient dire. Nul besoin d'être devin pour lire la colère froide qui habitait la jeune femme. Il la sentait toujours aussi instable, prête à exploser de nouveau, en dépit du fait que sa dernière dépense d'énergie l'avait déjà considérablement vidée de ses forces. Son potentiel était phénoménal, à l'image de son neveu. Pas surprenant alors qu'Abaddon la craigne.

— Alicia, vous êtes beaucoup plus qu'une simple enchanteresse. En réalité, vous êtes une clé de voûte, une pièce majeure dans l'enjeu qui se déroule actuellement entre l'ange de l'apocalypse et la reine des Tuatha Dé Danann.

Un rire dérisoire s'échappa de la gorge d'Alicia. Toute cette histoire prenait des proportions complètement insensées. Elle voulait bien croire à un monde parallèle au sien, aux dieux et aux démons, ainsi qu'à la magie, mais là, c'était beaucoup trop lui demander. Cet homme lui parlait d'apocalypse, de desseins la concernant qu'elle refusait d'endosser. Tout en secouant la tête avec vivacité, elle leur tourna le dos. Elle ne souhaitait pas en entendre davantage. Elle devait fuir, loin de toute cette folie, mais pour aller où ? Elle était prisonnière en ces lieux.

Ayant pitié d'elle, Yule la rejoignit. D'un geste maternel, elle caressa sa chevelure tout en l'attirant vers elle. Alicia s'abandonna contre son épaule. Tout en la berçant comme l'aurait fait une mère pour son enfant, Yule leva un regard préoccupé vers son frère. Ce dernier se passa une main dans les cheveux. Il n'était plus si certain de la justesse de sa démarche. De par sa position dans le temple, il était au fait de certaines informations cruciales concernant la bataille qui se préparait ; cependant, ce savoir ne lui facilitait pas la tâche pour autant. « Par tous les feux de l'enfer, cette petite est si innocente que je ne peux arriver à imaginer comment nous en ferons une guerrière redoutable », songea-t-il avec un pincement à la poitrine. Pourtant, il se devait d'accomplir son devoir. C'était ce que la reine attendait de lui. De toute évidence, Keith avait déjà beaucoup souffert pour l'amener jusqu'à eux. La moindre des choses qu'il pouvait faire en retour, c'était de remplir sa part du contrat.

— Que vous le vouliez ou non, jeune fille, telle est votre destinée. Vous apitoyer sur votre sort n'y changera rien. Keith l'a très bien compris. Désirez-vous donc rendre vain son sacrifice?

— Non! s'écria Alicia, le cœur au bord des lèvres.

— Dans ce cas, vous allez devoir sécher vos larmes et affronter votre avenir la tête haute.

D'un signe, il lui enjoignit de prendre place sur le banc. Défiant sa mise en garde, Yule s'installa à ses côtés, les mains glaciales d'Alicia entre les siennes. Cette petite était la compagne de son fils avant tout, il était hors de question qu'elle l'abandonne. Réfrénant un soupir d'exaspération, Isaac lui décocha un coup d'œil inquisiteur. Yule releva la tête sans broncher. Il reconnaissait bien là son tempérament entêté. Reportant son attention sur la jeune femme, il se campa devant elle.

— Une clé de voûte est un être unique, et sa venue est extrêmement rare. Règle générale, son apparition est annonciatrice de grands remous, ce qui n'augure rien de bon. En ce qui vous concerne, vous avez le pouvoir de refermer une porte, de la condamner définitivement.

Prenant un temps d'arrêt, il la détailla d'un regard scrutateur. Pour le moment, elle semblait encaisser le tout, ce qui était plutôt positif. Seules ses narines frémissantes laissaient transparaître son trouble.

— Abaddon, l'ange de l'apocalypse, cherche à envahir nos mondes avec sa horde de démons. Si une telle invasion devait se produire, ce serait la fin pour nous tous. Il n'y aurait aucune échappatoire possible. Le voile qui nous sépare s'amincit de plus en plus, fragilisant l'équilibre précaire entre le bien et le mal. Il suffirait de peu pour que tout bascule. Nous ne sommes qu'une infime poignée d'êtres porteurs de ce lourd secret. Il y a fort à parier d'ailleurs que même Keith ignore tout de l'enjeu réel.

Alicia demeura sans voix, trop ébranlée pour répondre. Une vague de panique déferla en elle, menaçant de l'engloutir. Ses mains étaient moites, son pouls battait furieusement contre ses tempes. N'ayant pas terminé, Isaac enchaîna :

— Si Abaddon arrivait au bout de ses peines, vous seriez alors la seule à pouvoir refermer le passage. Il le sait pertinemment, c'est pourquoi il cherche à vous supprimer par l'entremise de Conrad. Si vous avez hérité de l'épée de Nuada, c'est que la reine vous juge apte à mener à terme cette bataille, car c'est l'unique arme susceptible de le détruire.

Se libérant de l'étreinte de Yule, Alicia effleura le pommeau de l'épée qui pendait à sa taille. Elle ressentait la magie qui s'en dégageait dans chacune des fibres de son corps. C'était comme si la lame l'appelait à elle. Surprenant son geste, Isaac se fit plus songeur.

— Vous allez devoir vous entraîner rapidement, jeune fille. Le temps nous est compté. Le voile ne tiendra plus très longtemps encore.

Horrifiée, Alicia releva brusquement la tête. Le doute qui assombrit son regard trouva un écho similaire dans celui de Yule.

❄   ❄   ❄

Depuis plus de deux jours, le groupe de Glen marchait à un rythme effréné sous les rayons ardents du soleil. Ils avaient rejoint le broch dès le retour de Dougall et de Connall, espérant y retrouver Keith. Cependant, ils avaient déchanté en constatant son absence. Personne au village, pas même sa sœur Innies, n'avait eu de ses nouvelles. Plus étrange, le bourg de Glen Morg restait sourd à toute tentative de communication de leur part. Doublement inquiet, Glen avait reformé son équipe, puis fait provision de nourriture et d'eau en vue d'un nouveau périple. Ils se rendraient directement au Glen Morg afin de découvrir ce qui s'y était passé. Peut-être qu'avec un peu de chance, ils y trouveraient son frère. Il se résigna à amener les deux humaines avec lui, préférant les avoir à l'œil. Quant à Lyllial, elle choisit de demeurer avec eux, ce qui ne lui plut guère. Il était plutôt rare qu'une Seelie côtoie des gens de leur espèce. Cette race les considérait comme beaucoup trop primitifs pour se mélanger à eux. L'enjeu devait donc être notable pour qu'elle déroge ainsi à leur principe.

La nuit venait à peine de tomber quand Glen se décida finalement à faire halte. Sur ses ordres, Dougall et Connall entreprirent d'établir le campement sommaire en contrebas d'une vallée, alors que Todd préparait un feu de tourbe. Glen s'assombrit en observant les deux humaines. Elles avaient une mine de déterré. De toute évidence, elles n'auraient pu continuer à ce rythme sans s'effondrer. D'ailleurs, elles traînaient le pas depuis un bon moment déjà, trébuchant sur tout ce qui se trouvait sur leur passage. Leurs yeux cernés et leur corps en sueur ne trompaient personne. De plus, il avait noté que Caroline demeurait repliée sur elle-même depuis son sauvetage, refusant tout contact avec les membres du groupe. Glen en était à se questionner lorsqu'il aperçut Hélène qui se dirigeait vers lui. Il rejoignit Todd, ne souhaitant pas entrer de nouveau dans une joute verbale qui ne mènerait nulle part. Il comprenait l'inquiétude de la jeune humaine à propos de ses deux amies, mais ne désirait pas s'épancher sur le sujet dans l'immédiat. Cependant, sa désertion n'échappa pas à Hélène. Réfrénant un mouvement d'humeur, elle s'apprêtait à lui emboîter le pas quand Lyliall s'interposa entre eux. La Seelie l'invita à s'asseoir en sa compagnie sur un plaid déposé à même le sol. D'abord réticente, Hélène pinça les lèvres. Sous le regard calme de la Seelie, elle poussa un soupir d'exaspération, mais obtempéra malgré tout. « Qu'ai-je à perdre de toute façon ? » se dit-elle avec fatalisme. Au point où elle en était. Respectant son mutisme hostile, Lyliall se contenta de rester à ses côtés en silence. Si la jeune femme en venait à ressentir le besoin de s'épancher, elle lui offrirait une oreille attentive. Dans le cas contraire, sa seule présence l'aiderait à retrouver un semblant de sérénité.

À l'affût du moindre danger, Glen demeura tendu tout au long du repas. Sa nervosité était contagieuse et gagna bientôt tout le petit groupe, provoquant du même coup un profond malaise chez chacun des membres. La nuit était pourtant bien avancée et il leur fallait prendre du repos. Presque d'un ton cinglant, Glen leur ordonna de se glisser sous leurs plaids, près des flammes bienfaitrices. Pour sa part, il entamait son premier tour de garde. Un silence lourd et oppressant régnait sur le campement. Il marcha de long en large en scrutant l'horizon. Un sentiment inconfortable l'habitait, un doute lui rongeait les entrailles. Il resta à l'affût du bruissement des feuilles, une main sur le pommeau de son épée. Soudain, il perçut une présence sur sa gauche. Lentement, il fit glisser la lame de son fourreau. En reconnaissant le visage d'Hélène, il rengaina aussitôt son arme. Afin de cacher son trouble, il se détourna prestement, mais Hélène eut le temps d'entrevoir l'inquiétude qui le tenaillait avant qu'il n'endosse à nouveau son masque d'impassibilité. Toutefois, le regard de glace qu'il braqua sur elle par la suite freina tout geste de sollicitude de sa part. « Qu'il aille donc au diable ! » songea-t-elle alors avec amertume.

Elle s'apprêtait à tourner les talons quand des mouvements subtils dans l'air attirèrent l'attention du guerrier. Un frisson d'appréhension parcourut Hélène. Au loin, un lambeau de brume se détachait de la terre, formant une ombre diffuse qui contrastait avec le miroitement de la lune. Au bout de quelques secondes, la silhouette se transforma en une femme à la peau diaphane. Elle glissa jusqu'à eux, ses yeux d'un bleu sombre soudés sur leur petit groupe. Une robe vaporeuse d'une blancheur éblouissante flottait tout autour de son corps, tel un voile ondulant sous la brise. Elle était d'une beauté à couper le souffle, mince, et aussi légère qu'une plume d'oiseau. Elle pleurait abondamment, tout en émettant de longues plaintes lugubres. Glen comprit rapidement de quoi il en retournait. Comme un écho à ses craintes, un tintement sinistre vint rompre le silence pesant. Un courant glacial le parcourut quand il comprit qu'il s'agissait des cloches des morts. Ce qui ne pouvait signifier qu'une seule chose : la créature qui s'approchait d'eux était une Dame blanche, une messagère de la mort. Percevant dans son sillage les âmes errantes des esprits déchus qui l'accompagnaient, il prit peur. Elle conduisait cette meute meurtrière droit sur eux. Un vent mordant les précéda, annonciateur d'une nuit sanglante.

— Attention! mugit-il d'une voix puissante.

Caroline se réveilla aussitôt, le cœur au bord des lèvres. Elle hurla d'horreur en apercevant les spectres qui s'avançaient vers eux. Dougall se redressa d'un bond, alerté par son cri. D'instinct, il s'élança vers elle. Appréhendant le pire, il la saisit fermement par le poignet, l'entraînant à sa suite. Ils eurent vite fait de rejoindre Glen. L'expression affolée de Caroline en disait long sur la terreur qu'elle ressentait. Glen n'eut qu'à lui jeter un bref coup d'œil pour le comprendre. Sans perdre un moment de plus, il ordonna à Todd de ramasser les plaids. Le temps leur était compté. Cependant, les deux humaines devaient être informées de ce qui les attendait, car leur survie en dépendait.

— Sous aucune considération, vous ne devrez fixer ces choses, lâcha-t-il sans ambages en pointant les spectres. Est-ce que vous comprenez? demanda-t-il d'un ton brusque.

En avisant leur air confus, un doute inconfortable lui fit craindre le pire. Il devait se faire entendre d'elles.

— Écoutez-moi! Leurs prunelles opaques détiennent un pouvoir mortel pour qui se risque à croiser leur regard. Si vous ne prenez pas garde, ils captureront votre âme, vous attirant ainsi dans les limbes pour l'éternité, déclara-t-il impitoyablement.

Il n'eut pas besoin d'insister davantage, car ces dernières paroles eurent un effet foudroyant sur les deux jeunes femmes. Hélène accusa le coup, sans pour autant s'empêcher de trembler à la seule idée de ce qui les attendait. À sa gauche, Caroline eut un hoquet de frayeur. Ses yeux s'agrandissaient d'effroi. Elle n'était pas loin d'ailleurs de s'évanouir sur place. D'un geste de la main, Glen enjoignit à Dougall de demeurer auprès d'elle, alors que lui-même s'occupait d'Hélène. Sur ses ordres, tous s'allongèrent, face contre terre, avant de s'abriter sous des plaids.

— Tant que vous garderez la tête baissée, ils ne pourront rien contre vous, mugit Glen avant de se mettre à couvert à son tour. Surtout...

Le reste de son message se perdit, éclipsé par une plainte lugubre sur leur droite. Paniquée, Caroline releva les yeux. En prenant conscience de la précarité de son geste, Dougall, qui était à ses côtés, la plaqua brusquement au sol. Il n'eut que le temps d'apercevoir du coin de l'œil deux prunelles d'un orange incandescent avant de recouvrir leurs deux corps. En entendant gémir la jeune femme sous lui, il eut pitié d'elle. Jamais cette petite n'aurait dû se retrouver en ces lieux, ni les accompagner d'ailleurs. Sa vulnérabilité en faisait une proie beaucoup trop facile à atteindre, mais c'était aussi ce qui le touchait. Elle paraissait si fragile entre ses bras qu'il eut peur de la casser. D'une certaine façon, il se sentait obligé de la protéger depuis qu'il l'avait sauvée du repaire de Conrad.

Plus loin, Todd et Connall grognaient chaque fois que les spectres anguleux frôlaient leur plaid. Glen savait pertinemment qu'une fois la nuit passée, toute menace serait écartée. Il ne craignait pas pour les siens, ni pour les autres habitants du Sidh ; c'était pour les mortelles qu'il se faisait du mauvais sang. Qu'arriverait-il si elles succombaient sous la pression qu'exerçaient ces créatures démoniaques ? Ne voulant prendre aucun risque, il plaqua fermement sa main sur la nuque d'Hélène afin de la maintenir face contre terre. Contre toute attente, la présence de Glen rassura la jeune femme, si bien qu'elle n'opposa aucune résistance lorsqu'il s'appuya de tout son long sur son corps, faisant office de barrière contre le danger.

L'acharnement dont firent preuve les spectres donna à penser à Glen que Conrad se trouvait derrière cette attaque-surprise. Il en fut d'autant plus certain qu'un vent violent se leva d'un seul coup par la suite, emportant tout sur son passage. Les braises du feu furent balayées par une bourrasque puissante. Cheyne se traîna difficilement jusqu'à un tronc d'arbre afin de s'y accrocher. Des branches la fouettaient au passage, lui meurtrissant le dos. Parvenant à tourner la tête au prix d'un effort considérable, elle entrevit les membres entremêlés de Glen et d'Hélène qui roulaient sur le sol rocailleux, entraînés par les forces déchaînées de la nature. Par chance, leur course fut freinée par un rocher. Glen se releva avec peine, tête baissée, la jeune femme pendue à son cou. Malgré sa poigne solide autour de sa taille, ils faillirent être séparés plus d'une fois avant de réussir à gagner un abri sommaire. Inquiète pour Caroline, Cheyne scruta les environs à sa recherche, mais nulle part elle ne vit trace d'elle ou de Dougall.

Non loin de là, hors du champ de vision de la valkyrie, Dougall luttait âprement pour garder Caroline à ses côtés. Ils avaient trouvé refuge dans un retranchement situé tout près du camp. Les cris de terreur de Caroline se perdaient dans le tumulte qui grondait autour d'eux. Ils furent rapidement ensevelis sous des débris pulvérisés qui virevoltaient au-dessus d'eux. Dougall laissa échapper un grognement rauque lorsqu'une pierre le heurta à la tête. Malgré la douleur vive qui martelait ses tempes, il s'astreignit à demeurer immobile. Il savait pertinemment que Caroline en profiterait pour se sauver s'il relâchait sa vigilance. En dépit de tous ses efforts, il eut toutes les peines du monde à contenir l'hystérie qui la gagnait.

Le soulagement de Dougall fut grand quand le vent de folie s'affaiblit de plus en plus après quelque temps. Puis, les bourrasques disparurent aussi soudainement qu'elles étaient apparues, emportant dans leur sillage les corps anguleux des spectres. Une aube se leva bientôt à l'horizon, baignant les lieux dévastés d'une lumière limpide.

Glen fut le premier à reprendre ses esprits. Avec une douceur qu'Hélène ne lui connaissait pas, il l'aida à se relever. Elle lui retourna un sourire tremblant en guise de reconnaissance. Tout en lui étreignant l'épaule en signe de réconfort, Glen porta un regard sur la scène désastreuse qui s'offrait à lui. Devant ce constat, il en vint à se demander si Conrad ne redoutait pas quelque chose de spécifique. Son groupe n'était pas une menace directe pour lui, pourtant, il déployait de puissants sortilèges maléfiques contre eux. Un élément vital lui manquait, mais lequel? Frustré, il se passa nerveusement une main sur le visage. Il devenait d'autant plus urgent de retrouver rapidement son frère.

Le spectacle de désolation qu'ils découvrirent à leur arrivée au Glen Morg leur laissa un goût amer dans la bouche. À perte de vue, tout n'était que dévastation. Pas un endroit n'avait échappé à la destruction, pas une seule vie n'avait été épargnée. Glen serra les poings. La gorge étreinte par l'émotion, il déambula à travers les décombres. Les muscles de son cou étaient tendus, tant sa douleur était vive. Quelle arme effroyable Conrad avait-il utilisée pour en arriver là ?

Alors qu'il parcourait la place centrale du regard, un faible gémissement sur sa droite attira son attention. Faisant volte-face, il aperçut au loin une silhouette floue qui se traînait péniblement parmi les vestiges. En reconnaissant la forme familière, Glen s'élança dans sa direction. Keith s'affala dans ses bras, à bout de force. Glen le ramena vers le groupe en le soutenant. Une lueur d'inquiétude traversa les prunelles de Todd à sa vue.

— Ne t'en fais pas, frérot, il est en vie, souffla Glen en étreignant son avant-bras avec chaleur. En fort mauvais état, mais vivant ! Il en faudrait plus pour le mettre hors d'état de nuire, continua-t-il avec une expression qui se voulait rassurante.

Curieuse, Hélène s'approcha. Elle observa avec attention l'homme qu'ils venaient de déposer avec précaution sur le sol dur. Un tremblement qu'elle ne pouvait réprimer s'empara d'elle en constatant son état. Nul doute que leur laird avait passé un sale quart d'heure. Son visage portait de nombreuses ecchymoses, son torse était recouvert de plaies profondes, son épaule gauche était brûlée. D'ailleurs, des lambeaux de chair carbonisés y pendaient lamentablement. Son estomac se contracta quand Glen le retourna, découvrant par le fait même son dos purulent. Ne pouvant supporter plus longtemps cette vision, Hélène se détourna. De quelle constitution cet individu était-il donc fait pour survivre à de pareilles blessures ? Plus que jamais soucieux, Glen regarda Todd, les traits empreints d'une incertitude douloureuse.

— J'ignore qui lui a fait subir un tel martyre, mais ce n'est certainement pas la marque des korrigans, ni de Conrad, au demeurant. Ces lésions ne sont pas mortelles : elles ont été infligées en guise de châtiment. À son habitude, il s'est fichu dans une histoire invraisemblable, grommela-t-il en secouant la tête. Je ne sais pas quelle divinité ou quel habitant du Sidh il a offensé, mais ça devait être assurément très grave pour justifier une punition de cette envergure !

Incapable d'imaginer qu'on puisse imposer un calvaire aussi barbare en tout état de cause, Hélène tiqua. Qui était assez cruel pour châtier un être de la sorte ? Nullement rassurée, elle croisa les bras sur sa poitrine. Déglutissant avec peine, elle risqua un coup d'œil vers Glen.

— Seigneur, comment votre laird peut-il être encore en vie ? lui demanda-t-elle d'une voix chevrotante.

Ne recevant aucune réponse à sa question, elle se retourna d'un bloc. Les paroles acerbes qu'elle se préparait à lui dire moururent sur ses lèvres. Une lumière éblouissante entourait désormais les mains de Glen et pénétrait le corps de Keith. Tout son être devint d'une telle transparence qu'elle put apercevoir le sol carbonisé à travers lui. Trop hébétée pour réagir, elle perdit le fil de ses pensées. Elle poussa un faible gémissement lorsque les brûlures et les plaies disparurent comme par enchantement, ne laissant place qu'à une peau saine et cuivrée. Prenant inopinément conscience de toute l'étendue de leurs pouvoirs, elle s'agita, aussi pâle qu'une morte.

Elle demeura prostrée un bon moment avant de se rappeler un fait important : Alicia. Cherchant des yeux la silhouette familière de son amie, elle fut envahie par un mauvais pressentiment. Reportant de nouveau son attention sur les trois guerriers, elle s'adressa à eux d'une voix blanche.

— Où est Alicia ?

À cette question empreinte d'une angoisse poignante, le petit groupe se figea. Glen s'abstint de tout commentaire, mal à l'aise sous son regard pénétrant. Il savait déjà que la jeune femme n'était pas dans les parages, car il ne percevait aucun écho de sa part. Un silence inconfortable s'installa.

— Elle est en sécurité… répondit Keith à la plus grande surprise de tous.

Hélène le dévisagea avec irritation. Voulant prévenir une éventuelle confrontation entre les deux, Lyliall s'approcha d'un pas léger et déposa une main sur son avant-bras. Hélène se dégagea brusquement. Son corps entier vibrait d'une colère à peine contenue. Elle en avait assez de marcher à l'aveuglette. C'était à croire qu'ils s'étaient tous ligués contre elle.

— Calmez-vous… tenta Lyliall.

— Me calmer… Vous vous moquez de moi ? Bordel de merde ! Nous parcourons cet endroit maudit depuis des jours que pour retrouver cet homme et Alicia. Pourquoi, dites-moi ? attaqua-t-elle avec hargne. Alicia est toujours manquante.

— Hélène ! Il ne sert à rien de s'emporter de la sorte. Le laird MacGrandy ne ferait jamais rien qui puisse causer du tort à votre amie, au contraire.

— Suis-je censée le remercier pour ça ? ironisa-t-elle. Je ne sais même pas qui il est réellement, pas plus que vous tous d'ailleurs.

Glen s'interposa entre eux avant que n'éclate l'orage de fureur qu'il sentait croissant chez la jeune femme. Tout en observant du coin de l'œil son frère qui tentait péniblement de se redresser avec l'aide de Todd, il garda un œil avisé sur Hélène.

— Ça suffit! tonna-t-il, la faisant tressaillir. Si vous cessiez de vociférer de la sorte, Keith aurait une chance de s'expliquer.

Voyant des questions se presser sur ses lèvres, il releva sa main d'un geste sans équivoque afin de lui imposer le silence. Son air sinistre ne laissait planer aucun doute sur son humeur. Toutefois, elle était trop remontée pour s'arrêter.

— Où est-elle? cracha-t-elle avec rancœur.

Glen lui jeta un regard noir, une expression impitoyable sur le visage. Ce fut alors que l'agitation de Keith le frappa de plein fouet. Il fut abasourdi. Il ne l'avait jamais vu dans un tel état.

— Elle est dans un endroit qui nous est inaccessible pour l'instant… commença Keith d'une voix douloureuse.

— Espèce de salaud! s'écria Hélène en se ruant sur lui.

La Seelie lui lança un sort d'immobilisation passager, le temps nécessaire pour la contenir, puis s'adressa à elle d'un ton impérieux.

— En voilà assez maintenant! Vous allez devoir vous calmer, jeune femme, sinon je serai contrainte d'utiliser à nouveau mes pouvoirs contre vous.

Hélène crispa la mâchoire, une expression meurtrière sur le visage. Sans lui accorder davantage d'attention, Lyliall se retourna vers Keith. Elle aussi percevait le désarroi du laird, ce qui était plutôt inhabituel.

— Laird MacGrandy, je crois qu'il serait judicieux que vous nous expliquiez exactement ce qui s'est passé, déclara-t-elle avec douceur. Et vous… plus un mot, lâcha-t-elle plus sèchement à l'intention d'Hélène.

La principale intéressée serra les poings. Tout en fusillant tour à tour Keith et Lyliall du regard, elle ordonna à Caroline de venir la rejoindre. Celle-ci s'exécuta en silence, se repliant davantage sur elle-même. La méfiance évidente d'Hélène irrita Glen au plus haut point. Ils avaient une mission à remplir, et cette tête brûlée leur faisait perdre un temps précieux.

Du même avis, Keith se secoua. D'une démarche vacillante, il s'approcha d'Hélène. La jeune femme perdit quelque peu de sa hargne en remarquant son expression sombre. D'emblée, elle empoigna le poignet de Caroline et recula d'un pas. Son attitude rappela douloureusement à Keith celle d'Alicia. Un voile de tristesse ombragea ses yeux à ce souvenir. Étonnée par ce changement subit, Hélène fronça les sourcils, plus que jamais sur ses gardes.

— Hélène, je suis désolé pour les épreuves que vous subissez depuis votre arrivée dans notre monde.

Il déposa une main massive sur son épaule en signe de réconciliation, ce qui ne fit que l'indisposer davantage. Tout en secouant la tête avec fatalité, Keith poussa un profond soupir.

— Je vous assure que chaque personne ici présente est prête à tout faire pour vous protéger. Nous ne sommes pas vos ennemis.

Non sans surprise, Keith remarqua que Caroline avait rougi en jetant un rapide coup d'œil vers Dougall. Gardant cette information en mémoire, il reporta son attention sur

Hélène. Des deux jeunes femmes, elle était la plus difficile à gérer. Son air belliqueux ne lui disait rien qui vaille. Elle les méprisait tous et ne s'en cachait pas. Il releva un sourcil, puis exerça une légère pression sur son épaule en signe d'avertissement. Il refusait qu'elle mette en péril la vie d'Alicia par des actions ou des paroles inconsidérées.

— Pour répondre à votre question, sachez que lors de notre arrivée en ces lieux, nous avons essuyé une attaque, déclara-t-il d'un ton rude. Je n'ai pas l'intention d'entrer dans tous les détails, alors vous allez devoir vous contenter de l'explication que je vous donnerai, enchaîna-t-il avant qu'elle ne se rebelle de nouveau.

Glen le fixa longuement, intrigué. À l'instar d'Hélène, il avait besoin de plus d'information. Que cela plaise ou non à son frère, ce dernier devrait lui en fournir quelques-unes. Il tenta de lire dans son esprit en plissant les paupières, mais Keith le repoussa brutalement en le foudroyant du regard. Glen eut cependant le temps d'entrevoir l'image du dieu Dagda. « Par tous les feux de l'enfer, qu'est-ce que ça signifie ? » se questionna-t-il avec inquiétude.

Furieux, Keith arbora une expression mauvaise. Pour un peu, il aurait volontiers passé sa frustration sur son cadet. Il connaissait assez bien Glen pour deviner qu'il ne lâcherait pas le morceau de sitôt. Néanmoins, il ne perdait rien pour attendre. Il transperça Hélène d'un coup d'œil inquisiteur, s'efforçant de retrouver un semblant de calme.

— Tout ce que vous devez savoir, c'est que nous avons eu une visite des plus inattendues. Il s'agissait de Dagda, le dieu des druides. Sa venue n'était pas accidentelle. En fait, il avait une idée très précise derrière la tête en se révélant ainsi à nous. Le problème, c'est que j'ai refusé d'accéder à ses demandes de mon plein gré. Il a donc usé de ses pouvoirs pour m'y contraindre. Au final, il a obtenu ce qu'il désirait, mais c'est Alicia qui en a payé le prix, termina-t-il d'une voix lugubre.

La réaction d'Hélène fut immédiate. Elle leva la main avec la ferme intention de le gifler, mais Keith fut plus rapide et attrapa son poignet au vol. Il la bloqua sans aucune difficulté. Ils restèrent quelques secondes à se fixer avec animosité avant qu'Hélène plie sous sa volonté. Lorsqu'il la relâcha enfin en la repoussant, elle frotta sa peau meurtrie avec stupeur. Elle était certaine qu'il aurait pu lui broyer les os s'il l'avait souhaité. Le souffle court, elle se rapprocha de Caroline. Cette dernière se serra contre elle, les yeux agrandis d'effroi. Elles demeurèrent ainsi, l'une contre l'autre, se soutenant mutuellement.

Glen fut le premier à retrouver ses esprits. Brisant le silence oppressant qui régnait désormais sur le petit groupe, il vint se placer face à son frère. Il ressentait l'amalgame d'émotions qui l'ébranlait jusque dans chacune des fibres de son corps. Keith souffrait dans son âme, ainsi que dans son cœur. Il aimait vraiment cette Alicia Dumont, constata-t-il avec effarement. Connaissant la réputation lubrique de Dagda, il n'eut aucun doute sur les objectifs de ce dieu dépravé, ni sur sa réaction si quelqu'un lui tenait tête.

— Keith, c'est Dagda qui a ordonné qu'on t'inflige ces blessures n'est-ce pas ? Que s'est-il passé pour qu'il en arrive à cette extrémité ?

— J'ai aidé Alicia à fuir. Je sais qu'elle a traversé la brume enchantée, pour en avoir eu la vision avant de m'effondrer. Je n'avais pas le choix ! Dagda en voulait davantage. Je ne pouvais m'y résoudre une seconde fois ! Par tous les dieux, j'aurais dû mieux la protéger… Jamais je ne me le pardonnerai… s'écria-t-il en s'étranglant.

— Il le faudra bien pourtant, Keith. La bataille ne fait que commencer, déclara Glen avec ferveur. Tu es bien placé pour le savoir ! Votre pouvoir réside dans votre union ! C'est le seul moyen dont nous disposions pour parvenir à abattre Conrad, à le détruire définitivement.

— Glen a raison, Laird MacGrandy. Nous ne devons pas nous entre-déchirer ainsi. Peu importe ce qui a été fait, puisque nous ne pouvons plus rien y changer. Pour l'instant, nous devons concentrer toute notre attention sur Alicia, afin de la retrouver le plus rapidement possible. Nous devons la ramener avant que Conrad ne tente quoi que ce soit d'autre, lâcha Lyliall.

— Nous devons aller de l'avant, poursuivit Lachlan.

Keith se redressa, conscient de la justesse de leurs propos. S'il ne s'était pas trompé sur la force de caractère de sa compagne, il était convaincu qu'elle saurait passer outre cette épreuve affligeante. Pourtant, malgré cette certitude, il n'en demeurait pas moins inquiet à son sujet. Il s'efforça de juguler son angoisse. Il lui restait encore une chose à révéler aux siens, et cette seule perspective lui déchirait le cœur. Une boule se forma dans sa gorge. Glen et Todd se tendirent en avisant son regard douloureux.

— Kylia était parmi les victimes, annonça Keith sans autre préambule, le visage défait.

Consternés, Glen et Todd baissèrent la tête sous le poids de l'accablement. Tous deux ne surent que répondre.

— Qui est Kylia ? demanda rudement Hélène en les arrachant à leur état d'hébétude.

— Ma fille… réussit à dire Keith dans un murmure.

Il fut sur le point de rajouter autre chose, mais se ravisa au dernier moment. Nerveux tout à coup, Glen fourragea dans ses cheveux. Quelque chose lui échappait, mais quoi? S'éclaircissant la voix, Keith poursuivit ses explications, même si l'exercice s'avérait extrêmement pénible.

— Les gens qui habitaient ce village faisaient partie de mon clan, Hélène. Ils veillaient sur Kylia.

Hélène arrivait difficilement à assimiler ce flot d'informations d'un coup. Elle se frotta les tempes, en proie à la confusion la plus totale. Tout ça la dépassait et commençait sérieusement à jouer sur son équilibre mental. Désirant prendre un peu de recul, elle s'éloigna du groupe, Caroline sur ses talons.

❊　❊　❊

Alicia se trouvait dans le Glen Torg et était sans nouvelle de Keith depuis maintenant cinq jours. L'incertitude qui la rongeait devenait de plus en plus insoutenable. Elle errait depuis dans le bourg, telle une âme en peine. Ce soir-là, elle se dirigea vers la vallée, n'en pouvant plus de croiser le regard empli de compassion des villageois.

Une fois sur place, elle contempla le paysage sans vraiment le voir, les bras croisés autour de sa taille. Lasse de cette attente interminable, elle poussa un profond soupir.

— Est-ce de moi que ton cœur se languit autant? demanda une voix rocailleuse dans son dos.

Alicia ferma les paupières un court moment, n'osant croire à son retour. Puis, elle se retourna brusquement, les yeux brillants de larmes. Les battements dans sa poitrine s'accélérèrent. Elle aurait voulu courir à sa rencontre, mais quelque chose la freina dans son élan. Keith la fixait avec une intensité troublante. Son mutisme soutenu l'inquiéta d'autant plus qu'il était aussi raide qu'une barre de métal. Nerveuse, elle s'avança de quelques pas. En avisant son expression douloureuse, elle comprit alors qu'il était partagé par des sentiments contradictoires, ne sachant comment l'aborder. Elle se jeta littéralement dans ses bras, submergée par une émotion vive.

Keith la reçut contre son torse avec un bonheur indes-criptible. Un bonheur qu'il n'aurait même jamais soupçonné. Enfouissant son visage dans ses boucles rebelles, il huma avec délice leur parfum de jasmin. Il l'étreignit avec force tout en effleurant son cou d'une caresse amoureuse.

— *Mo chroí*, pardonne-moi pour tout le mal que je t'ai fait, murmura-t-il à son oreille.

— Keith… souffla-t-elle avec ferveur.

Frissonnant de plaisir à la sentir ainsi lovée contre lui, Keith eut un hoquet étouffé avant de croiser son regard confiant.

— Te serais-tu donc inquiétée pour moi, ma douce? demanda-t-il avec une vulnérabilité touchante.

— N'est-ce pas normal de la part d'une compagne? l'interrogea-t-elle.

Saisi, Keith la sonda attentivement. Un léger sourire fleurit sur les lèvres de la jeune femme devant son égare-ment évident.

— Mon âme est liée à la tienne, Keith. Que croyais-tu? déclara-t-elle avec tendresse en déposant une main sur sa joue.

Le regard lumineux qu'elle leva vers lui contribua à le perdre définitivement. Il la convoitait avec une force inouïe, qui n'avait rien à voir avec son pouvoir d'enchanteresse. Sans doute Alicia perçut-elle le changement subtil qui s'opéra en lui, car elle enroula ses deux bras autour de son cou. Tout en se redressant sur la pointe des pieds, elle se pressa contre son corps musclé dans une invite muette. Keith sentit son sang ne faire qu'un tour dans ses veines. Tout en enserrant ses hanches avec fermeté, il se pencha vers elle.

Tel un conquérant, il s'empara de ses lèvres avec une soif contagieuse. Alicia s'amollit, envoûtée. Un feu vif embrasa ses sens, lui arrachant un gémissement de contentement. Dans un grognement rauque, Keith fit glisser sa tunique de ses épaules, puis enfouit avec bonheur son visage dans sa longue chevelure. Enivré par son odeur, il goûta la suavité de sa gorge avec délectation.

— *Mo chroí*, chuchota-t-il d'une voix enrouée. Permets-moi de t'honorer comme il se doit...

Elle renversa la tête vers l'arrière en guise de réponse, s'offrant sans réserve. Enhardi par sa réaction, Keith la plaqua sans équivoque contre sa virilité douloureuse. Il vibrait d'un désir impératif, dévastateur. Sa main descendit jusqu'à sa cuisse. Il releva le bas de sa robe avec impatience, la déchirant presque. Cependant, il explora la douceur de sa féminité dans un frôlement sensuel. Alicia se cabra sous le plaisir, habitée par un besoin urgent. D'un geste vif, Keith se départit de son plaid, qu'il laissa tomber sur le sol. La tunique de la jeune femme prit le même chemin. Sans ambages, il la souleva, l'incitant à enrouler ses jambes autour de ses hanches. Ses paumes épousèrent les formes arrondies de ses fesses. Avec une facilité déconcertante, il l'amena à la hauteur de son bas-ventre. Elle se tortillait dans ses bras, incapable d'attendre plus longtemps. Le souffle court, il la fit glisser sur son membre gorgé de désir, l'emplissant. Alicia l'accueillit dans un râle de pur délice. Lorsqu'elle l'enveloppa entièrement, Keith sentit ses reins s'embraser. Avec ardeur, il s'enfonça plus profondément encore. Elle s'accrocha à lui en sueur, gagnée par une fièvre indomptable. Jamais elle n'avait connu une telle communion avec d'autres hommes. C'était comme si leurs esprits fusionnaient à l'unisson de leur corps, décuplant les sensations qu'elle éprouvait. Il la posséda avec une ferveur qui lui fit perdre la tête.

Au moment de jouir, elle s'agrippa à ses épaules en criant de volupté. Transporté à son tour par une vague puissante, Keith la pénétra dans un ultime coup de hanche, la tête renversée vers l'arrière. Le souffle court, il se laissa tomber à genoux, tout en prenant soin de la garder étroitement blottie contre lui. Ce ne fut que lorsque les battements de son cœur s'apaisèrent enfin qu'il s'empara de son plaid pour les recouvrir tous deux. Il s'allongea sur le dos, Alicia bien au chaud entre ses bras. Avec tendresse, il déposa un baiser sur son front. Alicia poussa un soupir de bien-être avant de s'endormir, un doux sourire sur les lèvres.

Le lendemain, Alicia s'éveilla avec un sentiment d'allégresse. Elle rougit en se remémorant leurs ébats enfiévrés de la veille. Non sans surprise, elle constata que Keith l'avait ramenée dans ses quartiers afin qu'elle puisse bénéficier d'une certaine intimité à son réveil, ménageant ainsi sa pudeur. Touchée par sa délicatesse, elle se releva

avec entrain, prête à entamer sa journée. Elle avala goulûment le repas copieux laissé à son intention, puis se
rhabilla.

Yule et Isaac avaient fait preuve d'une extrême gentillesse envers elle, mais maintenant que Keith était de
retour, elle ignorait ce qu'il adviendrait. Voyant justement le
principal intéressé arriver, elle eut un sourire en coin. Keith
dégageait une assurance confondante, voire une prestance
troublante. Sensible à ses états d'âme, Keith arbora une
expression vorace. Alicia recula de quelques pas en éclatant
de rire.

— Keith MacGrandy, commença-t-elle.

L'ayant déjà rejointe, celui-ci étouffa ses protestations
dans un baiser fougueux qui la laissa pantelante entre
ses bras. Elle se trémoussa pour lui échapper en percevant
le renflement entre ses jambes, mais son corps se rebella.
Elle désirait plus que tout lui appartenir de nouveau ; toutefois, elle avait tout d'abord quelques points à éclaircir avec
lui. Keith la relâcha à contrecœur en décryptant son humeur.
Il devinait qu'elle espérait des réponses, mais il n'était pas
prêt encore à aborder certains sujets avec elle, surtout en ce
qui avait trait à Kylia. À la pensée de sa fille, il perdit de son
entrain. Ne voulant pas inquiéter Alicia inutilement, il
s'empressa de dissimuler ses émotions. Il y avait plus urgent
pour le moment.

Avant de lui permettre de traverser les brumes enchantées, la reine s'était longuement entretenue avec lui à l'écart
des autres. Glen n'avait pas apprécié ce qui se préparait,
mais Keith savait qu'il allait se plier à ses requêtes. En attendant son retour, le reste du groupe devait s'occuper des
dépouilles et leur offrir ainsi une sépulture décente à

chacun d'eux. Des hommes du broch viendraient leur prêter main-forte pour les aider dans cette tâche ingrate.

Pour sa part, Keith ignorait combien de temps durerait son absence. Il avait eu ordre de rejoindre Alicia et de la former. Même s'il était heureux de la retrouver, l'idée d'en faire une guerrière ne lui plaisait guère. Cependant, la souveraine ne lui avait pas laissé le choix. Soit il s'en chargeait, soit elle demandait à Isaac d'assurer la relève, ce qui impliquait qu'il ne la reverrait pas avant un long moment. Il avait confiance en les talents de son oncle, mais Alicia était sa compagne. C'était donc à lui que revenaient les prérogatives la concernant.

Sortant de ses pensées, il observa la jeune femme. Alicia était si délicate… De toute évidence, il allait devoir affermir son corps, ainsi que ses muscles, avant d'entreprendre quoi que ce soit. De son côté, Yule avait promis de parfaire son apprentissage d'enchanteresse, ce qui lui faciliterait grandement la tâche pour la suite des choses.

Alicia le fixa avec un regard étrange. Keith était passé si soudainement d'une humeur badine à un état d'esprit beaucoup plus sombre qu'elle était confondue. Toutefois, elle le connaissait assez désormais pour savoir qu'il refuserait de lui en donner la raison s'il ne le désirait pas. Keith était un homme mystérieux qui ne laissait pas aisément entrer autrui derrière la carapace qu'il s'était forgée. Néanmoins, elle avait bien l'intention de créer une brèche pour s'y glisser. En attendant, elle acceptait de jouer le jeu. Elle l'accompagnerait, sans chercher à comprendre, mais viendrait un jour où il n'aurait pas d'autre choix que se dévoiler davantage.

Quand ils s'arrêtèrent en bordure d'une parcelle d'un champ encore en friche, Alicia eut du mal à saisir la raison de leur présence en ces lieux. Pour sa part, Keith fronça les sourcils. Il lorgna l'épée de Nuada qui pendait à la taille frêle de sa compagne, et examina ses bras d'une ossature délicate. Un doute douloureux s'installa en lui. Elle n'arriverait jamais à manier cette arme avec suffisamment de force, du moins, pas dans l'état actuel des choses. Il devait y remédier... et rapidement. D'une démarche résolue, il s'avança vers elle. Il s'empara d'une pioche laissée sur place, la lui mit de force entre les mains, et en prit une à son tour. Lorsqu'il entreprit de bêcher le sol avec vigueur, il lui fit signe d'en faire tout autant.

Ahurie, Alicia considéra tour à tour l'outil de fer, puis Keith. Son expression était si comique que ce dernier ne put résister à l'envie de la taquiner un peu.

— Eh bien, *òigh*! Qu'attends-tu pour m'aider? s'exclama-t-il d'une voix tonitruante.

— Je... commença Alicia en cherchant visiblement ses mots.

— Quoi, *òigh*? Serais-tu donc trop fière pour travailler la terre?

— Non... Pas du tout! C'est juste que je ne comprends pas la raison de tout ceci. Je... Enfin... Comment suis-je censée combattre Conrad avec une pioche? réussit-elle finalement à dire.

— Ma douce, tu vas devoir renforcer tes muscles si tu veux être capable de soulever cette épée, répondit-il avec amusement en désignant l'arme. Comme c'est le seul moyen dont je dispose pour y parvenir, eh bien, c'est avec cet outil que nous commencerons. Maintenant, assez tergiversé. À l'ouvrage, *òigh* !

Trop abasourdie, elle ne releva même pas le fait qu'il l'avait appelée « *òigh* » dans l'unique but de la provoquer un peu. À vrai dire, elle ne savait que penser de cette méthode peu orthodoxe. Tout en se mordant la lèvre inférieure, elle s'empara de la pioche avec un déplaisir évident. Affermissant sa prise sur le manche rugueux, elle enfonça son premier coup de pic dans la terre rocailleuse. Elle sut dès lors que cet entraînement ne serait pas une sinécure ; loin de là.

❉ ❉ ❉

Beaucoup plus tard, l'arrivée des fermiers mit un terme au supplice d'Alicia. Fourbue et épuisée, elle tenait à peine debout. D'ailleurs, elle ne parvenait plus à soulever ses bras, sans parler de ses reins qui élançaient péniblement. « Satané outil infernal ! » maugréa-t-elle intérieurement en lançant un regard assassin en direction de la pioche. Elle avait passé la journée à bêcher la terre, soulever et transporter des roches hors du terrain à cultiver. Elle était moite de sueur, ses lèvres étaient gercées, ses cheveux, poisseux, ses mains, recouvertes d'ampoules. Elle se sentait si misérable qu'elle en aurait pleuré de désespoir. Keith s'était montré intraitable, la faisant travailler d'arrache-pied.

En avisant sa grimace douloureuse alors qu'elle se massait le bas du dos, Keith comprit qu'il ne pourrait lui en demander davantage. Déposant sa pioche contre le tronc d'un arbre, il s'approcha d'elle à grandes enjambées. Il dégagea avec tendresse les mèches qui collaient à ses tempes tout en lui souriant avec chaleur.

— Allez, *mo chroí*, il est temps de rentrer maintenant.

Trop éreintée pour avancer ne serait-ce qu'un pied devant l'autre, Alicia demeura sur place, les jambes flageolantes. Keith la souleva avec aisance, puis la ramena au village. Dès qu'elle fut dans ses bras, Alicia nicha sa tête dans le creux de son cou, trop éreintée pour s'insurger contre le fait qu'il ne semblait pas le moins du monde avoir pâti de cette journée de dur labeur.

Le même scénario se répéta pendant tout près d'un mois, au plus grand désarroi d'Alicia. Au demeurant, elle doutait sérieusement de l'efficacité de cet entraînement primitif. Quant à Keith, il sifflotait régulièrement, toujours aussi fringant, ce qui commençait à lui porter sur les nerfs. Il s'activait sans relâche, avec une fougue qui lui arrachait à la fin de l'après-midi des grommellements de jalousie. Elle était devenue d'une humeur exécrable, s'irritant à la moindre contrariété. Elle n'en pouvait plus de ce traitement infernal. Il n'y avait pas un seul muscle de son corps qui ne l'ait pas fait souffrir.

Comme chaque soir, elle rentrait percluse de douleurs. À peine arrivée, elle s'allongeait sur sa couchette, puis sombrait dans un profond sommeil, trop épuisée pour s'alimenter convenablement. Keith devait alors l'obliger à manger, mais son estomac se faisait capricieux. Souvent, le matin venu, elle restituait le peu qu'elle avait réussi à avaler la veille. De plus, une certaine tension s'était installée entre eux, mettant leur relation à rude épreuve, ce qui n'améliorait pas son état d'esprit. Par souci, Keith s'était abstenu de lui faire l'amour depuis cette fameuse nuit de leurs retrouvailles. Il préférait qu'elle ménage ses forces. D'ailleurs, il se tracassait de plus en plus pour sa santé et son équilibre mental. Il n'aimait pas voir les cernes sous ses yeux, ses traits tirés, sa peau pâle. Il en était même à se demander s'il n'exigeait pas trop d'elle, regrettant amèrement de lui imposer un tel calvaire.

❄ ❄ ❄

Ce matin-là, quand Alicia se leva, elle fut de nouveau prise de violentes nausées. L'estomac au bord des lèvres, elle s'élança vers les commodités extérieures. Par chance, Keith n'était pas dans les parages, car elle détestait qu'il assiste à cette marque flagrante de sa faiblesse. Toutefois, elle commençait à se questionner à ce sujet. Elle avait tout d'abord imputé ses malaises à la fatigue, mais un doute l'accablait désormais. Sur le point de vomir à nouveau, elle porta inconsciemment une main tremblante à son ventre. Elle se figea d'emblée en se rendant compte qu'elle n'avait pas eu ses règles depuis un bon moment déjà. Dans le feu de l'action, elle n'y avait pas songé.

Les paroles crues de Dagda lui revinrent alors en mémoire. Il l'avait dite fertile… À la seule pensée de ce qu'un tel énoncé impliquait, elle poussa un gémissement de bête traquée. Ainsi, cet être pervers avait obtenu ce qu'il désirait. Désespérée, elle se laissa choir sur ses talons, l'air hagard. Que faire maintenant ? Elle ne pouvait pas se débarrasser de l'enfant de Keith, mais les sentiments mitigés qu'elle éprouvait envers ce bébé ne lui facilitaient pas la tâche. Pour une raison qu'elle ne pouvait s'expliquer, elle préféra garder ses suspicions pour elle-même dans l'immédiat. Elle avait besoin de temps pour se faire à cette idée, pour accepter l'inévitable.

Telle une automate, elle regagna ses quartiers. Elle devait se reprendre le plus rapidement possible, avant que Keith ne se doute de quelque chose. Elle en était d'ailleurs à ces réflexions quand celui-ci fit irruption dans la maisonnette. Par réflexe, elle lui tourna le dos. Son comportement intrigua aussitôt Keith. Alicia n'avait pas pour habitude de l'accueillir si froidement. Plissant les yeux, il s'approcha d'elle. Lorsqu'il l'étreignit avec chaleur, elle se crispa. Son corps était tendu comme un arc, sa mâchoire, contractée, constata-t-il en l'obligeant à se retourner. Le regard qu'elle braqua sur lui était empli d'une incertitude poignante qui lui fit l'effet d'un coup de poing. Avec tendresse, il massa sa nuque, puis ses épaules afin de l'aider à se détendre, mais rien n'y fit ; pire, elle demeurait sur ses gardes.

— *Mo chroí*, qu'y a-t-il ? s'informa-t-il d'une voix soucieuse.

Pour toute réponse, elle secoua la tête en trouvant refuge entre ses bras. Alors qu'il la serrait contre son torse, il la sentit trembler comme une feuille au vent.

— Bon sang, Alicia ! Vas-tu enfin me dire ce que tu as ? s'impatienta-t-il, les nerfs à vif.

Voyant qu'elle était sur le point d'éclater en sanglots, il l'entraîna vers leur lit. S'adossant au mur, il la prit sur ses genoux. Alicia se pelotonna contre lui alors qu'il caressait ses cheveux avec une infinie douceur. Elle savait qu'il attendait une explication de sa part, mais sa gorge nouée l'empêchait d'émettre le moindre son.

Ils restèrent ainsi tout près d'une heure. Alicia oscilla entre de brefs instants de somnolence et d'éveil. Quand il poussa un soupir frustré, elle trouva le courage de relever la tête. En croisant son regard scrutateur, elle comprit qu'il avait tenté de lire en elle, mais sans succès. Cet état de fait, elle le devait d'ailleurs à Yule, qui lui avait appris à isoler son esprit d'une écoute profonde. Ce qui ne sembla pas ravir Keith outre mesure. Il devrait pourtant s'y faire. Elle refusait qu'il viole ses pensées aussi impunément. Le moment venu, ce serait elle qui l'informerait au sujet du bébé, pas avant.

— Keith, je te demande de m'accorder un peu de temps. Aie confiance en moi, le supplia-t-elle en le voyant se renfrogner.

Keith s'assombrit, certain que ce qu'elle lui cachait revêtait une importance capitale. Malgré tout, il ne désirait pas la forcer. D'agir ainsi ne ferait que la braquer davantage. Résigné, il poussa un nouveau soupir, puis se releva. Alicia lui fut reconnaissante de sa compréhension. Avec amour, elle déposa un baiser sur ses lèvres closes, puis lui sourit avec tendresse. Nullement amadoué, Keith lui décocha un coup d'œil réprobateur.

— N'en prends pas l'habitude, *òigh*! Je déteste être tenu ainsi dans l'ignorance.

— J'en suis consciente, Keith…

Se rappelant alors la raison de sa venue, il redevint songeur. En réalité, il avait eu l'intention de commencer à lui apprendre le maniement des armes ce matin-là, mais il n'en était plus aussi sûr. Le corps d'Alicia s'était endurci au fil des jours. Toutefois, elle demeurait fragile de l'intérieur; de plus, elle n'était pas au meilleur de sa forme. Pourtant, il ne pouvait différer plus longtemps. Sous peu, la reine des Tuatha Dé Danann lui demanderait de rendre des comptes.

Suivant son instinct, il préféra opter pour une tout autre approche. L'air de rien, il lui proposa d'aller faire une randonnée dans la vallée. Alicia était si heureuse de saisir cette échappatoire qu'elle ne flaira pas le piège de prime abord. Ce ne fut qu'une fois arrivés sur les lieux qu'elle prit conscience qu'il ne s'agissait nullement d'une promenade en amoureux. La façon dont il la jaugeait n'augurait rien de bon. Keith avait une idée derrière la tête, et elle n'était pas certaine d'avoir envie de découvrir laquelle. Elle se racla la gorge, mal à l'aise. Il s'apprêtait visiblement à la tester. Elle s'ancra dans le sol, sur la défensive. Keith releva un sourcil interrogateur, satisfait de sa réaction. Elle semblait pourvue d'un instinct de survie, ce qui le rassura. Elle n'était donc pas totalement démunie. Il s'approcha d'elle d'une démarche féline, une expression narquoise sur le visage.

— Je voudrais que tu me montres ce que tu as dans le ventre, *òigh*, lâcha-t-il avec une pointe d'arrogance.

À ce mot, Alicia serra les dents. Elle détestait qu'il l'appelle « femme » avec autant de condescendance, et ce bougre d'homme le savait pertinemment. Ne désirant pas entrer dans son jeu, elle demeura sur ses positions, à l'affût du moindre geste de sa part.

— Allez, *òigh*. Frappe-moi si tu en es capable. Je te mets au défi de réussir, ne serait-ce qu'une seule fois, la narguat-il avec un sourire frondeur.

Alicia le fusilla du regard, piquée à vif. Faisant mine de lui tourner le dos, elle déplia sa jambe d'un mouvement preste, cherchant à l'atteindre à l'abdomen avec son talon. Keith la bloqua avec aisance, puis la repoussa sans ménagement. Elle perdit l'équilibre et retomba rudement sur le sol. Une douleur cuisante remonta le long de sa colonne vertébrale. Elle roula les épaules en se redressant, puis inspira profondément avant de se lancer sur lui. Elle fut rembarrée de nouveau, puis se retrouva sur les fesses pour une deuxième fois. Elle se releva, l'œil mauvais, et blessée dans son orgueil. Elle n'aimait pas du tout être bousculée ainsi, même pour un entraînement.

— Foutu homme préhistorique! lâcha-t-elle avec colère avant de tenter une autre manœuvre.

Il n'eut aucune peine à la contrer, lui faisant mordre de nouveau la poussière. Un faible cri lui échappa en heurtant la terre dure. Keith dut se retenir à deux mains pour ne pas lui porter secours. Il détestait la malmener de la sorte, mais il n'y avait pas d'autres solutions. Si Conrad remettait la main sur elle, il n'aurait aucune pitié à son endroit. Mieux valait dans ce cas qu'elle apprenne à se défendre, à encaisser les coups dès maintenant. Volontairement, il se ferma à tout sentiment, adoptant l'attitude qu'il avait lorsqu'il entraînait les jeunes guerriers de son clan. Il n'était pas reconnu pour sa tendresse, mais il était le meilleur dans son domaine.

— Est-ce tout ce que tu as dans le ventre, òigh? la provoqua-t-il en toute impunité.

— Espèce de fils de pute! Ça suffit... cracha-t-elle. Je ne joue plus, Keith!

Elle se releva avec peine en massant son flanc endolori. Lasse de ce petit jeu, elle se détourna, décidée à regagner le village, mais Keith n'en avait pas terminé avec elle. Il la ramena brutalement vers lui, maintenant son bras prisonnier dans son dos. La légère traction qu'il exerçait n'était pas suffisante pour la blesser, mais elle l'était assez cependant pour lui causer une douleur lancinante.

— Tu seras libre de partir quand tu auras réussi à te dégager de mon emprise, òigh, murmura-t-il d'une voix inflexible contre sa tempe.

— Keith, arrête ! Je suis sérieuse ! Arrête bordel ! Tu me fais mal ! s'écria-t-elle en cherchant à lui échapper.

— Ce n'est rien en comparaison de ce que te fera Conrad ! Aurais-tu oublié votre première rencontre ?

Au contraire, elle se souvenait de tout, et cette position délicate ne le lui rappelait que trop bien, ainsi qu'une seconde réminiscence tout aussi désagréable : celle de son viol sous le regard de Dagda. Voyant rouge, elle releva un genou, puis le visa vicieusement au bas-ventre. Keith la contra de justesse avec un grognement menaçant. Une lueur sauvage s'alluma derechef dans ses yeux. Alicia se tendit, consciente d'avoir joué avec le feu. L'empoignant par la taille, Keith la plaqua durement contre son corps ferme. Animé par un besoin impératif, il s'empara de sa bouche avec férocité, forçant même l'entrée de ses lèvres. Happée par un raz-de-marée puissant, Alicia perdit pied. Elle répondit avec une fougue similaire. Il y avait trop longtemps qu'ils se languissaient l'un de l'autre, qu'ils s'affrontaient.

❊ ❊ ❊

Plus tard, Alicia rejoignit Yule au centre de la place afin de passer quelques heures en sa compagnie pour tester ses pouvoirs. Devinant que des émotions confuses se livraient bataille en elle, Yule préféra lui accorder une pause. Pratiquer la magie dans cet état d'esprit n'était jamais sain. Mieux valait qu'Alicia profite de ce répit pour apaiser ses tourments. Soulagée, celle-ci se dirigea vers la lande, ses pensées obnubilées par ce qui venait de se produire entre Keith et elle, ainsi que par la présence de l'enfant dans son ventre.

Le soleil était radieux, ce qui contribua à alléger quelque peu son humeur morose. Elle déambula sans but précis, laissant derrière elle les silos à grains enfouis dans le sol, ainsi que les abris de branchages pour les animaux. Au passage, elle salua certain des habitants avec qui elle était plus coutumière. Chacune des familles du village logeait dans un petit logis rectangulaire, fait de roches et de ramures, dont aucune fenêtre ne perçait les parois. Un toit à forte pente, fabriqué à l'aide de chaume, surplombait la structure pour les protéger des intempéries. Toutes les demeures se composaient essentiellement d'une unique pièce commune. C'était dans cet endroit chaleureux qu'ils dormaient, mangeaient, cuisinaient, et accomplissaient les différentes tâches de la vie quotidienne. Aucun meuble ne décorait les lieux, seules des banquettes à même le contour des murs servaient à la fois de lit et de banc. Règle générale, des peaux de bête les recouvraient afin de les maintenir au chaud lors des nuits froides et humides. Au centre des maisons, un foyer complétait l'aménagement. À la nuit tombante, Alicia aimait s'endormir en contemplant le reflet des braises, le regard hypnotisé par les flammes mourantes. C'était apaisant, rassurant…

Certes, c'était une existence rustique, mais c'était une façon de vivre que le clan MacGrandy prisait. Aussi surprenant que cela puisse paraître pour une citadine habituée aux commodités d'une civilisation plus moderne, elle commençait à apprécier ce mode de vie simple. Elle affectionnait par-dessus tout les douces soirées baignées par la lumière diffuse de la lune. Lorsqu'elle n'était pas trop épuisée, elle adorait écouter les histoires que les anciens racontaient à la lueur du feu de camp. Souvent, l'une des femmes jouait de la lyre pour les accompagner. Parfois, c'était la voix grave et envoûtante de Keith qui s'élevait dans la nuit étincelante, leur faisant part des légendes entourant les siens. Ces moments hors du temps lui permettaient d'affronter les journées harassantes que lui imposait Keith.

Elle fut ramenée au moment présent par les paysannes qui la saluaient joyeusement. Elles étaient en train de moudre le grain avec entrain pour en faire de la farine, qui servirait à préparer le pain délicieux qu'elle aimait tant. Non loin de là, assises à l'ombre d'un arbre, quelques fillettes s'amusaient avec leurs poupées, sous l'œil attentif de leurs sœurs aînées, qui pour leur part ôtaient minutieusement les brindilles dans la laine avant que leur mère ne la file. Alicia ne fut pas surprise de ne voir aucun garçonnet dans les parages. Ceux-ci jouaient avec leurs figurines d'animaux tout en arrachant les mauvaises herbes dans les champs. Étant donné que les paysans s'affairaient aux travaux agricoles, elle ne croisa personne d'autre à la sortie du village. Partout où son regard se posait, elle apercevait des montagnes et des collines verdoyantes à perte de vue. En fait, le bourg était niché au cœur même d'une vallée, près d'un loch sinueux. Des bovins se prélassaient plus haut, indifférents aux tourments des hommes.

Tout en inspirant l'air pur des Highlands, elle contempla la nature qui se déployait à ses pieds avec ravissement. Elle entendit alors le bruit répétitif d'un marteau sur du métal. Elle savait, pour l'avoir remarqué, qu'Isaac aimait à l'occasion s'adonner au travail de forgeron. Peut-être était-ce lui qui s'y trouvait. D'un pas vif, elle se dirigea vers l'endroit, attirée malgré elle par une force irrésistible. Isaac se tenait effectivement debout devant un four. Ce jour-là, il portait une longue tunique blanche qu'elle ne lui connaissait pas. Celle-ci était ceinturée par un cordon finement tressé de la couleur du cuivre qui lui parut tout à coup vaguement familière. Il avait à la main droite un maillet qu'il frappait avec énergie sur quelque chose. Elle ne pouvait distinguer quoi exactement, car elle était beaucoup trop éloignée. Cependant, une impression de déjà-vu lui glaça le dos et toute sérénité la déserta.

Keith, qui était arrivé derrière elle, entoura au même instant sa taille de ses bras musclés. Remarquant leur présence, Isaac les salua tout en leur montrant l'objet de son travail. Alicia chancela en reconnaissant le bracelet de cuivre délicatement ciselé en forme de petites étoiles à cinq branches. Son univers entier bascula. Suffoquant, elle se laissa choir. Keith la retint de justesse avant qu'elle ne s'effondre. Elle était d'une pâleur mortelle. Retranchée sur elle-même, Alicia comprit alors avec effroi que la fillette retrouvée sous les décombres et le bébé qu'elle portait n'étaient qu'une seule et même personne. Un hurlement déchirant franchit ses lèvres. Alerté par son cri, Isaac s'élança vers eux. En apercevant les doigts crispés sur son ventre, Keith prit peur, habité par un pressentiment funeste. Le regard qu'elle tourna vers lui le transperça en plein cœur.

— Kylia… souffla-t-elle d'une voix brisée.

À ce nom, Keith se raidit. S'emparant de sa main frigorifiée, il établit un contact direct entre eux, forçant ses barrières mentales. Elle gémit sous son intrusion, mais elle était beaucoup trop ébranlée pour s'opposer à lui. Il rompit brusquement le lien entre eux en apprenant qu'elle était enceinte. Haletant, il se frotta les yeux, cherchant ainsi à effacer les images qu'il avait entrevues dans l'esprit de sa compagne.

Alicia secoua vivement la tête en ressentant les émotions de Keith comme si elles étaient siennes. Il savait, comprit-elle alors au comble du désarroi.

— Pourquoi avoir gardé le secret? Pourquoi? s'écria-t-elle d'une voix étranglée. Tu savais pourtant…

Keith recula en jurant. Il avait effectivement eu des doutes en remarquant la ressemblance entre Kylia et elle. De plus, l'arrivée si soudaine d'Alicia dans leur monde et leur union des plus particulières n'avaient fait que renforcer ses soupçons. Cependant, il avait préféré attendre avant de lui faire part de ses suppositions. Qu'elle le découvre de cette manière était cruel. À la seule idée qu'elle fut déjà enceinte de Kylia, son sang se figea dans ses veines. Comment aurait-il pu deviner que la mort de Kylia, autrement dit la version de la fillette de dix ans qu'il connaissait, chevaucherait l'instant même de sa propre conception? C'était tordu et inhumain tout à la fois de la part de la reine de leur faire endurer une telle épreuve.

Dépassée par les évènements, Alicia s'éloigna de lui d'une démarche vacillante. Elle voulait fuir ces lieux, retrouver son univers, vivre dans un monde où son enfant ne serait pas sacrifiée. Elle se plia en deux en gémissant au souvenir du corps sans vie de sa fille. Keith fut à ses côtés en trois enjambées. Malgré sa réticence, il la serra dans ses bras. Alicia tenta de se libérer de son emprise, frappant, griffant au hasard avec des cris de rage. Keith l'immobilisa en enserrant ses poignets dans un étau de fer.

— Alicia! s'écria-t-il en la secouant. Alicia… Je te jure que je l'ignorais, du moins jusqu'à ce que je découvre Kylia sous les décombres. Il est vrai que j'ai fait un rapprochement entre vous deux à ce moment-là, mais je n'étais certain de rien. De plus, j'étais si bouleversé que je n'y voyais plus clair, déclara-t-il d'une voix douloureuse. Alicia... tu dois me croire...

Meurtrie jusqu'au plus profond de son être, elle éclata en sanglots. Keith l'étreignit contre son cœur, cherchant ainsi à lui communiquer un peu de sa propre force.

— *Mo chroí*, je te promets de faire tout ce qui est en mon pouvoir pour infléchir le cours des évènements. Alicia... l'appela-t-il avec ferveur.

— Keith... Seigneur... Je n'y comprends plus rien... s'étrangla-t-elle. Comment supporter de la voir mourir...

Incapable de prononcer un mot de plus, elle s'accrocha désespérément à son plaid. Avec des gestes apaisants, Keith caressa ses boucles tout en essuyant les larmes qui roulaient sur ses joues.

— Aie confiance en moi, *mo chroí*, souffla-t-il contre sa tempe tout en lui lançant un sort de sommeil temporaire.

Dans l'instant qui suivit, Alicia s'affala mollement contre sa poitrine, l'esprit engourdi par l'enchantement. Sans égard pour son oncle, Keith la ramena vers la maisonnette qui leur était allouée.

❊　❊　❊

En soulevant les paupières, Alicia constata qu'elle était allongée sur une banquette recouverte de fourrure. Une torpeur artificielle émoussait ses réflexes. Elle promena un regard brumeux sur les alentours, complètement abrutie. Keith la rejoignit aussitôt. Avec tendresse, il frôla son visage.

Lorsqu'elle leva les yeux vers lui, une telle détresse les habitait qu'il en fut retourné.

— Qu'allons-nous faire? murmura-t-elle tout en caressant son ventre plat.

— Alicia, nous trouverons un moyen de la sauver. Tu dois y croire! s'exclama Keith avec conviction.

Incapable d'effacer de sa mémoire les images du corps sans vie de sa fille, Alicia détourna vivement la tête afin de cacher sa souffrance. Keith en éprouva une douleur profonde. Elle le fuyait, coupant le lien qui les unissait. Il ne pouvait la laisser s'égarer ainsi. S'emparant de son menton, il l'obligea à le regarder.

— S'il n'y avait plus de raison d'espérer, pourquoi la reine aurait-elle attiré ton attention sur Kylia? Il y a assurément une justification à son geste.

Au fur et à mesure que les paroles de Keith se frayaient un chemin dans son esprit, Alicia sentit son cœur se gonfler d'espoir.

— Comment est-ce possible? Keith… je m'y perds!

— Alicia, Kylia nous a été ramenée du futur par la reine elle-même, car sa vie était menacée dans son espace-temps. C'est à ce moment-là qu'elle m'a informé que j'étais son père. Toutefois, malgré mon insistance, elle refusait de me révéler le nom de la mère, argumentant que nous risquerions de dévier le cours des évènements, d'empêcher sa venue au monde si je le savais. Et pour cause! Crois-tu vraiment que je t'aurais escortée jusqu'au Glen Morg en sachant ce qui nous y attendait? Que j'aurais accepté de te violer volontairement? Elle n'ignorait rien des conditions dans lesquelles notre fille serait conçue, pas plus que du rôle de Dagda dans cette histoire tordue. Elle l'a manipulé, tout comme nous.

Bon sang! S'il n'y avait pas Kylia, je pourrais l'étrangler de mes propres mains, s'emporta-t-il en frappant le mur derrière elle.

Alicia sursauta devant le déploiement de sa fureur. Sans le quitter des yeux, elle déposa une paume apaisante sur son bras. Elle savait pertinemment qu'il n'aurait pas consenti de son plein gré à lui faire subir un tel outrage. Sans ces circonstances dramatiques, ils n'auraient jamais retrouvé sa dépouille. S'ils n'avaient pas été au fait de sa mort, comment auraient-ils pu infléchir le cours des évènements par la suite? Si la déesse leur avait révélé la présence de leur enfant dans les décombres, c'était assurément dans ce but précis!

— Alicia, je sais que tu m'en veux d'avoir tu mes soupçons au sujet de Kylia, mais songe à la souffrance qui fut la mienne en découvrant sa dépouille, surtout de cette façon. Je l'adorais, comme tous ceux de mon clan d'ailleurs. Elle était mon rayon de soleil dans cette tourmente. J'avais plaisir à passer du temps en sa compagnie, à lui apprendre de simples sortilèges, à rire de ses tours malicieux. C'était une petite fille merveilleuse et charmante. Dès que c'était possible, je faisais un détour par le village afin d'avoir le bonheur de la revoir. Ignorant qui était sa mère, je l'aimais pour deux. Je m'étais résigné à l'idée d'être le seul parent vivant qui lui restait. Imagine mon déchirement en faisant un lien entre vous deux... Lorsque je t'ai prise de force, j'appréhendais ce qui suivrait. *Mo chroí*, tu es ma compagne, la mère de mon enfant. Ce jour-là avec Dagda, j'ai cru pendant un court moment que j'allais vous perdre toutes les deux... pour toujours...

Ses paroles l'atteignirent en plein cœur. Au même instant, son regard s'arrêta sur l'épée de Nuada, tout au fond de la pièce. Une terrible vérité prit soudain forme dans son esprit. Se pouvait-il qu'elle soit responsable de l'exil de sa fille, ainsi que de sa mort par la même occasion ? Avait-elle failli à sa tâche dans le futur ? À cette perspective, son sang se glaça dans ses veines.

— Keith, tu dois m'apprendre tout ce que tu sais. Tout... insista-t-elle d'une voix blanche.

Déconcerté, Keith fouilla jusqu'au tréfonds de son âme. Il cilla en comprenant le sens exact de sa demande. Un sentiment de panique le gagna.

— Alicia, comprends-tu seulement ce que tu exiges de moi ?

Consciente d'avancer en terrain miné, elle plissa les yeux, puis prit une grande inspiration avant de poursuivre.

— Je ne suis pas naïve, Keith. La reine ne t'a pas choisi au hasard. Ta magie n'a rien à voir avec celle de ta mère. Elle est beaucoup plus sombre. À la limite, je dirais même qu'elle se rapproche dangereusement de celle de Conrad pour ce que j'en sais.

Soudain nerveux, Keith se releva d'un bond, arpentant la pièce d'un pas saccadé. Il s'arrêta net devant elle.

— C'est trop risqué, Alicia, déclara-t-il avec rudesse.

— Je te crois sur parole, lâcha-t-elle en le rejoignant. Malgré tout, il me faut avoir accès à ces connaissances.

— Par tous les feux de l'enfer, *òigh* ! Tu cours à ta perte si tu persistes dans cette voie ! s'enflamma-t-il, la peur au ventre.

— Si tu y es arrivé, j'en serai capable également.

— C'est un prix beaucoup trop élevé! s'énerva-t-il davantage en constatant qu'elle demeurait campée sur ses positions.

Un silence lourd s'installa entre eux. Keith était abasourdi. Il n'avait jamais lu une telle détermination dans son regard. C'en était presque confondant. Derrière la femme fragile, il voyait désormais la guerrière qu'elle pourrait devenir. L'attrapant par les épaules, il se pencha sur elle, la dominant de toute sa hauteur. Elle ne broncha pas, le défiant sans crainte. Keith comprit qu'elle ne se laisserait pas détourner de son objectif. Soit il serait celui qui l'initierait à la magie noire, soit elle trouverait un autre moyen d'y parvenir. Sous la colère, il la relâcha brutalement. Rongé par ses propres démons, il se détourna, mais pas assez rapidement toutefois, car Alicia eut le temps de lire sur son visage défait toute la souffrance qui était la sienne.

— Keith… l'implora-t-elle d'une voix douloureuse.

— Les connaissances que j'ai acquises l'ont été en échange d'énormes sacrifices, Alicia. J'ai failli me perdre en chemin… Comment peux-tu croire que je risquerais ton âme aussi facilement?

— Tu seras là pour me protéger, Keith. J'ai confiance en toi.

Sous l'accablement, il ploya la tête et serra les poings. Il n'avait pas d'autre choix que de se plier à sa demande; cependant, il la surveillerait étroitement. Il ne la laisserait pas franchir la ligne entre le bien et le mal. Lui-même avait été beaucoup trop près de le faire par le passé.

❄ ❄ ❄

Keith guidait Alicia en silence à travers les montagnes, sans se départir de son air morose. Il avait peut-être accédé à sa requête, mais il n'avait pas l'intention de le faire avec le sourire. Pour sa part, Alicia était tout à fait consciente qu'en le poussant dans ses derniers retranchements, elle risquait de fragiliser le lien qui les unissait. D'autant plus que l'inquiétude qui habitait Keith la mettait sur les nerfs. Le malaise qui l'avait gagné la veille n'avait pas disparu, si bien qu'elle ne savait comment réagir.

Ils avançaient, chacun renfermé dans un mutisme complet, vers une destination connue de lui seul. Alicia était frigorifiée par le vent qui balayait la lande. L'air humide la transperçait cruellement, la laissant transie jusqu'aux os. De plus, le sol marécageux par endroits rendait leur ascension ardue.

Ils marchèrent ainsi pendant une journée entière, s'arrêtant à l'occasion pour se rafraîchir un peu ou encore grignoter quelques morceaux de pain et de fruits. À la tombée de la nuit, ils firent halte dans une petite clairière, dans une vallée peu profonde. Plus loin se dessinait une grotte à l'allure des plus sinistres. En comprenant que c'était précisément vers ces lieux qu'ils se dirigeaient, Alicia frissonna d'appréhension.

— Si tu désires toujours aller au bout de cette folie, tu devras tout d'abord passer cette première épreuve, lâcha promptement Keith d'une voix rude.

Avant même qu'elle ne puisse ouvrir la bouche pour répliquer, il pointa un cercle de pierres tout au fond de la caverne. Un miroitement étrange se reflétait sur la roche lisse. Elle s'avança avec prudence. Une puissance phénoménale s'en dégageait, faisant hérisser les poils sur ses bras. En pénétrant en son centre, elle jeta un bref coup d'œil en direction de Keith. Il était immobile, les bras croisés sur son torse saillant, l'expression indéchiffrable.

Une torpeur inexplicable s'empara d'elle graduellement lorsqu'un voile infranchissable l'enveloppa. Sans qu'elle ne puisse rien y changer, elle fut soulevée par une force mystérieuse. Ses cheveux flottèrent librement alors qu'une légère brise caressait son corps dans un effleurement. L'esprit à la dérive, Alicia se laissa porter, comme une feuille ondulant au rythme du vent. *Vois ce qu'Abaddon fera à tes semblables, Alicia, s'il parvient à s'échapper!* murmura tout à coup une voix dans sa tête. Au même moment, elle vit déferler des scènes d'une telle sauvagerie qu'elle en eut l'estomac retourné. Dégoûtée, elle tenta de détourner le regard pour ne plus être témoin de cette horreur, mais les images persistaient, s'imprégnant dans sa mémoire. Se découpant sur un paysage enflammé, elle aperçut des femmes prisonnières, poings et pieds liés à des potences grotesques, livrées à la décadence de démons sortis tout droit de l'enfer. Des hommes gisaient sans vie à leurs pieds. Tout son être se rebiffa, surtout qu'elle percevait comme sienne la douleur des brûlures que provoquaient les fers qui enserraient leurs poignets. Elles étaient à la merci de ces créatures maléfiques qui se réjouissaient de répandre le fléau de la folie sur son peuple et sur celui de Keith. Perdue, Alicia assistait au massacre, inapte à modifier le cours des évènements. Ces pauvres malheureuses invoquaient désespérément le Seigneur tout-puissant pour qu'Il leur vienne en aide; mais il était trop tard…

La reine fit disparaître les visions cauchemardesques de son esprit. D'une démarche légère, elle s'avança vers la jeune femme. Alicia la scruta de ses yeux assombris par le chagrin, le cœur en lambeaux. Fódla l'imprégna de sa présence bienfaitrice. *L'heure du jugement dernier a sonné, Alicia. Si rien n'est fait pour contrer Abaddon, ce que tu as vu se réalisera. Toi et tes sœurs êtes l'instrument de mon courroux, les seules à pouvoir modifier le cours des évènements. Le moment venu, vous serez toutes trois réunies pour accomplir votre destinée. Va maintenant, sois attentive à l'enseignement que te prodiguera ton époux, car il s'est approprié ces connaissances au détriment de plusieurs années de sa vie... Cette fois-ci, afin de t'aider dans ton combat, je te fais cadeau de tout mon savoir. Sache l'utiliser à bon escient.* À ces mots lourds de sens, Fódla déversa en elle toute sa sagesse, ainsi que l'intégralité de ses connaissances. Alicia ploya sous cet assaut fulgurant. La magie de la reine déferla en elle, tel un raz-de-marée puissant.

Keith fixait le ciel étoilé d'un regard perçant. Il se tenait fièrement debout, les jambes légèrement écartées, les mains derrière le dos, le corps raide. Il ressentait la présence d'Alicia, son agitation, sans pour autant être en mesure de l'atteindre. Elle était hors de sa portée depuis longtemps déjà. Il savait son passage obligatoire dans le monde des songes, mais il n'en était pas rassuré pour autant. Plusieurs s'étaient perdus sur ce chemin incertain, disparaissant pour toujours dans les limbes. Se laissant tomber à genoux sur le sol humide, il entra en contact avec la terre, cherchant à y puiser l'énergie vitale qui s'en dégageait.

— Alicia... suis ma voix! Reviens vers moi, *mo chroí.*

Un frisson parcourut Alicia en percevant la supplique de Keith. Elle fut prise de vertiges, puis elle le vit, silhouette lointaine qui se découpait dans la nuit. Elle s'accrocha à son essence, se tendant vers lui.

— Keith! l'appela-t-elle de toutes ses forces.

Le voile se déchira par lui-même, la libérant des brumes oppressantes. Le souffle court, elle se jeta dans ses bras.

Keith l'étreignit avec douceur, soulagé de la retrouver saine et sauve. Trop chavirée pour parler, Alicia se blottit contre lui. Son corps était frigorifié. Keith la frictionna avec vigueur tout en l'entraînant vers les flammes qui crépitaient. Par chance, elle reprenait peu à peu des couleurs, mais son regard demeurait hanté par des images troublantes. Une fois assis sur un plaid, il mit de force un bol de bouillon entre ses mains. Comme elle ne semblait pas décidée à le boire, il le porta lui-même à ses lèvres. Il abandonna après quelques tentatives infructueuses. Dans un soupir, il la ramena vers lui.

— Dors, *Mo chroí*, lui ordonna-t-il en déposant sa tête dans le creux de son bras.

Contre toute attente, Alicia s'endormit rapidement. Pour sa part, il n'arriva pas à trouver le sommeil. Des souvenirs de son passé ainsi que de son exil lui revenaient en mémoire. Il ne pouvait s'empêcher de se demander s'il n'était pas sur le point de commettre une terrible erreur.

CHAPITRE V

L'apprentissage

L'heure était maintenant venue de rejoindre le reste du groupe. Alors qu'elle se tenait devant les brumes enchantées qui masquaient le passage, Alicia hésita une fraction de seconde. Elle savait ce qui l'attendait de l'autre côté, ce qui ne la rassurait guère. Percevant ses inquiétudes, Keith étreignit ses doigts avec amour, le regard confiant, et un sourire empreint de douceur sur les lèvres. Il émanait de lui une force tranquille qui l'apaisa d'emblée. Quoi qu'il arrive, Keith serait là pour la protéger. Ce simple constat la rasséréna. Elle lui indiqua d'un signe de tête qu'elle était prête. Il l'embrassa sur le front, serra sa main, puis l'entraîna à sa suite dans le brouillard. Alicia se détendit lorsque le banc de brume se divisa en deux. La reine avait tenu parole et leur permettait de traverser en toute impunité. L'air ambiant était saturé d'une humidité rafraîchissante qui faisait perler de fines gouttelettes sur leur peau, tandis que l'odeur qui s'en dégageait lui rappelait le printemps après une rosée matinale. Le chemin devant eux se dessinait au fur et à mesure qu'ils progressaient. Cependant, de chaque côté d'eux, un mur infranchissable s'élevait aussi loin que leur vision se portait. Ces cloisons opaques ondulaient au gré de la brise qui glissait doucement sur elles.

À peine commença-t-elle à se détendre qu'une force surprenante l'arracha à Keith. Avant même qu'elle puisse réagir, il fut aspiré par les brumes. Folle de désespoir, elle l'appela plusieurs fois, mais seul l'écho de sa voix se répercuta sur les parois fantomatiques. Le brouillard se refermait sur elle, lui coupant toute retraite. Une peur viscérale lui noua l'estomac lorsqu'un courant glacial la transperça de part en part. Elle tourna sur elle-même, complètement déboussolée. Le souffle court, elle chercha à percer la pénombre qui l'engloutissait. Affolée, elle hurla le nom de Keith, mais son appel demeura sans réponse. Pire, un vide sans fond s'ouvrit tout à coup sous ses pieds. S'ensuivit une descente infernale. Elle eut l'impression que son corps se repliait sur lui-même.

Au bout de ce qui lui sembla durer une éternité, elle fut projetée brusquement sur la terre ferme. Au passage, elle s'égratigna le coude sur le sol rocailleux, ce qui lui arracha une grimace de douleur. Même si elle était un peu sonnée, elle réussit à se redresser sur ses avant-bras. Elle inspira plusieurs fois de suite pour tenter de réfréner les battements précipités de son cœur. Elle ignorait ce qui s'était produit et ne savait pas où elle se trouvait. Elle était consciente en revanche qu'elle ne pouvait demeurer sur place : elle était beaucoup trop exposée. Elle se releva avec raideur et se risqua à marcher vers le sud. Son attention était attirée vers cette direction.

Tout au long du chemin, elle s'efforça de juguler la panique qui menaçait de l'engloutir. Elle accusait difficilement le contrecoup de cette séparation brutale. Elle était tellement inquiète pour Keith qu'elle ne pouvait s'empêcher d'imaginer le pire. Non sans peine, elle se secoua afin de chasser la peur qui s'insinuait sournoisement dans son âme. Elle ne pouvait pas se permettre de laisser libre cours à ses larmes. Elle devait garder les esprits clairs et trouver une solution, car la vie de Keith en dépendait peut-être.

Ce n'est que beaucoup plus tard qu'elle croisa une route abandonnée qui conduisait de toute évidence à un petit bourg. Malheureusement, elle constata à son arrivée près des lieux qu'elle n'avait pas été la première à découvrir le village niché entre les montagnes. À peine eut-elle pris conscience de l'ampleur de l'abomination qui se déroulait en contrebas qu'elle s'allongea prestement sur le sol, priant pour ne pas avoir été remarquée. Une sueur froide coula dans son dos alors que son rythme cardiaque s'accélérait sous l'effet de l'adrénaline. Risquant un coup d'œil furtif, elle réprima de justesse un gémissement d'horreur. L'endroit était réduit à feu et à sang. De plus, une horde de démons abattait les habitants avec une barbarie démentielle. Le cœur au bord des lèvres, elle essaya de faire abstraction des hurlements des victimes qui se répercutaient sur les flancs des monts dans un écho macabre, ainsi que de l'odeur nauséabonde qui se dégageait de la scène.

Sa terreur fut à son comble en apercevant en retrait la silhouette maléfique de Conrad. Ce dernier affichait un rictus cruel, ses traits déformés par une jouissance presque perverse. «Que Dieu nous vienne en aide!» ne put-elle s'empêcher de prier. Ce monstre savourait chacun des supplices infligés aux pauvres villageois. Malgré son désir de vouloir venir en aide aux malheureux, elle savait pertinemment que révéler sa présence serait suicidaire. Elle n'était pas prête encore à l'affronter à armes égales et ignorait si elle serait en mesure un jour de le faire. Elle ne se considérait pas comme une couarde, mais elle n'était pas dépourvue de tout bon sens pour autant. Il faudrait être fou pour confronter de son propre chef un tel psychopathe. Elle en était à ce funeste constat lorsque Conrad releva la tête dans sa direction. Par réflexe, elle se rallongea rapidement, le corps tendu à l'extrême, les entrailles nouées par l'appréhension.

Des fourmillements désagréables la transpercèrent de part en part, telles des aiguilles de feu. En comprenant que le sorcier sondait les alentours, elle fit appel à l'enseignement de Yule, puis s'entoura d'un voile d'occultation. L'effort démesuré qu'elle dut fournir fit perler de fines gouttelettes de sueur sur son front. Exécuter ces petits tours de magie était une chose facile à faire dans un environnement paisible, mais répéter l'exploit alors qu'elle tremblait pour sa vie était fort différent. Cependant, elle dut y parvenir, car la sensation disparut d'un coup.

Se risquant de nouveau à jeter un coup d'œil expéditif sur la scène, elle constata avec satisfaction que Conrad avait reporté son attention sur une tierce personne. Elle ignorait qui avait capté son intérêt de la sorte, car pour le moment, l'inconnu était dissimulé à son regard. Tout ce qu'elle voyait, c'était des jambes musclées qui ne pouvaient appartenir qu'à un homme. Toutefois, nul besoin d'être prophète pour deviner que le détenu n'en avait probablement plus pour très longtemps à vivre, qu'il devait souffrir le martyre entre les mains de ce sadique. Elle le plaignait… Pourtant, quand Conrad se déplaça, un sentiment tout autre que la pitié la submergea.

En reconnaissant le visage familier, Alicia dut se mordre la lèvre jusqu'au sang pour étouffer son cri. Son cœur rata un battement, et ses yeux se remplirent de larmes amères. Chamboulée, elle détailla avec effarement le corps mutilé du prisonnier : Keith. Une telle noirceur se dégageait des chaînes qui le retenaient captif, qu'il était évident qu'elles étaient ensorcelées par un sortilège obscur. Pas un seul pouce de sa chair n'avait été épargné, sa peau était brûlée à vif, des plaies purulentes marquaient son torse alors que du sang perlait à certaines de ses blessures.

À cause du lien qui les unissait, Keith perçut sa présence avant même qu'elle ne se dévoile. «Enfer et damnation!» songea-t-il avec anéantissement. Son unique consolation avait été sa certitude qu'Alicia n'avait pas subi un sort similaire au sien. De toute évidence, ce n'était pas le cas. Dès leur séparation violente dans les brumes, il avait été expédié dans cette partie du Sidh. Une horde de korrigans l'avait attendu à son arrivée. Quelque peu abasourdi, il n'avait pas réagi assez promptement. Il ignorait encore de quelle manière Conrad avait réussi à s'insérer dans le passage magique protégé par un enchantement puissant, ni comment la reine Fódla avait pu être contrecarrée de la sorte. Depuis la veille, Conrad le torturait avec une exaltation vicieuse, lui arrachant un peu plus de son âme à chaque nouveau supplice. Si ces chaînes maudites ne l'avaient pas retenu prisonnier au pilier, il aurait pris plaisir à lui rendre la pareille depuis un moment.

Par chance, il n'émanait aucune souffrance de la part d'Alicia, ce qui signifiait que, contrairement à lui, elle avait échappé aux griffes de ce monstre. Toutefois, il percevait très bien le tourbillon vengeur qui refluait en elle avec une force démesurée, ce qui ne le rassurait pas. S'il se fiait à ses sens, Alicia était sur le point de commettre un acte inconsidéré. Fou d'inquiétude, il chercha à établir un contact entre eux, mais il était beaucoup trop affaibli pour y arriver à cette distance.

Conrad fixa Keith d'un regard suspicieux. Afin de ne pas se trahir, Keith s'efforça de lui dissimuler ses pensées en faisant appel à toute sa maîtrise. Conrad lui envoya un sort maléfique qui lui lacéra la chair sur le torse en guise de représailles. Keith poussa un râle déchirant en s'arquant sous la douleur cuisante, ce qui arracha un rire cynique au mage. Témoin de la scène, Alicia s'enflamma d'un coup.

— Non ! hurla-t-elle en projetant une boule de feu incandescente sur Conrad.

Ce dernier eut tout juste le temps d'esquiver l'attaque-surprise. D'instinct, il érigea un bouclier protecteur autour de lui. Il vit alors la silhouette féminine au regard meurtrier. Tout en l'observant, un sourire cruel se dessina sur ses lèvres : enfin il découvrait l'identité réelle de la clé de voûte. Reportant son attention sur son prisonnier, il se réjouit.

— Ta défaite est maintenant complète, Laird MacGrandy, puisque je te tiens en mon pouvoir, et que la clé de voûte est désormais à ma portée. Tu ne pourras rien cette fois-ci...

— Prends garde, Conrad... le menaça froidement Keith en serrant les poings.

Un éclat singulier s'alluma dans les prunelles de Keith. Il toisa le sorcier avec hargne, une colère sourde exsudait de tout son être. Interloqué, Conrad plissa les yeux. L'attitude du laird ne lui disait rien qui vaille. Sur le qui-vive, il se retourna de nouveau en direction d'Alicia. Il eut un sursaut de stupeur en remarquant qu'elle avait disparu.

— Que croyais-tu ? le nargua Keith en refoulant sa douleur.

Le mage fit volte-face en comprenant soudain l'avertissement à peine voilé. Il sentit un picotement désagréable lui parcourir la colonne vertébrale face au regard impitoyable du laird. Un élément essentiel lui échappait. De toute évidence, il avait sous-estimé le potentiel de la jeune mortelle, une erreur qui pourrait lui être fatale s'il ne prenait pas garde. Il percevait désormais le pouvoir incommensurable qui se dégageait de sa personne, en dépit du fait qu'elle s'était soustraite à sa vue. Il scruta les moindres recoins de la clairière avoisinante à l'affût du danger.

— Où peut bien se cacher cette maudite humaine ? maugréa-t-il pour lui-même.

Croyant l'apercevoir derrière un bosquet, il propulsa un éclair aveuglant dans cette direction. Seule une pauvre petite bête apeurée s'y cachait.

Une fois le choc passé, Alicia prit rapidement conscience de la précarité de leur situation. Si elle voulait avoir une chance de sauver Keith, elle se devait de retrouver ses esprits. Ils couraient tout droit à leur perte si elle laissait sa magie échapper de nouveau à sa volonté. Déjà que l'énergie considérable qu'elle venait de déployer l'avait affaiblie. Il lui fallait gagner quelques secondes pour être en mesure d'échafauder un plan. Rien ne servait de se lancer à l'aveuglette dans la mêlée. Le bref moment d'inattention de Conrad lui avait permis de s'esquiver en douce. Elle allait devoir ruser pour libérer Keith, car sans son aide, elle ne survivrait pas à un affrontement direct. Malgré tout, s'imposer cette ligne de conduite lui coûtait énormément. Elle était très inquiète pour lui, si bien que son jugement s'en trouvait altéré.

Sans faire de bruit, elle rampa dans les hautes fougères jusqu'à Keith. Son sang battait furieusement contre ses tempes, ses nerfs menaçaient de flancher à tout moment. Néanmoins, elle s'obligea à parcourir les quelques mètres restants. En silence, elle se glissa dans le dos de Keith tout en s'assurant de demeurer dissimulée derrière le pilier. Conrad regardait dans la direction opposée, visiblement occupé à la chercher dans les fourrés. Lorsque le sorcier s'éloigna, elle en profita pour tirer sur les entraves qui retenaient Keith prisonnier, meurtrissant davantage ses poignets ensanglantés. Le souffle court, elle tenta de briser les maillons à l'aide de sa magie, sans succès. Elle percevait très bien la tension qui émanait de son compagnon, mais s'efforça d'en faire abstraction. Ce serait un euphémisme de dire qu'il n'était pas du tout enchanté de la savoir là. Toutefois, que cela lui plaise ou non, il était hors de question qu'elle le laisse mourir.

En captant mentalement sa détermination, Keith se raidit. D'être à la merci de Conrad était déjà assez préoccupant en soi, mais la situation risquait de se corser si Alicia tombait entre ses mains. Il était impératif qu'elle fuie ces lieux maudits.

Il parvint au prix d'un effort considérable à établir un contact entre leurs deux esprits. *Alicia ! Je t'en conjure ! Sauve-toi ! Retourne vers le passage intemporel !* souffla-t-il. Néanmoins, en dépit de l'urgence de sa demande, la jeune femme demeura sourde à ses paroles. Il s'emporta face à son insoumission. *Par tous les dieux, òigh ! Fais ce que je t'ordonne !*

rugit-il dans sa tête, la rage au cœur. Il devait trouver un moyen de la convaincre de renoncer. *Alicia, je trouverai bien un moyen de m'en sortir, mais pour y arriver j'ai besoin de te savoir en sécurité. Est-ce que tu comprends ? Tu ne peux rien dans l'immédiat contre Conrad, tu es beaucoup trop vulnérable !*

Alicia lui répondit avec une froideur mordante, déterminée à le délivrer malgré lui. *Tu n'es pas en position de te défendre, tu le sais pertinemment ! Je ne t'abandonnerai pas !*

Il s'insurgea, paniqué. *Bon sang, Alicia ! Pense à Kylia ! Tu ne peux pas risquer sa vie aussi impunément !*

Alicia se figea, ébranlée dans ses certitudes. Elle effleura son ventre légèrement arrondi d'une main tremblante. La vie ne pouvait être si cruelle en exigeant d'elle de faire un choix entre Keith et leur fille. C'était au-dessus de ses forces.

Elle ferma les yeux un bref instant, ne sachant comment réagir. Alors qu'elle frôlait son poignet du bout des doigts, une vision s'imposa de force dans son esprit. Prise d'étourdissements, elle se laissa choir sur l'herbe, affolée à l'idée de se retrouver sous peu sans défense. Elle chercha à rester ancrée dans le présent, luttant de toutes ses forces, mais ses sens s'engourdissaient déjà. Avant de sombrer, elle crut entrevoir la silhouette floue de la reine. Aussitôt, un voile magique l'entoura, la dissimulant aux regards de Conrad. Dès que le lien se rompit entre eux, Keith eut un coup au cœur.

Alicia se recroquevilla sur elle-même. Tout vacillait dangereusement autour d'elle. Quand le monde se stabilisa enfin, elle releva la tête, le visage livide. Même si elle savait qu'elle n'était pas physiquement en ces lieux étranges, que seul son esprit s'y trouvait, il n'en demeurait pas moins qu'elle était terrifiée. Qu'allait-elle découvrir cette fois-ci ?

Lors de sa dernière vision, elle avait vu Isaac alors qu'il forgeait le bracelet de Kylia, avant même que cette scène ne se produise réellement. Était-elle dotée d'une faculté de prescience, ou bien s'agissait-il d'intervention divine de la part de la reine ?

Pour l'heure, elle se tenait debout devant un sanctuaire abandonné. Elle scruta la bâtisse lugubre avec angoisse, ne sachant que penser. Elle avança à petits pas prudents, incapable de s'opposer à l'attrait morbide que l'endroit exerçait sur elle. D'une légère pression de la main, elle entrebâilla la porte. Elle ne rencontra aucune résistance, mais un sentiment inconfortable l'envahit en percevant la noirceur perfide des lieux. En parcourant la pièce du regard, ses yeux furent attirés par l'autel qui trônait au centre.

Elle se révolta en remarquant la silhouette floue d'un homme allongé sur la pierre rugueuse, retenu par des chaînes fixées à chaque coin. Elle sut d'instinct que celui-ci était offert en sacrifice, fort probablement à l'intention d'Abaddon. Sans prévenir, des bougies aussi noires que la nuit s'allumèrent d'elles-mêmes, révélant les traits de l'inconnu. Avant même que la lumière fut, Alicia devina qu'il s'agissait de Keith. L'horreur de son calvaire lui fit l'effet d'une flèche en plein cœur. Impuissante à lui venir en aide, elle le vit s'arquer sous les décharges fulgurantes qui la terrassaient. Elle flancha en apercevant ses yeux ambrés, assombris par d'atroces souffrances. Cependant, il ne la voyait pas. Elle n'était qu'une présence invisible en ces lieux. Un hurlement inhumain franchit ses lèvres craquelées, la faisant sursauter. L'énergie considérable qu'il avait dû déployer pour résister aux supplices de Conrad semblait l'avoir vidé de toute force physique, le rendant plus que jamais vulnérable aux pouvoirs destructifs du sorcier. Incapable de supporter plus longtemps le spectacle de son corps brisé, elle détourna la tête. Elle pria avec ferveur pour être délivrée de cette vision cauchemardesque, allant même jusqu'à appuyer ses paumes sur ses oreilles pour ne plus entendre ses cris.

Tout à coup, un silence pesant tomba sur elle comme une chape de plomb. Elle tressaillit en constatant qu'elle se retrouvait de nouveau derrière Keith, dans le monde réel. Soulevée par un sentiment de vengeance incommensurable, elle s'éloigna vivement du tronc où il était retenu captif, le regard étincelant d'une haine meurtrière. Tel un écho à sa fureur, les ténèbres l'enveloppèrent comme une seconde peau. Son visage devint d'une blancheur cadavérique, et ses vêtements se teintèrent de la couleur du sang. Un orage chargé d'éclairs s'éleva autour d'elle.

— Assassin! hurla-t-elle d'une voix aussi tranchante qu'une lame affûtée.

Conrad recula, suspicieux face à cette furie qui se dressait subitement devant lui, telle une dame de la mort. D'un geste menaçant, Alicia pointa sa main droite dans sa direction. Elle puisa à même la magie qui l'habitait, l'emplissant d'un feu dévastateur. Toute sa haine se concentra dans sa paume rougeoyante. Un coup de tonnerre retentit. Conrad eut à peine le temps d'esquiver en partie la décharge foudroyante. Atteint de plein fouet à l'épaule gauche, il fut brutalement projeté contre un rocher. La douleur cuisante qui le transperça lui coupa le souffle. Pour la première fois de sa vie, il craignit d'avoir rencontré une force supérieure à la sienne. Vu les circonstances, il se devait de se replier, d'élaborer une nouvelle stratégie.

Il provoqua une énorme brèche dans un mugissement de rage, puis s'empressa de s'y engouffrer. Aveuglée momentanément par la lumière éclatante qui s'en dégagea, Alicia abaissa sa garde l'espace d'un instant pour couvrir ses yeux. Ce fut l'ouverture que Conrad attendait. Profitant de sa vulnérabilité passagère, il la foudroya aussitôt d'une fulgurante boule d'énergie. Elle tomba à genoux en se tenant la poitrine à deux mains, une expression d'incrédulité peinte sur le visage. Le sang de Keith se figea dans ses veines. Un « Non ! » retentissant franchit ses lèvres.

Avant de disparaître, Conrad lui lança un regard victorieux. Dès que le sorcier se fut échappé par la trouée éphémère, Keith fut libéré de ses chaînes. Il s'affala de tout son long contre le sol dans un râle d'agonie. Toutefois, malgré son extrême faiblesse, il parvint à se traîner jusqu'à la forme inerte qui gisait parmi les herbes hautes. Le seul fait de soulever la tête d'Alicia lui arracha une grimace de douleur. Celle-ci vint reposer mollement entre ses bras, avivant sa détresse.

— *Mo chroí*, ne meurs pas ! Je t'en conjure, ne meurs pas à cause de moi, murmura-t-il d'une voix empreinte de souffrance.

Il tenta de lui procurer un peu de sa propre chaleur en serrant son corps glacial contre sa peau brûlante de fièvre. Il releva vivement les yeux en percevant une présence à ses côtés. Son regard croisa celui de la reine. Il comprit alors que leur venue en ces lieux n'était pas le fruit du hasard. Il avait été bien fou de croire que Conrad pouvait percer les barrières de la souveraine. La vérité était bien plus cruelle en fait. Fódla avait permis que cela se produise…

— Pourquoi avoir risqué sa vie ainsi ? lança-t-il furieusement avec un sentiment de trahison au creux du ventre.

Elle n'aurait pas dû se retrouver si tôt en présence de Conrad ! Elle n'était pas prête ! Elle aurait pu se faire tuer ! rugit-il.

Fódla le fixa sans sourciller, une expression indéchiffrable sur le visage. Elle n'était nullement intimidée par son éclat de colère. Lorsqu'elle fut certaine qu'il avait terminé de déverser sa hargne, elle se décida à parler.

— Je devais réveiller chez elle cette rage meurtrière essentielle à sa survie. À certains égards, Alicia demeurait une jeune femme innocente. Elle devait ressentir les affres d'une douleur infinie, la peur de te perdre. Jamais autrement elle ne serait parvenue à confronter Conrad. Elle ne possédait pas la force de caractère nécessaire pour se défendre contre lui. Maintenant, ce sera différent. Un feu nouveau vient de naître en elle. Il te reste désormais à parachever sa formation. Enseigne-lui tout ton savoir, Laird MacGrandy, car elle en aura besoin…

— La leçon devait-elle être si cuisante ? murmura-t-il dans un souffle en fixant le corps inerte qui reposait entre ses bras.

— N'aie crainte, elle s'en remettra rapidement. Je ne pourrais pas en dire autant de toi. Retourne au Glen Morg sans plus tarder.

Fódla s'évapora sur ces mots, créant du même coup une brèche. Keith peina à se relever. Il se dirigea d'une démarche raide vers l'ouverture temporaire qui devait le ramener auprès des siens, tenant tant bien que mal Alicia contre lui. Dès qu'il pénétra dans le voile de lumière, ils disparurent.

❊   ❊   ❊

Glen arpentait la place centrale du village avec nervosité. Par l'entremise de la Seelie Lyliall, la reine lui avait fait savoir qu'il devait se préparer au retour de son frère et de son épouse. Étant donné que la souveraine avait laissé sous-entendre qu'ils auraient besoin de soins d'urgence, il n'était pas rassuré.

Il en était à cette réflexion peu agréable lorsqu'une trouée se matérialisa devant lui, livrant passage à un homme vacillant. En reconnaissant Keith, Glen et Lachlan s'élancèrent à sa rencontre. Ils eurent tout juste le temps d'arriver à sa hauteur avant que Keith ne s'effondre lourde-ment. Lachlan s'empara de la jeune femme alors que Glen saisissait son aîné par les aisselles. Celui-ci était visiblement à bout de force. « Par tous les dieux ! Dans quelle situation précaire s'est-il encore retrouvé ? » se demanda-t-il avec une certaine frustration. Avec tristesse, il remarqua les nom-breuses brûlures qui recouvraient le corps de son frère, ainsi que celle qui apparaissait sur la poitrine d'Alicia. Tous deux dégageaient une forte odeur de soufre. Percevant les pensées confuses de son cadet, Keith voulut le rassurer, mais son esprit glissa dans les profondeurs de l'incons-cience. Le soulevant par la taille, Glen parvint à le traîner de peine et de misère jusqu'au campement, suivi de près par Lachlan. Il espérait seulement qu'il ne soit pas trop tard pour soigner leurs plaies sans qu'il y ait de graves conséquences.

En pénétrant dans l'une des maisons qui demeuraient miraculeusement encore debout après l'attaque dévastatrice de Conrad sur le village, ils les allongèrent avec précaution sur des banquettes. Lyliall les rejoignit sans montrer la moindre émotion. Avertis de leur arrivée, Todd et Hélène firent irruption à leur tour. Ils observèrent à tour de rôle Glen, Lachlan et Lyliall, ainsi que les corps meurtris qui reposaient sur les couchettes. Hélène s'approcha et poussa un cri d'effroi en apercevant la blessure d'Alicia.

— Seigneur, mais que lui a-t-il fait ? lança-t-elle avec hargne, les larmes aux yeux.

Exaspéré par sa mauvaise foi évidente et sa défiance pathétique, Glen perdit le peu de sang-froid qui lui restait. Il se retourna d'un bloc et l'agrippa par les épaules. Il la plaqua avec rudesse contre le mur, l'écrasant de tout son poids. Il la fusilla du regard. Hélène déglutit difficilement sous sa fureur.

— Écoutez-moi bien, jeune mortelle inconsciente, déclara-t-il avec morgue. Je ne connais pas vraiment votre amie Alicia, mais en revanche je peux vous affirmer une chose à son sujet : elle doit énormément compter pour mon frère, car jamais il n'a hésité à mettre sa vie en péril pour la protéger. Tout ce que je souhaite, c'est qu'elle justifie toutes les souffrances qui lui sont infligées. Il est le laird de notre clan, ainsi que le file des druides. Alors, daignez au moins lui témoigner le respect qui lui est dû ! lança-t-il d'un ton mordant en la repoussant avant de se reculer.

Il retourna à côté de son aîné, laissant Hélène méditer sur ces paroles. Keith avait été blessé avec tant de barbarie ! Hélène sortit en trombe de la bâtisse et se dirigea vers un petit sentier en bordure de la clairière. Elle avait besoin d'être seule pour se ressaisir. Glen se promit de s'occuper d'elle personnellement lorsque Keith et Alicia seraient hors de danger.

❈   ❈   ❈

Keith remarqua en ouvrant les yeux qu'Alicia le veillait. Par bonheur, elle semblait remise de sa blessure. Alicia lui sourit avec chaleur, heureuse qu'il reprenne enfin connaissance. « Ciel, il revient de si loin ! » songea-t-elle avec un serrement de gorge. Elle avait tellement eu peur de le perdre… Elle n'avait pu se résoudre à quitter son chevet, en dépit de la confiance excessive de Glen et de Todd. Keith releva la main en percevant ses pensées troubles. Tout en effleurant sa joue, il murmura dans son esprit : *Sois sans crainte…* Encore faible, il laissa retomber mollement son bras en fermant les paupières. Glen, qui se tenait en retrait, se rapprocha d'Alicia en constatant que Keith s'était rendormi. Il obligea sa belle-sœur à s'allonger à son tour d'une pression ferme sur l'épaule. Il savait qu'elle n'était pas totalement remise. Elle obtempéra, trop épuisée pour lui tenir tête, et sombra dans un profond sommeil. Il jeta un bref coup d'œil dans leur direction avant de s'éloigner. Il fronça les sourcils, perplexe par rapport à l'avenir qui les attendait.

Le lendemain, Keith émergea d'un long sommeil réparateur. En voyant qu'il était seul, il décida de faire quelques pas, ne supportant pas de demeurer inactif plus longtemps. Il se dirigea d'un pas lourd vers l'encadrement de la porte. La brise du matin caressa son visage en sueur lorsqu'il écarta le tissu. La fraîcheur de l'air le raviva. Il se sentit renaître en inspirant à pleins poumons. Au même moment, un faible écho de tristesse parvint jusqu'à lui. Il gagna d'une démarche hésitante une petite butte parsemée de fleurs en bordure du village. Une fois arrivé en vue du tertre funéraire de Kylia, il s'agenouilla en silence à la gauche d'Alicia. Celle-ci avait les paupières closes, mais il voyait bien à ses joues humides qu'elle avait pleuré. D'ailleurs, son menton tremblait légèrement. Il ferma les yeux à son tour dans un soupir. Alicia appuya son front contre son épaule réconfortante, quelque peu rassérénée par sa présence. Keith frôla ses tempes de ses lèvres chaudes, puis s'empara d'une poignée de terre brute de sa main gauche. Il scruta Alicia après quelques secondes de méditation. Elle avait le regard perdu au loin.

— *Mo chroí*, que les dieux m'en soient témoin, je te jure de faire tout ce qui est en mon pouvoir pour changer le cours des évènements. J'arracherai notre fille aux griffes de la mort avant qu'il ne soit trop tard, déclara-t-il, la gorge nouée, tout en la fixant avec intensité.

Alicia se releva avec lenteur, ses yeux remplis d'espoir rivés aux siens. En silence, elle se blottit entre ses bras. Keith l'enlaça avec douceur, plus que jamais conscient du trésor qui grandissait en elle. Il caressa ses cheveux avec tendresse, le cœur débordant d'amour. Alicia et Kylia étaient ce qu'il avait de plus précieux. Il se fit la promesse que tant qu'il aurait un souffle de vie, il s'évertuerait à les protéger. Tout en écoutant les battements réguliers du cœur de Keith, Alicia s'efforça de croire en un avenir meilleur. Toutefois, la vision de la dépouille de Kylia parmi les décombres et celle du corps de Keith offert en sacrifice sur l'autel d'Abaddon la rongeaient de l'intérieur. Avide de chaleur, elle se pressa plus étroitement contre son torse.

Lorsqu'ils rebroussèrent chemin, Alicia n'était pas totalement rassurée. Un malaise inconfortable persistait en elle... comme si son monde était sur le point de s'effondrer.

Jetant un coup d'œil scrutateur sur chacun des membres du groupe, elle se réjouit de leur présence à ses côtés. Certes, elle connaissait très peu certains d'entre eux, d'autres lui étaient même inconnus, mais ils semblaient tous avoir à cœur le succès de leur mission. De plus, ils avaient veillé sur Hélène et Caroline. Inconsciemment, elle frôla son ventre d'une caresse légère, tout en cherchant le regard de Keith. Son époux lui sourit avec confiance, ne laissant rien transparaître de l'inquiétude qui le tenaillait.

Il savait qu'Alicia se trouvait à une étape charnière de son cheminement. Elle était pourvue d'un pouvoir phénoménal, mais n'avait pas encore la capacité de le gérer adéquatement. En fait, elle était aussi vulnérable qu'une jeune enfant. Pour sa part, il ne se trouvait pas encore au meilleur de sa forme. Ce qui impliquait qu'il devrait requérir l'aide de Glen pour ériger une barrière protectrice autour d'Alicia. Même s'il n'était guère enchanté par la perspective que son cadet entre ainsi en symbiose avec sa compagne, il n'avait pas le choix. Il serait trop aisé pour Conrad, après ce qui venait de se produire, de s'emparer de l'esprit d'Alicia, de retourner sa magie contre elle, ou même contre les membres du groupe. Il ignorait toutefois comment Glen allait réagir à sa demande. Dans quelques jours, lorsqu'il aurait retrouvé la pleine maîtrise de ses pouvoirs, il serait à même de l'initier correctement, de lui apprendre à se défendre elle-même de toute intrusion.

Il tourna un regard scrutateur vers Alicia, le front soucieux. Une ombre sombre entourait la jeune femme. Une panique sourde le gagna en reconnaissant la marque de Conrad. Subitement, quelque chose se brisa chez Alicia. Son corps se raidit d'un seul coup. Elle suffoquait, et était agitée par des tremblements impossibles à arrêter. Son inquiétude monta d'un cran en comprenant que Conrad prenait possession de tout son être sans qu'elle ne puisse rien y faire. Elle recula dans un mouvement brusque, l'expression hagarde, puis poussa un hurlement strident qui ébranla tous les autres. Elle se laissa tomber à genoux en pressant ses paumes sur ses tempes, l'esprit embrouillé. Alicia chercha à se débarrasser de la présence douloureuse qui l'envahissait, mais sans résultat.

Glen la dévisagea sans comprendre. Keith la rattrapa par les épaules, la peur au ventre. Il l'obligea à le regarder, essayant d'établir un contact avec elle. Il enserra sa tête entre ses mains, effrayé à l'idée qu'elle perde la maîtrise de son propre corps. Il fallait qu'il parvienne rapidement à créer un lien entre eux, mais Alicia le percevait dans son délire comme une menace à écarter. Elle s'appliqua donc à le combattre avec acharnement. Keith se retira de ses pensées en comprenant que ses efforts étaient vains. Toutefois, il préféra la garder captive de ses bras. Alicia se débattait contre une créature invisible, le visage déformé par la souffrance, frôlant dangereusement les rives de la folie.

D'une secousse brutale, elle arriva à se dégager de nouveau de l'étreinte de Keith. Elle le dévisagea hostilement, incapable de faire la part des choses entre ses émotions et celles que Conrad infiltrait en elle. Keith la relâcha d'emblée, mais demeura néanmoins à l'affût, prêt à réagir à toute éventualité. Alicia recula de quelques pas, les poings serrés, tout en scrutant l'expression impassible de Keith. Elle s'avança vers lui, animée par un feu destructeur qui était alimenté par Conrad. Elle avait l'intention de le provoquer et ne s'en cachait pas. Celui-ci ne broncha pas, sur le qui-vive. Cependant, sa mâchoire se contracta lorsqu'Alicia lui administra un soufflet magistral sur la joue gauche. Avant que sa main ne l'atteigne une deuxième fois, il emprisonna ses poignets dans un étau de fer. Après quelques secondes chargées d'étincelles, il s'écarta en silence, puis se détourna d'elle. Emportée par la fureur de Conrad, Alicia opta pour une attaque plus vicieuse afin de le faire réagir.

— *Tu n'es qu'un lâche, Laird MacGrandy!* cria-t-elle haut et fort, avec dégoût.

Touché, Keith sursauta, puis s'immobilisa. Il savait que les paroles qui sortaient de la bouche de la jeune femme n'étaient pas de son cru, mais soufflées par Conrad. Cependant, il n'y était pas indifférent pour autant. Satisfaite de son impact sur le laird, Alicia s'avança de nouveau vers lui. Sa démarche incertaine fit comprendre à Keith que Conrad ne la possédait pas entièrement encore. Ses traits si doux étaient désormais le reflet de l'âme noire du sorcier. Un rictus grossier déformait la courbe sensuelle de ses lèvres, ses yeux injectés de sang brillaient d'un éclat de démence, et ses narines frémissaient d'exultation. Ses doigts maintenant crochus cherchaient à s'emparer de la garde de l'épée de Nuada qui pendait à sa taille, sans succès. Au moins, Alicia parvenait toujours à garder suffisamment de volonté pour ne pas utiliser son arme, ainsi que sa magie contre eux, mais pour combien de temps? Assoiffé de vengeance, Conrad renforça davantage son ascendant sur la jeune femme, lui arrachant un cri d'agonie. Keith voulut faire un geste dans sa direction, mais se figea face à la rancœur qu'elle lui cracha au visage.

— *Pauvre idiot... Croyais-tu vraiment que vous seriez aptes à me contrer? Je vais torturer ta compagne, me délecter de son supplice, tout comme j'ai pris plaisir à tuer ta fille...*

Aveuglé par sa souffrance, Keith fonça droit sur Alicia. Glen le freina dans son élan alors qu'il s'apprêtait à se jeter sur elle. Glen fut abasourdi en fixant son aîné dans les yeux. Jamais il ne l'avait vu si près de perdre toute maîtrise de lui-même. Par chance, Alicia semblait soudain avoir retrouvé un semblant de son bon sens, mais Keith ne fut pas dupe. Conrad n'abandonnerait pas une proie d'une telle importance aussi facilement. Il ne pourrait arracher sa compagne de ses griffes qu'après une lutte acharnée. Pour l'heure, Conrad jouait avec eux, en plus de jouir du pouvoir qu'il avait sur sa victime. Il s'assurerait de laisser Alicia suffisamment lucide pour la persécuter avec plus d'efficacité. Ainsi, il l'atteindrait du même coup, sachant pertinemment qu'il ne pourrait demeurer indifférent à son supplice. Il prendrait un plaisir pervers à les voir s'entre-déchirer. C'était cruel, à l'image de ce monstre sanguinaire. Même en échappant à son emprise, elle garderait à jamais cette empreinte indélébile dans son esprit.

Le regard dur, Keith s'obligea à lui tourner le dos et s'éloigna. D'agir ainsi lui crevait le cœur, mais il n'avait pas le choix : il devait gagner du temps, trouver une solution pour les sortir de cette situation explosive. Alicia reporta son attention sur le petit groupe, frustrée de ne pas réussir à lui faire perdre sa maîtrise légendaire. Un éclat étrange traversa ses yeux. Elle ordonna sèchement à Hélène et à Caroline de la rejoindre. Celles-ci obéirent après une certaine hésitation, mais Dougall et Glen se mirent aussitôt en travers de leur chemin, faisant office de rempart. Alicia plissa les yeux. Elle s'avança vers eux d'un air menaçant, les mains crépitant d'énergie négative. Aussitôt, Keith s'interposa avec une rapidité surprenante, ce qui arracha un sourire malfaisant à Alicia.

— *Que voilà le laird du clan avec sa fierté démesurée !*
Pourtant, il ne répugne pas à violer les jeunes femmes afin de
mieux les assujettir à son désir ! lâcha-t-elle d'un ton
sarcastique.

Perdant quelque peu de son sang-froid face à cette
attaque vicieuse qui éveillait cruellement sa culpabilité,
Keith s'assombrit. Son regard était désormais implacable,
les muscles de son corps, tendus à l'extrême.

— Tu n'es qu'un couard, Conrad. Quel homme digne de
ce nom se cacherait derrière une femme pour frapper l'ennemi ? Un jour ou l'autre, je finirai bien par te débusquer...
et je serai sans pitié...

Conrad fulmina. Sous son emprise, Alicia se tordit.
Dans un ricanement sinistre, il s'adressa à Keith à travers
elle.

— *Tu paieras pour ton outrecuidance, laird. Je vous écraserai,*
toi et la fille. De plus, je m'assurerai au passage d'éliminer l'enfant
qu'elle porte. Je vais me régaler de son supplice, et je ferai éclater
une à une les barrières de son esprit, jusqu'à ce qu'elle en perde la
raison. Après mon passage, il ne restera plus rien d'elle, sinon
qu'une coquille vide. Tu as eu tort de te lier à elle, car elle sera
l'instrument qui causera ta perte, fils des druides.

— Non ! hurla Alicia en tentant d'échapper à l'emprise
du sorcier. Keith, fais quelque chose ! le supplia-t-elle, au
bord de la folie. Il s'attaque à Kylia...

Elle se jeta entre ses bras dans un nouveau cri de rage.
Son regard vacilla lorsqu'elle releva la tête dans sa direction. Keith posa une main sur son ventre, puis l'autre sur
son front, profitant au maximum de l'infime ouverture qui
s'offrait à lui. Il pouvait sentir l'enfant s'agiter sous sa paume.
Kylia percevait le danger qui la menaçait. En intensifiant

son lien avec Alicia, il découvrit avec effarement qu'elle était parvenue à tisser de façon sommaire une toile magique tout autour du fœtus pour le protéger des foudres de Conrad. Sa gorge se serra quand il prit conscience qu'elle avait préféré consacrer son énergie à préserver leur fille au lieu de se prémunir elle-même. Le cœur en lambeaux, il l'enveloppa d'une vague de réconfort, lui arrachant un soupir de soulagement. Afin que son sacrifice n'ait pas été vain, il renforça les barrières d'Alicia autour de Kylia, la soustrayant définitivement aux attaques de Conrad.

Conrad entra dans une colère froide en prenant conscience que l'enfant était désormais hors de sa portée. Il déchaîna un brasier fulgurant dans les entrailles de la jeune femme pour se venger. Alicia suffoqua sous la douleur foudroyante. Ses jambes se dérobèrent sous elle. Keith, qui était toujours connecté à elle, jura sous l'assaut du contrecoup, mais la maintint malgré tout debout contre lui. Il psalmodia une incantation, déversant une magie bienfaitrice en elle. Son pouvoir apaisa sa souffrance, tel un baume sur ses plaies béantes, lui arrachant du même coup des larmes de gratitude. Elle reprenait en force à son contact, alors que lui s'épuisait à une vitesse effarante. Alicia coupa brusquement le lien qui les unissait quand elle comprit qu'elle le drainait de son fluide vital. Aussitôt, un froid glacial la gagna.

Elle s'empressa de retirer l'épée de Nuada à sa taille, ignorant de combien de temps elle disposait encore avant de sombrer définitivement dans les ténèbres. Elle la lança aux pieds de Keith avec dégoût. Furieux, Conrad projeta un nouveau maléfice sur elle. D'emblée, Alicia commença à frotter sa peau avec vigueur afin de tenter d'y effacer les brûlures vives que lui causait la sensation de milliers d'aiguilles rougeoyantes qui la transperçaient sans pitié. Keith l'emprisonna dans ses bras en la voyant se gratter jusqu'au sang. Il murmura des paroles ensorcelées à ses oreilles. Elle éprouva une impression de sécurité éphémère blottie ainsi contre lui, surtout qu'il avait réussi à éloigner d'elle l'attaque de Conrad. Le corps bouillant de fièvre de Keith était agité de tremblements qu'il peinait à dissimuler. La lucidité dont faisait preuve Alicia malgré tout lui permit de constater que le prix à payer pour son compagnon était beaucoup trop élevé. Elle refusait son sacrifice...

De toute façon, il ne ferait que repousser l'inévitable, sans pouvoir toutefois la sauver. C'était un combat perdu d'avance. Dès l'instant où Conrad la posséderait entièrement, il pourrait faire d'elle ce qu'il voulait. Elle deviendrait dès lors un danger pour tous les membres du groupe. Elle devait garder un minimum d'énergie afin de se préserver dans un recoin secret de son esprit. Il lui fallait donc faire un choix difficile. Levant la tête vers Keith, elle lui sourit avec tristesse.

— Pardonne-moi... murmura-t-elle en lâchant prise.

En une fraction de seconde, elle fut aspirée par la magie de Conrad. Elle s'empara de la dague de Keith avec une rapidité effarante, puis la lança avec une précision mortelle en direction de Clyne. Le guerrier celte tomba à genoux, une expression d'incrédulité sur le visage. Glen, qui était à ses côtés, le rattrapa lorsqu'il s'effondra, la lame fichée en plein cœur. Le regard de Clyne s'éteignit. Glen dévisagea tour à tour Alicia, puis Clyne, cherchant à comprendre ce qui venait de se produire. Il n'arrivait pas encore à se persuader de sa perte. Tous restèrent interdits, emplis d'effroi. Contre toute attente, la jeune femme éclata d'un rire sadique.

Elle s'élança vers Connall avant même qu'ils ne se soient rétablis de leur surprise. Profitant du fait qu'il contemplait le corps sans vie de son acolyte abasourdi, elle saisit prestement son épée, puis l'enfonça dans sa cuisse jusqu'à la garde. Connall poussa un rugissement de douleur quand elle la retira avec brutalité, déchiquetant impitoyablement la chair sur son passage. Cheyne se reprit la première en voyant le sang gicler. Elle rejoignit Connall, sans prêter attention à la menace que représentait Alicia. Elle déchira son plaid, puis banda la plaie afin d'arrêter l'hémorragie. Alicia se détourna d'eux, un sourire satisfait sur les lèvres.

— *Qui sera le prochain?* demanda-t-elle d'un ton sarcastique, le regard méprisant. *Toi peut-être!* lança-t-elle en désignant Todd de la pointe de sa lame. *Ou toi!* enchaîna-t-elle en toisant Glen.

S'avançant avec lenteur, elle détacha ses mots les uns des autres afin de les laisser s'imprégner dans l'esprit de Glen.

— *Tu détestes Alicia, n'est-ce pas?* attaqua Conrad avec délectation. *La présence des trois humaines dans ton monde te répugne. Tu souhaiterais qu'elles ne soient jamais venues. Sans compter que tu maudis le jour où ton laird a épousé cette Alicia Dumont! Tu meurs d'envie de la tuer, alors qu'est-ce que tu attends? Ne retiens pas ton bras vengeur. Elle est toute à toi!* termina Conrad, implacable, tout en offrant la poitrine d'Alicia en guise de cible.

— Glen… arrête… ordonna Keith d'un ton inflexible en le voyant esquisser un geste dans la direction d'Alicia.

Glen tremblait de tout son corps. Des flammes haineuses brûlaient dans son regard enfiévré. Pourtant, à la voix de son frère, il s'immobilisa. Il dut inspirer à plusieurs reprises avant de parvenir à dominer le tumulte qui grondait en lui. Alicia se détourna, puis fixa Hélène impitoyablement en riant à gorge déployée. Hélène recula de quelques pas, craignant d'être pourfendue à son tour. Glen jeta un coup d'œil à Keith. Il s'avança à pas feutrés sur un signe de sa part. Alicia fit volte-face en percevant sa présence menaçante derrière elle, puis fouetta l'air de son épée. Par chance, il évita de justesse la lame tranchante. Profitant de cette diversion, Keith s'abattit de tout son poids sur elle, la plaquant au sol. Alicia se débattit sauvagement, ses forces décuplées par la haine de Conrad. Glen essaya tant bien que mal d'aider son frère à la contenir, mais ils y arrivaient avec peine.

— Alicia, ressaisis-toi! Par tous les feux de l'enfer... Tu dois le combattre! Tu m'entends? s'écria Keith.

— Je... ne... peux... pas... parvint-elle à dire avant de hurler de rage. Keith... il est... trop puissant...

Comprenant qu'il n'avait pas d'autre choix, Keith leva alors son poing, puis l'assomma d'un coup direct à la mâchoire. Sonnée, Alicia sombra dans les abysses, au plus grand soulagement de Glen.

— Par tous les dieux! Qu'est-ce qui se passe? tempêta ce dernier, encore bouleversé.

Tous demeurèrent immobiles et sans voix, ébranlés par les évènements tragiques qui venaient de se produire. Une fois la consternation dissipée, Keith prit la parole.

— Conrad a profité de la faiblesse d'Alicia pour prendre possession de son esprit, ainsi que de son corps. Il a désormais un pouvoir presque total sur elle. Je dois parvenir d'une façon ou d'une autre à l'expulser, à fortifier les barrières mentales d'Alicia afin d'éviter que ça ne se reproduise.

Le problème, c'est que je ne peux le combattre par la force, car c'est Alicia que je blesserai dans ces conditions, ainsi que Kylia par le fait même.

— Comment comptes-tu y arriver alors ? s'informa anxieusement Glen tout en lançant un coup d'œil furtif en direction de la jeune femme inconsciente.

— Étant celui qui l'a éveillée, j'ai un ascendant sur sa magie. Ça signifie par contre que je vais devoir m'introduire en elle de façon brutale. Si j'utilise cet avantage à notre profit, ce ne sera ni plus ni moins qu'un viol, expliqua-t-il d'une voix blanche.

Glen déglutit avec difficulté, plus aussi certain de la justesse de cette démarche. Il voyait bien au regard trouble de Keith qu'il ne sortirait pas indemne de cette entreprise.

— Tu crois vraiment que ça fonctionnera ? demanda Glen.

— Je l'espère…

Glen aurait souhaité pouvoir faire plus, mais ce combat ne lui appartenait pas. Silencieux, il se releva, tout en étreignant le bras de son frère en signe de compassion. Le cœur accablé de chagrin, il rejoignit Connall. Avec l'aide de Cheyne, il souleva le guerrier avec précaution, puis le ramena vers l'une des maisons du village. Dougall pour sa part se dirigea d'un pas lourd vers le corps inerte de Clyne. Avec l'appui de Lachlan, ils le transportèrent jusqu'en bordure du bourg afin de procéder au rite funéraire. Restée seule avec Hélène et Caroline, Lyliall les entraîna vers les rives du loch plus loin en contrebas pour qu'elles s'y rafraîchissent. Les deux jeunes femmes étaient secouées. Plus que jamais, elles avaient besoin d'un moment de répit pour se remettre de leur frayeur.

Pendant ce temps, Keith prit Alicia dans ses bras, tous ses sens en alerte. Il l'amena sans plus attendre jusqu'à la maison qu'ils occupaient. Todd le suivait de près. Il entra d'un pas rapide, puis déposa avec précaution son précieux fardeau sur la banquette. Alicia avait les traits crispés, et sa respiration était irrégulière. Keith baissa la tête sous le poids de l'accablement. Ils disposaient de peu de temps avant qu'elle reprenne connaissance, que Conrad s'empare à nouveau de son être.

Grâce à un puissant sort de sommeil éphémère, Alicia dormait profondément sous la vigie de Lachlan, Lyliall et Glen. Toutefois, Keith savait que ce charme ne pourrait perdurer. D'une façon ou d'une autre, Conrad finirait bien par le neutraliser. Pour le moment, Alicia était inoffensive. Il s'assombrit en songeant au tort qu'elle avait causé à deux de ses hommes. Clyne était sous sa responsabilité, comme tous ceux de son clan. Sa mort lui laissait un goût amer dans la bouche. Quant à Connall, il était hors de danger, mais il n'en fut pas rassuré pour autant. Le guerrier garderait des séquelles de cette agression sauvage. Pour ce qui était de Caroline et d'Hélène, elles étaient sous la surveillance de Todd et de Dougall. Au moins, il n'aurait pas à se préoccuper de leur sort dans l'immédiat.

Keith se contraignit à une ablution minutieuse à la source sacrée d'un puits en bordure du village afin de purifier son corps. Ce rite était nécessaire avant qu'il ne commence à dessiner les runes protectrices sur sa peau. Il chassa toutes pensées susceptibles de nuire à sa concentration en plongeant dans l'eau fraîche. Une fois l'esprit déchargé du fardeau des récents évènements, il en ressortit. Il traça différents entrelacs sur son torse, puis sur ses biceps avec assurance, tout en murmurant une litanie empreinte de magie puissante. Les motifs entremêlés s'entrecroisaient dans une ronde sans fin, créant des spirales aux courbes variées. Sans sourciller, il fit une profonde entaille sur sa poitrine à l'aide de sa dague. Il recueillit le sang qui s'écoulait de l'estafilade sur une branche de gui. Il se servit ensuite du rameau rougi pour asperger le tronc des arbres qui encerclaient un autel de pierre. Le bosquet était très dense, l'isolant du village. Ayant terminé ses préparatifs, Keith déposa la branche de gui sur la stèle, espérant du même coup qu'elle favoriserait la guérison d'Alicia par son pouvoir sacré. Des effluves acres provenaient des plantes qui avaient été utilisées pour la mixture d'un élixir psychotrope préparé à l'intention d'Alicia. Lyliall l'avait confectionné en secret, selon une recette connue uniquement des Seelie. Toutefois, Keith devina aux émanations qui s'en échappaient que l'un des végétaux employés était une herbe magique du nom de « chair des dieux ». Il était très bien placé pour savoir que cette plante dotée de propriétés surnaturelles était jalousement gardée par les Seelie.

Prêt, il appela mentalement son frère afin qu'il lui ramène Alicia. Il constata avec satisfaction que sa compagne avait aussi été purifiée. Elle portait une longue robe vaporeuse d'un bleu identique au ciel par un matin glacé. Cependant, sa pâleur l'inquiétait. Se fermant à toute émotion de ce genre, il tenta de se ressaisir, alors que Todd allongeait la jeune femme sur l'autel. Keith s'approcha d'elle, dispersant ses cheveux fraîchement lavés tout autour de son visage, telle une corolle luxuriante. D'une main tremblante, il immobilisa ses poignets et ses pieds à l'aide de liens forgés d'un métal ensorcelé. Alicia était désormais prisonnière de la stèle sacrée, ce qu'elle n'aimerait pas à son réveil. Ce qu'il s'apprêtait à faire était périlleux. Jouer avec des forces sombres pour contrecarrer Conrad allait l'amener à la limite du bien et du mal. Ne voulant prendre aucun risque, il renvoya Todd au village, étant donné sa plus grande vulnérabilité en vertu de son inexpérience, puis ordonna à Lochlan, Lyliall et Glen de reculer afin de ne pas les contaminer. Il y avait si longtemps qu'il n'avait pas pratiqué ce type de magie qu'il craignait de se perdre en chemin, mais un regard en direction d'Alicia annihila ses dernières réserves. Il devait tout tenter pour la sauver...

Tout en psalmodiant une incantation, Keith traça un cercle protecteur autour de l'autel. Lachlan, Lyliall et Glen le consolidèrent en y ajoutant leur propre pouvoir. Avec une grâce qui était l'apanage des elfes, Lachlan se déplaça sans bruit, alors que Lyliall flottait légèrement au-dessus du sol comme le faisaient souvent les Seelie. Seul Glen faisait preuve d'un certain inconfort. Il n'aimait pas du tout que son aîné joue avec de telles forces. Il était d'ailleurs partagé entre son envie de l'en empêcher et celle de lui apporter son soutien. Toutefois, le calme apparent de Lachlan, ainsi que celui de Lyliall le forcèrent à s'exécuter. Sa mauvaise foi provoqua un froncement de sourcil à Keith. Ils ne pouvaient se permettre la moindre onde négative. Sans doute Glen dut-il ressentir la réprobation silencieuse de son frère, car il s'efforça dès lors de faire bonne mesure.

Keith porta un godet aux lèvres d'Alicia. Celle-ci émergea peu à peu du sort de sommeil éphémère dans lequel il l'avait plongée plus tôt. Keith lui ordonna par le pouvoir de sa voix de boire le breuvage envoûté. Elle obtempéra docilement, n'étant pas encore retombée sous le joug de Conrad. Le goût amer de la mixture lui arracha une grimace. Malgré tout, Keith insista pour qu'elle vide le contenu du gobelet en entier.

Il entama le rituel ancien sans plus attendre, invoquant à lui une magie ancestrale, beaucoup plus sombre que celle utilisée en temps normal par les druides. Tout d'abord murmuré, son hymne prit de plus en plus de vigueur. Alicia s'agita en réponse. Ses perceptions nerveuses furent coupées du reste de son corps sous l'effet de l'élixir qu'on l'avait forcée à avaler. Elle était dorénavant maintenue dans un état presque léthargique, si bien qu'il lui était impossible de se faire obéir de ses membres. Au moment où Conrad essaya de reprendre possession de son esprit, il vit rouge. Il n'arrivait plus à asservir son enveloppe charnelle selon son bon vouloir. Il allait devoir faire usage d'artefact Unseelie pour y parvenir. Il s'affaiblirait considérablement en agissant de la sorte, car ce type de magie requérait beaucoup plus d'énergie. Alicia tenta de se secouer pour chasser les limbes qui menaçaient de l'engloutir à nouveau. Elle n'aimait pas du tout cette sensation étrange de flottement entre la conscience et l'inconscience. Les paroles que Keith murmurait à ses côtés demeuraient incompréhensibles, mais son intonation chaude et vibrante l'enveloppait dans un cocon bienfaiteur. Elle ne ressentait plus rien ; ni la douleur, ni la peur, ni le chagrin. Une voix décharnée chercha à l'atteindre dans son esprit, mais celle de Keith, plus profonde, l'emplissait tout entière.

Keith se hissa avec précaution sur l'autel en constatant son abandon. Il l'enjamba, puis la ceintura de ses cuisses musclées. Toutefois, il prit soin de supporter son propre

poids sur ses jambes afin de ne pas l'écraser. Il la contempla
un bref moment avant d'apposer ses paumes sur ses tempes.
Alicia s'arqua à son contact, comme sous l'assaut d'une puissante décharge électrique. Ses pupilles se dilatèrent sous la
souffrance, alors que ses ongles raclèrent la pierre brute.
Elle émergea de son état comateux, inspirant par à-coups, le
regard hébété, puis poussa une longue plainte qui lui érailla
la voix. Elle secoua la tête avec énergie pour échapper à
l'emprise de Keith, mais celui-ci la retint fermement. Il
plongea jusqu'au plus profond de son être sans plus
attendre. Il détestait l'idée même d'envahir de la sorte ses
pensées les plus intimes, mais il n'avait pas le choix. Il devait
fouiller chaque recoin de son esprit afin d'y débusquer
Conrad. Elle n'aurait plus un seul secret pour lui à la fin de
ce processus, son âme entière serait à nu, la rendant vulnérable à son égard. Par chance, il l'aimait suffisamment pour
ne pas se risquer à exploiter à son avantage ce qu'il allait y
découvrir. Il n'osait songer à ce qu'une telle invasion signi-
fierait pour Alicia, l'impact que cette entreprise aurait sur
leur relation future. Toutefois, il n'y avait pas d'autre solution, en dépit du dégoût qu'il ressentait. Conrad refuserait
de la délivrer de son emprise. Il se devait donc de trouver
l'endroit exact où il se cachait, puis de l'expulser définitivement de sa tête.

Le front en sueur, il amorça sa descente en enfer. Surtout,
il ne devait pas se perdre dans les méandres de son esprit.
Comme il s'y attendait, il eut accès tout d'abord aux réminiscences de moindre importance, celles qui se situaient en
surface. Néanmoins, par prudence, il examina chacun de
ses souvenirs, s'assurant de refermer derrière lui chacune
des portes qui les abritaient, les scellant à l'aide de sa magie

afin que Conrad ne puisse y trouver refuge ultérieurement. Plus il s'enfonçait, plus cette manœuvre se faisait périlleuse. Alicia souffrait en son âme, et il se détestait pour ce qu'il lui faisait subir.

Il sut qu'il atteignait enfin ses pensées les plus secrètes à cause de son affolement sans cesse croissant. Il voyait désormais défiler devant ses yeux des scènes intimes, qu'il ne lui incombait pas de mettre à nu. Avec un certain malaise, il eut accès aux étreintes qu'Alicia avait partagées avec d'autres hommes, goûta à chacun de leurs baisers, de leurs caresses sensuelles, ressentant son plaisir, tout comme les peines éprouvées et la sensation de vide à chacune des ruptures. Ces moments de chagrin avaient été beaucoup plus nombreux qu'il ne l'aurait cru, ce qui le laissa perplexe. Il fut également le témoin silencieux de tous ses succès, ainsi que de ses échecs cuisants. À travers cet amalgame d'émotions, il saisit mieux le lien étroit qui s'était noué entre Hélène, Caroline et elle-même. Elles étaient ce qu'Alicia avait de plus précieux sur cette Terre, son unique famille. Non sans un pincement au cœur, il découvrit qu'elle avait été abandonnée dès sa plus tendre enfance, traînée d'une famille d'accueil à une autre, pour terminer sa route dans un centre jeunesse, sans jamais connaître le bonheur d'être aimée, choyée. Une telle amertume se rattachait à ces souvenirs qu'il en fut profondément ébranlé. Il n'était pas surprenant dans ces conditions que la reine ait décidé d'entraîner les deux jeunes femmes avec elle dans cette aventure. Alicia avait autant besoin de leur présence, de leur support, que lui de Glen et de Todd.

En dépit de son état végétatif, Alicia était pleinement consciente du cheminement de Keith dans son esprit, de sa vulnérabilité à son égard. Des larmes d'impuissance glissaient sur ses joues, témoins silencieuses de sa honte.

Avant même d'atteindre le dernier palier de réminiscences, Keith sut qu'il approchait du but. Il ne restait plus désormais qu'à forcer l'accès à quelques portes. Toutefois, celles-ci résistaient à son intrusion. Il comprit au sentiment de panique qui gagnait Alicia que c'était elle-même qui cherchait à le contrecarrer. Elle se rebellait à l'idée qu'il en sache davantage à son sujet, surtout en ce qui avait trait à une certaine période de sa jeunesse. Ce passé n'appartenait qu'à elle seule. Même Hélène et Caroline n'étaient pas au courant de ce pan funeste de son existence. Il n'avait pas le droit d'y entrer. Si par malheur il devait découvrir ses secrets lugubres, Alicia ignorait si elle serait à même de lui pardonner, voire de lui faire face par la suite. S'exécuter en toute impunité serait pire encore que le viol perpétré sur sa personne lors de leur capture par Dagda. En discernant ses pensées, Keith fut chaviré. Que n'aurait-il pas donné pour ne pas avoir à se rendre jusque-là? Comme il l'avait craint, Conrad avait choisi ce terrain propice pour s'établir afin de mieux l'assujettir à son pouvoir.

La détresse d'Alicia le fit hésiter une fraction de seconde. Au prix d'un effort considérable, il fit abstraction de l'aberration qu'il s'apprêtait à commettre. Un soupir affligeant s'échappa de ses lèvres.

— *Mo chroí*, je suis désolé, mais c'est le seul moyen dont je dispose pour réussir à te délivrer de l'emprise de ce monstre, murmura-t-il.

Sourde à ses explications, Alicia se braqua. Elle ne pouvait se résigner à le laisser poursuivre sans combattre. Les souvenirs qui se cachaient derrière ces portes closes étaient trop horribles, trop douloureux pour être révélés au grand jour. Il lui avait fallu une éternité pour parvenir à les enfouir au plus profond de son être, pour réapprendre à vivre en dépit de ce qui lui était arrivé... S'il les dévoilait, elle craignait de ne pas avoir la force de continuer d'avancer.

— Keith, non! Ne fais pas ça! Par pitié... chuchota-t-elle en s'étranglant. Tu avais promis... de ne jamais abuser... de ton ascendance... pour me contraindre...

— Je sais, Alicia! Mais je n'ai pas le choix! Pardonne-moi, *mo chroí*, souffla-t-il d'une voix éraillée.

— Non... l'implora-t-elle en sanglotant.

La mort dans l'âme, il renforça son emprise, puis força les dernières barrières encore existantes. Alicia poussa une plainte déchirante qui lui brisa le cœur. En réponse, Conrad commença à s'agiter. Le laird se rapprochait beaucoup trop de sa cachette. Concentrant toute son énergie, le sorcier intensifia sa domination sur l'esprit de la jeune femme. Il devait reprendre le dessus avant que ce maudit laird ne l'expulse. Alicia s'arqua sous la décharge fulgurante qui la foudroya. La magie redoutable de Conrad déferlait en elle comme un flot empoisonné, cherchant à contrecarrer les effets de l'élixir psychotrope qu'on l'avait obligée à boire. Keith frissonna en percevant le changement en elle. Son corps se raidissait sous lui en vue de la délivrance à venir. Bandant ses muscles au maximum, il se prépara à la contenir physiquement s'il le fallait. Tout en psalmodiant à nouveau une incantation antique, il projeta vers elle un fil lumineux. Alicia hoqueta sous la douleur subite lorsque le lien s'ancra profondément dans le cœur même de sa magie, telles les serres acérées d'un aigle lui déchirant les entrailles. Un filament éblouissant les reliait désormais, ondulant entre eux. Elle avait l'impression de partir en vrille, haletant avec peine. Pourtant, elle secoua frénétiquement ses bras et ses jambes en retrouvant la maîtrise de ses membres. Elle devrait trouver un moyen de se libérer des entraves qui la retenaient captive sur l'autel de pierre.

Déterminé à ne pas se laisser détourner de son objectif, Keith poursuivit son avancée. Il plongea à même la source magique de sa compagne afin de renforcer leur lien. En contrepartie, il sentait l'emprise de Conrad s'intensifier davantage. Les lanières ne tiendraient plus très longtemps encore. Il assista alors avec effarement à un déferlement d'images les plus effroyables les unes que les autres. Un sentiment de rage l'envahit en dévoilant ce qu'Alicia essayait tant de lui dissimuler. «Par tous les feux de l'enfer!» mugit-il en lui-même. Comment un homme digne de ce nom pouvait-il s'acharner de la sorte sur une enfant? Les actions dépassaient l'entendement. Quelle horreur de découvrir que le beau-père d'Alicia l'avait battue à plus d'une reprise, la rouant de coups de poing, parfois même de coups de pied, allant jusqu'à lui fracturer des côtes. Voir son pauvre petit corps couvert d'ecchymoses brisé de cette façon le choqua tellement que Keith en eut le souffle coupé. Combien de fois avait-elle cherché du réconfort auprès d'une mère méprisable qui fermait volontairement les yeux? Il l'apercevait, trouvant refuge tout au fond d'une garde-robe, recroquevillée sur elle-même, son ourson pressé contre son cœur, tremblante, le visage inondé de larmes. Que n'aurait-il pas donné pour prendre cette enfant dans ses bras, sécher ses pleurs, la protéger? Si cet homme infâme s'était retrouvé devant lui, il n'aurait pas hésité une seule seconde à lui faire ravaler sa cruauté. Il était à ce point révolté qu'il faillit rompre l'équilibre précaire entre leurs deux esprits.

Submergée par une rage démentielle, Alicia se déchaîna. Elle se débattit avec tant d'acharnement qu'elle parvint à libérer son pied droit. Par réflexe, elle tenta d'atteindre Keith. Plus rapide, celui-ci l'immobilisa en s'appuyant de tout son poids sur sa jambe. Elle décupla d'effort, se démenant comme une vraie furie, tout en l'injuriant de propos hargneux. Elle chercha à le mordre. Sa colère, alimentée par Conrad, ne rendait pas la tâche facile à Keith, d'autant plus qu'il était déstabilisé par ce qu'il venait de découvrir à son sujet.

Refermer les portes après son passage s'avéra de plus en plus éprouvant. Une telle rage s'en dégageait! Il la contraignit à lui obéir dans un grognement. Un brasier ardent s'échappa d'Alicia en réponse, le frappant de plein fouet. Il faillit lâcher prise sous la douleur cuisante, mais continua malgré tout de progresser vers le dernier endroit encore inexploré, le mieux gardé d'entre tous. Celui-ci menait dans un lieu d'où émanait une énergie obscure. Alicia parvint à briser la lanière qui entravait son autre jambe, refusant cette ultime intrusion, puis lui envoya un puissant coup du genou dans le bas-ventre. Keith jura entre ses dents en refoulant en arrière-plan l'élancement lancinant qui irradiait dans cette partie sensible de son anatomie. Il était trop près du but pour abandonner. Un peu plus libre de ses mouvements dorénavant, Alicia tenta de le faire basculer en relevant brusquement le bassin, sans succès.

La dernière porte s'ouvrit avec fracas sous la détermination de Keith. Conrad l'y attendait, nourri par les émotions violentes d'Alicia, étouffant du même coup tout ce qu'il y avait de beau, de bon en elle. Le sorcier le bombarda de sortilèges, cherchant à l'atteindre mortellement. Keith poussa un grognement douloureux sous cet assaut déchaîné. Les entrelacs sur son torse s'embrasèrent les uns après les autres, amortissant les effets de la magie noire sur son corps. Les spirales entraînaient en leur centre la puissance des maléfices, puis les redirigeaient vers l'extérieur. L'air tout autour d'eux crépitait d'énergie négative. Par malheur, ces protections n'étaient pas conçues pour tenir indéfiniment. Il lui restait donc peu de temps pour déloger Conrad de l'esprit d'Alicia. Étant donné que celle-ci lui refusait volontairement l'accès à ses dernières pensées, il avait peu de marge de manœuvre. Malgré cette résistance combinée, il réussit une percée, s'appropriant ainsi ses émotions. Un goût de bile lui remonta dans la gorge en découvrant l'acte ultime que son beau-père avait tenté de commettre sur elle. Non seulement l'avait-il battue comme un sauvage, mais cet être abject avait également essayé de la violer alors qu'elle n'avait que douze ans. Au souvenir de son propre comportement à son égard quelques semaines plus tôt, il se sentit souillé plus que jamais. Certes, il l'avait prise contre son gré, mais ce geste perpétré sous le regard de Dagda n'en laissait pas moins une empreinte immonde sur son âme. Le supplice qu'elle avait subi ce jour-là était d'autant plus ignoble qu'il faisait écho à un passé effroyable.

Atterrée d'être ainsi mise à nu, Alicia se débattit avec l'énergie du désespoir. Agressée de toute part, elle haletait sous la pression. Ses forces décuplées par la magie de Conrad lui permirent de briser les dernières lanières qui la retenaient captive. Une fois ses mains libérées, elle les plaqua sur le torse de Keith, le foudroyant sans pitié. La blessure qu'elle lui infligea le consuma tout entier. Le voyant près de défaillir, Lyliall et Lachlan pénétrèrent dans le cercle, puis s'empressèrent d'agripper les poignets de la jeune femme. Cependant, sans protection adéquate, ils ne pourraient survivre longtemps aux attaques de Conrad à travers Alicia. Keith pouvait voir à leur expression qu'ils souffraient le martyre. Au milieu des ténèbres qui l'envahissaient, il se remémora les paroles de la reine des Tuatha Dé Danann. Ne lui avait-elle pas affirmé qu'après la fusion de leurs deux âmes, leur destinée serait intimement liée à tout jamais? Que ce lien qui les unissait serait d'une puissance indestructible? C'était là que résidait leur force!

Il plongea à nouveau jusqu'au plus profond de son être, puis toucha avec sa magie cette partie si sensible d'Alicia, si vulnérable. Il lui dévoila sciemment son âme, sans égard pour le danger qu'il courait en agissant de la sorte. Leurs regards se soudèrent. Elle hoqueta en y lisant toute la douceur, la tendresse qui s'en dégageait. Les sentiments qu'il éprouvait envers elle étaient authentiques, nobles, et d'une telle intensité qu'elle en fut éblouie l'espace d'un instant. Les ténèbres reculèrent, perdant de leur domination sur les souvenirs cruels qui la rongeaient. Keith s'approcha de son visage avec lenteur. Lorsque ses lèvres frôlèrent les siennes dans une caresse légère, elle sursauta. Sa respiration était hachée, son cœur menaçait de sortir de sa poitrine. Toutefois, ce fut la pureté de son âme qui l'attira irrémédiablement. D'emblée, elle cessa de lutter, se laissant happer par son amour. Elle se tendit vers lui, aspirant à davantage que la noirceur glaciale qui l'enveloppait, s'extirpant elle-même de l'emprise de Conrad. Keith perçut très bien le moment où le sorcier renonça à sa proie dans un cri de fureur. Les mains de Keith sur ses tempes devinrent fermes, ses baisers, apaisants. Il érigea aussitôt une barrière puissante tout autour des pensées d'Alicia, la prémunissant ainsi d'attaques ultérieures. Il fit disparaître avec d'infinies précautions le fil qui les reliait, arrachant un soupir libérateur à la jeune femme. Lyliall et Lachlan la relâchèrent, soulagés que tout soit terminé.

En silence, les autres se retirèrent du cercle ensorcelé, puis s'éloignèrent respectueusement. Glen leur emboîta le pas, heureux de la tournure des évènements. Jetant un dernier regard en direction du couple entrelacé, il demeura ébahi en apercevant la lumière divine qui les enveloppait de sa grâce. Leurs corps unis rayonnaient d'une auréole éblouissante dans la nuit étoilée. À son tour, il s'éclipsa, l'esprit en paix.

Keith perçut à peine leur départ. Il s'allongea sur l'autel de pierre, épuisé, puis attira Alicia tout contre lui. Elle était frigorifiée. Il suivit le contour de son visage d'une main légère, entremêlant parfois avec bonheur ses doigts dans sa chevelure abondante. Il l'embrassa avec une tendresse bouleversante, désirant goûter à nouveau le parfum de ses lèvres. Alicia frissonna à son contact. Une plénitude s'installa peu à peu dans son cœur, chassant les ombres de la tourmente et du désespoir. Keith lui sourit avec amour avant de rouler sur le dos, harassé. Il l'étreignit entre ses bras sans qu'elle oppose la moindre résistance.

La nuit était si douce ce soir! Ils dormiraient enfin en paix...

CHAPITRE VI

L'affrontement

Alicia déambulait librement dans le sentier menant à la clairière, humant avec plaisir l'air pur qui l'imprégnait tout entière. Elle était heureuse de se retrouver enfin au broch, la forteresse de Keith, entourée des membres de son clan. Ici, il n'y avait plus de maisons détruites, plus de champs dévastés : la vie régnait en ces lieux regorgeant d'abondance. Keith était un laird attentif aux moindres besoins de ses gens, cela se ressentait dans leur mine réjouie, leur existence choyée. À n'en pas douter, le broch était beaucoup mieux protégé que le village du Glen Morg, plus apte à résister aux assauts de Conrad. Certes, rencontrer le peuple de Keith s'était révélé éprouvant. Certains se méfiaient de l'étrangère qu'elle était, mais ce n'était somme toute qu'une faible minorité. De plus, la bonne humeur contagieuse de Todd facilita son intégration auprès des plus jeunes, ce qui contribua à amadouer les anciens. Toutefois, son statut d'enchanteresse n'avait pas ravi la gent fémi-nine; loin de là. Elle devrait faire preuve de prudence pour ne pas s'attirer inutilement leur courroux. Par chance, sa position d'épouse du laird avait fait le reste.

D'un commun accord, le petit groupe s'était entendu pour ne pas ébruiter son implication indirecte dans la mort de Clyne et dans la blessure de Connall. Cependant, cet épisode sinistre demeurait inscrit en lettres de feu dans son âme ; elle ne pourrait jamais se pardonner ce qui était arrivé. Cette expérience traumatisante serait d'ailleurs un rappel constant de la perfidie de Conrad. Depuis, elle restait sur ses gardes, à l'affût du moindre danger. Grâce à Keith, elle avait appris à ériger des barrières protectrices autour de son esprit afin d'éviter une nouvelle intrusion de sa part. Certes, Keith avait eu la délicatesse de ne pas revenir sur les secrets honteux de son enfance qu'il avait découverts ; toutefois, elle sentait parfois son regard empreint de gravité rivé sur elle. Un jour où l'autre, il se risquerait à aborder le sujet avec elle. Pour sa part, elle n'avait pas envie de ressasser le passé : elle préférait de loin l'oublier et aller de l'avant.

Elle s'obligea au calme en prenant une inspiration profonde. Le léger tremblement de ses mains s'estompa. Keith l'observait d'un air songeur de sa position. Il la rejoignit en saisissant au passage une grappe de fleurs lilas sur une bruyère. Il glissa la plante sauvage derrière son oreille avec tendresse. Il fit preuve d'une telle délicatesse qu'Alicia en fut chamboulée, d'autant plus qu'il la contemplait avec amour.

Il avait eu si peur de la perdre... Empli d'un bonheur incommensurable, Keith la fit tournoyer dans les airs. Le rire cristallin qui s'échappa de la gorge de la jeune femme lui réchauffa le cœur. À peine quatre semaines plus tôt, il n'aurait jamais cru un tel bonheur possible.

Étourdie après cette valse endiablée, Alicia se laissa glisser par terre, heureuse. De ses yeux couleur des terres d'Écosse, elle l'observa avec une attention accrue. Cet homme, qui était désormais son compagnon, avait un sens du devoir si fortement ancré en lui que même la magie maléfique de Conrad ne pouvait le corrompre. Il était un guerrier fier et noble, qui protégeait les siens, ce qui était rassurant. Sensible à son humeur, Keith souleva son menton du bout du doigt, les yeux rivés aux siens. Un frisson délicieux la parcourut lorsqu'il l'embrassa. Grisée par la proximité de son corps ferme, par l'ardeur de son baiser, Alicia se serra davantage contre son torse. Elle répondit à la chaleur de ses lèvres avec une avidité équivalente. Comme elle aimait se retrouver enveloppée par son odeur enivrante ! Au supplice, Keith essaya de mettre un frein à leur étreinte, mais il y avait trop longtemps qu'il l'avait faite sienne. À contrecœur, il remit une certaine distance entre eux, le souffle court. Il ne pouvait se permettre cet écart de conduite dans l'immédiat.

— *Mo chroí* ! S'il ne s'agissait que de moi, je n'hésiterais pas un seul instant à te prendre contre ce rocher, mais c'est impossible, lâcha-t-il d'une voix rauque en la détaillant d'un regard chargé de convoitise.

— Pourquoi donc, Laird MacGrandy ? demanda-t-elle d'un air malicieux, plus tentatrice que jamais.

En percevant le combat qui se livrait en lui, Alicia céda à l'envie de le provoquer davantage. Elle se sentait si bien en sa compagnie depuis qu'il l'avait délivrée des griffes de Conrad, qu'il lui avait dévoilé la pureté de son âme. Emportée par le jeu, elle effleura ses épaules musclées, puis descendit jusqu'à sa taille, un sourire aguicheur sur les lèvres. Parcouru d'une onde de chaleur, Keith réagit aussitôt.

— Ensorceleuse… grommela-t-il.

Plus rapide que lui, elle lui échappa alors qu'il tentait de capturer ses poignets, le cœur palpitant d'excitation. Attisé par sa résistance éphémère, Keith s'avança vers elle à pas feutrés, ne se privant pas pour détailler sans vergogne sa silhouette généreuse. La respiration d'Alicia s'accéléra. Parvenu à sa hauteur, Keith enserra ses hanches dans une étreinte possessive. Alicia poussa un cri ravi en percevant le renflement sous son plaid. Relevant la tête, elle se perdit dans l'immensité de son regard. Sa bouche fondit sur la sienne dans un baiser beaucoup plus sauvage. Keith oublia toute retenue, captif de son charme. Il la débarrassa de sa tunique avec frénésie. Les doigts fébriles, il jura contre la contrainte qu'offraient les petites perles de bois qui tenaient lieu de boutonnières. Le rire aguicheur de la jeune femme l'enveloppa délicieusement. Les sens en ébullition, Alicia se laissa happer par le désir vif qui les consumait.

Keith traça des lignes de feu sur la peau nacrée de son dos, alors que ses lèvres s'emparaient d'un sein aux rondeurs affriolantes. Alicia s'accrocha à ses épaules, alanguie contre lui. L'une des mains de Keith descendit dans une douce torture jusqu'à l'intérieur de ses cuisses, à la recherche de la source même de son plaisir. Lorsqu'il frôla le bourgeon sensible, elle pressa son bassin contre ses doigts. Il joua avec elle sans aucune pitié, l'amenant aux portes de la jouissance sans toutefois la délivrer de la tension qui l'habitait. Le corps en sueur, elle vibrait d'une faim inassouvie. Il but chacun de ses gémissements avec ravissement. Désirant davantage, il la souleva à sa hauteur, les paumes plaquées sur ses fesses rebondies. Emportée par une fièvre dévastatrice, Alicia noua ses jambes autour de sa taille et émit un râle de pur délice quand il la pénétra d'une seule poussée énergique. Il la posséda avec une ardeur débridée. Suspendue à son cou, Alicia venait à sa rencontre avec une vigueur sauvage qui la porta vers des sommets vertigineux. Elle s'arqua sous l'intensité du plaisir qui la consuma, la laissant pantelante après le passage de cette vague déchaînée. Son soupir comblé vint à bout de la résistance de Keith. Il s'enfonça en elle une dernière fois, le corps parcouru de spasmes libérateurs.

« Miséricorde », songea-t-il avec culpabilité après coup. Lui qui avait souhaité la ménager après les épreuves pénibles qu'elle avait traversées, voilà qu'il se conduisait comme un butor. Fronçant les sourcils, il se retira un peu plus brusquement qu'il ne l'aurait voulu. Le regard rassasié qu'Alicia leva vers lui le déstabilisa. Du bout des doigts, elle frôla son front ridé, puis se moula contre lui. Keith l'étreignit de ses bras, soulagé.

— Je t'aime, Keith, murmura-t-elle.

La ferveur avec laquelle elle prononça ces trois mots l'emplit d'un tel bonheur qu'il fut incapable de répondre tant sa gorge était serrée par l'émotion. Il pressa sa joue contre sa tête en fermant les yeux. Décidément, cette délicieuse mortelle était la compagne idéale pour un guerrier-druide de sa trempe. Il était béni des dieux...

❊ ❊ ❊

Quelques jours après leur petite escapade dans les sous-bois, Alicia suivait Keith vers un logis situé à l'écart du broch. Avant de l'y introduire, il la fixa avec gravité, comme s'il hésitait à l'y faire entrer. Intriguée, Alicia haussa un sourcil interrogateur, puis pénétra de son propre chef dans le bâtiment. Elle se figea net. Les murs de pierres brutes étaient recouverts en partie par une panoplie d'armes de guerre. Aucun ameublement n'égayait les lieux, nulle ouverture ne permettait à la lumière du jour de filtrer, ce qui plongeait l'endroit dans une pénombre lugubre. Une odeur prenante de renfermé ainsi que de sueur aigre saturait l'air ambiant. Indécise, Alicia tourna sur elle-même, tout en parcourant la pièce d'un regard scrutateur. Baissant les yeux, elle constata avec une certaine répulsion que le sol, d'une propreté plus que discutable, était parsemé de taches inégales qui ressemblaient étrangement à du sang séché.

Keith perçut l'inquiétude qui la gagna, mais ne chercha pas pour autant à la rassurer. Au regard des évènements récents, il ne devait pas se laisser amadouer, surtout que l'épreuve qui l'attendait risquait d'être pénible. Sachant qu'elle le serait tout autant pour lui, il plaqua non sans peine un masque neutre sur son visage. Envers et contre tout, il lui fallait rester impartial, car c'était de la sauvegarde d'Alicia, ainsi que de celle de leur fille dont il était question.

Englobant la salle d'un regard approbateur, il l'invita à le suivre jusqu'à un amoncellement d'armes. Frôlant le tranchant d'une épée du bout des doigts, il s'en empara. Quand il fit volte-face, son expression était intransigeante. Le silence pesant qu'il faisait planer commençait quelque peu à jouer sur les nerfs d'Alicia. Comprenant tout à coup où il voulait en venir, elle demeura immobile, son pouls battant furieusement contre ses tempes. Ainsi, il s'était décidé à poursuivre son entraînement. Dans ce cas, mieux valait se préparer au pire. Elle devinait à son attitude qu'il ne serait pas tendre avec elle, au contraire…

Keith ne put faire autrement que d'admirer l'assurance qu'elle affichait courageusement. Sa vivacité d'esprit, sa maîtrise plus prononcée de ses émotions était autant d'atout qui lui serait utile dans les prochaines batailles. Elle faisait d'énormes progrès depuis son arrivée dans le Sidh, s'adaptait avec une rapidité que lui auraient enviée bien des novices. Elle n'avait plus rien de la jeune femme timorée qui avait traversé le cercle de pierres. À cette pensée, un serrement familier lui étreignit la poitrine. Comme il aurait souhaité pouvoir lui éviter ces épreuves, lui laisser cette innocence qui avait été son apanage avant que leurs chemins se croisent.

S'ébrouant pour chasser la nostalgie qui minait sa résolution, il reporta son attention sur le moment présent. Il se devait de remplir sa part du contrat.

— C'est dans cet endroit que les futurs guerriers sont formés au combat, commença-t-il d'une voix tendue. Ici, il n'y a plus de laird, ni de file, ni même d'ami ou d'amant. Il n'y a que la lame froide des épées, la volonté de survivre. Les faibles et les entêtés n'ont pas leur place en ces lieux. L'art de guerroyer demande de la force, de la concentration, de l'habileté, ainsi que de la maîtrise de soi. J'exigerai une soumission totale, Alicia.

Contre toute attente, celle-ci ne cilla pas d'un pouce. Au contraire, elle releva fièrement la tête, le regard empli de détermination. Tout en plissant les yeux, Keith poursuivit d'un ton implacable :

— Le fait que tu sois enceinte ne changera rien à mon comportement, car Conrad n'attendra pas que tu accouches tranquillement avant de t'attaquer de nouveau. Malgré que notre fille soit solidement accrochée à toi, en plus d'être entourée d'une toile protectrice, cela ne sera pas suffisant pour la soustraire à sa cruauté. Il te faut t'endurcir, savoir comment te défendre. Si tu veux avoir une chance de survivre, tu dois apprendre rapidement tout ce que j'ai à t'enseigner, aller au-delà de tes limites...

Alors qu'Alicia demeurait toujours aussi imperturbable, un sourire mystérieux étira les lèvres de Keith, ce qui ébranla quelque peu l'assurance de la jeune femme. Keith était un adversaire redoutable. L'affronter ne serait pas une partie de plaisir ; cependant, elle ne pouvait rêver de meilleur instructeur. Résolue à ne pas se laisser intimider, elle redressa les épaules, la nuque raide.

— Je suis prête... lâcha-t-elle d'une voix légèrement chevrotante.

— Parfait... Dans ce cas, observe bien les armes qui t'entourent, Alicia, car tu devras goûter à la morsure de chacune d'elle avant de parvenir à les maîtriser.

Alicia blêmit à ces mots. Elle déglutit avec peine en prenant conscience de l'ampleur de la tâche qui l'attendait, ainsi que de son implication réelle. Elle jeta malgré elle un bref coup d'œil en direction de la porte. Que n'aurait-elle pas donné pour avoir la possibilité d'échapper à ces épreuves ? Elle n'avait rien d'une guerrière. Ravalant la terreur qui menaçait de l'engloutir, elle reporta son attention sur Keith. Une sueur froide coula entre ses omoplates en croisant son regard imperturbable. Serait-elle seulement à la hauteur de ses attentes ?

Alicia semblait si menue au milieu de cette pièce faite pour les hommes de sa trempe que Keith dut se faire violence pour ne pas fléchir. Il souffrait en son âme et conscience. Cependant, il refusait de lui accorder la moindre pitié. Durcissant ses traits, il se cantonna sur sa position.

— Sache que cet entraînement ne sera terminé que lorsque je l'aurai décidé, Alicia. Tu auras plus d'une fois l'impression de vivre un véritable calvaire, par moments, tu en viendras même à me détester, mais c'est un risque que je suis prêt à courir. Tu ne pourras pas te défiler... déclara-t-il en la jaugeant.

Devant son absence de réaction, il s'empara sans hésiter d'une épée plus courte qu'il lui lança sans façon. L'arme atterrit aux pieds d'Alicia dans un bruit sourd. Elle se pencha pour la ramasser en prenant une grande inspiration, mais suspendit son geste. Aux aguets, elle l'empoigna sans quitter Keith du regard. Il passa à l'offensive dès l'instant où sa main se refermait sur la poignée. Elle se prépara mentalement à ce qui allait suivre et affermit sa prise. Elle ne devait pas flancher. Malgré tout, elle ne put s'empêcher de ressentir un frisson d'appréhension en apercevant Keith se précipiter sur elle. Son cœur rata un battement. À lui seul, il devait terroriser une armée entière sur un champ de bataille. Voir une telle masse musculaire en action n'avait rien de rassurant. Elle ne ferait jamais le poids devant sa force brute, et c'était sans considérer son pouvoir magique phénoménal. «Seigneur, il ne va pas me ménager!» songea-t-elle en déglutissant avec peine.

Alicia bondit prestement afin d'éviter la lame qui fonçait sur elle, roula sur le sol dur avant de s'accroupir. Elle releva son bras avec vigueur en distinguant la présence de Keith à ses côtés, interceptant de justesse la prochaine frappe. Toutefois, l'impact lui arracha une grimace. L'onde de choc se répercuta jusqu'à son épaule, manquant de peu de lui faire lâcher prise. À peine eut-elle le temps d'esquiver une autre botte que déjà, il l'attaquait sur la droite, bougeant avec une rapidité déconcertante.

Incapable de maintenir la cadence, elle se retrouva bien vite coincée contre la paroi rocheuse d'un mur. La pierre inégale lui érafla la peau au passage. Elle serra les dents pour ne pas gémir. Tenant la poignée de son épée à deux mains, elle lui fit face. Ses bras tremblaient sous l'effort fourni, la trahissant. Même si des gouttes de sueur embrouillaient sa vision, elle n'osa pas s'essuyer le front, de crainte qu'il ne profite de l'occasion pour l'assaillir. L'expression implacable de Keith lui fit regretter l'espace d'un instant d'avoir un jour croisé sa route.

Sans nul doute Keith dut-il percevoir ses pensées, car un muscle joua sur sa joue, seul signe d'émotion chez lui. Ce fut cependant amplement pour rappeler à Alicia qu'il s'exécutait à contrecœur. Dans un soupir affligeant, elle se redressa, sachant pertinemment qu'elle s'exposait de nouveau à sa riposte. À peine cligna-t-elle des paupières que Keith était sur elle, la prenant par surprise. Elle n'eut qu'une fraction de seconde d'inattention, pourtant ce fut suffisant puisqu'il lui entaille le bras gauche. Elle lâcha une bordée de jurons, relâchant du même coup son emprise sur l'épée. L'arme atterrit sur la pierre dans un bruit sinistre. Keith serra les dents, mais ne broncha pas. Alicia poussa un faible gémissement de douleur en recouvrant la taillade de sa main. Quelques larmes traîtresses perlèrent à ses yeux. Ce furent là les seuls signes de souffrance qu'elle s'autorisa à montrer. D'elle-même, elle endigua le saignement.

Immobile, Keith la fixait toujours sans un mot, lui camouflant à escient ses inquiétudes. Il ne pouvait se permettre de fléchir. Cependant, il commençait sérieusement à redouter de la blesser plus gravement encore si elle ne parvenait pas à contrer ses bottes successives. Avec tristesse, il avisa la zébrure rouge qui tranchait sur sa peau lisse. Il l'apostropha avec dureté, les poings crispés.

— Par tous les dieux, Alicia, concentre-toi! N'as-tu donc rien retenu de mon enseignement au village du Glen Torg?

Malgré son désir de lui faire ravaler son cynisme, Alicia s'abstint de tout commentaire. Elle le foudroya du regard en ramassant son épée. Pour la deuxième fois, Keith engagea l'offensive. Incapable de le bloquer, elle chancela sous une nouvelle salve d'attaques. Un hurlement déchirant franchit ses lèvres lorsqu'il entailla son visage de la pointe de sa lame. Les prunelles emplies de frayeur, elle porta une main à sa joue balafrée. Son sang se glaça dans ses veines. Le souffle court, elle chercha un appui sur le mur derrière elle. Sur le point de s'effondrer, elle relâcha sa vigilance. Keith prit conscience trop tard de son épuisement. Déjà, le métal froid meurtrissait la chair tendre de sa cuisse. Alicia suffoqua sous la douleur cuisante qui se répercuta dans tout son organisme, si bien que ses jambes se dérobèrent sous elle.

— Enfer et damnation! s'écria Keith, mort de peur. Tu dois relever ta garde, Alicia…

— Qu'est-ce que tu crois? Je… je fais de mon mieux… hoqueta-t-elle d'une voix hachée.

Le corps agité de soubresauts, elle tenta de garder ses idées claires. Ce simple exercice se révéla des plus ardus. Elle était sur le point de défaillir. En percevant son désarroi, Keith lâcha son arme et s'élança vers elle.

— Reste avec moi, *mo chroí*… murmura-t-il d'un ton atone.

« Bon sang! Comment parvenir à l'entraîner efficacement si je cède aux premiers signes de détresse de sa part? »

se demanda-t-il en secouant la tête avec affliction. Un tel dilemme se lisait dans son regard qu'Alicia se sentit pitoyable. Résolue à lui prouver sa valeur, elle se releva en chancelant, une nouvelle étincelle de détermination dans ses prunelles voilées.

— Montre-moi, Keith... souffla-t-elle d'une voix misérable. Je te promets d'être plus attentive désormais. J'apprendrai... Je suis prête à faire ce sacrifice pour Kylia... J'ai besoin de toi !

Surpris, Keith chercha à déchiffrer ses pensées les plus secrètes. Elle s'était déjà soustraite à lui. Face à sa volonté, il ressentit une bouffée de fierté. Cette femme renfermait un trésor de courage. Elle possédait sans contredit une âme de guerrière, et il était le mieux placé pour la former. Il était donc hors de question qu'il la laisse tomber.

❈ ❈ ❈

L'entraînement auquel Keith la soumit durant les quatre semaines subséquentes l'éprouva considérablement, surtout avec son ventre qui s'arrondissait. Intransigeant, il exigeait le maximum d'elle, testant sans relâche sa résistance physique et mentale. Cependant, il était évident qu'il s'inquiétait pour le bébé. Il ne cessait de la scruter à tout moment. Non sans réticence, il lui enseigna comment utiliser la magie sous toutes ses formes. Elle remarqua toutefois qu'il se gardait d'aller trop loin dans ce domaine. Il n'osait pas l'exposer à des sorts plus sombres qui l'auraient indubitablement menée vers les limites de l'acceptable. La ligne qui séparait le bien du mal était si mince que c'en était presque oppressant. Il serait facile de se laisser séduire par ce côté plus obscur, de basculer vers cette puissance irradiante. Plus d'une fois, des picotements désagréables avaient parcouru sa peau, lui faisant prendre conscience qu'elle jouait avec des forces qui la dépassaient. Elle sentait une nouvelle énergie couler en elle, se répandre dans chacune des fibres de son corps, aiguisant davantage ses sens.

Entre les mains de Keith, les éléments de la nature semblaient se déchaîner d'eux-mêmes. Elle ne voulait pas demeurer en reste. Donc, lors de ses rares moments de liberté, elle pratiquait en secret avec un acharnement décuplé par sa volonté, puisant à même le savoir que lui avait transmis Fódla lorsqu'elle lui avait légué l'épée de Nuada. Alicia chercha en elle une puissance de frappe similaire à celle de Keith.

Keith avait été surpris de son progrès, se gardant bien toutefois de lui exprimer ses angoisses. Il craignait qu'elle se laisse emporter par son exubérance, son inexpérience, qu'elle y perde son âme en retour. Malgré les appréhensions qui lui étreignaient le cœur, il se devait pourtant de parfaire son éducation, car c'était là une exigence de la reine des Tuatha Dé Danann. Il s'évertua donc à poursuivre, tout en tentant de faire taire cette petite voix en lui qui ne cessait de s'alarmer. Il lui enseigna l'utilisation des entrelacs de protection, lui apprit des incantations anciennes issues de son savoir druidique. Ils demeuraient de nombreuses heures dans la nature à perfectionner sa magie tout en parachevant sa formation de combat. Elle saisissait beaucoup mieux désormais l'étendue réelle de ses pouvoirs.

Ce jour-là, perdue dans ses pensées, elle n'avait pas vu de prime abord que Keith avait pris appui au tronc d'un arbre. Il l'observait avec cette acuité qui lui était si propre.

C'était comme s'il lui était possible de lire dans son cœur et dans son âme. Elle le sentait troublé, voire tendu depuis quelque temps. Elle aurait voulu trouver les mots justes pour le rassurer, mais elle en était incapable. Ce qui les attendait le lendemain ne calmait pas l'agitation de Keith, puisqu'il avait été décidé d'un commun accord avec les membres du clan qu'ils partiraient à la recherche de Conrad avec le reste du groupe. Ils quitteraient le broch à l'aube. Keith aurait souhaité avoir plus de temps pour former Alicia avant cet affrontement ultime, mais ils avaient déjà trop tardé…

Après plusieurs heures de marche intensive sur le bord de la rive d'un loch, ils arrivèrent finalement en vue d'un radeau rudimentaire. Keith fut le dernier à embarquer, certain que personne ne les suivait. Glen, pour sa part, s'installa aux commandes du bateau. Pour l'instant, l'ennemi paraissait tout ignorer de leur avancée. Ils avaient ainsi une plus grande marge de manœuvre. Malgré cette apparence de sursis, Keith demeurait sur ses gardes. Quant à Alicia, elle s'assit sur l'un des bancs de bois, le dos droit, plus ou moins confiante en la fiabilité de leur moyen de transport. Les nerfs à fleur de peau, elle fit un mouvement de rotation avec sa nuque afin de l'assouplir. Tout en inspirant plusieurs fois de suite, elle roula les épaules, sans être capable néanmoins de se départir du mauvais pressentiment qui l'assaillait depuis leur départ. En fait, elle était si tendue qu'un nœud s'était formé dans ses entrailles. Pourtant, tout semblait si calme autour d'elle.

L'eau coulait dans son lit miroitant, les collines qui les surplombaient se détachaient sur un ciel d'un bleu limpide. Quelques oiseaux marins les survolaient, déployant leurs ailes sous la brise fraîche, alors qu'un vent doux faisait onduler sur la lande les chardons en fleur. De temps à autre, des lièvres des montagnes se montraient, curieux de découvrir qui envahissait ainsi leur repaire. Difficile de croire que tant d'horreur se déroulait en ce monde. Absorbée par ses pensées moroses, Alicia perdit toute notion du temps.

Étouffant un bâillement, elle s'apprêtait à jeter un coup d'œil en direction de Keith, quand une sourde douleur gagna tout à coup ses tempes, lui coupant le souffle. Tout son être la pressait d'un danger imminent. Il leur fallait réagir... Mais que faire ? Elle ignorait tout de la provenance de la menace qui les guettait. Elle n'y comprenait plus rien. Tous ceux qui l'accompagnaient demeuraient paisiblement assis, échangeant ensemble avec insouciance. À l'arrière, Keith discutait stratégie avec ses frères, Cheyne et Dougall. À l'avant de la barque, Lyliall méditait dans son coin, pendant que Connall faisait découvrir la beauté des Highlands à Hélène. Seul Lachlan semblait plus inquiet, sondant les environs d'un regard scrutateur. Que signifiait alors cet état de panique ? Observant une seconde fois les alentours à la recherche d'indices, elle arrêta son tour d'horizon sur Keith. Son malaise augmenta quand elle prit conscience qu'il exposait à Glen et Todd la tactique de combat qu'il comptait adopter au cours de leur prochain affrontement contre Conrad. De son côté, Caroline buvait chacune de ses paroles avec un intérêt inusité.

— Keith, tais-toi ! cria-t-elle soudain d'un ton sec.

Tous la fixèrent avec curiosité, médusés par sa réaction, à l'exception de Caroline. Alicia ne prit pas garde à leur étonnement, son attention dirigée vers les pupilles dilatées de son amie. Elle s'agenouilla devant Caroline avec précaution. Elle tenta d'entrer en contact avec elle, mais sans succès. Les yeux de celle-ci demeuraient vides de toute expression. Sa volonté même semblait avoir déserté son corps. Alicia tendit avec lenteur une main vers elle, consciente de son état cataleptique.

— Caroline, c'est moi, Alicia. Regarde-moi ! Caroline... murmura-t-elle avec douceur afin de ne pas l'effrayer.

Sans se retourner, elle ordonna mentalement à Keith de s'assurer que plus personne ne dise un mot ou n'interfère. Elle frôla le front de son amie du bout des doigts avec prudence, essayant d'établir à nouveau un contact entre elles. Caroline n'eut aucune réaction. Non sans appréhension, Alicia se concentra sur son esprit. Malgré la douleur qui cherchait à gagner ses tempes, elle poursuivit sa progression. Un sentiment de révolte s'empara d'elle en reconnaissant au loin la silhouette familière de Conrad. Inspirant par à-coups afin de calmer le tumulte qui grondait en elle, Alicia se projeta vers lui avec méfiance. Parvenue à sa hauteur, elle sursauta quand il la foudroya de son regard impitoyable. La souffrance qui l'embrasa faillit lui faire rompre le lien. Elle érigea un écran protecteur tout autour de son être pour se préserver, sans relâcher pour autant son emprise. Maintenant à l'abri de ses attaques, elle dirigea son attention vers le mage noir.

— Éloigne-toi d'elle, Conrad ! Tu n'es pas le bienvenu en ces lieux !

À ses paroles, un énorme remous fit tanguer l'embarcation. Déséquilibrée, Hélène se retint de justesse au bord, ce qui la sauva d'une baignade forcée. Une bourrasque violente entoura Alicia et Caroline, les camouflant au regard de tous l'espace d'un instant. Alicia se crispa, obligeant son amie à s'ouvrir davantage, mais Caroline demeurait hors de portée.

— Non! hurla Alicia. Laisse-la en paix, Conrad! ordonna-t-elle d'une voix tranchante.

En réponse, le radeau grinça de façon sinistre. Puis, sans avertissement, Caroline se redressa d'un coup, projetant Alicia au sol avec une force inouïe. Avant même que celle-ci puisse se relever, Todd, qui se trouvait à deux pas d'elle, la foudroya d'une décharge neutralisante. La jeune femme s'effondra sur le banc, telle une poupée désarticulée. Bien qu'ébranlée, Alicia retourna auprès de Caroline. Elle appréhendait plus que tout les répercussions désastreuses sur son esprit sans défense. Caroline fut prise de violents spasmes. Tout son corps semblait se tordre sous l'assaut d'une puissance invisible. Alicia lui procura un peu de sa propre énergie vitale en l'entourant de ses bras. Caroline cessa aussitôt de trembler sous la chaleur de son étreinte.

— Là… C'est terminé, Caroline… murmura-t-elle d'une voix apaisante.

— Alicia, qu'est-ce qui se passe? demanda Hélène avec anxiété en s'avançant vers elles.

— Ça va. Il n'y a plus rien à craindre pour le moment.

Nullement satisfaite de cette réponse évasive, Hélène s'approcha plus près encore avant de l'apostropher avec rudesse, le regard chargé de colère.

— Foutaises, Alicia ! Je veux que tu m'expliques ce qui lui est arrivé. Qu'est-ce que Todd et toi lui avez fait pour qu'elle se retrouve dans cet état lamentable ? s'énerva-t-elle en la bousculant pour l'éloigner de Caroline. Qu'est-ce que tu as ? Je ne te reconnais plus, bordel de merde ! lui cracha-t-elle avec hargne.

Sidérée par les propos cinglants de son amie, Alicia tressauta, meurtrie jusqu'au plus profond de son cœur. Une telle douleur se lisait sur ses traits délicats que Keith dut serrer les poings pour ne pas frapper Hélène. Au prix d'un effort considérable, il s'abstint de tout commentaire. Intervenir dans l'immédiat ne ferait qu'envenimer les choses. C'était à Alicia de régler ce différend avec Hélène, même si ce n'était pas l'envie qui lui manquait de secouer cette insignifiante pour lui remettre les idées en place. Il demeura donc campé sur sa position, la mine sombre. Cependant, quiconque le connaissait suffisamment bien savait que sous ce dehors stoïque grondait une colère froide.

Pour sa part déchirée entre son amitié et son rôle dans le conflit qui faisait rage, Alicia peinait à s'y retrouver. Elle était certaine d'avoir vu Conrad insérer ses mains sque-lettiques dans l'esprit de Caroline, tels des tentacules. L'avait-il ensorcelée lors de sa captivité, l'obligeant ainsi à devenir malgré elle un canal réceptif à son pouvoir ? Quel sort immonde ou quel objet maléfique avait-il utilisé ? Les Unseelie étaient les piliers des ténèbres, leurs artefacts, extrêmement destructeurs. Comment soustraire Caroline à cette puissance obscure ? Keith y était parvenu avec elle grâce au lien qui les unissait, ce qui était différent avec son amie. Le regard désespéré qu'elle leva vers son époux ébranla Keith jusqu'au plus profond de son être. Il avait suivi le cours de ses pensées, comprenait le dilemme auquel elle faisait face. Il fallait libérer Caroline de l'emprise de Conrad, mais ce ne serait pas sans conséquence vu les circonstances. La jeune femme n'avait pas la force de caractère d'Alicia, ni son pouvoir, elle risquait donc d'être irrémédiablement brisée, de devenir une simple coquille vide.

Il s'apprêtait à la rejoindre quand Hélène se dressa entre eux, les yeux flamboyants d'une rage démesurée.

— Putain, Alicia! Ne vois-tu pas que cet homme t'embrouille les esprits? Il te manipule depuis le tout début, ma vieille. Secoue-toi, nom d'un chien! lâcha-t-elle avec agressivité.

Exaspéré par ses jérémiades incessantes, Keith s'interposa. Les jambes légèrement écartées, le visage durci, il toisa Hélène de toute sa hauteur. Celle-ci recula de quelques pas, incertaine de ses intentions.

— En voilà assez! déclara-t-il d'une voix retentissante. Votre colère vous aveugle, asséchant votre cœur à un point tel que vous ne savez même plus faire la différence entre vos amis et vos ennemis. Je refuse que vous déversiez votre fiel insipide plus longtemps. Je ne vous permettrai pas d'ajouter davantage au fardeau d'Alicia, elle en a déjà suffisamment sur les bras. N'oubliez pas que tout comme vous et Caroline, elle s'est retrouvée prisonnière de ce monde. Elle est terrifiée, mais contrairement à vous, elle fait preuve d'un courage remarquable, n'hésitant pas à braver le danger pour vous protéger. Pouvez-vous en dire autant?

Laissant volontairement sa question en suspens, il se pencha sur elle, plus menaçant que jamais. Un muscle tressauta sur sa joue. Hélène se replia sur elle-même, affolée et blanche comme un linge.

— Alicia a dû affronter plus d'une fois la folie sanguinaire de Conrad alors qu'elle n'y était pas préparée. Que croyez-vous ? Le poids qu'elle porte sur ses épaules n'a rien d'une partie de plaisir. Seriez-vous prête à vous sacrifier avec une telle abnégation ? demanda-t-il d'une voix implacable. J'en doute… termina-t-il avec un dédain évident avant de se détourner d'elle.

Au passage, il jeta un regard éloquent en direction de Glen. Sa mauvaise foi à l'égard d'Alicia ne lui avait pas échappé non plus. Il espérait qu'en l'occurrence le message était bien passé. Honteux, Glen acquiesça en signe d'assentiment.

Tout en entourant la taille d'Alicia d'une étreinte ferme, Keith l'éloigna de ses deux amies. La suite des choses ne dépendait plus d'elle. De toute évidence, elle avait besoin de repos, nota-t-il en avisant les cernes sous ses yeux. D'une pression qui ne souffrait aucune contradiction, il l'obligea à prendre place aux côtés de Lyliall. D'un simple hochement de tête, il ordonna à celle-ci de veiller sur elle, puis il reporta son attention sur le groupe.

— Apparemment, Conrad a profité de la captivité de Caroline pour l'assujettir à un artefact Unseelie. Ce qui signifie qu'elle est sous sa domination. Jusqu'à quel point ? Je l'ignore… Sans doute peut-il voir et entendre à travers elle, ce qui lui donne un accès direct à notre position, ainsi qu'à nos plans.

— Par tous les feux de l'enfer ! s'exclama Glen avec vigueur. J'aurais dû suivre mon instinct. Son évasion du repaire des korrigans s'est révélée beaucoup trop facile. Conrad nous a bien dupés. C'était un piège, et je suis tombé dedans comme un débutant, s'énerva-t-il en arpentant le radeau avec fureur.

Se passant une main dans les cheveux, il lança un regard glacial en direction de Caroline. Il aurait mieux valu la laisser crever sur place, songea-t-il avec rancœur. Ils n'en seraient pas là aujourd'hui. Leur situation était déjà assez précaire, sans en rajouter davantage. Comprenant son agitation, Keith déposa une poigne implacable sur son épaule. L'avertissement silencieux mit un frein à l'escalade de colère en lui.

— Nous allons devoir surveiller Caroline, la maintenir à l'écart du groupe, enchaîna Keith d'une voix forte. Il en va de notre survie. En temps et lieu, nous aviserons de la meilleure façon de la libérer de cette influence néfaste. Il nous faudra aussi avoir Cheyne à l'œil étant donné qu'elle s'est également retrouvée sous le joug de Conrad. Cet être est malsain, son pouvoir, phénoménal. Vous ne devez pas le sous-estimer !

Alors qu'Alicia se relevait pour le rejoindre, l'embarcation fut brusquement secouée par de violents remous. Déséquilibrée par le roulis anormalement prononcé, Alicia bascula tête première dans l'onde. La voyant disparaître dans un tourbillon d'écume, Keith plongea à sa suite. En refaisant surface, il put l'entrevoir, au moment où elle tentait désespérément de se maintenir hors des flots tumultueux. Suffoquant en raison de l'eau qu'elle avalait à grandes gorgées, Alicia peinait à reprendre son souffle. De plus, elle s'épuisait rapidement à cause de la lutte inégale qu'elle livrait contre les éléments déchaînés autour d'elle. Non sans peine, il chercha à se rapprocher d'elle, mais le courant ne cessait de les éloigner l'un de l'autre.

Submergée tout à coup par un remous puissant, elle coula à pic, la vision embrouillée, l'esprit en déroute. Une vague de panique envahit Keith lorsqu'elle disparut. Sans réfléchir, il s'enfonça à son tour dans les profondeurs du loch. Percevant un faible écho de sa part, il se dirigea avec l'énergie du désespoir vers la silhouette qui ondulait sous les flots. Une fois à sa hauteur, il l'agrippa avec fermeté par l'un de ses bras, puis l'aida à remonter avec sa seule force brute. Quand ils refirent surface, Alicia toussa abondamment, les poumons en feu. Il était évident qu'elle était incapable de se maintenir à flot, lui-même d'ailleurs peinait à y arriver. Afin de ne pas lâcher prise, il la plaqua contre son torse, ce qui entrava ses mouvements, rendant sa tâche d'autant plus difficile. L'esprit engourdi, Alicia appuya son front contre sa joue. Elle était glacée, ses membres, maladroits, sa respiration, laborieuse. L'unique chose dont elle était consciente dans cette tourmente, c'était le corps musclé de Keith collé contre le sien. Atterré à l'idée de la perdre, celui-ci donnait de grands coups de pied vigoureux pour les empêcher de couler, mais des vagues de plus en plus prononcées s'élevaient au-dessus d'eux, menaçant de les engloutir. Ils devaient rejoindre l'embarcation avant de se noyer.

Relevant la tête, il vit alors avec effarement le radeau se tordre sous les remous avant de sombrer, entraînant à sa suite le reste du groupe. Ses traits se figèrent. En comprenant que leur seule chance d'en réchapper venait de disparaître, il se sentit gagné par un sentiment de panique. Étreignant sa compagne une dernière fois, il prit la décision de sauver Alicia et leur fille au détriment de sa propre existence.

Il embrassa son front de ses lèvres glacées dans un ultime adieu. Il banda ses muscles au maximum, combinant sa force physique à sa magie, puis la propulsa hors de l'eau en direction de la rive avant même qu'Alicia n'ait pu comprendre ce qu'il s'apprêtait à faire. Dès qu'elle atterrit sur le sol ferme, Keith fut instantanément emporté vers les profondeurs des flots. Alicia redressa la tête avec difficulté, légèrement assommée. Elle l'appela désespérément, mais sa voix se perdit dans le fracas assourdissant qui précéda l'arrivée d'un énorme typhon. Celui-ci frappa l'onde dans un coup de tonnerre retentissant, s'éleva vers le ciel, amenant avec lui le corps sans vie de Keith. Alicia tenta de se relever, mais ses jambes se dérobèrent sous elle, la laissant impuissante à changer le cours des évènements. Elle cria sa douleur dans un hurlement poignant, le cœur étreint dans un étau.

Sur la rive opposée, le reste du groupe s'extrayait avec peine de sa position précaire. Par chance, plus rien ne subsistait des éléments déchaînés. Un calme sinistre avait envahi les lieux. Glen, qui avait regagné la berge le premier, chercha Alicia des yeux. En l'apercevant, il l'interpella afin d'attirer son attention. Elle demeura sourde à son appel. Des larmes brouillaient sa vue, un vide énorme s'était formé dans sa poitrine. Keith avait disparu, emporté par le maléfice obscur de Conrad. Se rappelant alors la vision de son corps entravé par des chaînes sur l'autel d'Abaddon, elle perdit pied. En réponse à son affolement, ses paumes s'embrasaient d'un feu dévastateur. Ne pouvant croire que c'était là le sort qui lui était réservé, elle sentit poindre en elle une révolte destructrice. Animée par une détermination nouvelle, son expression se durcit. Elle le retrouverait, dut-elle pour cela ratisser toute la surface du Sidh pour y parvenir. Forte de cette conviction, elle reporta son attention sur le reste de la troupe. Tout d'abord, il lui fallait trouver un moyen de traverser la rivière sans recourir à ses pouvoirs. Elle devait garder son énergie pour le combat à venir. Sur la rive opposée, Glen lui désigna le pont de corde qui surplombait le loch, plus loin en contrebas. Alicia se releva, résolue à reprendre sa destinée en main.

Une fois arrivée à la hauteur du ponceau, Alicia hésita une fraction de seconde avant de se décider à s'y engager. Elle n'avait aucune confiance en cette construction délabrée. Il n'y avait pourtant pas d'autre choix. Les membres du groupe avaient déjà passablement entamé leur réserve de magie pour sortir indemnes des flots, puis porter secours à Caroline et à Hélène. Elle ne pouvait exiger d'eux qu'ils épuisent leurs dernières ressources pour l'aider, surtout qu'ils ignoraient ce qui les attendait au détour du chemin. Elle se devait donc de traverser par ses propres moyens. Peu rassurée, elle vérifia la fiabilité du pont en déposant un pied incertain sur les planches inégales. Ses poils se hérissèrent sur ses bras. Redressant la tête, elle aperçut Glen qui lui faisait de grands gestes pour l'encourager sur la rive opposée. Elle ne pouvait distinguer les traits de son visage à cette distance ; en revanche, elle percevait très bien son inquiétude sans cesse croissante.

Elle était arrivée à mi-chemin de son parcours quand la construction sommaire commença à osciller dangereusement. Une force invisible semblait à l'œuvre pour la déstabiliser. Consciente du péril qui la guettait, Alicia s'élança sans regarder où elle mettait les pieds. Le rugissement sinistre qui s'éleva tout à coup des profondeurs du loch fit écho à son propre cri de terreur lorsqu'elle trébucha contre quelque chose. Incapable de se retenir à quoi que ce soit, elle s'écroula sur les planches rugueuses. Entre les fissures, elle vit avec effroi la silhouette de l'algoine qui se dessinait dans les eaux sombres. Cet esprit aquatique était apparenté à un échouise, cette créature immonde à tête de cheval qui avait déjà tenté de la capturer pour le compte de Conrad. Sous aucun prétexte elle ne voulait revivre une telle expérience. Paniquée, elle se releva avec précipitation. Elle devait regagner la berge...

Plus d'une fois, elle faillit basculer dans le vide, se rattrapant de justesse au cordage. Ses tempes battaient douloureusement, sa poitrine brûlait tant son souffle était saccadé. Alors qu'elle s'apprêtait à déposer le pied sur la terre ferme, les liens qui soutenaient le pont cédèrent sous son poids, l'entraînant dans sa chute. Elle n'eut que le temps de s'accrocher à l'une des cordes qui pendaient. Hélène cria en la voyant disparaître. Ballottée en tous sens, Alicia heurta violemment la falaise, manquant de peu de lâcher prise sous la rudesse de l'impact.

— Glen! Aide-moi! Glen... hurla-t-elle avec terreur.

D'un geste vif, celui-ci s'allongea sur le sol, puis se traîna avec prudence jusqu'au bord instable du précipice. Il aperçut la silhouette frêle dont la vie ne tenait qu'à un fil. La panique le gagna en constatant que les doigts d'Alicia glissaient sur le cordage poisseux. Elle ne tiendrait plus très longtemps. Saisissant l'autre extrémité, il tira de toutes ses forces, ses muscles se contractant sous l'effort fourni. Remis de sa stupeur, Dougall se joignit à lui. Résistant à l'envie de regarder en bas, Alicia s'agrippa avec l'énergie du désespoir. Un bourdonnement emplissait ses oreilles, ses paumes brûlaient. Elle était incapable d'empêcher sa chute imminente, son seul espoir résidait dans la volonté des deux hommes qui tentaient de la ramener vers eux.

— Glen! cria-t-elle lorsque l'une de ses mains lâcha prise.

— Bon sang, Alicia! Accroche-toi! aboya celui-ci, la peur au ventre.

Il fit signe à Todd de venir la soulever en apercevant enfin sa tête pointer hors du précipice. Celui-ci emprisonna d'une poigne de fer la main qu'elle tendait vers lui. Il la tira sans effort jusqu'à la terre ferme dès qu'il l'eut solidement empoignée. Alicia se laissa choir sur le sol, le corps parcouru de tremblements, trop ébranlée pour émettre le moindre son. Glen se tourna vers elle et la serra contre son torse. À son contact, une émotion étrange prit naissance au creux de son cœur. Malgré lui, ses bras l'étreignirent avec plus de ferveur qu'ils n'auraient dû. Inconsciente des sentiments qui émergeaient chez Glen, Alicia pleura contre son épaule, accrochée à lui comme à une bouée de sauvetage. Il la berça en silence. Il savait qu'elle était bouleversée tant par l'épreuve qu'elle venait de traverser que par la disparition de Keith.

— Nous le retrouverons, Alicia. Nous le retrouverons. Je t'en fais la promesse, lâcha-t-il d'une voix étranglée.

«Par tous les dieux, cette jeune mortelle aime réellement mon frère», constata-t-il avec une pointe d'affliction. Remué par cette découverte, il se secoua et se jura qu'en l'absence de Keith, il veillerait sur elle, ainsi que sur Kylia. Il les protégerait du danger qui les guettait dans l'ombre. Il ne se le pardonnerait jamais s'il devait leur arriver malheur. Jetant un bref coup d'œil en direction du loch, il frémit. Il s'en était fallu de peu, songea-t-il en entendant au loin le cri de déception de l'algoine.

Jugeant qu'il était urgent de se remettre en route, il aida Alicia à se relever, puis essuya toute trace de larmes sur ses joues. D'un ton bourru, il donna l'ordre de partir. Gardant pour lui ses appréhensions, il prit la tête.

❊   ❊   ❊

Ils marchaient dans un silence lourd depuis quelque temps déjà, quand Alicia s'immobilisa soudain. Glen la rejoignit aussitôt, nullement rassuré. Ses soupçons se confirmèrent quand il vit qu'elle semblait retranchée dans un recoin de son esprit, indifférente désormais à tout ce qui l'entourait. Une barrière invisible s'était dressée entre elle et le monde extérieur. À des lieues de là, les pensées d'Alicia furent attirées bien malgré elle vers de sombres contrées. Au cœur de cette apparition, une silhouette floue se dessina. Elle le vit, prisonnier du pouvoir maléfique de Conrad.

— Keith… appela-t-elle d'une voix blanche.

Alerté par son regard hagard, Glen se rapprocha, redoutant ce qui allait suivre. Il ne savait pourquoi, mais tout dans son attitude lui faisait craindre le pire.

— Alicia! Alicia! Que vois-tu? Réponds-moi! s'écria-t-il, inquiet.

Devant son absence de réaction, il s'emporta. Elle ne devait surtout pas s'égarer dans les limbes des ténèbres. Il était impératif qu'il la ramène parmi eux.

— Alicia, ressaisis-toi! Ressaisis-toi, par tous les dieux! lâcha-t-il durement en la secouant.

Un courant glacial parcourut Glen. Elle leur échappait… et il ne pouvait rien y changer. Gagné par un sentiment de frustration, il emprisonna son visage entre ses mains et l'interpella de nouveau. Elle cilla à peine. Toutefois, elle n'était pas sourde à cet appel, c'était seulement que des images d'horreur persistaient à s'imposer de force dans son esprit. Elle l'aperçut alors, aussi clairement que si elle s'était retrouvée à ses côtés.

— Keith, non... murmura-t-elle dans un souffle.

Inapte à modifier le cours des évènements, elle ne pouvait qu'assister au supplice de l'homme qu'elle aimait. Un cri de rage monta du plus profond de son être. Pourquoi ne pouvait-elle pas empêcher Conrad de torturer Keith avec autant de barbarie? C'était affreux... L'odeur âcre de sa chair carbonisée parvenait jusqu'à elle, ainsi que ses hurlements d'agonie. Il se tordait sous les brûlures vives qui lui étaient infligées au fer blanc, le visage crispé par la souffrance.

Un objet étrange répandait une lueur froide contre son thorax. Il s'agissait d'un artefact Unseelie. Ce dernier était de forme heptagonale, pas plus gros qu'un poing fermé. L'alliage opaque dans lequel il était conçu luisait de façon sinistre. Cependant, ce qui l'affola le plus furent les sept griffes affûtées qui en ressortaient. Celles-ci étaient ancrées jusqu'à la source de sa magie. La peau autour des serres était boursouflée, d'une couleur tirant sur le bourgogne. Elle devina d'instinct qu'il avait essayé de l'arracher, sans toutefois y parvenir, ne gagnant en retour que de puissantes décharges électriques.

Terrassée par de violentes nausées, Alicia haleta à la vue de son corps si horriblement mutilé. Ne pouvant en supporter davantage, elle intensifia le lien qui les unissait. Elle devait faire quelque chose... Des gouttelettes de sueur perlèrent à son front lorsqu'elle chercha à l'atteindre. Kylia commença à s'agiter en elle, signe qu'elle s'aventurait sur un chemin hasardeux. Elle aurait voulu la rassurer, mais craignait de perdre le contact avec Keith en s'y risquant. Son cœur battait dorénavant à coups redoublés, mais elle refusait de quitter Keith sans avoir tenté quelque chose pour adoucir sa souffrance. Sa température corporelle chuta radicalement ; toutefois, elle réussit à établir une faible connexion entre eux. Aussitôt, elle lui insuffla de sa propre énergie vitale, puis projeta sur lui un sort d'apaisement. Bien qu'il sentit sa présence bienfaitrice l'envelopper d'une douce caresse, Keith fut incapable de communiquer mentalement avec elle.

— Alicia... parvint-il à murmurer au prix d'un effort considérable.

Revenir dans le monde réel exigea d'elle un sacrifice déchirant. Par crainte de porter préjudice à Kylia, elle s'y astreignit. Quand elle ouvrit les paupières, tout se mit à vaciller autour d'elle. Glen la rattrapa de justesse. Le regard tourmenté qu'elle leva vers lui l'angoissa d'autant plus qu'elle était glacée.

— Glen... il faut l'aider ! Je refuse qu'il meure... s'écria-t-elle au bord des larmes.

Nullement rassuré par sa réaction, Glen fut envahi par un sentiment de mauvais augure. Elle semblait si abattue qu'il se sentit gagné à son tour par l'incertitude.

— Alicia, ressaisis-toi ! Sinon, nous ne réussirons jamais à le retracer. Tu es notre unique lien avec lui. Tu dois être forte... Concentre-toi, et décris-moi ce que tu as vu, insista-t-il tout en l'obligeant à le fixer dans les yeux. Alicia, fais un effort... s'emporta-t-il.

— C'est horrible! Il est prisonnier en des lieux lugubres. Conrad l'a assujetti à un artefact Unseelie! s'étrangla-t-elle dans un sanglot.

— Alicia! Où? Où est-il? s'impatienta-t-il.

— J'ignore où cet endroit se situe, mais je peux le retrouver! s'écria-t-elle avec conviction. Glen, il ne parviendra pas à s'en sortir seul cette fois-ci...

Sous la colère, Glen crispa les poings. Une fureur primitive faisait briller ses prunelles d'un éclat sauvage, lui rappelant douloureusement Keith.

— Montre-moi où! lui ordonna-t-il d'un ton glacial.

Elle obtempéra sur-le-champ. Derechef, elle les entraîna à sa suite jusque dans les profondeurs de la vallée. Trop perturbée, elle ne porta même pas attention aux buissons qui lui égratignaient le visage au passage. Elle ne connaissait pas l'emplacement exact où Conrad retenait Keith captif, en revanche elle se fiait au lien qui les unissait pour la guider.

Au bout de plusieurs heures, ils arrivèrent en vue d'une petite clairière en contrebas d'une des nombreuses chaînes de montagnes de la région. Tout y était mort, la faune, ainsi que la flore locale. C'était comme si une bombe avait dévasté les lieux, rasant tout sur son passage. Lachlan aperçut le premier le broch abandonné. Alicia recula d'un pas face à l'assaut fulgurant de visions d'horreur qui cherchaient à prendre forme. Keith n'avait pas été le seul à y être martyrisé, plus d'un avait péri dans d'atroces conditions. Ici, le mal régnait en maître.

Afin de se préserver, Alicia barricada son esprit à toute intrusion. Elle ne devait surtout pas se laisser entraîner sur cette voie. Peu certains de la ligne de conduite à adopter, les membres du clan attendirent avec fébrilité les ordres de Glen. De son côté, Alicia fixa les ruines d'un regard perçant.

— Conrad ne s'y trouve plus, et je ne crois pas que Keith y soit encore, lâcha-t-elle avec désespoir. Son essence vitale est diffuse. Je suis incapable d'établir un contact avec lui, comme si quelqu'un cherchait à brouiller les pistes. Toutefois, je peux vous affirmer sans l'ombre d'un doute que dix gobelins, ainsi que cinq korrigans se cachent derrière ces portes, prêts à nous tomber dessus. Ils sont au courant de notre présence.

— Dans ce cas, ne les privons pas plus longtemps de notre compagnie, lança Glen avec arrogance. Nous allons nous assurer que Keith n'est plus là avant de repartir. Nous ne prendrons pas le risque de l'abandonner derrière nous. Cependant, il y a fort à parier qu'il s'agisse d'un piège. Il nous faudra donc être sur nos gardes. Surtout, aucune imprudence. Toi plus particulièrement, Alicia.

Cette dernière le foudroya du regard, agacée. Elle était consciente de la précarité de leur situation, mais il était hors de question qu'elle demeure en retrait. Sans doute Glen dut-il lire sa détermination sur son visage, car il ne lui ordonna pas de se tenir à l'écart. Il fut ainsi décidé que Caroline et Hélène resteraient à couvert, sous la protection de Lyliall. Pendant ce temps, Lachlan, Cheyne, Todd et Connall feraient diversion à l'arrière. Pour ce qui était d'Alicia et de Dougall, ils accompagneraient Glen. Ils s'occuperaient de l'entrée principale.

Au signal de Glen, ils se dirigèrent au pas de course vers leur position préétablie pour l'assaut, faisant glisser en silence leur épée de leur fourreau. Les gobelins qui se trouvaient à l'intérieur sursautèrent quand la porte du broch explosa par la magie d'Alicia. Déroutés l'espace d'un instant, ils offrirent une piètre résistance aux deux hommes qui la suivaient. Glen et Dougall les embrochèrent les uns après les autres avec une efficacité redoutable. À tour de rôle, les créatures s'effondrèrent sur le sol rocailleux, baignant la terre de leur sang putréfié. Les korrigans qui les accompagnaient n'eurent pas plus de chance, car Alicia les incendia sans aucune hésitation avant même qu'ils ne puissent dégainer leur arme. Les hurlements des bêtes se répercutèrent sinistrement sur les murs de pierre. D'un mouvement prompt, Alicia s'élança vers le centre de la pièce principale. Elle s'arrêta dans son élan en percevant l'essence de Keith, mais son cœur se serra en constatant qu'il n'était plus là.

— Keith ! murmura-t-elle, les larmes aux yeux. Où es-tu ?

Plongée dans ses songes, elle ne prit pas garde à la silhouette qui s'avançait dans sa direction. Elle sursauta lorsque Glen abattit une main rude sur son épaule.

— Glen, Conrad a sans doute déplacé Keith peu de temps avant notre arrivée. Seigneur ! Je peux encore sentir sa présence en ces lieux. Ce monstre joue avec nous. Il cherche à nous mystifier pour mieux nous confondre.

Glen jura abondamment en frappant de sa paume la pierre glaciale de l'autel. Avec rage, il fit valser les chaînes qui s'y trouvaient. Comprenant qu'ils s'exposaient inutilement en restant sur place, il reporta son attention sur la jeune femme. Il fut surpris de voir ses pupilles se dilater, puis perdre de leur éclat.

— Alicia...

— Glen... il faut partir ! Maintenant ! cria-t-elle d'un ton pressant.

L'empoignant fermement par le coude, Glen l'entraîna à sa suite. Dougall apparut tout à coup à leurs côtés, la mine soucieuse. Percevant le danger poindre dans chacune des fibres de son corps, Alicia fit volte-face. Une silhouette obscure se matérialisa subitement devant eux. Tout ce temps, Conrad était demeuré présent, protégé par un voile de dissimulation. Elle avait tellement été préoccupée par le sort de Keith qu'elle en avait oublié toute prudence. Plus grave encore, elle avait ignoré les signes avant-coureurs que ses sens cherchaient à lui faire savoir.

Conrad afficha un sourire de satisfaction en constatant l'expression horrifiée de la jeune femme. Toutefois, en la voyant reprendre contenance, il leva une main décharnée dans sa direction.

— N'y pense même pas ! déclara-t-il avec conviction. Si jamais il te venait à l'idée d'utiliser ta magie, sache que je serai sans pitié à l'égard du laird.

Il foudroya l'air de décharges fulgurantes, joignant le geste à la parole. Au loin lui parvint alors un cri d'agonie. Alicia se figea en comprenant qu'il était possible à Conrad d'atteindre Keith à distance grâce à l'artefact Unseelie incrusté dans son thorax. Tandis qu'il s'apprêtait à le frapper de nouveau, elle lui hurla d'arrêter ce supplice. Elle coula un regard désespéré vers les deux guerriers qui l'accompagnaient. Comme elle, Glen était soufflé par cette découverte macabre. Il se dirigea droit sur Conrad, la rage au cœur, mais une vive douleur traversa instantanément son esprit, l'obligeant à reculer de quelques pas. Alicia se détourna de Glen, puis observa longuement Conrad entre ses cils mi-clos en faisant preuve d'une assurance qu'elle était loin d'éprouver.

Elle ne broncha pas plus en apercevant la Dame noire qui se glissait en silence jusqu'à ses côtés. À sa vue, un sourire cruel se dessina sur les lèvres pulpeuses de la nouvelle venue. La bouche sèche, Alicia comprit qu'il lui faudrait jouer judicieusement ses cartes si elle ne souhaitait pas qu'ils y laissent tous trois leur peau. Se remémorant les informations que lui avait transmises la reine des Tuatha Dé Danann au sujet des habitants de la Cour de l'ombre, Alicia plissa les yeux. Selon ses souvenirs, la Dame noire était une créature des ténèbres vouée au mal, qui obligeait les hommes sous sa domination à se soumettre aux débauches les plus ignobles. Cette insatiable ogresse était un être susceptible, sournois, qui n'hésitait pas à éventrer quiconque osait la défier. Saisissant l'occasion qui s'offrait à elle, Alicia fit un pas dans sa direction. Dardant un regard provocateur sur la Dame noire, elle l'affronta, une expression de dégoût sur le visage. Tel qu'elle s'y attendait, son insolence suscita la colère de celle-ci.

— Nos chemins se croisent enfin, siffla la nouvelle venue d'un ton doucereux. Quel dommage que ce pauvre laird soit hors de portée. Le malheureux, il ne te sera d'aucune utilité cette fois-ci !

— Les paroles d'une pitoyable femme assujettie à un sorcier aussi exécrable que Conrad m'importent peu, répliqua Alicia du tac au tac avec un dédain évident. En ce qui concerne le laird MacGrandy, vous ignorez ce que vous ratez, très chère… continua-t-elle en haussant les épaules avec une indifférence feinte.

La réaction ne fut pas longue à venir. Furieuse, la Dame noire se rua sur elle, mais Alicia demeura de marbre. La démone la frappa au visage avec sauvagerie, laissant la marque de ses doigts d'un blanc laiteux sur sa joue. Encaissant le coup sans broncher, Alicia constata avec satisfaction que l'attention de Conrad s'était détournée des deux Celtes pour se reporter sur leur petite altercation. Concentrant toute son énergie sur Glen, elle lui ordonna mentalement de se tenir prêt à passer à l'action à son signal. Sans doute dut-elle mettre trop de cœur dans son intervention, car Glen lui lança un regard noir en retour. Ses traits crispés lui firent alors savoir qu'elle lui avait infligé une vive douleur en s'introduisant avec autant de force dans son esprit. Son désarroi dut se lire dans ses yeux, car il se reprit rapidement tout en hochant la tête d'un mouvement à peine perceptible. Fixant de nouveau la Dame noire, Alicia croisa les bras en signe de bravade.

— Difficile de s'imaginer qu'une créature de votre trempe soit si aisément dominée par un sorcier de cet acabit. Vous deviez être désespérée pour descendre aussi bas. Il aurait mieux valu pour vous que vous misiez sur le laird MacGrandy. Croyez-moi, il n'y a aucune comparaison possible entre les deux. Le laird possède la fougue et l'énergie d'un guerrier aguerri... tandis que ce pantin... continua-t-elle en laissant volontairement la fin de sa phrase en suspens. Enfin, soyez sérieuse! Vous qui ne vivez que pour la débauche, la luxure, quel bénéfice gagnez-vous à être enchaînée de la sorte à cet être grotesque? lâcha-t-elle sur un ton provocateur.

À peine eut-elle terminé de parler que déjà Conrad dardait un regard meurtrier sur elle, prête à la poignarder sur place, alors que la Dame noire fulminait de rage.

— Sale petite garce, je vais t'arracher les yeux, cracha-t-elle, les traits déformés par la fureur. Crois-moi, lorsque j'en aurai fini avec le laird MacGrandy, il ne sera plus en mesure de gouverner son clan...

Alicia dut faire preuve de sang-froid pour ne pas sourciller face à cette menace à peine voilée. Tout en soutenant effrontément le regard empli de haine de la créature, elle adopta une attitude cynique. Avec satisfaction, elle constata que cette dernière parade semblait confondre Conrad tout en amenant la Dame noire là où elle le désirait exactement. Profitant de cette confusion passagère, elle envoya un nouveau message mental à Glen. *À mon signal, tu fonces vers la porte qui donne accès à la cour arrière sans discuter mes ordres. Surtout, ne te retourne pas. Il faut éloigner Hélène et Caroline de ce monstre.* Au coup d'œil horrifié que lui lança Glen, Alicia comprit qu'il refuserait de suivre son plan. «Foutu guerrier celte!» maugréa-t-elle pour elle-même en élevant les bras au ciel. Qu'il le veuille ou non, cet entêté d'imbécile allait devoir obéir.

— Maintenant, Glen! ordonna-t-elle avec froideur.

Son corps s'embrasa en un instant, transporté par sa magie. Un banc de brume roula jusqu'à ses pieds quand elle invoqua une énergie primitive qui provenait du plus profond des entrailles de la Terre. Elle le propulsa d'un geste brusque sur les deux guerriers afin de les soustraire au regard de Conrad. Elle foudroya la Dame noire de ses prunelles de feu dans un même temps. Celle-ci fut déchiquetée sous la force de son pouvoir, puis projetée avec une violence inouïe dans les airs, avant de venir s'effondrer mollement aux pieds de Conrad. Le sorcier recula sous la fureur de son assaut.

Réussissant à s'extirper du voile, Glen se figea de stupeur. Alicia n'avait plus rien de comparable avec la jeune femme qu'il connaissait. Devant lui se dressait désormais une furie, dont les traits s'étaient déformés sous la puissance sombre qui l'habitait.

— Alicia! hurla-t-il. Prends garde...

Saisissant l'occasion qui se présentait à lui, Conrad pointa les mains en direction de Glen d'un air menaçant. Sans réfléchir, Alicia s'interposa entre eux, recevant de plein fouet la boule de feu qui lui était destinée. Elle fut propulsée à l'autre bout de la pièce. Par réflexe, Glen s'était protégé, mais sa protection n'aurait pas été suffisante étant donné le pouvoir incommensurable de Conrad. Par chance, Alicia était parvenue à ériger une barrière relativement efficace qui amortit en grande partie le flux dévastateur. Le souffle court, elle se retourna vers Glen, puis le repoussa à l'intérieur du voile de brouillard qu'elle avait créé, épuisant du même coup ses forces. Celui-ci atterrit brutalement près de Dougall. Simultanément, un flot de fureur déferla sur les deux hommes. *Pars! C'est un ordre, Glen MacGrandy!* claqua la voix inflexible d'Alicia. *Ne m'oblige pas à t'y contraindre!* termina-t-elle d'un ton glacial.

Comprenant qu'il ne ferait pas le poids face à sa puissance brute, Glen lâcha un juron bien senti. S'il persistait à s'insurger, il risquait de l'affaiblir inutilement. La mine sombre, il entraîna Dougall à sa suite. Alicia aurait des comptes à lui rendre. Alors qu'ils rejoignaient les autres membres du groupe, une vive lumière les engloba tous, puis les transporta au cœur même du broch de Keith.

Maintenant qu'ils étaient tous hors d'atteinte, Alicia respira plus librement. Elle savait que son corps la trahissait, qu'elle avait dépensé une énergie considérable. Elle n'était plus en mesure de confronter Conrad à armes égales. De plus, elle devait ménager le peu de magie qui lui restait. Misant plutôt sur sa résistance physique, elle chercha un moyen d'échapper à cette situation épineuse.

Elle remarqua avec soulagement en détaillant les alentours que l'entrée de la bâtisse n'était pas gardée. Elle s'efforça de se concentrer sur chacun de ses muscles, faisant le vide dans sa tête. Elle bondit vers la sortie avec une grâce féline, puis s'élança vers la clairière. Une lame apparue de nulle part lui entailla la cuisse gauche au passage. Elle trébucha sous la douleur cuisante, mais parvint néanmoins à se mettre à couvert derrière un rocher. Elle réprima une grimace en jetant un bref coup d'œil à sa blessure. Elle déchira un morceau de sa tunique, puis banda sommairement l'estafilade sans perdre de temps. Elle grinça des dents en serrant l'étoffe pour stopper le saignement. Des bruits de pas précipités se rapprochaient d'elle ; il lui fallait quitter les lieux sans plus tarder. Elle roula sur le côté en apercevant alors Conrad, évitant de justesse une autre boule de feu lancée dans sa direction. Ce mouvement brusque raviva l'élancement de sa cuisse, lui arrachant un gémissement étouffé. Elle propulsa à son tour un jet d'énergie brute vers Conrad, puisant dans ses dernières ressources. Surpris, celui-ci fit un écart, ce qui donna l'occasion à Alicia de s'enfuir promptement.

Lorsqu'elle s'arrêta à quelques lieues de là, ses jambes la supportaient à peine et ses poumons étaient en feu. Elle ne s'accorda qu'un bref moment de répit afin de reprendre son souffle, puis poursuivit sa course. Une fois hors d'atteinte, elle put se concentrer. Tout en s'obligeant à ralentir son rythme cardiaque, elle visualisa le broch qui abritait le clan. Dans un ultime effort, elle s'y transporta.

Elle atterrit au centre de la place publique, au beau milieu d'un attroupement agité. Son apparition soudaine en laissa plus d'un perplexe. Épuisée, elle s'allongea sur le dos, le corps en sueur. Une ombre la surplomba ; il s'agissait de Glen. La mine sombre, ce dernier la souleva dans ses bras, puis la ramena vers ses quartiers, suivi de près par Lyliall et Lachlan.

❋ ❋ ❋

Lorsqu'Alicia refit surface, elle était étendue sur l'une des banquettes de la maison de Keith. Todd était à ses côtés, plus silencieux que jamais. D'un geste empreint d'affection, il lui tendit un plaid aux couleurs du clan MacGrandy. Alicia reconnut avec tristesse celui de Keith. Dans un soupir, elle le pressa contre son corps endolori. Le simple contact de la laine rêche sur sa peau éveilla en elle des échos douloureux. Dans quel état se trouvait Keith à l'heure actuelle ? Devinant ses pensées, Todd posa une main réconfortante sur son épaule.

— Sois sans crainte, Alicia. Keith est encore en vie, j'en suis certain. Nous finirons bien par le retrouver… En attendant, tu dois te reposer.

À peine venait-il de terminer sa phrase que Glen faisait irruption dans la pièce. Son visage impassible en disait long sur les sentiments réels qui l'animaient. Si elle n'avait pas réussi à les rejoindre par ses propres moyens, ils n'auraient jamais été en mesure de la récupérer. Ils avaient frôlé la catastrophe. Il ne pouvait permettre qu'une telle chose se reproduise. Alicia ne pouvait pas affronter Conrad sans le concours de son frère. Ils avaient besoin de leurs deux forces combinées pour y arriver. Un autre élément l'inquiétait : la grossesse de la jeune femme. Elle progressait à un rythme effarant. Il était impensable de la mettre de nouveau dans une situation aussi éprouvante, du moins, tant qu'elle n'aurait pas enfanté. D'ici là, elle devrait demeurer hors de portée de Conrad. C'était pourquoi il avait invoqué la reine des Tuatha Dé Danann avec le soutien de sa sœur, Innies. Il n'avait pas été surpris de la voir se manifester si rapidement. D'un commun accord, il avait été décidé qu'Alicia serait renvoyée au Glen Torg. Fódla maintiendrait le passage ouvert jusqu'à ce qu'elle l'ait traversé en toute sécurité. C'était un choix difficile à faire, car cela impliquait qu'ils abandonnaient momentanément son frère à son triste sort. Cependant, il n'y avait pas d'autre choix. Ils devaient tout d'abord songer au bien-être de Kylia. C'était du moins ce que Keith aurait souhaité. Glen savait pertinemment qu'Alicia s'y opposerait de prime abord, mais elle finirait par se ranger à sa solution.

Trois jours après son arrivée au Glen Torg, Alicia déambulait dans la lande d'un pas lourd, le cœur étreint dans un étau. Elle ne réussissait pas à se départir du sentiment de trahison qui l'habitait. Elle était si inquiète pour Keith, se reprochant l'échec de son sauvetage. Elle revoyait sans cesse son visage si noble ravagé par la souffrance. À cette seule pensée, des larmes glissèrent sur ses joues. Elle en voulait à Glen de l'avoir contrainte à prendre la fuite. Si Kylia n'avait pas été là, elle aurait combattu bec et ongles pour continuer les recherches. Keith était en vie quelque part, elle le sentait jusque dans ses tripes, mais il était soumis aux pires tortures. C'était insupportable. Bien que Glen lui eut confirmé qu'ils poursuivraient les recherches en son absence, elle savait que c'était peine perdue. Sans l'aide du lien qui les unissait, ils n'arriveraient à rien.

Tout en se débattant contre sa propre conscience, Alicia frôla son ventre arrondi. Kylia se développait à un rythme beaucoup trop rapide, ce qui était déconcertant. Selon les dires de Yule, cette croissance s'expliquait par l'abondance de magie qui l'entourait. À cette vitesse, elle accoucherait sous peu, ce qui la terrifiait. Elle n'était pas prête encore à faire face à cette nouvelle responsabilité. Resserrant le plaid de Keith sur ses épaules, elle huma le tissu imprégné de son odeur. Que n'aurait-elle pas donné pour qu'il soit à ses côtés! Levant les yeux vers le soleil couchant, elle serra les bras autour de sa taille, comme pour protéger sa fille du monde extérieur. Elle demeura ainsi un bref instant avant de se décider à revenir sur ses pas.

L'aube pointait à peine à l'horizon, nimbant le sommet des montagnes de sa lumière diffuse, lorsqu'une onde fulgurante lui traversa les reins, la réveillant en sursaut. Alicia souleva le plaid qui la recouvrait et porta une main à son ventre. Elle éprouva un sentiment mitigé en remarquant la tache humide qui souillait la banquette. De nouveau, un tiraillement lancinant irradia dans tout son être, lui arrachant un cri étouffé. Alarmée, Yule se précipita vers elle. Elle appela Isaac d'une voix haute perchée en avisant la scène. À son arrivée, celui-ci aperçut la jeune femme pliée en deux, le souffle court. Il partit rapidement chercher un seau d'eau fraîche alors que Yule activait les braises de l'âtre. Alicia demeura interdite, une angoisse insoutenable battant à ses tempes. Elle murmura le nom de Keith dans une supplique poignante. Yule revint à ses côtés en percevant son affolement et déposa un baiser réconfortant sur son front. Son expression sereine l'apaisa quelque peu, et elle respira plus librement.

À son retour, Isaac se départit de son plaid avant de se laver les mains dans une eau purifiée. Au même moment, une douleur fulgurante traversa Alicia, lui arrachant un hoquet de stupeur. Des soubresauts violents la parcoururent de la tête aux pieds, la terrassant. Quelque chose clochait, elle le ressentait avec une acuité accrue. Alarmée, elle promena son regard de Yule à Isaac. Confiné dans un mutisme complet, Isaac évita de croiser son regard lorsqu'il l'obligea à s'accroupir sur le sol humide, les jambes légèrement écartées. Puis, il étala une fourrure soyeuse entre ses pieds. Deux villageoises d'âge mûr mandatées par Yule empoignèrent Alicia par les aisselles, lui permettant ainsi de supporter avec plus de facilité le poids de son corps alourdi par la grossesse. Nul doute que l'enfant ne tarderait plus à naître maintenant.

Le temps s'écoulait pourtant inlassablement, sans que rien ne se produise. Alicia faiblissait à vue d'œil à force de pousser inutilement. Son visage était désormais d'une pâleur cireuse, des cernes noirs marquaient ses yeux éteints, sa respiration devenait de plus en plus laborieuse. Isaac fixa sa sœur d'un regard anxieux. Alicia perdait beaucoup trop de sang, ils ne pouvaient attendre plus longtemps. Les traits défaits, Yule tenta de lui faire boire une petite quantité d'un liquide tiède et visqueux. Dès les premières gorgées, l'estomac d'Alicia se souleva, provoquant une série de nouvelles contractions. Alors que tout son être n'était plus que feu, elle maudit les dieux de lui infliger un tel calvaire.

Apposant ses mains sur son ventre déformé, Yule psalmodia d'une voix soutenue une incantation antique. Elle pouvait maintenant sentir sous ses paumes, à travers la peau tendue, la résistance de la toile qui avait été tissée par la magie combinée d'Alicia et de Keith pour préserver Kylia des attaques répétitives de Conrad. De nombreux filaments semblaient s'être incrustés dans les parois abdominales de la jeune femme afin de maintenir le bébé en place. Tout en servant d'écran protecteur, cette barrière enchantée avait amorti les décharges qui avaient déferlé dans le corps de sa belle-fille. Elle comprit avec effarement qu'ils empêchaient aujourd'hui la délivrance de Kylia. Alicia ne réussirait pas à accoucher de la petite dans ces conditions. Il n'y avait plus de temps à perdre. S'ils voulaient les sauver toutes les deux, il leur fallait avoir recours à un sortilège. Cependant, ils marchaient en terrain inconnu. Jamais Yule n'avait été témoin d'une telle chose. D'un signe de tête, Isaac lui donna son aval.

Le regard grave, Yule imprégna ses doigts d'une magie bienfaitrice, puis les déposa sur le renflement saillant. Avec une facilité déconcertante, elle visualisa une lame ensorcelée qui s'insérait dans le ventre d'Alicia, la faisant bouger dans un mouvement circulaire afin de sectionner les fils de la toile. Le souffle d'Alicia se bloqua dans sa gorge. Elle s'agrippa aux épaules d'Isaac, les jointures blanchies à force de les serrer. Suffoquant sous la douleur vive qui la consumait tout entière, Alicia griffa Isaac à la poitrine et sur le cou. Il s'efforça de faire preuve de stoïcisme. En dépit de la souffrance qu'elle lui imposait, Yule s'obligea à rester concentrée sur son travail.

Isaac prit peur en observant tout à coup qu'Alicia se laissait sombrer dans l'inconscience. Il déposa sa paume droite sur son front, puis récita un charme puissant, la forçant à demeurer lucide, mais la jeune femme continuait à glisser inexorablement. Yule s'empressa d'extirper le fœtus de sa membrane dès qu'elle parvint à le délivrer de la toile enchantée. Un long frisson parcourut Alicia au moment où elle dégageait les épaules et les jambes de l'enfant. Elle se cabra une dernière fois avant de s'effondrer dans les bras d'Isaac. Yule confia Kylia aux soins de l'une des aides en constatant son état précaire. Alicia n'eut aucune réaction lorsqu'Isaac l'allongea sur sa couche. Une main sur sa poitrine, il lui insuffla de sa propre magie afin de fortifier son cœur.

La pièce était baignée par la lumière diffuse d'un halo lunaire lorsqu'Alicia reprit connaissance. Elle ne prit pas conscience tout d'abord de la présence à ses côtés. Ce fut le faible vagissement d'un bébé qui l'extirpa de sa torpeur. Elle tourna la tête avec peine et fut éblouie en découvrant le petit corps fragile de sa fille. Cette dernière dormait paisiblement, son minuscule poing contre sa joue. Kylia ouvrit les yeux, frémissant sous la brise du soir. L'espace d'un instant, le regard d'Alicia capta son attention. Une chaleur indescriptible l'envahit. Alicia se contenta de la contempler en silence jusqu'à ce qu'elle s'assoupisse, n'osant bouger de peur de la déranger. Des larmes de bonheur perlèrent à ses paupières. Que n'aurait-elle pas donné pour que Keith partage ce moment merveilleux avec elle! Lorsqu'elle sombra à son tour dans un sommeil peuplé de rêves étranges, sa gorge était étreinte par l'émotion.

❊ ❊ ❊

En pénétrant dans la pièce le lendemain matin, Isaac s'arrêta net, ne s'attendant pas à assister à un tel spectacle. Alicia était assise sur sa couche, aussi fraîche et dispose qu'une fleur de printemps. Kylia était calée dans ses bras et tétait avidement à son sein. Gêné d'interrompre cette scène des plus intimes, il se détourna prestement tout en se raclant la gorge. Souriant devant son malaise évident, Alicia l'encouragea à venir la rejoindre après s'être assurée de recouvrir sa nudité d'un plaid. Pour le moins confus, Isaac prétexta un rendez-vous important avec les prêtres du temple, puis repartit sans donner d'explication sur la raison de sa visite. Il avait été plus que surpris de voir la transformation radicale qui s'était opérée chez la jeune femme. En l'espace d'une nuit, elle avait atteint une nouvelle maturité, qui accentuait davantage sa beauté naturelle. Il serait encore moins aisé pour les hommes du clan de résister à la tentation de goûter à ses charmes. Pour un peu, Isaac aurait plaint Keith d'être captif d'une telle nymphe, mais dans un même temps, il devait s'avouer qu'il enviait son neveu d'avoir une compagne aussi merveilleuse pour partager sa vie. Au souvenir du sort incertain de celui-ci, sa bonne humeur s'assombrit. Il fallait que Glen le retrouve... et vite...

Rencontrant Yule sur son passage, Isaac l'envoya aussitôt au chevet d'Alicia afin de s'assurer qu'il ne lui manquait rien, puis continua sa route. Intriguée par son accueil quelque peu distant, Yule se dépêcha d'aller rejoindre Alicia et la petite. Des larmes lui vinrent aux yeux en apercevant le changement qui s'était opéré chez la mère. Elle était touchée par le rayonnement magique qui émanait d'elle. Alicia tenait Kylia avec tendresse contre sa poitrine, le regard brillant d'un éclat flamboyant. Yule demeura quelques secondes immobile avant de s'avancer d'un pas léger dans leur direction.

— Alors, comment se porte la nouvelle maman ?

— Encore un peu secouée, mais heureuse, avoua Alicia avec douceur.

Tout en lui souriant, Alicia déposa délicatement le minuscule paquet emmailloté entre ses bras. Le cœur de Yule se gonfla de joie en contemplant sa petite-fille. Alicia laissa son esprit divaguer vers d'autres lieux, d'autres temps. Elle songeait à Keith, au bonheur qui lui était refusé si cruellement. Son ventre se noua alors qu'une vague de tristesse la submergeait. Sous aucun prétexte, Keith ne devait être au fait des circonstances entourant la naissance de leur fille. Elle le connaissait assez bien désormais pour savoir que jamais il ne se pardonnerait d'être l'instigateur de son calvaire. Il avait contribué à renforcer la toile qui protégeait Kylia, y ajoutant même une magie plus obscure pour la rendre impénétrable. Assurément, il réagirait avec vivacité en découvrant la vérité. Perturbée à cette seule idée, elle se promit d'en discuter plus tard avec Isaac. Elle avait confiance en son jugement.

Perdue dans ses pensées, elle ne vit pas l'expression douloureuse de Yule. Sa voix apaisante la tira de ses songes.

S'efforçant de retrouver un semblant de sérénité, Alicia reporta son attention sur sa belle-mère.

— Cette petite est adorable! déclara Yule avec émotion. On la dirait nimbée d'une grâce divine.

Souriant à cette remarque, Alicia enveloppa sa fille d'un regard empli d'amour. Oui, elle était magnifique, et elle avait si hâte de la présenter à son père...

CHAPITRE VII

Le retour

Comme c'était bon de se promener sous les derniers rayons du soleil couchant ! Profitant du fait que Yule veillait sur Kylia, Alicia s'était permis d'aller marcher seule dans la petite anse en bordure de l'océan afin de faire le point sur les évènements récents. La baie peu profonde était parsemée de brisants, des vagues s'y fracassant avec un rythme régulier qui l'apaisait. Quelques mèches rebelles échappées de son bandeau de cuir virevoltaient au gré du vent. Ce jour-là, elle portait sur ses épaules le plaid de Keith. Instinctivement, elle en resserra les pans sur sa poitrine. En frôlant sa joue contre la rugosité de la laine, un flot de souvenirs refit surface alors que la nostalgie l'envahissait, telle la marée montante qui caressait ses pieds nus sur le sable fin. Elle déambulait ainsi depuis une bonne heure, le regard perdu au loin. Tout en fixant son attention sur l'immensité des flots, elle comprit que l'heure était maintenant venue pour elle de quitter ce havre de paix. Elle devait retourner combattre auprès des siens. Elle s'était suffisamment remise de son accouchement pour s'y hasarder, surtout qu'elle avait retrouvé depuis plusieurs jours déjà toute sa souplesse et son endurance.

❊ ❊ ❊

L'aube pointait tout juste à l'horizon quand Alicia se décida finalement à franchir les brumes magiques qui conduisaient au Glen Morg. Un courant d'air frais glissa sur elle lorsque le brouillard se sépara en deux pour lui permettre d'avancer. Non sans un pincement au cœur, Alicia pressa sa fille contre sa poitrine dans une ultime étreinte, puis la déposa à contrecœur entre les bras de Yule. Laisser Kylia derrière elle se révélait plus difficile qu'elle ne l'aurait cru, mais elle n'avait pas le choix. Elle aurait été une cible beaucoup trop facile pour Conrad si elle l'avait emmenée dans sa dimension. Tournant la tête, elle lança par-dessus son épaule un dernier regard en direction de Yule. Un message silencieux coula entre les deux femmes. Yule lui sourit tristement. Isaac et elle prendraient soin de la petite. Au souvenir de son passage précédent avec Keith, Alicia hésita une fraction de seconde avant de s'engager sur le chemin. Elle se rappelait trop bien l'effroi ressenti lorsque Keith lui avait été arraché. Prenant une grande inspiration, elle avança d'un pas incertain, résignée à son sort. La reine l'avait assurée que tout se déroulerait bien cette fois-ci. Toutefois, pendant un bref instant, un léger picotement parcourut son corps. Quelque peu inquiète, elle glissa un coup d'œil mitigé sur les parois brumeuses. Du moins, de l'autre côté, elle ne serait pas sans ressource, puisqu'elle savait par l'entremise de Fódla que Glen et le reste du groupe l'attendraient.

Comme prévu, son passage dans la brume se déroula sans incident. Mais à peine émergeait-elle du brouillard qu'elle se crispa. Une présence maléfique se trouvait dans les environs du village : Conrad. Par réflexe, elle s'enveloppa d'un sortilège de dissimulation afin de se soustraire à la vue du mage noir, puis envoya mentalement un signal de détresse à Glen. Il était hors de question qu'elle se laisse piéger par cet être abject. Ce monstre détenait déjà Keith ; si elle était prise à son tour, elle ne serait d'aucune utilité pour aider à le délivrer.

Ils étaient tout près du bourg lorsque Glen reçut l'appel pressant de la jeune femme. Il se tendit, les sens en alerte. Todd le dévisagea, surpris et inquiet par son comportement étrange. À peine parvint-il à sa hauteur que Glen leur hurlait de le suivre sans plus attendre, s'élançant dans une course effrénée. Todd ignorait quel message Glen avait reçu, mais il se doutait bien qu'Alicia se trouvait en situation précaire. Seule une menace directe envers sa personne pouvait provoquer un tel état de panique chez son cadet.

Glen fila en direction de la clairière. Alicia semblait troublée, ce qui l'alarma d'autant plus. Il chercha désespérément sa silhouette familière, mais sans résultat. Soudain, elle surgit de nulle part. Il desserra les poings, soulagé de la retrouver saine et sauve. Toutefois, il comprit à sa réaction qu'un danger les guettait dans l'ombre. De toute évidence, elle était beaucoup plus sensible que lui aux pouvoirs de Conrad. Il demeura donc à l'affût, se fiant à son jugement.

Une fois parvenue à sa hauteur, Alicia jeta un bref coup d'œil derrière eux. Quelque chose la tracassait, sans qu'elle puisse réussir à déterminer la source précise de son malaise. Une puissance maléfique était à l'œuvre, une force qu'il lui était impossible de détecter. Une sensation de catastrophe imminente s'empara d'elle au moment où un brouillard anormal l'enveloppa, la dissimulant au regard des autres. Avant de disparaître, elle eut tout juste le temps de transmettre une image mentale dans l'esprit de Glen : l'emplacement exact où se trouvait le repaire de Conrad. En comprenant qu'Alicia venait d'être enlevée sous leurs yeux, Glen frappa un rocher de son poing en jurant. Furieux, il mena le groupe jusqu'au broch.

Alicia fut rudement projetée contre le sol rocailleux d'une grotte lugubre. Elle se débattit farouchement, essayant d'échapper à l'emprise magique qui la retenait prisonnière. Vaguement comateuse, elle eut un instant de panique en découvrant qu'elle n'arrivait plus à accéder à ses pouvoirs. Elle réussissait à peine à se tenir debout tant ses sens étaient engourdis. Elle puisa au plus profond de son être la force nécessaire pour se libérer du joug de ce maléfice. Craignant qu'elle parvienne à neutraliser le sort qui la rendait inoffensive, l'un des korrigans chargés de sa surveillance piqua dans la chair tendre de son cou la pointe d'une fléchette enduite d'une substance paralysante. L'effet fut immédiat. Alicia perdit l'équilibre, puis sombra dans un abîme sans fond. Le korrigan la fit basculer sur son épaule avant de l'amener dans une autre salle. Alicia était impuissante à s'extraire de l'état végétatif dans lequel on venait de la plonger. Pourtant, ses sens demeuraient en éveil, si bien qu'elle était sensible à la moindre variation de l'air, à tous les bruits environnants.

Son geôlier la déposa rudement sur un autel de pierre rugueux, puis s'empressa de la ligoter avec des chaînes dont les maillons avaient été renforcés par une magie obscure. Une lanière de cuir nauséabonde fut solidement attachée sur son front afin d'immobiliser sa tête. Elle resta un bon moment dans cette position, incapable de se libérer.

Entendant des pas se rapprocher dans sa direction, elle fit le vide dans son esprit, se préparant mentalement à ce qui allait suivre. Surtout, elle devait garder la maîtrise de ses émotions, ne pas se laisser dérouter par l'ennemi. Keith était probablement retenu prisonnier en ces lieux; elle devait en découvrir le plus possible à son sujet. Elle obligea ses muscles à se dénouer l'un après l'autre, sa respiration à s'apaiser. Plus elle serait sereine, mieux elle parviendrait à se concentrer. Une odeur fétide satura l'air ambiant à l'arrivée du nouveau venu, l'imprégnant comme une seconde peau. Quand il s'arrêta à sa hauteur, une main squelettique la palpa sans ménagement. Au prix d'un effort considérable, Alicia arriva à dissimuler un sursaut de dégoût lorsqu'elle croisa le regard sauvage de l'être rebutant qui la surplombait.

Tout d'abord, ce fut son visage qui la frappa. La tête était mutilée de façon atroce, divisée en deux facettes distinctes. Le côté droit demeurait humain, avec un œil en amande, une bouche bien dessinée, ainsi que de longs cheveux d'un châtain foncé, alors que celui de gauche était d'une horreur presque insoutenable. Sur le sommet du crâne se dressait une toison hirsute d'un noir d'encre. Le regard lugubre qu'il posait sur elle de son œil injecté de sang, ajouté aux chicots qui apparaissaient sous un rictus, faillit lui faire perdre son calme précaire. La grimace cruelle qui déformait les lèvres de la bête lui donnait un air d'autant plus menaçant. Le corps de la créature n'avait pas été épargné non plus. La partie normale était gracieuse et ferme, tandis que l'autre était décharnée et difforme. Après cet examen détaillé qui la saisit d'effroi, Alicia chercha à se soustraire à cette vision sortie tout droit de l'enfer. «Seigneur! Quel artefact funèbre Conrad a-t-il utilisé pour arriver à pervertir de la sorte l'essence même de ce malheureux?» se demanda-t-elle, horrifiée. Elle fut gagnée par une sourde angoisse quand Conrad entra à son tour dans la pièce. Il tenait quelque chose entre ses doigts crochus. Alicia éprouva un coup au cœur en reconnaissant l'artefact. C'était le même que celui qu'elle avait aperçu sur le torse de Keith, celui que Conrad avait utilisé pour l'atteindre à distance. Elle aurait voulu se débattre, avoir recours à ses pouvoirs, mais plus rien ne lui obéissait, seule une terreur sans nom lui nouait les entrailles.

Conrad éclata d'un rire cynique en constatant son impuissance. Il se délectait du spectacle affligeant qu'elle offrait. Tout en détaillant la jeune femme de son regard impitoyable, il déchira sa tunique à l'aide d'une dague avant de déposer l'objet Unseelie sur sa poitrine. À son contact glacé, les poils de sa nuque se hérissèrent, puis son pouls s'emballa au moment où les pointes qui en sortaient éraflèrent sa peau. Quand les griffes lacérèrent sa chair pour s'incruster à la source même de sa magie, Alicia s'arqua en hurlant comme une possédée. Des décharges électriques déferlèrent en elle. Son corps parcouru de tremblements violents s'agita dans tous les sens, puis se raidit à un point tel que les veines de son cou saillirent. De l'écume s'écoula du coin de sa bouche. Dans une ultime secousse, elle s'affala contre la pierre de l'autel, inconsciente.

❋ ❋ ❋

Une douleur vive à la poitrine accompagna le réveil d'Alicia. Incapable de bouger, tant elle était percluse de souffrance, elle resta allongée sur le flanc, le souffle court. Elle était désormais libre de ses mouvements malgré que sa vision demeurait trouble. Au bout de quelques minutes, elle parvint finalement à y voir plus clair. Visiblement, elle se trouvait dans une cellule. Elle n'était pas ligotée… et elle n'était pas seule. Un homme y était aussi retenu, les poignets emprisonnés dans des anneaux de fer fixés au mur. Son cœur bondit en reconnaissant le visage meurtri de Keith. Une exclamation de joie franchit ses lèvres. « Il est vivant ! » exulta-t-elle. Alors qu'elle esquissait un geste dans sa direction, il pâlit.

— Alicia… non ! cria-t-il, paniqué. Reste où tu es…

Elle se figea, perplexe. Son froncement de sourcils provoqua un soupir chez Keith. Avant même qu'il ne puisse ajouter autre chose, elle tenta de le sonder. En réponse, une douleur fulgurante la projeta au sol. Une grimace amère déforma ses traits délicats, arrachant un juron à Keith.

— Alicia… Arrête… l'adjura-t-il d'une voix tendue. Tu ne dois pas utiliser tes pouvoirs.

N'y comprenant plus rien, elle secoua vivement la tête. Une telle confusion se lisait dans son regard que Keith se sentit gagné par la colère. Toutefois, il ne pouvait laisser libre cours à sa frustration. Il devait songer à sa sauvegarde avant toute chose.

— *Mo chroí*, commença-t-il avec tristesse. L'artefact Unseelie que Conrad nous a implanté nous empêche d'avoir accès à la source de notre magie. Si tu essaies de le faire malgré tout, celle-ci se retournera contre toi.

Alicia recula de quelques pas, abasourdie. Sous l'émotion, Keith serra les dents. Il y avait si longtemps qu'il était prisonnier de cette maudite cellule qu'il en avait perdu toute notion du temps. Son corps le trahissait, et sa raison était sur le point de vaciller. D'une certaine façon, il s'était résigné à sa mort. Son seul réconfort ayant été qu'Alicia et Kylia soient saines et sauves. Il avait rêvé si souvent de presser la jeune femme contre lui depuis sa capture que de la voir sans pouvoir la toucher était une vraie torture en soi.

La scrutant avec attention, il eut un coup au cœur quand il se rendit compte que son ventre était désormais plat. Un sentiment mitigé le gagna. C'était trop tôt, il en était certain. Qu'était-il donc arrivé à Kylia ? Alicia reçut son angoisse de plein fouet. Un tel déchirement afflua en lui qu'elle en fut retournée. Suivant son regard, elle comprit d'emblée ce qui le bouleversait à ce point.

— Keith, tout va bien, le rassura-t-elle avec ferveur. Kylia est en sécurité avec ton oncle et ta mère, Conrad ne peut l'atteindre.

À ces mots, Keith ferma les paupières, la tête renversée vers l'arrière. Des larmes perlèrent à ses cils alors que sa gorge se nouait. Il n'aurait pu supporter de perdre sa fille une deuxième fois… Voulant le réconforter, Alicia tendit une main dans sa direction, mais ils étaient trop éloignés l'un de l'autre pour qu'elle le touche sans se déplacer. Keith avait toujours été aussi solide qu'un roc. Avec ses yeux creux, sa peau grisâtre, il n'était plus que l'ombre de lui-même.

— Keith… l'appela-t-elle dans une supplique accablante.

Ce qu'il lut alors dans son regard le révolta. Sa vision de lui n'avait rien d'élogieux, au contraire. D'un seul coup, toutes les valeurs que lui avait transmises son père lui revinrent en mémoire. Il était inacceptable qu'un chef de sa trempe se laisse écraser de la sorte. Que diraient ses hommes s'ils le voyaient ainsi ? Un guerrier affrontait la mort en face, sans s'effondrer comme un couard. Retrouvant de sa combativité, il se débattit contre les chaînes qui le retenaient prisonnier en rugissant comme un forcené.

— Keith... tenta de nouveau Alicia, incertaine de l'attitude à adopter.

Son effarement lui fit l'effet d'une douche froide. Il devait la prévenir du danger qui la guettait avant qu'elle ne se décide à passer outre ses recommandations. Elle était si confuse qu'il craignait un geste désespéré de sa part.

— Alicia, tu ne dois pas t'approcher de moi... sous aucune condition, déclara-t-il d'un ton sec.

N'y comprenant rien, Alicia pencha la tête sur le côté, à la recherche d'un indice pouvant l'éclairer. Keith lui cachait un élément essentiel, mais quoi ? Déterminée à le découvrir, elle avança d'un pas en dépit de son avertissement. Sa réaction fut immédiate.

— Recule... lui enjoignit-il avec rudesse.

— Pourquoi, Keith ? demanda-t-elle d'une voix pressante, sans toutefois bouger.

— Enfer et damnation ! Fais ce que je t'ordonne, *òigh* !

Alicia cilla à ses paroles. Il ne l'avait plus appelée « femme » avec autant d'autorité depuis longtemps. Se raidissant, elle l'affronta, l'œil mauvais.

— Pas avant que tu m'en aies expliqué la raison, déclara-t-elle en demeurant sur ses positions.

Sous la colère, il frappa le mur de son poing. Elle n'avait pas son pareil pour l'insurrection. Se penchant aussi loin qu'il le pouvait, il la fusilla du regard.

— Si tu t'approches de moi, *Mo chroí*, les artefacts incrustés dans notre chair exploseront, entraînant immédiatement notre mort, siffla-t-il entre ses dents.

Alicia eut un hoquet de stupeur, qu'elle étouffa rapidement en plaquant une main sur sa bouche. Sa respiration se bloqua dans sa gorge.

— Par tous les feux de l'enfer! murmura-t-elle pour elle-même.

S'extirpant de la torpeur qui la paralysait, elle scruta Keith avec intensité. Un élément lui manquait. Si ce dispositif était si efficace, pourquoi dans ce cas avoir attaché Keith? « Ça n'a aucun sens! songea-t-elle avec effarement. Si nous ne pouvons utiliser notre magie, ni nous toucher, que redoute donc Conrad? Que prépare-t-il exactement? » Nullement rassurée, elle se mordit la lèvre supérieure. Comment faire dans ces conditions pour s'évader de ces lieux maudits? Tout comme elle, Keith réfléchissait à cette question depuis que les korrigans l'avaient déposée là, inconsciente. À vrai dire, il ne savait que penser. Il y avait cependant une chose dont il était certain : la chance n'était pas de leur côté. Il ne voyait pas de quelle façon ils pourraient en réchapper. Pour la première fois dans sa vie, il était impuissant à changer le cours des évènements, et ce sentiment le mettait au supplice.

Quelque peu inquiète devant son silence soutenu, Alicia chercha à déchiffrer ses émotions. En temps normal, Keith demeurait sûr de lui, en dépit des circonstances. Jamais il n'avait abandonné, trouvant toujours un moyen de les sortir des situations les plus précaires. Il affichait constamment cette attitude de confiance, de supériorité absolue, comme si rien ne pouvait l'atteindre. Aujourd'hui, l'homme qui lui faisait face était torturé par le doute. Il avait peur... non pas pour lui, comprit-elle, mais pour elle.

Elle en était à cette constatation affligeante quand la porte s'ouvrit dans un grincement sinistre, livrant passage à deux gobelins à la mine sombre. Ils empoignèrent Alicia par les bras en ignorant Keith. Elle se laissa faire, sachant que rien ne servait de se débattre. Toutefois, elle ne put s'empêcher de lancer un regard inquisiteur aux deux créatures hideuses, s'attirant une gifle magistrale en retour. Sa tête fut projetée vers l'arrière sous la force de l'impact. Keith réagit aussitôt. Il tira sur les anneaux qui le retenaient prisonnier avec une violence inouïe pour quelqu'un d'aussi affaibli, s'écorchant la peau au passage. Ses rugissements d'impuissance refroidirent Alicia. Il était hors de question qu'il souffre davantage par sa faute.

— Keith... non... souffla-t-elle avec peine tant sa joue élançait.

Elle tourna son attention en direction de la porte quand elle discerna une nouvelle présence et s'obligea à demeurer stoïque en apercevant Conrad. Le sorcier s'avança vers elle d'un pas lent, un sourire sarcastique sur les lèvres. Sept korrigans le suivaient en silence, ce qui n'augurait rien de bon. Conrad leur préparait un coup tordu, elle en était persuadée.

Croyant que la jeune femme ne représentait aucune menace sans ses pouvoirs, Conrad fit signe aux deux gobelins de la relâcher. Alicia vit là une issue. Sa magie ne lui était d'aucune aide ; en revanche, il lui restait la force brute de son corps. Saisissant l'occasion qui s'offrait à elle, Alicia propulsa un coup de pied puissant dans le ventre du korrigan le plus près. Celui-ci s'écrasa lourdement au sol dans un râle d'agonie sans avoir eu le temps de comprendre ce qui lui arrivait. Lorsque deux autres créatures firent mine de s'approcher, elle assena un direct sur la mâchoire de l'un d'eux et fit trébucher un autre en lui fracturant le tibia de la jambe droite. Tirant profit de leur faiblesse passagère, elle s'agenouilla prestement à leur côté et les tua d'une torsion nette de la nuque. Elle se redressa à toute vitesse en détectant une présence sur sa gauche. Surpris, le quatrième assaillant ne fut pas en mesure de réagir assez rapidement. Il se retrouva dos à elle, incapable d'empêcher Alicia de lui fracasser les vertèbres d'un coup de talon. Alors qu'elle s'apprêtait à attaquer un cinquième de front, une voix retentissante l'avertit que Keith serait exécuté sur-le-champ si elle ne se rendait pas immédiatement.

Saisie, elle s'arrêta dans son élan, fixant Conrad de ses yeux étincelant de rage meurtrière. Son corps tremblait, luisant sous la lumière vive qui inondait la pièce. Non sans appréhension, elle suivit du regard la direction qu'il lui désignait. Tous ses sens en alerte, elle frissonnait sous l'effet de l'adrénaline. Quand ses yeux se posèrent sur Keith, elle se crispa. Quatre lames étaient pointées sur sa gorge. Conrad contempla avec satisfaction son visage se décomposer. Comment allait-elle réagir maintenant ? Elle se trouvait beaucoup trop loin de lui pour désarmer les créatures qui le menaçaient.

En percevant toute l'étendue du combat qui se livrait chez elle, Keith jura. Pourquoi n'avait-elle pas exploité cette ouverture pour tenter de s'évader ? À quoi bon se torturer l'esprit, puisqu'il la connaissait assez bien désormais pour deviner qu'elle n'aurait jamais accepté de l'abandonner ? Elle tenait trop à lui, c'était là sa faiblesse. Conrad le savait pertinemment. Il jouait avec eux. Résignée, Alicia n'opposa aucune résistance quand les gobelins l'agrippèrent rudement. À bout de souffle, elle baissa la tête, ne pouvant supporter le regard inquisiteur de Keith.

Profitant de son avantage, Conrad s'empressa de mettre à exécution son plan satanique. Il invoqua d'une voix lugubre des puissances obscures tapies dans les profondeurs de la Terre. Keith se tendit, sur le qui-vive. Une sueur froide lui coula dans le dos. Il sentait un mal ancien refaire surface avec une force surprenante. Tous ses sens druidiques lui enjoignirent de prendre garde. Non sans appréhension, il vit Conrad faire appel à l'essence maléfique d'Abaddon, faisant ressurgir des ténèbres la destruction, la brutalité, ainsi que la cruauté à l'état létal. La pièce s'assombrit, vibrante d'ondes malfaisantes, et la température chuta rapidement. Avant même qu'Alicia puisse s'insurger, Conrad lança les chevaliers de l'apocalypse sur Keith afin qu'ils s'emparent de son âme, le damnant pour l'éternité. Comprenant alors ce qui l'attendait, Keith se débattit avec une fureur démentielle. Ses traits se durcirent, ses muscles se tendirent à l'extrême. Dans un hurlement assourdissant, il tomba à genoux, enserrant ses tempes de ses mains robustes. Il pinça les lèvres en ployant la nuque. Folle d'inquiétude, Alicia se dégagea brusquement de l'emprise des gobelins, puis s'élança vers lui sans réfléchir aux conséquences. Elle percuta de plein fouet une barrière invisible. De ses poings, elle frappa violemment contre la paroi magique, rageant contre son impuissance. Elle était déchaînée à un point tel que les gobelins reculèrent d'instinct.

— Keith! Keith! cria-t-elle en essayant de capter son regard.

Comme celui-ci gardait la tête obstinément baissée, elle se laissa glisser sur le sol, les paumes plaquées sur le mur transparent. Keith ne pouvait se résigner à croiser ses yeux limpides qu'il devinait emplis de larmes amères. Que n'aurait-il pas donné pour qu'Alicia n'assiste pas à sa déchéance! Sous l'assaut d'une nouvelle vague de douleur, il se plia en deux, sa respiration rendue difficile par la métamorphose qui s'amorçait en lui. Son sang bouillait dans ses veines, une forte pression s'exerçait sur tout le côté gauche de son corps. Consciente de la souffrance qu'il endurait, Alicia se retourna vivement vers Conrad.

— Arrêtez! Par pitié, arrêtez! Vous allez finir par le tuer! cria-t-elle avec désespoir.

— Oh, mais il survivra au traitement que je lui réserve, déclara Conrad avec délectation.

Il éclata d'un rire démentiel en avisant le visage défait de la jeune femme. Il poursuivit d'un ton implacable tout en la fixant durement.

— Le grand laird MacGrandy sera chassé de la Cour d'été, banni de son clan à tout jamais et départi de tous ses pouvoirs. Quelle fin tragique pour un druide aussi puissant que lui! enchaîna-t-il avec une ironie mordante.

— Seigneur, mais de quoi parlez-vous? s'informa-t-elle d'une voix blanche.

— Pour ta gouverne, sache que le laird MacGrandy deviendra sous peu l'un de mes plus fidèles vassaux! Tu as causé sa perte, très chère! Grâce à toi, j'ai pu enfin le prendre dans mes filets.

Alicia suffoqua à l'énoncé de tels propos. «Sainte-Mère de Dieu! Qu'ai-je fait?» se demanda-t-elle en blêmissant.

Conrad avait raison... elle était responsable... Si elle n'avait pas été là, Keith ne se serait jamais sacrifié pour la sauver. Il ne se retrouverait pas aujourd'hui à la merci de ce monstre. Par sa faute, l'équilibre entre les mondes risquait d'être rompu ! Keith disparu, plus personne ne serait en mesure de faire obstacle à Conrad, pas même elle. Un poids oppressa sa poitrine, faisant saigner son cœur de larmes de feu. Conrad exulta, savourant sa victoire imminente.

— Contemple-le attentivement, pauvre petite mortelle insignifiante, car bientôt, il représentera ton pire cauchemar.

— Qu'allez-vous faire de lui ? s'écria Alicia, la peur au ventre.

Sans un mot, il porta son regard dénué de toute humanité sur les êtres déchus, mi-homme, mi-monstre, qui demeuraient à l'écart. Le sang d'Alicia se figea dans ses veines en comprenant l'étendue de ce message silencieux.

— Non... pas ça ! Pas ça... Keith...

En entendant son appel désespéré, Keith releva la tête et croisa ses pupilles dilatées par la terreur. Il aurait tant voulu enserrer sa taille entre ses mains fermes, goûter dans une ultime étreinte ses lèvres fruitées. Il savait que le temps lui était compté avant que cette horrible transformation soit complétée, que les ténèbres s'emparent définitivement de son âme. Désirant ressentir une dernière fois sa présence amoureuse, il leva avec peine les bras et plaqua ses paumes sur le mur invisible, face aux siennes. Alicia perçut sa chaleur à travers la paroi. Elle sursauta quand son essence la pénétra lentement, telle une caresse légère. Un frisson la parcourut. Une douce torpeur l'envahit tout entière, la réconfortant simultanément. Prisonnière de ce tourbillon de tendresse, elle se laissa guider vers lui. *Ferme les yeux*, mo chroí, *garde le souvenir de l'homme intègre que j'ai été. Ne pleure pas, ma douce, car peu importe ce qu'il adviendra de mon corps, une partie de moi vivra toujours en toi.*

Dans un ultime effort, il projeta ses souvenirs ainsi que tout ce qui le définissait dans l'esprit de la jeune femme, au prix d'une brûlure insoutenable au thorax. L'artefact incrusté en lui déclencha une série d'éclairs fulgurants dans tout son corps, le faisant gémir sous la douleur lancinante. Toutefois, il tint bon. Alicia chancela sous cet assaut mental. Il la sentait trembler sous son emprise, telle une fougère ployant sous la brise glaciale du matin. Il savait qu'il lui imposait une souffrance atroce en sollicitant sa magie de cette manière, mais il se refusait à disparaître sans léguer cette partie qui faisait de lui un humain à part entière. Plus tard, si elle échappait à la domination de Conrad, Alicia pourrait partager ce fragment de lui-même avec leur fille. Il subsisterait à travers elle. Tout son savoir druidique serait préservé, si bien que Glen pourrait le récupérer grâce à elle. Les siens ne se retrouveraient pas complètement démunis. Cependant, pour que tout cela soit possible, elle se devait de lui survivre.

— *Mo chroí*, promets-moi de sauver ta vie par n'importe quel moyen. Ne laisse pas les regrets te détruire... Je vivrai en toi pour l'éternité, peu importe ce qui adviendra de mon âme et de mon corps. Je serai toujours là... murmura-t-il avec une douceur qui lui brisa le cœur.

Puis, ouvrant les yeux, il observa son visage crispé. Des larmes glissaient sur ses joues, pour venir ensuite mourir sur ses lèvres. Keith coupa brusquement tout contact mental avec elle, emportant avec lui la vision de son expression tourmentée. Au même moment, un bruit sourd retentit dans la pièce. L'artefact qui se trouvait sur la poitrine de Keith se détacha de lui-même. Il n'aurait plus besoin de cette entrave désormais, puisqu'il serait l'un des leurs…

Un vide sans fond submergea Alicia à l'instant précis où l'esprit de Keith fut englouti par les ténèbres. Elle détourna la tête, résistant à la tentation de le regarder. Conrad fit rageusement signe à deux gobelins de la relever. Il n'allait pas se priver du plaisir d'être témoin de son effondrement. Afin de la faire réagir, il planta cruellement un poignard dans sa cuisse droite. Alicia ouvrit les yeux par réflexe, suffoquant sous la douleur cuisante. Conrad en profita pour maintenir ses paupières entrouvertes à l'aide de ses doigts crochus, l'obligeant ainsi à voir ce qui advenait de Keith. Elle se débattit comme une déchaînée pour se soustraire à ce spectacle macabre, mais le sorcier tenait bon. Elle poussa un cri à fendre l'âme en apercevant le côté gauche du corps dénaturé de Keith. L'homme noble et vigoureux qu'elle avait connu n'était plus dorénavant.

Incapable de se contenir plus longtemps, elle laissa libre cours à son chagrin en secouant la tête, les épaules voûtées par le poids de l'accablement. Ne lui laissant aucun répit, Conrad fit signe à l'un des korrigans de libérer Keith de ses chaînes. Dans un mugissement bestial, celui-ci se redressa de toute sa hauteur, le regard empli de la haine meurtrière que lui avait insufflée Conrad. Un frisson de peur glaça le cœur d'Alicia en le voyant s'avancer dans sa direction. Hypnotisée malgré tout par son œil injecté de sang, ainsi que par le rictus grossier au coin de ses lèvres, elle frémit de dégoût. Au bord de la nausée, elle porta son attention sur le fond de la pièce afin de se soustraire à cette vision d'horreur, mais les images demeurèrent gravées dans sa mémoire.

En arrivant à sa hauteur, Keith emprisonna brusquement l'un de ses coudes dans un étau de fer, puis la traîna jusqu'à l'angle opposé de la salle. Aucune chaleur ne se dégageait de son étreinte, car tout en lui n'était plus désormais que vide et froideur. Déterminée à échapper au sort qui l'attendait, Alicia le frappa rudement du revers de la main. Elle parvint à se libérer de son emprise au bout d'une lutte acharnée. Elle recula de quelques pas, le corps en position d'attaque. Conrad contempla la scène avec un plaisir malsain, heureux de la tournure des évènements. En tentant une offensive en direction de Keith, Alicia fut brutalement rejetée vers l'arrière, puis bascula sur le dos. Une douleur fulgurante traversa son épaule. Elle réussit à se relever avec peine. Elle détailla celui qui, peu de temps auparavant, était son époux. Elle se concentra sur la partie intacte de droite, celle qui demeurait humaine, incapable de porter son regard sur la facette hideuse de son visage. Elle chancela sous la souffrance en y reconnaissant les traits familiers. Elle dirigea une seconde fois son attention sur le côté gauche, prise d'une fascination morbide. Elle eut l'impression qu'on lui arrachait le cœur à sa vue.

Elle en était encore à débattre avec les émotions qui se départageaient violemment en elle lorsque Keith s'avança de nouveau, prêt à l'affronter. Une lueur de panique traversa ses yeux. Elle était bien placée pour savoir que Keith possédait une force phénoménale. Jamais elle ne serait en mesure de survivre à une confrontation directe avec lui. Elle chercha une échappatoire en reculant d'une démarche incertaine. Elle parvint tant bien que mal à esquiver sa première riposte et le frappa durement du talon au niveau de l'estomac. Keith eut momentanément le souffle coupé. Il se jeta sur elle, fou de rage, la giflant à la volée. Elle alla choir contre le sol sous la brutalité du coup et porta une main tremblante à sa joue tuméfiée, quelque peu abasourdie. La douleur lui fit monter les larmes aux yeux, mais dans un même temps, elle réveilla de sombres souvenirs de sa jeunesse.

Elle se releva tant bien que mal, le dévisageant avec une haine presque palpable. Elle s'était fait une promesse par le passé : plus jamais elle ne permettrait à un représentant du sexe masculin de la rudoyer de la sorte. Elle ne devait pas oublier que la bête immonde qui la surplombait n'avait plus rien de commun avec l'homme qu'elle avait aimé. Elle se redressa, puisant à même sa volonté. Galvanisée par sa révolte, elle fonça tête baissée sur Keith, l'expédiant contre un mur. Elle le frappa sans pitié à la nuque avec un objet lourd dont elle s'était emparée. Keith fléchit sous la douleur, mais réussit tout de même à l'empoigner par le bras. Il enserra son cou tout en la soulevant à bout de bras, aveuglé par sa fureur. Les jambes d'Alicia ballottèrent dans le vide. Elle se débattit pour échapper à son emprise mortelle, refusant de périr de cette façon. Cependant, elle était impuissante face à sa force brute. Étouffant sous la pression de ses doigts d'aciers, Alicia ne fut bientôt plus en mesure de combattre. Des points lumineux dansaient devant ses yeux, l'air se raréfiait dans ses poumons. En la voyant suffoquer, quelque chose se brisa chez Keith. Il la relâcha subitement. La partie sombre en lui se rebella. Fou de rage contre cette faiblesse passagère, le monstre qui l'habitait l'obligea à l'empoigner par les cheveux, l'envoyant valser à travers la salle.

Alicia heurta un mur de pierre avec une violence inouïe. Elle faillit s'évanouir sous la douleur fulgurante. Elle ne demeura lucide qu'au prix d'un effort considérable.

Déterminé à en finir une bonne fois pour toutes, Conrad retint d'une main ferme le bras vengeur de Keith. Celui-ci se calma à son contact. Anéantie par cette lutte inégale, Alicia n'opposa aucune résistance quand il la releva d'un geste brusque avant de la traîner vers une pièce mal éclairée tout au fond du couloir. Tout au plus parvint-elle à se raccrocher à son avant-bras.

Une certaine frénésie régnait dans le broch. Glen, qui y était retourné d'urgence à la suite de la disparition d'Alicia, faisait les cent pas dans l'attente de la décision des aînés. Sa mère, qui les avait rejoints dès qu'il l'avait fait chercher au Glen Torg, discutait âprement avec le conseil. Lorsqu'elle le retrouva un peu plus tard, il se tourna dans sa direction, la mine soucieuse. S'il le fallait, il était prêt à lui tenir tête, à défendre son point de vue.

Sans lui laisser la possibilité d'argumenter, il l'apostropha un peu plus durement qu'il ne l'aurait voulu. Il était conscient que le temps leur était compté, qu'ils devaient partir immédiatement à la recherche de Keith et d'Alicia. Rien ni personne ne pourrait le détourner de ce but. Il savait que les anciens craignaient de perdre un second frère au détriment d'un affrontement direct avec Conrad. Leur espoir avait diminué depuis la disparition de Keith et d'Alicia. C'était donc à lui que reviendrait la charge de gouverner leur clan, du moins jusqu'à ce qu'ils soient définitivement fixés. Cependant, Glen répugnait à succéder à Keith dans ces conditions. Il ne pouvait s'y résoudre, et demeurer passif n'était pas dans sa nature. Tout comme son aîné, il avait besoin d'action.

Il avait discuté avec les membres du groupe. Tous s'étaient rangés à son opinion, y compris Hélène et Caroline. Il devait poursuivre ses recherches. Parvenue à sa hauteur, Yule ne put s'empêcher de le comparer à Keith. Décidément, Glen lui ressemblait de plus en plus. Normalement, il était le plus sensible et le plus prudent de ses trois fils, même s'il s'évertuait à le cacher derrière ses airs bourrus. Cette mission était suicidaire, mais Conrad ne leur laissait aucun autre choix. Elle se faisait du souci pour son cadet, mais elle ne s'empêcha pas de lui donner son aval. Tout en serrant sa main dans une étreinte chaleureuse, Glen déposa un baiser affectueux sur sa joue droite.

— N'ayez crainte, mère, nous sommes tout à fait conscients des risques que nous courons. Chacun de nous s'est engagé sur une base volontaire.

Si seulement la garantie de leur succès était assurée, elle se sentirait beaucoup mieux. Étrangement, malgré les heures sombres qu'ils traversaient, la reine Fódla demeurait sourde à leurs appels. Les choses étant ce qu'elles étaient, elle n'y pouvait plus rien. Sous le poids de l'accablement, Yule porta un regard triste sur Glen.

— Sais-tu au moins où diriger tes recherches ? demanda-t-elle d'une voix lasse.

— Si je me fie aux images qu'Alicia m'a transmises avant de disparaître, je dirais le gouffre de Morget.

— Ce monde hostile et désert ? Comment des êtres de chair et de sang seraient-ils à même de survivre en ces terres stériles ?

— C'est justement l'endroit idéal pour y cacher une armée. Réfléchissez, mère : personne ne se risquerait à aller fureter par là.

Songeuse, Yule se retrancha dans ses pensées. Les siens avaient déjà versé tant de sang sous la main vengeresse de Conrad. Combien de temps résisteraient-ils encore ? Il fallait que ce carnage cesse une bonne fois pour toutes. Troublée, elle préféra s'éloigner. Laissé seul, Glen s'appuya à l'un des murs d'une maison. Il se promit dès lors en serrant les poings que, morts ou vivants, il ramènerait son frère et Alicia parmi les leurs. Il retourna d'un pas vif auprès du groupe, confiant.

En bordure d'une clairière à l'écart du village, Lyliall hésita une fraction de seconde avant d'invoquer les puissances de la nature. Glen pianotait fébrilement sur sa jambe droite à ses côtés. Lyliall concentra toute son attention sur les veines d'énergie qui circulaient dans les profondeurs de la terre, nullement indisposée par son geste d'impatience. Elle venait à peine d'en toucher la source lorsque Lochlan joignit ses forces aux siennes pour ouvrir un passage. Dès que le vortex se matérialisa devant eux, chacun des membres s'avança, l'expression soucieuse. Todd fut le premier à y pénétrer, suivi de près par Dougall, Lyliall, Lachlan, Cheyne, Connall, Hélène et Caroline. Glen ferma la marche. Malgré le risque qu'ils couraient en amenant avec eux les deux jeunes mortelles, Glen n'avait pu se résoudre à les laisser derrière eux. Il ne pouvait imposer le fardeau de leur présence à ceux de son clan. De toute façon, en dépit des dangers de leur quête, elles étaient plus en sécurité avec eux, entourées de deux druides, d'une Seelie, d'une valkyrie, d'un elfe et de deux guerriers celtes, que sans défense parmi les leurs.

Une fois arrivé de l'autre côté, Glen émergea du vortex d'un pas raide, puis rejoignit Todd. Ensemble, les deux frères sondèrent la surface de la terre alors que Lachlan en faisait de même avec l'air environnant. Le moindre indice pouvant faciliter leur recherche serait le bienvenu. Ils devaient retrouver la trace de Keith et d'Alicia le plus rapidement possible. Il y avait déjà trop longtemps que leur laird avait disparu.

Pendant ce temps, en retrait, Hélène s'impatientait et se questionnait sur le sort réservé à son amie. Parallèlement, Cheyne, Dougall et Connall vérifiaient l'état de leurs épées. Pour sa part, Caroline jetait des regards incertains sur les alentours. Seule Lyliall semblait détachée. Profitant du bref répit qui lui était alloué, la Seelie entra en contact avec les siens à la Cour d'été. Un faible sourire apparut sur ses lèvres. Les évènements prenaient leur place dans la grande trame du destin. Le moment était maintenant venu pour elle de parachever sa mission.

Loin d'éprouver la même plénitude, Glen fronça les sourcils en sondant le terrain. Le gouffre de Morget ne renfermait aucune forme de vie végétale : tout y était mort depuis des siècles déjà. D'ailleurs, les siens l'appelaient le repaire des âmes perdues. La présence néfaste de la magie noire avait provoqué d'irréfutables changements sur l'éco-système de ce milieu, le pervertissant à un tel niveau que plus aucun retour en arrière n'était possible. Comme une réponse aux multiples sévices reçus, de fréquents séismes se produisaient dans cette région isolée du Sidh, créant de profondes crevasses. De plus, une chaleur étouffante régnait sur place, rendant toute progression laborieuse. Voilà pourquoi les membres de son clan répugnaient à venir dans cet endroit maudit. Personne n'était assez fou pour s'y risquer. Personne à part eux, ainsi que les créatures des ténèbres à la solde de Conrad et d'Abaddon.

Étant donné les conditions extrêmes de ce sauvetage, Glen avait été très clair sur un point : si l'un d'eux tombait aux mains des Unseelie déchus, il serait abattu sur-le-champ. Se tournant vers les membres du groupe, Todd croisa le regard anxieux d'Hélène. Todd baissa la tête afin de dissimuler son inconfort. À l'instar de Glen, il ignorait ce qui était advenu de la jeune femme. Il ne savait que penser. À vrai dire, il avait peine à afficher le même optimisme que son cadet. Glen croyait que Keith et Alicia avaient été épargnés, vu leur valeur inestimable aux yeux de Conrad. S'avançant vers Hélène, Todd la fixa avec gravité. En signe de compassion, il pressa ses doigts entre les siens. Il savait qu'elle était morte d'inquiétude pour Alicia. Il comprenait sa peur, car il éprouvait des sentiments similaires pour Keith.

Le monde qui les entourait n'était que désolation. Aucun être vivant normalement constitué ne pouvait survivre en ces lieux, surtout dans de telles conditions. Voilà pourquoi Conrad avait usé de son pouvoir maléfique et d'un artefact Unseelie pour se bâtir une armée adaptée à la rigueur de cet environnement. Il capturait depuis trop longtemps déjà des membres de leur clan, qu'il transformait ensuite en créatures sanguinaires qui n'avaient plus rien de commun avec un être humain. Ces âmes damnées étaient assujetties à la volonté de Conrad, effectuant pour lui ses basses besognes.

S'ils devaient tomber entre leurs mains, c'était probablement le sort qui les attendrait, sans aucun espoir de retour en arrière. À maintes occasions, ils avaient tenté d'inverser le processus, mais sans succès. Les âmes corrompues n'arrivaient pas à s'affranchir des ténèbres, si bien qu'ils avaient dû se résoudre à exécuter ces pauvres malheureux.

❊ ❊ ❊

En pénétrant dans la salle froide et humide, Alicia eut un sursaut de révolte. Elle se débattit farouchement afin d'échapper à l'emprise de Keith. Il la gifla une seconde fois à la volée, lui fendant la lèvre sous la force de l'impact. Le cri d'Alicia se répercuta sur les murs lugubres alors qu'un goût métallique se répandait dans sa bouche. D'une main hésitante, elle essuya le sang qui s'écoulait de la blessure. Emprisonnant son menton dans une poigne solide, Keith l'obligea à le regarder. Il la fixait de son œil empli de haine qui lui lacérait le cœur aussi sûrement qu'une lame affûtée. Elle tenta de hurler, mais aucun son ne sortit de sa gorge étreinte par la peur. Incapable de supporter plus longtemps la vision de ce visage à deux faces, elle détourna les yeux afin de ne plus voir le côté gauche déformé. Elle n'arrivait plus à reconnaître l'être passionné et attentionné qu'il avait été.

Trahie par le seul homme qu'elle ait réellement aimé, elle se laissa pousser vers l'autel de pierre. Celui qui l'avait défendue avec tant d'ardeur était maintenant devenu son bourreau. Comment la vie pouvait-elle prendre un détour si cruel ? Indifférent à son supplice, Keith plaqua son corps sur la roche glaciale, puis enserra ses poignets et ses chevilles avec des lanières de cuir tranchantes. Conrad s'approcha d'elle. Il commanda à Keith d'un geste brusque d'immobiliser la tête de la jeune femme. Il força l'entrée de sa bouche close de ses doigts crochus afin de vider dans sa gorge une potion nauséabonde qui lui souleva l'estomac. Un dernier sursaut de révolte lui fit recracher le liquide au visage du sorcier. Les yeux étincelant de rage, ce dernier ordonna à Keith de pincer son nez pour l'empêcher de respirer. Alicia avala le breuvage par gorgées restreintes, consciente qu'elle ne pouvait échapper à son emprise, évitant de ce fait qu'il ne le lui fasse ingurgiter de force. Aussitôt, elle fut prise de violents vertiges. Tout autour d'elle oscillait de façon inquiétante. Elle ne porta pas attention de prime abord à la forme floue qui reposait sur l'autel voisin, croyant à un effet de son imagination. Conrad l'observait avec malveillance, heureux de la tournure des évènements. Enfin, il la tenait en son pouvoir. « Cette fois-ci, le file des druides ne pourra pas me contrer, puisqu'il est désormais sous ma domination. » Conrad savoura ce moment avec délice, un sourire cruel sur les lèvres. Abaddon allait être satisfait...

— Pauvre petite chose insignifiante. Tu ne seras bientôt plus en mesure de nous nuire.

Devant l'expression incertaine d'Alicia, il éclata d'un rire gras. Cette impertinente ne pourrait plus le défier quand il en aurait fini avec elle. Prenant plaisir à la torturer mentalement, il poursuivit, sardonique.

— Regarde sur ta gauche. Ne reconnais-tu pas la Dame noire qui est allongée sur la table ?

Alicia se figea. Sous le choc, les traits de son visage se décomposèrent. Les yeux agrandis d'épouvante, elle émit un faible gémissement. Se penchant vers elle, Conrad durcit le ton de sa voix.

— Étant donné que tu as été l'artisane de son malheur, n'est-il pas juste que tu payes de ta personne en retour? Grâce à toi, je vais pouvoir la ramener parmi nous.

— C'est impossible! s'écria Alicia, le cœur au bord des lèvres. Elle est morte!

— C'est là que tu te trompes, ma chère. Son corps est maintenu en suspens, tout comme son esprit. Sous peu, je lui ferai un don très précieux : celui de ton énergie vitale...

Saisie d'effroi, Alicia resta interdite. Cet homme était démentiel! Tout son être se rebella à cette seule perspective.

— Non... vous ne pouvez pas faire ça... C'est contre nature...

— Au contraire, je détiens tout le savoir et les moyens pour y parvenir.

— Non... non... Keith! cria-t-elle en tentant de se dégager des entraves qui la retenaient prisonnière.

— Inutile, il ne peut plus rien pour toi. Il est trop tard. Ton compagnon t'a abandonnée. Tu as été naïve de croire que le lien qui vous unissait arriverait à supplanter ma puissance. Constate où tout ceci t'a menée. Pauvre idiote! Il aurait mieux valu pour toi de demeurer dans ton monde.

Perdant contenance, Alicia tourna un regard affolé en direction de Keith. Peut-être réussirait-elle à entrer en contact avec ses pensées, à atteindre une parcelle d'humanité encore présente en lui.

— Keith... je t'en conjure... aide-moi! le supplia-t-elle. Par pitié... reviens vers moi... empêche cette abomination! Keith... je t'aime... je t'aime... continua-t-elle dans un sanglot affligeant.

En voyant les yeux de Keith s'imprégner d'une expression douloureuse, Alicia fut transportée par un élan d'espoir. Cependant, la faible étincelle disparut aussitôt, remplacée par un regard glacé.

— Non... hurla-t-elle en se démenant comme une folle. Keith...

Sa voix se cassa sur cet ultime appel. Le cœur en lambeaux, elle se réfugia dans un recoin secret de son esprit, comme lorsqu'elle était toute petite et qu'elle fuyait la violence de son beau-père. Elle se déconnecta de son corps brisé en fredonnant pour elle-même la berceuse rassurante de son enfance. Il n'y avait plus aucune trace de la guerrière qu'elle était devenue : il ne restait plus qu'une fillette terrorisée, abandonnée de tous. Son sort lui importait peu dorénavant...

Conrad se délecta du spectacle affligeant qu'offrait Alicia. Il percevait sa peur comme un parfum capiteux. Elle était paralysée. Il pouvait même affirmer sans l'ombre d'un doute qu'elle se serait recroquevillée sur elle-même si elle n'avait pas été retenue par des liens. Avec une joie morbide, il fit signe à l'un des gobelins de lui apporter un anneau de bronze. Il approcha l'objet de la tête de la jeune femme, puis déclencha son mécanisme. Le corps d'Alicia s'arc-bouta lorsque trois longues aiguilles en sortirent pour s'enfoncer dans la chair tendre de ses tempes et de son front. Un râle d'agonie remonta du plus profond de son être. Des convulsions d'une violence inouïe la terrassèrent quand des décharges puissantes déferlèrent en elle. Ses muscles se tétanisèrent, sa respiration devint irrégulière, alors que les battements de son cœur déclinaient jusqu'à n'être qu'un frémissement à peine perceptible. Dans un hoquet de souffrance, ses yeux s'écarquillèrent. Une larme glissa lentement sur sa joue, témoin silencieuse de son dernier soubresaut de vie. Elle s'éteignit avec le nom de Keith sur les lèvres.

Keith tressaillit. Il leva involontairement sa main droite vers le visage d'Alicia. Conrad fut contrarié en apercevant son geste et le foudroya avec sauvagerie. Keith tomba à genoux dans un grognement sinistre. Le dominant, le sorcier recouvrit sa tête de sa paume, puis déversa sa magie obscure en lui. L'œil humain de Keith perdit de son éclat après quelques secondes. Il se retrouva de nouveau sous l'emprise des ténèbres. Ne voulant courir de risque, Conrad ordonna à deux korrigans de l'entraîner à l'écart.

Hors de lui, Conrad dévisagea la jeune femme. Il avait sous-estimé la profondeur du lien qui les unissait, si bien que cela avait failli faire échouer ses projets. Ces deux êtres étaient pourvus d'une force de caractère hors du commun. Les affronter directement dans un combat aurait été suicidaire. Déjà que l'exécution de son plan l'avait considérablement affaibli, sans parler des différents artefacts Unseelie ; il devait déployer beaucoup d'énergie pour gérer leur utilisation. D'ailleurs, les nombreux entrelacs embrasés sur sa poitrine et son dos révélaient tout de l'ampleur du sacrifice qu'il avait dû déployer pour se protéger des effets dévastateurs de leur magie perverse. De devoir raffermir l'emprise obscure qu'il détenait sur Keith pour maintenir sa domination sur la bête alors que son côté humain semblait vouloir refaire surface venait d'épuiser ses réserves. Il était désormais aussi vulnérable qu'une pauvre créature sans défense. Si la jeune femme inerte sur l'autel avait résisté quelques minutes de plus, il n'aurait pu mener à terme le processus.

Mieux valait dans ces conditions éloigner le laird, car il aurait été bien incapable de le contenir une seconde fois, ni de l'empêcher de sauver sa compagne si l'envie lui prenait. Il était des plus impératifs qu'il retrouve la pleine capacité de ses pouvoirs avant d'aller de l'avant avec son projet. En attendant, il lui fallait s'assurer que l'énergie de cette mortelle demeure prisonnière de l'artefact. Une fois qu'il aurait recouvré ses forces, il lui suffirait de transférer le flux vital dans le corps de la Dame noire. Satisfait de lui, il se prépara à se retirer dans ses quartiers.

Peu de temps après le départ de Keith, Glen avait déboulé silencieusement sur les lieux avec une partie du groupe. Grâce à la magie ancestrale de Lyliall et de Lachlan, il avait pu renforcer son propre sort de dissimulation, faisant en sorte que Conrad soit inapte à détecter leur présence. Par chance, ils avaient réussi à neutraliser avec efficacité les korrigans et les êtres déchus qu'ils avaient rencontrés sur leur route.

En avisant la scène qui se déroulait sous ses yeux, Glen déglutit avec peine. S'ils voulaient sauver Alicia, ils ne pouvaient se permettre d'attendre plus longtemps. À ses côtés, Lyliall frissonna en ressentant la noirceur qui régnait sur place. Sensible aussi à cette puissance obscure, Lachlan s'ébroua avant d'attirer l'attention de Glen sur ce qui se passait. Ils devaient agir rapidement, car sous peu, l'esprit d'Alicia leur échapperait. D'un mouvement brusque de la main, Glen dissipa le voile qui les entourait.

Désormais seul avec pour unique garde un korrigan et une créature déchue, Conrad tourna son regard vers le corps inerte de la Dame noire. Bientôt, elle reviendrait à la vie. Perdu dans ses réflexions, il perçut trop tard le danger qui le guettait. Il n'avait pas remarqué le changement subtil qui s'était opéré dans la pièce. Il fulmina en apercevant soudain Glen et ses acolytes. Incapable de déployer sa magie pour attaquer, il préféra reculer vers le fond de la pièce, les yeux brillant d'un éclat meurtrier. Il était conscient que non seulement cette maudite mortelle allait de nouveau lui glisser entre les doigts, mais qu'en plus il laisserait derrière lui de nombreux artefacts de valeur. «Comment diable sont-ils parvenus à me retrouver?» se demanda-t-il avec fureur.

Disposant de très peu de temps, il puisa dans ses dernières réserves pour s'enfuir, tel un couard, et tant pis pour ses projets concernant la Dame noire. Il trouverait bien de nouveaux vassaux prêts à servir sa cause. Cette sortie peu orthodoxe ne lui ressemblait nullement, mais il se raisonna en se disant qu'il aurait d'autres occasions de capturer la jeune femme. Il lui suffirait d'être patient. Abaddon lui avait donné carte blanche à ce sujet, tant qu'il détruisait la clé de voûte. De toute façon, il était parvenu à écarter le file des druides de son chemin, c'était déjà là un atout de taille. Il n'avait donc plus rien à craindre de lui...

Une déflagration retentissante éclata à l'endroit même où s'était tenu Conrad une seconde auparavant. Frustré d'avoir raté sa cible, Glen s'élança dans la salle, épée au poing. Les deux créatures qui étaient demeurées sur place furent fauchées en un instant. Lyliall et Lachlan se dirigèrent vers l'autel où reposait le corps sans vie d'Alicia alors que les guerriers celtes montaient la garde. Pendant que Lachlan retirait avec une extrême délicatesse les aiguilles de sa tête, Lyliall lui insuffla un peu de sa propre magie afin de la ramener dans le monde des vivants. Lachlan en fit autant, tout aussi soucieux. L'âme d'Alicia fut entraînée bien malgré elle vers des rivages plus cléments, soulevée par cette force ancestrale combinée. Peu à peu, son visage perdit son teint cireux, puis ses muscles s'assouplirent d'eux-mêmes. Glen s'approcha d'un pas vif. Il tenta d'atteindre l'esprit d'Alicia, mais il demeura hors de portée. Ce n'était pas normal : elle aurait dû être plus réceptive. Un pli d'inquiétude se creusa sur son front. Il s'empressa de la sonder. Il jura comme un damné en découvrant l'artefact incrustré dans sa poitrine. Ses traits se durcirent lorsqu'il leva les yeux vers l'elfe. À son tour, celui-ci promena une main délicate au-dessus de la jeune femme. Il cilla en faisant le même constat désolant.

— Je peux la libérer de l'artefact Unseelie, mais ça ne se fera pas sans danger. Alicia est très faible, son corps pourrait ne pas le supporter, lâcha Lachlan d'une voix emplie de tristesse.

— J'en prends le risque, déclara Glen sans aucune hésitation. Nous ne pouvons pas la laisser ainsi. Tant que cet engin du diable demeurera lié à elle, Alicia sera assujettie au pouvoir de Conrad. Il est hors de question de permettre à ce monstre de l'atteindre de nouveau.

Inflexible, il lança un regard d'avertissement en direction des autres. Personne ne contesta sa décision. Glen savait pertinemment qu'il suffisait d'un faux mouvement de la part de Lachlan pour que l'arme Unseelie déclenche une série de décharges mortelle en signe de représailles, ce à quoi Alicia ne survivrait pas. Se fiant au savoir de l'elfe, il hocha la tête avec raideur. Par chance, Hélène et Caroline se trouvaient à l'extérieur de la grotte, sous l'œil attentif de Cheyne. Il n'osait imaginer quel aurait été l'impact sur l'équilibre fragile d'Hélène en apercevant Lachlan insérer des doigts nimbés de lumière dans le corps de son amie. Lui-même était inquiet. Todd s'avança à son tour en percevant le trouble qui agitait son cadet. Il déposa une poigne réconfortante sur l'épaule de Glen, conscient de la lourde responsabilité qui lui incombait. Il observa le visage pâle d'Alicia, la mine soucieuse. De leur côté, Dougall et Connall étaient incapables de demeurer impassibles. Ils se détournèrent, ne pouvant supporter la vision de la main de Lachlan plongée dans la poitrine d'Alicia, préférant de loin surveiller les environs.

Inquiet de ne voir aucune réaction de la part de la jeune femme, Todd fronça les sourcils. Alicia aurait dû se tordre de douleur, hurler comme une démente. À la place, son corps restait flasque, ses lèvres, closes. Elle semblait reposer en des lieux inaccessibles. À peine frémit-elle lorsque Lachlan extirpa l'artefact. Soulagé, Todd étreignit l'épaule de Glen. Malgré le succès de l'intervention de Lachlan, elle n'était pas hors de danger pour autant. Encore fallait-il qu'elle revienne de son plein gré dans le monde des vivants. Ils ne pouvaient plus rien pour elle désormais : la suite n'incombait qu'à elle. Glen sentit une boule se former dans sa gorge. De ses doigts maladroits, il libéra Alicia des sangles qui la retenaient captive. L'expression indéchiffrable, il la souleva dans ses bras. Son sang ne fit qu'un tour dans ses veines à son contact. Elle lui sembla si fragile tout à coup qu'il eut peur de la casser. Il tenta de faire le vide dans son esprit, de chasser le désir qu'il ressentait en frôlant sa joue de ses lèvres. «Que je sois damné!» se maudit-il avec rage. Il ne devait pas oublier à qui appartenait cette femme. Pressé de quitter les lieux, il donna l'ordre de partir. Todd et Dougall demeurèrent derrière lui pour couvrir ses arrières.

— Alicia, reste avec nous, la supplia-t-il d'une voix éraillée. Kylia et Keith ont besoin de toi, tu ne peux pas les abandonner.

Alicia était suspendue entre deux mondes : celui des ténèbres et celui de la lumière. Toutefois, en entendant le nom de Keith, une souffrance fulgurante la transperça tel un coup de poignard. Elle se débattit comme une folle en refaisant brusquement surface, les doigts crispés sur son cœur. Glen faillit la lâcher sous la surprise. S'arrêtant, il l'allongea sur le sol afin de lui permettre de se reprendre. Dougall et Connall jetèrent des coups d'œil nerveux derrière eux, alors que Todd et Lachlan en faisaient tout autant de leur côté. Lyliall s'accroupit près d'Alicia en constatant qu'elle était terrorisée. Elle enserra l'une de ses mains dans une étreinte chaleureuse. Alicia détailla les environs d'un mouvement de tête saccadé. On aurait dit une biche aux abois, d'autant plus qu'elle cilla en reconnaissant Glen non loin d'elle. Pour un peu, Lyliall aurait pu croire que la présence du guerrier celte la traumatisait. «Par la grande déesse mère! Que s'est-il passé?» s'interrogea-t-elle en fronçant les sourcils. Il lui fallait la calmer avant d'aller plus loin.

— Tout va bien, Alicia, chuchota-t-elle d'un ton apaisant. Il n'y a plus rien à craindre.

— Il ne doit pas me retrouver! s'écria Alicia d'une voix presque hystérique en évitant de croiser le regard de Glen.

Sa tentative d'esquive ne passa pas inaperçue. Alicia avait peur de lui, comprit-il alors avec consternation. Ce qui n'avait aucun sens... à moins que quelque chose de très grave se soit produit avec Keith. Gagné par un sentiment inconfortable, Glen s'agita.

— Alicia, où est Keith? demanda-t-il en la fixant intensément.

Pour toute réponse, Alicia secoua la tête avec énergie en signe de négation. Alors qu'il déposait une main sur son bras, elle se recula vivement, consumée par des démons intérieurs. Pressant ses paumes sur ses tempes, elle se recroquevilla sur elle-même. Ses cheveux ternes formaient un voile autour de son visage, lui cachant l'expression de ses yeux. Toutefois, une frayeur démesurée exhalait d'elle avec une intensité qui ne laissait planer aucun doute sur son état d'esprit. «Par tous les dieux! Que lui arrive-t-il?» se questionna-t-il avec une inquiétude sans cesse croissante. Optant pour une nouvelle approche, il s'efforça de la calmer en l'enveloppant d'un sort d'apaisement avant de l'interroger davantage.

— Alicia, j'ai besoin de savoir... Qu'est-il arrivé à Keith?

Alicia émit un cri de bête blessée, refusant d'affronter la réalité. Elle repoussait d'instinct toute tentative pour l'atteindre. Glen la contraignit à se retourner en emprisonnant fermement ses épaules, ne pouvant plus attendre. Alicia eut un choc en croisant ses iris ambrés, les mêmes que Keith. Elle gémit lamentablement en essayant de refouler le flot de souvenirs incessants qui la submergeait. Glen éprouva du remords à la brusquer de la sorte, mais le temps leur était compté. Il devait être informé de ce qui était advenu de son frère avant de quitter les lieux. Si Keith était détenu quelque part dans cet endroit maudit, il devait le sauver.

Perturbée par les réminiscences qui déferlaient en elle, Alicia détourna la tête afin de dissimuler les larmes qui inondaient son visage ravagé par le chagrin. Glen l'obligea de nouveau à le regarder, déterminé à connaître la vérité. La souffrance qu'il lut sur ses traits lui coupa le souffle.

— Alicia ! Je t'en prie...

— Non... Je ne veux pas me rappeler ! Je ne veux pas !

— Alicia, tu dois me dire ce qui s'est passé. Il y a peut-être encore une chance de le délivrer.

— Il est trop tard, Glen ! cria-t-elle, le cœur empli de révolte. Ils ont fait de lui...

Elle se libéra d'un mouvement sec, incapable de poursuivre. Il l'empoigna par les bras lorsqu'elle se retrancha derrière ses remparts. Il la secoua rudement bien malgré lui.

— Pourquoi est-il trop tard ? Alicia, j'ai le droit de savoir, s'énerva-t-il. C'est mon frère !

— C'était aussi le père de mon enfant, l'homme que j'aimais passionnément... hurla-t-elle, le corps soudain animé par une énergie dévastatrice.

Glen blêmit d'un seul coup. Alicia s'était exprimée au passé, comme si Keith était mort. Pourtant, elle réagissait de façon étrange. C'était à croire qu'elle le craignait. C'était incompréhensible.

— Que me caches-tu, Alicia ? Par tous les feux de l'enfer, parle...

— Sinon quoi, Glen MacGrandy ? s'informa-t-elle d'un ton tranchant, les yeux enflammés par un éclat dangereux.

Glen cilla sous l'assaut d'un tel déploiement de colère. C'était comme si un pouvoir sombre s'était tout à coup éveillé en elle, étouffant toute douceur dans son cœur. Incapable de réfréner son élan, Alicia déversa toute sa hargne sur lui.

— Tu veux savoir ce que Conrad a fait de lui ? demanda-t-elle implacablement en remarquant les deux cadavres qui jonchaient le sol. Eh bien, regarde attentivement ces bêtes hideuses derrière toi, car elles sont à l'image de ton cher frère ! déclara-t-elle avec une pointe de cruauté.

Il tressaillit lorsqu'il tourna la tête dans la direction qu'elle lui indiquait, apercevant par la même occasion les créatures qu'ils avaient abattues à leur arrivée. Il se sentit perdre pied en mesurant pleinement ses propos.

— C'est un monstre maintenant ! cracha-t-elle avec ran-cœur. Un être damné, dépourvu de toute humanité. Même l'amour qui nous unissait n'a pu résister à ce carnage. J'étais présente quand Conrad l'a dépouillé de son âme. C'est d'ailleurs Keith qui m'a attachée à cet autel, qui m'a livrée aux mains de Conrad. Je l'ai appelé ! Oh oui ! Je l'ai supplié de me délivrer de ce cauchemar, mais il n'a rien fait…

Accablé par la souffrance, Glen s'appuya au mur derrière lui afin de reprendre ses esprits. Il comprenait mieux dorénavant la haine d'Alicia envers lui. Elle avait assisté à la destruction de son époux. Pis encore, elle avait enduré le calvaire sous ses mains. Relevant la tête, il la scruta en silence, incapable de trouver les mots pour apaiser sa douleur. Révoltée, Alicia le foudroya du regard. Elle ne souhaitait plus rien ressentir pour l'homme qui l'avait trahie. Voulant se débarrasser de la moindre réminiscence le concernant, elle fit face à Glen.

— Au moment d'être englouti par les ténèbres, ton frère m'a légué ses souvenirs, ainsi que son savoir druidique. Je t'en fais volontiers cadeau.

Avant même qu'il puisse réagir, elle plaqua ses paumes sur ses tempes. Elle déversa en lui tout ce que Keith lui avait transmis. Glen se crispa sous cette agression brutale. Todd s'élança dans sa direction pour lui porter secours. Le temps qu'il y parvienne, Alicia l'avait déjà relâché. Glen se raccrocha à l'épaule de Todd, passablement secoué. Il tenta de reprendre son souffle.

— Dès notre retour au broch, j'irai chercher ma fille au Glen Torg. Une fois là-bas, je trouverai un moyen de regagner mon univers avec elle, déclara Alicia avec froideur.

— Non... tu ne peux pas faire ça ! s'insurgea aussitôt Glen. Ta destinée est de combattre Conrad. De plus, Kylia doit rester parmi les siens. Tu n'as pas le droit de fuir aussi lâchement...

— Que ce soit clair, Glen MacGrandy : je le peux, et c'est exactement ce que je ferai. Si je demeure dans le Sidh avec Kylia, Keith n'aura de cesse de nous poursuivre. Grâce à lui, Conrad n'aura aucune difficulté à nous retrouver, à envoyer ses chiens de chasse à nos trousses. Dans mon monde, nous serons hors de sa portée. Je vous défie, toi et les tiens, de m'arrêter ! Crois-moi, je n'hésiterai pas à détruire quiconque se mettra en travers de ma route.

— Vous serez sans défense ! Qu'arrivera-t-il si Conrad trouve un moyen de traverser le voile ? Par tous les dieux, Alicia, Keith est ton compagnon, le père de ta fille. Tu ne peux pas l'abandonner...

— Il est mort... s'écria-t-elle avec fureur.

— C'est faux, Alicia ! Je ne peux l'imaginer...

Plus rapide que lui, elle plaqua sa main droite sur son front, le paralysant. Elle lui montra alors ce qui était advenu de Keith.

— Regarde bien, Glen MacGrandy, vois ce que Conrad a fait de lui. Ressens toute la haine qu'il me voue désormais. Maintenant, ose me barrer la route...

Glen recula d'un pas chancelant dès qu'il fut libéré de son sort neutralisant et porta un regard désespéré sur Todd. Il frappa le mur de pierre de ses poings sous l'emprise de la colère. Inquiet, Todd l'empoigna par le bras pour le contenir. Glen le repoussa sans ménagement, trop perturbé par les visions horrifiantes qu'elle lui avait transmises. Il choisit à cet instant la seule solution qui s'imposait à lui. Alicia avait raison, demeurer dans le Sidh serait trop dangereux pour elles dans l'immédiat. Il se devait donc de trouver un moyen pour l'aider à s'échapper, quitte à être banni du Sidh à son tour pour avoir transgressé les règles. Après tout, une telle transgression devrait être envisageable, puisque Keith lui-même avait vécu un siècle dans le monde des humains par le passé.

Discernant tout à coup des bruits de pas précipités qui venaient dans leur direction, Glen s'efforça de revenir au moment présent. En tout premier lieu, il devait sortir Alicia de ce guêpier. L'empoignant par le coude, il l'entraîna à sa suite. Sauf qu'elle n'avait pas l'intention de se laisser mener de la sorte. Freinant brusquement, elle se dégagea d'une secousse. Elle devait créer une diversion pour couvrir leur fuite. La concentration d'énergie qui tourbillonnait en elle ne demandait qu'à être délivrée. Toutefois, Glen ne l'entendait pas ainsi. Alors qu'il tentait de la forcer à avancer, elle lui décocha un regard noir qui le déstabilisa. Une colère froide coulait en elle, primitive. Il comprit soudain qu'elle ressentait le besoin de reprendre sa destinée en main, d'expulser hors d'elle cette rage dévastatrice qui la consumait tout entière. D'un signe de tête, il lui indiqua qu'il assurait ses arrières pendant que les autres retournaient auprès de Cheyne et de ses deux amies.

Sa magie remonta de ses entrailles à une vitesse phénoménale. Des lames de feu jaillirent de ses mains avec une telle force qu'elles percutèrent la horde de korrigans lancée à leur trousse d'une puissance mortelle. Les créatures furent décimées en quelques secondes à peine, ne laissant derrière elles qu'un amas de cendre. Flanchant sous l'effort fourni, Alicia perdit l'équilibre. Non sans inquiétude, Glen l'empoigna par les aisselles avant de l'entraîner à sa suite. Un étrange malaise le gagna. Alicia possédait un pouvoir qui le dépassait. Il espérait seulement qu'elle soit à même de le maîtriser.

Ils eurent tôt fait de rejoindre les autres. D'un pas rapide, ils se dirigèrent vers le couloir qui menait tout droit à la sortie. Malheureusement, une embuscade avait été dressée à leur intention, les empêchant de s'enfuir. Au moins, Cheyne semblait avoir eu la présence d'esprit de mettre Caroline et Hélène à couvert en attendant leur arrivée, car Glen ne les voyait nulle part. Sur son ordre, Todd, Dougall et Connall s'emparèrent de leur épée, prêts à en découdre. Cheyne, qui se cachait derrière des rochers, profita de la diversion pour ramener les deux humaines au sein du groupe. Quant à Lachlan, il prit la relève auprès d'Alicia pendant que Lyliall demeurait à l'affût de tout déploiement magique. La dernière chose qu'elle désirait, c'était d'être surprise par Conrad.

L'affrontement fut bref, mais des plus sanglants. Le bruit assourdissant des lames qui s'entrechoquaient avait désormais fait place à un silence lourd entrecoupé de respirations haletantes. Le corps en sueur, Glen jeta un regard de mépris sur les cadavres qui jonchaient le sol. Au passage, il aperçut Caroline qui se trouvait derrière lui. Elle était pétrifiée, d'une pâleur qui ne laissait planer aucun doute sur les émotions qui l'animaient. Il pouvait même dire qu'elle était complètement morte de peur. Quant à Hélène, elle ne valait guère mieux. À peine arrivait-elle à se tenir sur ses jambes flageolantes. Ils allaient devoir endurcir ces deux demoiselles avant qu'elles ne laissent leur peau dans le conflit qui les opposait à Conrad.

Il regroupa tout le monde dans un grognement de frustration et traça un cercle protecteur tout autour d'eux d'un geste brusque. Une nouvelle force de frappe les avait localisés.

Les premiers korrigans qui foncèrent sur eux furent instantanément grillés au contact de la barrière invisible que Glen avait érigée. Le reste des assaillants freinèrent aussitôt. La mine sombre, ils les encerclèrent. Ils savaient que Glen ne pourrait pas tenir indéfiniment le sort de protection actif, qui requérait une trop grande dépense d'énergie. Il leur suffisait d'attendre le bon moment. De chaque côté de Glen, Connall et Dougall se mirent en position d'attaque. Au moment où Alicia faisait face à l'ennemi à son tour, elle reconnut le visage déformé de Keith parmi la meute. Un faible gémissement franchit ses lèvres lorsque son œil injecté de sang se posa sur elle. Celui-ci était calculateur. De toute évidence, Keith cherchait un moyen de l'atteindre. Elle comprit alors qu'il n'hésiterait pas à tuer ses propres frères pour la capturer. C'était elle qui mettait le reste du groupe en danger en demeurant avec eux.

Elle prit sa décision au moment où elle regarda ses deux amies. Elle était peut-être exclue de leur complicité désormais, mais au moins, elle pouvait faire en sorte de sauver leur vie. Elle profita de l'inattention générale pour quitter la protection du cercle magique et s'éloigner des autres, s'exposant ainsi à la vindicte de son époux. Hélène, qui l'avait vue, lâcha un « Non ! » retentissant. À peine Alicia fut-elle à découvert que Keith fonça sur elle. Un peu plus loin, elle s'arrêta et dissimula derrière elle la dague que lui avait donnée Todd à leur sortie de la grotte. Elle attendit Keith d'un pied ferme. Dès qu'il la rejoignit, elle se prépara à le frapper. Cependant, en dépit de sa détermination, elle fut incapable de le tuer. Elle dévia au dernier moment de son objectif principal : son cœur. La bête devant elle en était parfaitement consciente. Keith retira la lame de son épaule sans sourciller. Glen, qui avait été alerté par le cri perçant d'Hélène, s'élança à son tour. Alicia lui hurla de s'arrêter en comprenant qu'il se ruait droit sur lui sans savoir qui il était réellement. Il n'eut que le temps de reconnaître son frère avant de se jeter face contre terre pour esquiver de justesse le tranchant de l'épée de Keith. Il roula sur lui-même et trouva refuge derrière un rocher, le souffle court. Alicia fut soulagée de voir qu'il était maintenant hors de portée de Keith. Toutefois, son inquiétude remonta d'un cran quand elle vit que les autres étaient désormais vulnérables sans le cercle de protection de Glen. Trop déstabilisé à son tour face au monstre qu'était devenu son aîné, Todd peinait également à reprendre la maîtrise de lui-même. Quant à Dougall et Connall, ils tentaient tant bien que mal de maintenir les korrigans à distance des deux humaines, alors que Lachlan et Lyliall combattaient dos à dos. En remarquant que Glen était en mauvaise posture, Todd essaya de se frayer un chemin pour lui apporter son aide.

Demeurée seule face à Keith, Alicia s'efforça de concentrer l'énergie qui lui restait pour défendre sa propre vie. Dans la mêlée, elle ne vit pas Cheyne qui s'était lancée à son secours. Alicia ne prit conscience de sa présence que lorsque celle-ci se plaça entre elle et Keith. Elle eut un coup au cœur en l'apercevant. Devant la fureur démentielle de Keith, la valkyrie ne ferait pas le poids. Il la mettrait en pièces. Elle s'apprêtait à l'avertir du danger quand le sol trembla soudain avec une violence démesurée. Un sentiment d'urgence la gagna. Relevant vivement la tête, elle n'eut que le temps de voir Cheyne vaciller sur le bord d'une crevasse qui venait de s'ouvrir sous ses pieds. Elle plongea vers celle-ci par réflexe. Alicia attrapa Cheyne de justesse par le poignet au moment où elle basculait. Elle serra la mâchoire et dut déployer une force considérable pour l'extraire de sa position précaire, mais le corps massif de la valkyrie pesait lourd au bout de son bras. Elle tenta de la ramener vers la saillie en contractant ses muscles au maximum. Une douleur aiguë remonta jusqu'à son épaule, lui arrachant un cri.

— Cheyne, grimpez! Dépêchez-vous! Je ne pourrai plus tenir longtemps! lâcha Alicia d'une voix haletante.

— Jeune humaine, je n'y arriverai pas! s'écria Cheyne lorsque l'emprise de sa main glissa de celle d'Alicia.

— Nom de Dieu! Glen! Glen! hurla Alicia.

Comme elle ne reçut aucune réponse en retour, elle fit appel à sa magie, sans succès. Le temps sembla se figer. La présence d'une tierce personne à ses côtés la sortit de son état second. Elle releva la tête et eut un coup au cœur en croisant le regard sauvage de Keith. Alicia le vit élever son épée dans les airs pour l'abattre ensuite sur la valkyrie, impuissante à changer le cours des évènements. Son cri mourut sur ses lèvres lorsque la lame la faucha en deux. En apercevant son corps décapité, Alicia relâcha la main qu'elle tenait dans un hurlement de terreur. Le reste de la dépouille de Cheyne sombrait déjà dans les profondeurs de la Terre. Alicia se redressa d'un bond et affronta le monstre qui se dressait devant elle.

— Espèce de salaud! rugit-elle en se jetant sur lui.

Elle engagea une lutte acharnée contre lui, soulevée par une rage folle. Elle n'était que fureur et déchaînement. Surpris par son assaut, Keith ne fut pas assez prompt pour esquiver les coups qui pleuvaient sur lui avec une précision et une rapidité mortelles. Alicia s'empara de la lame rougie du sang de Cheyne qu'il avait laissé choir durant son offensive quand il tomba à genoux dans un râle guttural. Elle leva l'arme au-dessus de sa tête, prête à le faucher, animée par les émotions violentes qui l'habitaient. Des gouttes de sueur perlaient à son front, embrouillant sa vision, à moins que ce ne soient des larmes de désespoir. La respiration saccadée, elle le menaçait toujours, les doigts tremblants, le cœur au bord des lèvres. Quelque chose cependant retint son bras vengeur. Elle ne pouvait se résoudre à commettre un tel sacrilège alors qu'elle savait pertinemment qu'il n'aurait éprouvé aucune hésitation à le faire si les rôles avaient été inversés. Submergée par le chagrin, elle relâcha l'arme. Elle ne pouvait abattre froidement l'homme qu'elle avait aimé. Vaincue, elle se laissa tomber lourdement à genoux, la nuque ployée en signe de reddition. Contre toute attente,

Keith demeura immobile. Elle releva les yeux, ne pouvant tolérer plus longtemps cette situation insoutenable, et plongea son regard empli de souffrance dans celui de Keith, vitreux. Résignée à son sort, elle ne bougea pas lorsqu'elle le vit s'emparer de l'épée d'une main ferme, puis pointer la lame tranchante dans sa direction.

— Allez, tue-moi ! hurla-t-elle. Qu'est-ce que tu attends ? Ne vois-tu donc pas que j'abdique ? Tu as gagné, Keith, alors, vas-y ! Tue-moi…

La terre trembla de nouveau, comme une réponse à sa prière. Le sol s'ouvrit sur un trou béant avant qu'Alicia n'ait pu faire quoi que ce soit. Elle bascula à son tour dans le vide et eut le temps de s'agripper de justesse aux parois inégales, son instinct de survie reprenant le dessus. Elle chercha frénétiquement un appui pour ses pieds, s'accrochant aux rochers avec l'énergie du désespoir, fouettée par une poussée d'adrénaline. Elle percevait très bien la chaleur étouffante qui se dégageait de la lave en fusion tout au fond du gouffre. Une seconde secousse lui fit perdre son emprise. Elle poussa un cri retentissant. Alors qu'elle se croyait condamnée, un de ses poignets fut rattrapé au vol, broyé dans un étau de fer.

Relevant la tête, elle éprouva un choc en apercevant Keith qui la surplombait de toute sa hauteur. Pourquoi retarder sa mort ? Prenait-il donc tant de plaisir à la torturer ? Suspendue dans le vide, elle se laissa happer par son regard inexpressif. Un frisson la parcourut lorsque son esprit frôla un segment de ses pensées. Tout son être se tétanisa en y découvrant l'image de Kylia. Des sentiments contradictoires entouraient cette vision. Chose certaine, la partie sombre de Keith voulait sa perte…

— Non... mon Dieu, non... Keith... s'écria-t-elle, la peur au ventre. Je t'en conjure... ne lui fais pas de mal... s'étrangla-t-elle.

Un faible sursaut d'humanité reflua dans l'esprit de Keith. Ce fut suffisant pour lui permettre de reprendre le dessus l'espace de quelques secondes. Son corps terrassé par des convulsions bataillait avec acharnement contre le monstre qui avait pris possession de lui. Dans un mugissement bestial, il propulsa Alicia dans les airs avec une force démentielle en maintenant fermement sa poigne. Celle-ci atterrit lourdement sur le sol. Leurs regards se soudèrent un bref instant. Il pressa la paume de la jeune femme sur le côté droit de son visage d'un geste empreint d'amour avant de la relâcher. Il était redevenu momentanément l'homme noble qu'Alicia chérissait tant. Il se plia en deux sous l'assaut d'une vive douleur. Les ténèbres le rappelaient à elles de façon impitoyable. En voyant Alicia esquisser un mouvement dans sa direction, il s'obligea à lutter âprement contre la bête qui reprenait sa domination sur lui.

— Va-t'en... parvint-il à lui crier.

— Keith...

— Non... Alicia! Pars très loin... amène Kylia avec toi... avant que je ne vous tue toutes les deux...

Alicia recula d'un pas, saisie d'horreur. Une main glaciale étreignit son cœur. Keith poussa un rugissement effroyable. Il était sur le point de perdre son combat. Alicia vit s'éteindre l'étincelle de vie dans ses prunelles comme au ralenti. Apercevant Glen qui venait à sa rencontre, elle s'empara de l'épée rougie avant de s'élancer vers son beau-frère. Elle n'eut aucun regard derrière elle. Une fois à sa hauteur, elle l'empoigna par le bras.

— Glen, il faut décamper d'ici ! lâcha-t-elle d'une voix voilée. C'est notre seule chance d'en réchapper.

— Alicia, où est Cheyne ? Nous ne pouvons pas partir sans elle.

Sans plus attendre, Alicia l'entraîna dans une course folle. Elle lui répondit d'un ton monocorde :

— Elle est morte, Glen. Nous ne pouvons plus rien pour elle.

— Que s'est-il passé ? demanda-t-il, médusé, en s'arrêtant net.

Obligée de stopper à son tour, elle se retourna vers lui, les yeux étincelant de colère.

— Ne cherche pas à réveiller l'esprit des morts. Ça ne te servirait à rien de savoir ce qui est arrivé.

— C'est Keith, n'est-ce pas ?

Son silence hostile fut l'unique explication qu'il obtint. Face au chagrin qui déformait les traits de la jeune femme, il préféra reporter à plus tard cet interrogatoire. Alicia était bouleversée pour le moment. S'il la repoussait dans ses derniers retranchements, il n'en sortirait rien de bon. Conscient également de la précarité de leur situation, il reprit sa course effrénée, Alicia sur ses talons.

Ils étaient à bout de souffle lorsqu'ils parvinrent finalement à rejoindre les autres. Hélène se tenait en retrait, inquiète de leur absence prolongée. Dans le même état d'esprit, Todd s'apprêtait à partir à leur recherche. Un soupir de soulagement gonfla sa poitrine en apercevant sa belle-soeur à côté de Glen.

— Il faut fuir ! ordonna Alicia.

— Mais... Cheyne ? demanda Dougall en constatant l'absence de la valkyrie.

— Elle est morte !

Un silence lourd s'abattit sur le groupe à ses paroles. N'ayant pas le temps de s'appesantir sur les circonstances, Alicia adopta une attitude glaciale.

— Si nous ne voulons pas connaître le même sort, je vous conseille d'ouvrir ce fichu passage ! s'écria-t-elle d'un ton cinglant.

Alerté par l'urgence qu'il décelait dans sa voix, Lachlan invoqua avec célérité les forces de la nature afin d'activer le vortex. Ils s'y engouffrèrent tous d'un pas précipité dès que celui-ci apparut.

De retour aux abords du broch, Glen s'assura que tous avaient franchi le portail sans embûche, puis ordonna à Lachlan de le refermer. Alicia pouvait laisser libre cours à sa frustration maintenant qu'ils étaient hors de portée de l'ennemi. Elle lança son épée au loin d'un geste brusque. Celle-ci atterrit dans un bruit funeste sur le sol rocailleux. Une telle fureur se dégageait d'elle que personne n'osa bouger, de crainte de s'attirer ses foudres.

Pour sa part, Alicia ne cessait de se torturer l'esprit. La soudaine émergence de la personnalité de Keith dans ce corps de monstre l'avait ébranlée au-delà des mots. Était-il donc concevable qu'il y ait encore de l'espoir ? Incertaine du sens exact qu'elle devait accorder à cette situation, elle préféra s'abstenir d'en parler à quiconque dans l'immédiat. Les évènements s'étaient succédés trop rapidement, et elle avait besoin d'un répit pour y voir plus clair. Au souvenir de ce qui était arrivé à Cheyne, un sentiment d'impuissance la gagna. Accablée, elle croisa ses mains sur sa tête en s'éloignant à grands pas. S'il avait été vraiment possible à Keith de reprendre le dessus sur son être, il ne l'aurait jamais livrée aux mains de Conrad dans un premier temps, ni n'aurait tué Cheyne de sang-froid. Non, il était trop tard pour lui maintenant, comprit-elle. De plus, il l'avait lui-même mise en garde. Dès qu'une seconde chance se présenterait à elle, il lui faudrait l'abattre. Elle ne devrait pas flancher, sous aucune considération. Il en allait de la sauvegarde de sa fille. Révoltée par ce nouveau coup du sort, elle explosa et se servit de Glen comme bouc émissaire.

— Pourquoi ? vociféra-t-elle en venant à sa rencontre d'un pas vif. À quoi tout ceci rime-t-il à la fin ?

— Alicia… tenta maladroitement Glen en l'empoignant par les épaules.

Malade de rage, elle se dégagea d'un mouvement brusque, le repoussant avec force. Ses pupilles dilatées lançaient des éclairs alors que ses narines frémissaient sous la colère. Un second membre du groupe avait perdu la vie par sa faute. Déjà qu'elle supportait difficilement d'être l'artisane du malheur de Clyne ! Combien d'autres devraient mourir encore avant que ne cesse cette folie ? Il était hors de question que la prochaine victime soit sa fille ; c'était pourtant ce qui risquerait d'arriver si elle demeurait à la portée de Keith. Elle devait trouver un moyen de retourner dans son monde avec Kylia. Il lui fallait fuir le monstre sanguinaire qui la poursuivrait sans relâche. Kylia devait être préservée à tout prix de son père, du moins jusqu'à ce qu'elle ait le courage de l'éliminer.

Submergée par la colère, elle préféra prendre ses distances avec le groupe. Elle se laissa choir sur un rocher en pleurant. Elle passa fébrilement ses doigts tremblants dans ses cheveux emmêlés, les nerfs à vif. Lyliall, qui l'avait suivie, s'assit en silence à sa droite. D'un bras maternel, elle entoura ses épaules, l'incitant d'une légère pression de la main à s'appuyer sur elle. Alicia n'opposa aucune résistance, le corps secoué par de profonds sanglots. Glen, qui les avait rejointes, jugea plus prudent de demeurer à l'écart. Hélène était partie à leur recherche, inquiète également de leur absence. Elle se faisait du mauvais sang pour Alicia. Son amie n'était plus que l'ombre d'elle-même avec ses yeux cernés, son extrême pâleur et son expression douloureuse. Elle aspirait à se racheter, consciente de ne pas avoir été à ses côtés pour la soutenir comme elle aurait dû le faire. Hélène fut bouleversée en remarquant son dos voûté. Un tel désespoir se dégageait d'Alicia qu'elle en fut ébranlée. Elle s'agenouilla devant elle, l'obligeant ainsi à la regarder. Elle essuya d'une main légère les larmes qui roulaient sur ses joues, tentant du même coup de capter son attention.

— Alicia, tu ne dois pas te laisser abattre de la sorte. Tu es pourvue d'une force de caractère que Caroline et moi t'avons toujours enviée. Ce n'est pas le temps de baisser les bras. Les druides du clan MacGrandy et les habitants du Sidh mettront un jour fin à toute cette folie, mais pas sans ton aide. Ils ont besoin de toi pour y parvenir. Même une néophyte comme moi en est consciente. Il y a des enfants au sein du clan MacGrandy. Quel sera leur sort si tu les abandonnes ? Aie foi en l'avenir ! Tu n'as pas fait tout ce chemin en vain. Ça, je ne peux le croire !

Perturbée par les paroles d'Hélène, Alicia secoua la tête. Elle n'était pas lâche, mais elle n'avait plus le courage de se battre.

— Hélène, je suis si fatiguée… Des gens sont morts par ma faute, déclara-t-elle en s'étranglant. Je refuse d'être responsable de la vie d'autres personnes, et je ne pourrais supporter que Kylia, Caroline et toi soyez blessées, ou pis encore. Ce serait au-dessus de mes forces...

— Trêve de balivernes! s'insurgea Caroline. Tout comme toi, Hélène et moi sommes impliquées dans cette histoire depuis le début, Alicia! Il est trop tard pour revenir en arrière... De toute façon, il est hors de question que nous te laissions tomber. Nous nous sommes toujours serré les coudes. Ce n'est pas aujourd'hui que ça changera. De plus, j'ai besoin de toi. Que m'arrivera-t-il si Conrad cherche de nouveau à se servir de moi? Qui m'aidera à le combattre? Sûrement pas ce Celte déplaisant, essaya-t-elle de plaisanter en désignant Glen du menton.

Touchée par sa pauvre tentative d'humour, Alicia pressa Caroline contre elle. Ses amies avaient raison. Elle ne pouvait fuir, abandonnant derrière elle tous ceux qui comptaient sur son soutien pour vaincre Conrad. Ce serait faire le jeu du mage noir. S'il s'était emparé de Keith, c'était pour l'affaiblir. «Mais Dieu qu'il est douloureux de devoir avancer sans Keith, de le savoir prisonnier du monde des ténèbres!» songea-t-elle, le cœur étreint dans un étau. Elle redressa les épaules en inspirant profondément. Elle ferait honneur à son compagnon et endosserait le rôle qui lui incombait, ce pour quoi il s'était toujours battu. Devinant que le moment était venu pour elle d'intervenir, Lyliall se tourna vers Alicia.

— Tu n'es pas seule, Alicia. Les miens sont tout disposés à t'accueillir avec ta fille et tes deux amies. Ils t'attendent déjà à la Cour d'été. Nous assurerons votre sécurité jusqu'à ce que tu sois apte à reprendre le combat. C'est moi qui serai affectée à ta garde personnelle.

Étonnée, Alicia ne sut que répondre. Hélène la tira d'embarras. Cette offre arrivait à point. Alicia avait plus que jamais besoin de s'évader, de retrouver un certain équilibre. Un temps d'arrêt lui serait salutaire, et préférablement à l'écart de la famille de Keith. Elle serait ainsi en mesure de reprendre en main sa destinée. Ayant confiance en la Seelie, Hélène prit l'initiative d'accepter en leur nom à toutes. Elle comprenait dorénavant que Lyliall avait toujours agi dans l'intérêt d'Alicia et de sa fille. Pour sa part, Glen était songeur. Jamais une telle chose ne s'était produite auparavant. Les Seelie s'étaient bien gardés de se mélanger aux humains par le passé, préférant de loin demeurer en retrait. Qu'est-ce qu'un tel changement signifiait?

Croisant le regard tranquille de Lyllial, il eut soudain un drôle de pressentiment. Des éléments lui échappaient… Il n'aimait pas du tout ce qui se tramait à leur insu. Sans savoir pourquoi, il eut alors la vague impression de n'avoir été qu'un simple pion sur un échiquier.

CHAPITRE VIII

La fuite

Glen établit d'emblée un lien mental avec sa mère afin de l'informer de leur arrivée prochaine. Il préféra lui dissimuler certains renseignements dans l'immédiat, n'ayant pas le courage de lui apprendre la vérité au sujet de Keith.

Les membres du clan s'empressèrent de venir à leur rencontre dès leur retour dans l'enceinte du village. Glen fut le premier à s'avancer vers Yule, suivi de près par Alicia et Todd, alors que le reste du groupe demeurait en retrait. Face à l'interrogation muette de sa mère, Glen lui fit un bref signe de négation. Il eut un pincement au cœur en voyant ses traits se décomposer. Tout comme les autres, elle avait cru au retour de leur laird. Elle adopta une attitude neutre, se reprenant rapidement. Il était hors de question qu'elle s'effondre devant les siens. Une fois à la hauteur d'Alicia, elle serra ses mains avec tendresse. Un froncement de sourcils creusa davantage son front quand elle vit à quel point sa belle-fille était dans un piètre état. Son visage était blafard, ses cheveux, emmêlés, ses doigts, glacés. «Par la déesse-mère, la pauvre semble sortir tout droit de l'enfer! ne put-elle s'empêcher de constater avec effarement. Que s'est-il passé ? » se demanda-t-elle avec une anxiété croissante, surtout qu'Alicia fuyait son regard.

Touchée par ce geste d'affection, la jeune femme sentit sa gorge se nouer. Elle n'était pas loin de craquer. Maintenant qu'elle était en sécurité entre les murs du broch, sa carapace se fissurait. Elle baissa vivement la tête, refusant de verser une larme en présence de Yule. Cette dernière pressa ses paumes contre son cœur, sensible à sa détresse. Elle s'était attachée à sa belle-fille durant son séjour au Glen Torg. De plus, leur inquiétude réciproque au sujet de Keith les avait rapprochées davantage. Elle posa une main légère sur les cheveux d'Alicia, frôla son esprit dans une douce caresse. *Ne pleurez pas, Glen le retrouvera. Il ne faut pas désespérer ainsi. En attendant, vous devez reprendre des forces et retourner auprès de votre fille.* Déchirée par l'espoir que renfermait le message de sa belle-mère, Alicia se sentit écartelée. Elle aurait voulu lui avouer ce qu'il en était réellement, mais elle n'avait pas le courage de lui infliger une telle désillusion. Sur le point de s'effondrer, elle refoula le moindre souvenir ayant trait à ce qui s'était déroulé au gouffre de Morget. Les scènes d'horreur cherchaient toutefois à refaire surface, la plongeant dans un désarroi sans fond. Elle voûta les épaules sous le poids de l'accablement. Yule leva un regard interrogateur vers Glen, de plus en plus préoccupée. Mal à l'aise, celui-ci serra les poings dans son plaid afin de dissimuler son trouble. Cette attitude ne fit qu'augmenter les soupçons de Yule.

— Glen, que me caches-tu ? Alicia est bouleversée, et tu ne vaux guère mieux. Qu'est-il arrivé ?

Glen scruta sa mère avec une expression douloureuse. Il se passa nerveusement une main dans les cheveux, hésitant à lui répondre. Il ne pouvait pas lui apprendre la nouvelle aussi abruptement.

— Pas ici... murmura-t-il afin de n'être entendu que d'elle seule.

Les lèvres de Yule frémirent alors que son attention demeurait fixée sur Alicia. Sachant pertinemment que Glen pouvait se montrer inflexible lorsqu'il le décidait, elle chercha une explication auprès de la jeune femme. Alicia était tendue comme un arc, prête à se rompre. Ses prunelles semblaient habitées par des images d'horreur.

— Alicia, partagez votre fardeau avec moi, chuchota-t-elle avec une infinie douceur.

Celle-ci détourna la tête, prise de panique. Elle ne pouvait permettre qu'une telle chose se produise. Elle fit volte-face et implora Glen des yeux. Ce dernier s'approcha de sa mère, sensible à ses tourments. Il étreignit son avant-bras avec fermeté, tout en l'intimant de ne pas pousser plus loin ses intentions. Yule utilisa son pouvoir d'enchanteresse contre son cadet pour le faire reculer, résolue à ne pas se laisser intimider. Glen obtempéra à contrecœur dans un juron. Il tenta de briser le sort de contrainte qu'elle lui avait lancé, plus furieux que jamais, mais en vain. Yule se détourna de Glen, indifférente à son courroux. Son objectif principal demeurait sa belle-fille.

— Alicia, Keith est mon fils ! commença-t-elle d'une voix cassée en l'enveloppant d'un regard empli de tristesse. Par pitié, dites-moi ce qui est advenu de lui. Aussi cruelle que soit la vérité, je suis en droit de la connaître !

Tiraillée entre son devoir et son désir de se préserver, Alicia ne savait que faire. Elle crispa ses doigts sur sa tunique. Une douleur lancinante à la poitrine lui coupa le souffle. Prenant pleinement conscience de sa souffrance, Yule déposa une main apaisante sur son épaule. D'emblée, une vague bienfaitrice vint mettre un baume sur son cœur. Lyliall, qui était demeurée silencieuse jusque-là, s'approcha à son tour de la jeune femme.

— Dis-lui tout, Alicia. C'est mieux ainsi...

«Seigneur!» implora Alicia, la mort dans l'âme. Rejetant la tête vers l'arrière, elle essaya de reprendre contenance. Les souvenirs remontèrent à la surface avec une rapidité effarante et la laissèrent anéantie. En se remémorant le visage déformé de Keith, elle chancela, ses yeux inondés de larmes. Glen se porta aussitôt à son secours. Il la soutint par la taille avec douceur. Ses jambes se dérobèrent sous elle, mais il la retint fermement. En percevant la force tranquille de son étreinte, Alicia fut transpercée par une lame de feu. Glen ressemblait tant à Keith que c'en était une vraie torture, ajoutant davantage à son chagrin.

Afin de mieux capter ses pensées, Yule déposa ses doigts glacés sur le front d'Alicia. Elle tressaillit sous l'assaut des images d'horreur qui s'imposèrent dès lors à son esprit. Elle prit appui sur le bras de Todd pour ne pas s'effondrer à son tour. Alicia perdit de sa vitalité au bout de quelques minutes. Hélène s'approcha d'elle avec raideur en constatant son visage défait.

— Laissez-la maintenant! ordonna-t-elle d'un ton cassant. Ne voyez-vous donc pas qu'elle souffre?

Revenant à elle, Yule ouvrit subitement les yeux. Alicia était d'une pâleur qui n'augurait rien de bon. La forcer à effectuer ce transfert de souvenirs l'avait considérablement épuisée. Gagnée par la culpabilité, elle rompit le lien entre elles.

— Vous avez raison, Hélène... murmura-t-elle d'une voix blanche.

Elle retourna au broch d'une démarche chancelante sans prendre la peine de terminer sa phrase. Alicia s'effondra mollement contre le torse de Glen, à bout de force. À son contact, il se tendit. Il ne pouvait plus se voiler le visage désormais. Il ressentait bel et bien des sentiments tendres pour sa belle-soeur, et le récent partage de réminiscences qui avait eu lieu entre eux dans le repaire de Conrad n'avait fait que renforcer cette affection. Préoccupée par ce qu'elle lisait en Glen, Lyliall s'empressa de faire signe à Lachlan de s'occuper d'Alicia. Trop choqué par ce qu'il avait éprouvé, Glen ne réagit même pas lorsque Lachlan la souleva dans ses bras pour la transporter dans un endroit tranquille, à l'écart de tous. Partagé entre sa loyauté envers Keith et ses émotions contre nature pour Alicia, il se sentait perdu. Se maudissant pour cet instant de faiblesse, il rabroua rudement Todd au moment où celui-ci venait le rejoindre. La jeune femme était la compagne de Keith; il était hors de question qu'il trahisse son frère aussi bassement... Avec un rire dérisoire pour lui-même, il s'éloigna d'une démarche saccadée.

En revenant à elle, Alicia eut l'impression désagréable d'être déphasée. Tardant à s'y retrouver, elle ne porta pas attention de prime abord à la voix cristalline qui l'appelait. Lorsque le mot « maman » parvint à se frayer un chemin dans son esprit embrouillé, elle ouvrit subitement les yeux. Quel ne fut pas son étonnement en apercevant une petite fille d'environ quatre ans, penchée au-dessus de sa couche! Son sang ne fit qu'un tour dans ses veines lorsqu'elle remarqua les boucles cuivrées qui encadraient son visage au teint de rose. Avec hésitation, elle leva une main vers l'enfant. Dès l'instant où ses doigts frôlèrent la douceur de sa joue, un bonheur infini éveilla chacune des fibres de son corps. D'instinct, Alicia sut qui elle était. Ne pouvant croire à un tel miracle, elle observa longuement les iris ambrés brillant d'éclat de la fillette qui lui souriait en toute simplicité. Nul ne pouvait nier la ressemblance frappante entre elle et Keith. «C'est impossible!» pensa-t-elle alors avec stupeur. Lors de leur séparation, Kylia n'était qu'un bébé…

La femme qui se tenait immobile dans un coin de la pièce s'avança de sa démarche gracieuse.

— Sois sans crainte, *cailìn*, susurra Fódla de son timbre mélodieux.

Relevant la tête, Alicia porta un regard confus sur la reine des Tuatha Dé Danann. Ses émotions se partageaient dans un amalgame de nuances. Son cœur battait à tout rompre alors qu'elle contemplait Kylia.

— Ne cherche pas à comprendre pour le moment. Profite plutôt de cet instant béni des dieux.

Alicia ferma les paupières quelques secondes afin de se reprendre. Inspirant profondément, elle fit le vide dans son esprit. Alors que son rythme cardiaque s'apaisait, une sérénité toute nouvelle se répandait en elle. Un doux sourire se dessina sur ses lèvres. Les larmes aux yeux, elle lui tendit les bras. Kylia s'y blottit aussitôt, tremblante d'appréhension. Alicia fut chavirée par sa détresse. Elle devina que sa fille avait lu dans ses pensées aussi clairement que dans un livre ouvert. Kylia avait une conscience aiguë de ce qui lui arrivait, de qui étaient ses parents, y compris de ce qu'il était advenu de son père. Elle détenait des connaissances incommensurables, beaucoup trop phénoménales pour quelqu'un de son âge. Tout en la serrant plus étroitement contre sa poitrine, Alicia fut déchirée par cette découverte. Kylia était un être à part et extrêmement fragile. Elle ne vivrait jamais une enfance normale. Ce privilège lui avait été refusé à cause de la magie particulière qui coulait dans ses veines, du savoir que la reine Fódla avait déversé dans le corps de sa mère au moment de sa gestation, ainsi que de l'aura maléfique que Conrad avait diffusée en Alicia lorsqu'il l'avait possédée. Le cours normal de son développement avait été altéré par tous ces évènements.

Par chance, en contrepartie, un lien unique s'était créé entre leurs deux âmes lors de sa grossesse, apportant un peu d'adoucissement dans le cœur d'Alicia. Elle ne connaîtrait jamais les joies réelles d'être une mère à part entière, mais au moins, elles partageraient ce lien exceptionnel. Voulant apaiser les craintes qui habitaient sa fille, Alicia la berça tout en lui chantonnant une berceuse de son enfance. Kylia se détendit entre ses bras et abaissa sa garde. Alicia comprit alors qu'elle avait eu peur d'être rejetée, ou pire encore, d'être traitée comme une aberration. La gorge étreinte par l'émotion, la jeune femme se promit que tant qu'elle vivrait, personne ne toucherait à Kylia, pas même son père.

❉ ❉ ❉

Il avait fallu une journée entière pour organiser leur départ avec Lyliall. Glen, qui n'était pas rassuré, avait insisté pour que Dougall soit autorisé à les accompagner. Pressentant qu'Alicia ne désirait pas sa compagnie, ni celle de Todd, il jugea préférable qu'elle soit escortée par l'un des guerriers du clan. Dougall était celui en qui il avait le plus confiance, sans compter que sa finesse au cœur de la bataille en faisait un combattant redoutable. Lyliall s'était montrée récalcitrante à cette idée, mais elle avait tout de même fini par se plier aux exigences de Glen ; la sécurité d'Alicia et de Kylia en dépendait. À la pensée de sa nièce, Glen éprouva un certain malaise. La croissance surnaturelle de la petite le rendait nerveux, tout comme le reste de leurs gens d'ailleurs. Kylia se tenait en retrait des autres enfants, ce qui ne facilitait pas son intégration. L'éloigner du broch serait donc une bonne chose pour elle. Tout en fourrageant dans sa chevelure, il arpenta ses quartiers. Il n'y aurait pas que le départ de Kylia qui serait une bénédiction, celui d'Alicia le serait également. Alors il pourra se concentrer sur Keith au lieu de s'amouracher de sa compagne. Il espérait que cette distance entre eux l'aiderait à tirer un trait sur ses sentiments naissants… avant qu'il ne soit trop tard et qu'il commette l'irréparable.

Il s'apprêtait à retourner auprès des membres du groupe, lorsqu'il perçut mentalement la détresse de sa mère. Ouvrant son esprit davantage, il prit soudain conscience de la tension qui régnait dans le clan. Ils étaient menacés. Des korrigans se trouvaient en bordure du village, et Keith était parmi eux… Il n'y avait plus de temps à perdre. Il s'élança au pas de course vers la maison de son frère, soucieux de prévenir Alicia. Il y déboula en trombe. Alicia était installée sur sa couche, occupée à coiffer Kylia tout en plaisantant avec elle. L'espace d'une seconde, il fut déstabilisé à la vue de son expression sereine. Alicia suspendit son geste, surprise par son entrée impromptue. Elle n'eut pas besoin d'explication pour comprendre de quoi il en retournait exactement. Tout en lui criait qu'ils étaient en danger. Elle bouscula sa fille en décelant à son tour la présence de Keith dans les environs. Une vague de panique la submergea à la seule idée que Kylia puisse tomber entre les mains de son père. Elles devaient partir... N'ayant pas le temps de récupérer leurs effets personnels, elle sortit en trombe de la maison.

Tout en transportant Kylia dans ses bras, Alicia suivit Glen dans une course effrénée à travers le bourg. Dès leur arrivée au point de rencontre, un vacarme assourdissant les accueillit. L'ennemi était à leur porte, ce qui ne laissait rien présager de bon. Jamais de mémoire d'homme les korrigans ne s'étaient risqués à attaquer le broch par le passé. Keith et ses guerriers les avaient toujours maintenus à l'écart du clan. Le gong, qui retentissait avec vigueur, enjoignait aux villageois de regagner immédiatement l'intérieur de la forteresse. Les femmes couraient en tous sens, à la recherche de leur progéniture éparpillée sur la place publique. Des petits, terrorisés, pleuraient alors que les plus âgés tournaient sur eux-mêmes en quête d'un endroit pour se cacher. Plus loin, un fermier venait de ramasser deux enfants sous ses bras pour les conduire en lieu sûr. Pendant ce temps, quelques vieillards peinaient sur leurs jambes fatiguées à rejoindre la protection du broch. Des cris se faisaient entendre de toute part, ajoutant à l'anarchie qui régnait sur les lieux. Secouée, Alicia éprouva un remord affligeant. D'une certaine façon, elle était responsable de ce qui arrivait, du malheur de ces pauvres gens.

Sous la gouverne de Todd, les hommes tentaient de réprimer le mouvement de panique qui se répandait dans le clan. La riposte de Conrad n'avait pas tardé. De toute évidence, le sorcier était impatient de récupérer Alicia. Glen devait donc l'expédier rapidement à la Cour d'été. Sur ses ordres, les guerriers prirent position tout autour du broch, armes aux poings, alors que certains demeuraient sur place pour aider les retardataires. À l'intérieur des murs, les jeunes garçons en âge de tenir une épée gagnèrent à leur tour les remparts. Ils seraient la dernière garde pour protéger femmes et enfants. De leur côté, les druides se préparaient à devoir affronter la magie sombre de Conrad. Contre toute attente, les hommes affichaient une arrogance confondante, comme si la seule perspective de se mesurer à la horde de korrigans ne les inquiétait nullement. Après tout, il ne fallait pas s'en étonner. Ils ne vivaient que pour la gloire d'une mort honorable au combat.

Leur cri de guerre s'éleva soudain haut et fort dans l'air. Le son des cors s'ajouta au tumulte assourdissant. Kylia se boucha les oreilles, effrayée. Alicia l'étreignit afin de la rassurer. Non sans crainte, elle aperçut les korrigans qui se dirigeaient vers eux en grand nombre. Glen laissa Alicia et Kylia sous la surveillance de Dougall. Celui-ci lui signala d'une pression de la main qu'il les protégerait envers et contre tout. Il savait pertinemment ce que l'on attendait de lui. Sans un seul regard derrière lui, Glen s'élança vers ses hommes. L'heure avait sonné. Caroline et Hélène arrivèrent en trombe à cet instant, accompagnées de Lyliall. De toute évidence, les deux jeunes femmes étaient terrorisées. Dougall les entraîna à sa suite d'une démarche décidée, n'ayant pas le temps de s'apitoyer sur leur sort.

Une fois en bordure du village, Lyliall fit appel à sa magie pour ouvrir un passage qui les mènerait tout droit à la Cour d'été. Se coupant du monde extérieur, elle concentra toute son attention sur les veines qui sillonnaient la terre sous ses pieds. Dougall eut une drôle d'expression en remarquant qu'un petit détachement de korrigans se séparait subitement du reste de la horde pour les intercepter. Keith se trouvait au centre de la mêlée tel qu'ils l'avaient prévu.

En faisant ce constat à son tour, Glen lança certains de ses hommes les plus aguerris à leurs trousses. Son frère venait de tomber droit dans le piège qu'il avait soigneusement préparé avec les autres. Lachlan et Todd sur les talons, il engagea le combat avec les premiers korrigans à les atteindre. Leur plan était très simple : il leur suffisait d'isoler Keith de la meute, puis de le capturer. Pour y parvenir, Glen s'était résigné à utiliser Alicia et Kylia comme appât. Certes, c'était téméraire, et nul doute qu'Alicia lui en voudrait amèrement d'avoir fait courir un tel risque à sa fille, mais étant donné la situation, ils s'étaient retrouvés à court d'options. De toute façon, il était trop tard pour avoir des remords et faire marche arrière. Il était prévu que, dès sa capture, les hommes amèneraient Keith au temple de Dagda, lieu où étaient gardés deux des quatre talismans sacrés, soit le chaudron de Dagda et la harpe d'Uaithna, ainsi qu'un puissant artefact Seelie : la roue solaire. Le reste des guerriers couvriraient leurs flancs et s'occuperaient d'éliminer les korrigans toujours vivants.

Dougall s'empara de son épée au moment où Lyliall établissait un lien avec la nature environnante. Un sourire satisfait jouait sur ses lèvres. Il était prêt à pourfendre le

premier korrigan assez stupide pour s'attaquer à eux. Alicia
tendit Kylia à Hélène d'un mouvement preste. Celle-ci s'en
saisit machinalement. Puis, sous l'œil incrédule de Caroline,
Alicia fit glisser l'épée de Nuada de son fourreau. Caroline
recula légèrement à la vue de la lame imposante. Tout en
affermissant sa prise sur la poignée, Alicia vint se placer à
la droite de Dougall.

— Tu as vraiment l'intention de te servir de cette arme,
Alicia ? ne put s'empêcher de demander Caroline d'une voix
blanche.

— Sans aucune hésitation, répondit Alicia en faisant
face à l'ennemi, une détermination farouche dans le regard.

Alicia inspira profondément à quelques reprises afin de
faire le vide dans son esprit, tel que le lui avait appris Keith.
Restait à savoir si son enseignement allait porter ses fruits
contre la horde sauvage qui approchait. La mine sombre,
elle attendit les assaillants d'un pied ferme. Dougall lui
lança un coup d'œil complice avant de faire tournoyer sa
lame au-dessus de sa tête.

Lorsqu'il faucha un korrigan, ce fut là le signal qu'attendait Alicia. À son tour, elle engagea le combat. Son bras se
durcit sous l'impact, mais bien vite l'épée sembla s'animer
d'elle-même. La lame était infaillible ; les blessures qu'elle
imposait s'avéraient fatales. Aucun des monstres qui l'atta-
quaient ne parvenait à échapper à sa magie dévastatrice.
Envoûtée par la force primitive qui habitait le métal, elle
fendit l'air avec une régularité impitoyable. Emportée par la
fureur de l'affrontement, elle tuait sans aucune distinction,
son esprit ne faisant qu'un avec l'arme. Glen, qui s'était rapproché d'eux, la vit valser avec la mort comme il n'en avait
jamais été témoin auparavant. Ses gestes étaient fluides, ses

offensives, précises, sa rapidité, effarante. Elle ressemblait à une dame vengeresse sortie tout droit de la Cour de l'ombre. Cette seule idée lui fit froid dans le dos. Alicia devait être vigilante et s'assurer de rester du côté de la lumière. L'observant à nouveau du coin de l'œil, il fut envahi par une peur sourde. Keith avait repéré la jeune femme. Alors qu'elle levait sa garde pour abattre la créature qui s'apprêtait à l'attaquer, il hurla comme un damné.

— Alicia, non!

Elle n'eut que le temps de dévier sa lame du cou de Keith. Une terreur irraisonnée remonta du plus profond de son être en reconnaissant celui qui lui faisait maintenant face. Elle chercha à reprendre son souffle, le front en sueur, l'expression hagarde. Elle demeura hors de la portée de Keith, arme au poing, sans toutefois sembler vouloir l'épargner. Nullement rassuré, Glen l'interpella une seconde fois.

— Alicia, laisse-nous le capturer, la supplia-t-il.

Elle perdit contenance, partagée par des sentiments contradictoires. Peu importait ce que Glen pensait, Keith restait une menace pour la survie de sa fille, ainsi que pour la sienne. D'ailleurs, celui-ci la dévisageait avec férocité, une lueur meurtrière au fond des yeux. Elle devait l'éliminer... quoi qu'il lui en coûte. Glen s'affola en comprenant qu'elle était sur le point de commettre l'irréparable.

— Alicia, ne le tue pas! s'écria-t-il. Alicia, je t'en conjure...

Elle secoua vivement la tête. Elle ne devait pas permettre qu'on la détourne de son objectif. Il lui fallait mettre un terme à cette abomination. Elle n'avait pas le choix. Comme une réponse à son offensive, Keith l'attaqua. Elle n'eut que le temps de parer le coup avant de tourner sur elle-même. Glen cherchait à l'intercepter, mais il était trop loin encore.

— Non ! Alicia, il y a peut-être une chance de le sauver...

La jeune femme se figea à ces paroles, manquant de peu d'être blessée. Elle ne dut sa sauvegarde qu'à un réflexe instinctif. Esquivant une nouvelle charge de Keith, elle recula prestement. Keith n'était plus qu'un monstre assoiffé de sang, un être déchu. Il était trop tard... Le cœur en lambeaux, elle s'élança sur lui en hurlant toute sa rancœur.

— Alicia, non...

Sous l'assaut d'un doute douloureux, elle abaissa sa lame. Au même moment, un halo de lumière éblouissant l'encercla, la faisant disparaître aux yeux de l'ennemi. Elle était dorénavant hors d'atteinte, en lieu sûr à la Cour d'été avec sa fille et ses deux amies.

❋ ❋ ❋

Glen éprouva un tel soulagement en voyant qu'Alicia épargnait son frère qu'il en aurait pleuré de bonheur. Il était conscient cependant du dilemme qu'il lui avait imposé. Il lui en était d'autant plus reconnaissant qu'elle prenait un risque considérable en agissant de la sorte. Afin de préserver son avenir, il se promit qu'advenant le cas où leur tentative de sauver Keith s'avérait un échec, il l'abattrait lui-même sur-le-champ. Il espérait seulement ne pas devoir en venir à un tel extrême. Maintenant qu'ils étaient libres de leurs actions, ils pouvaient exécuter la dernière partie de leur plan : capturer Keith. Todd et Lachlan étaient déjà en position. Glen dirigea son regard vers Todd. Par prudence, il voulut s'assurer que ses instructions avaient été bien comprises.

— N'oublie pas, frérot, il faut uniquement le mettre hors d'état de nuire.

— Ne t'en fais pas, Glen. Je n'en suis pas à mes premières armes en magie. D'ailleurs, je suis plus fort que toi en la matière.

Glen sourit face à cette boutade périlleuse. Lui aussi était excité à la perspective de coincer leur aîné dans leurs filets. De meilleure humeur, il chargea ses mains d'une énergie paralysante, prêt à la projeter en direction de Keith au moment opportun. L'attention de Keith ayant été concentrée sur Alicia, il perçut trop tard les trois hommes qui le prenaient en chassé-croisé. Avant même qu'il puisse tenter quoi que ce soit pour se protéger, les jets l'atteignirent avec une puissance considérable. Keith s'arc-bouta en poussant un rugissement retentissant. Il s'écroula sur le sol de tout son long, à demi inconscient. Il lança un regard haineux vers les hommes qui s'approchaient de lui avec prudence, impuissant à se départir du champ de confinement qui l'entourait. Les guerriers le soulevèrent avec une certaine rudesse sur les ordres de Glen, puis le ramenèrent vers le temple de Dagda.

Un cercle de druides les y attendait. Sous leurs recommandations, Keith fut solidement attaché à la roue solaire qui trônait au centre de la pièce principale. Chacun des huit rayons qui la ceignaient représentait le cycle annuel d'une année complète, en plus de renfermer une magie extraordinaire. Satisfait de lui, Glen en fit le tour, un sourire narquois sur les lèvres. Ce qui énerva d'autant plus Keith, qui se démenait comme un beau diable contre les chaînes qui le retenaient captif.

À la vue du corps déformé de son fils, Yule eut un mouvement de recul. Elle avait insisté pour être présente, en dépit des avertissements de son cadet. Glen l'avait avisée des changements survenus chez son aîné, mais jamais elle n'aurait imaginé une telle aberration. Glen, qui se tenait à ses côtés, enserra ses épaules pour lui apporter un peu de réconfort. Il savait qu'un doute l'habitait encore. Sa mère demeurait dubitative, tout comme Alicia, croyant qu'il n'y avait plus d'espoir. Il resserra son étreinte tout en fixant d'un regard inflexible la partie hideuse de son frère. Il faisait confiance au savoir des druides et de Lachlan. Une dizaine de prêtres se regroupèrent d'emblée autour de l'artefact Seelie. L'un d'eux s'empara de la harpe d'Uaithna et arracha trois mélodies ensorcelées dans le but de mieux dominer Keith. Elles devraient plonger Keith dans un sommeil de plomb. Pendant ce temps, Glen irait se purifier à la source divine. Todd le seconderait par la suite pour dessiner différents entrelacs sur sa poitrine et sur ses bras afin de le prémunir des esprits sombres qu'il lui faudrait conjurer lorsqu'il essayerait de récupérer l'âme de Keith.

Glen se tenait debout face à la roue solaire, les paumes élevées dans les airs, dans l'attente d'une réponse favorable du dieu-druide. Depuis quelques minutes déjà, il invoquait Dagda, sachant pertinemment que la situation actuelle n'avait pas dû échapper à son regard perçant. Restait à déterminer si celui-ci tenait toujours rigueur à Keith d'avoir aidé Alicia à s'enfuir lors de leur dernière rencontre. À peine venait-il de s'interroger à ce sujet que le dieu-druide se matérialisa dans toute sa splendeur, le jaugeant avec hauteur, une expression courroucée sur le visage. Glen baissa aussitôt la tête en signe de déférence. Dagda afficha un large sourire d'approbation devant cette marque d'humilité. Du moins, un des fils de Yule MacGrandy savait montrer tous les égards qu'il était en droit d'escompter. Ne désirant pas s'étendre inutilement en vaines paroles, il fit face à Glen.

— Je vois que le laird de ton clan a été assez imprudent pour se faire piéger par un artefact Unseelie. Il est affligeant de constater qu'en dépit de tout son savoir, le file de mes druides se retrouve dans cette fâcheuse position, déclara-t-il d'un ton mordant.

À ces mots, Glen sourcilla. Il ne s'attendait pas du tout à cette entrée en matière. Pleinement satisfait de la réaction qu'il venait de susciter, Dagda le dévisagea de ses yeux emplis d'intelligence calculatrice.

— Le laird a été fou de me défier. Cependant, je suis bon joueur et ne lui en tiendrai pas rigueur. De plus, je dois avouer qu'il me divertit. C'est pourquoi j'intercéderai en sa faveur… mais uniquement pour cette fois-ci.

Glen se crispa. Il n'avait pas le tempérament vindicatif de Keith, mais il n'appréciait pas plus pour autant l'humour déplacé du dieu. Sans lui porter plus d'attention, Dagda se redressa de toute sa hauteur, transperçant les autres druides de son regard.

— Remplissez mon chaudron d'une eau pure puisée à même la source sacrée, déclara-t-il en pointant l'objet à ses pieds. Par la suite, vous y plongerez le corps du laird. Le pouvoir de résurrection qu'il renferme le ramènera à la vie.

Se tournant vers Glen, il plissa les yeux, l'expression grave.

— Sache que la réinsertion de son âme ainsi que l'inversion du sort maléfique ne se fera pas sans heurt. Il pourrait ne pas en réchapper! Est-ce le prix que tu es prêt à payer, Glen MacGrandy?

Tout en jetant un bref coup d'œil interrogateur en direction de sa mère, celui-ci déglutit. Il n'avait certes pas la force ni la puissance de son frère aîné, mais il n'était pas sans ressource non plus. Avec l'aide de Todd, il parviendrait bien à soutenir Keith afin qu'il survive à cette épreuve. Sur un signe de tête affirmatif de Yule, il se retourna d'un bloc vers le dieu-druide, paré à affronter la suite des évènements. Percevant sa détermination, Dagda s'éleva au-dessus du chaudron, puis y insuffla une partie de son pouvoir. Pendant ce temps, les druides du temple versèrent l'eau sacrée à l'intérieur, tout en psalmodiant une incantation mystérieuse, connue d'eux uniquement. L'immense contenant constitué d'un assemblage de treize plaques d'argent s'embrasa, faisant ressortir davantage les gravures qui y étaient incrustées. Celles-ci illustraient parfaitement bien la mythologie de son peuple. L'une d'elles représentait d'ailleurs Dagda, alors qu'il plongeait dans son chaudron de nombreux guerriers morts au combat afin de leur rendre la vie.

À la demande de Glen, les druides détachèrent Keith, puis le traînèrent jusqu'au dieu. Le corps de celui-ci se souleva sous la seule volonté de Dagda. Il resta un moment suspendu dans les airs avant d'être relâché. Keith reprit connaissance dans un mugissement retentissant au contact de l'eau purifiée. Il tenta de s'extraire de sa prison en comprenant qu'on cherchait à évincer la bête en lui, mais une force surhumaine l'y maintint. Furieux, il essaya tant bien que mal de garder la tête émergée. Toutefois, il fut rapidement englouti. Il s'agrippa au rebord de la marmite en suffoquant dans un vain effort d'opposition. Quand enfin Dagda eut raison de sa résistance, Keith étouffa dans une dernière rasade. D'eux-mêmes, ses doigts glissèrent mollement de leur emprise. Yule détourna les yeux, ne pouvant en supporter davantage. Keith fut pris de convulsions, ses pupilles se dilatèrent. Aussitôt, Glen invoqua son âme avec la puissance d'un raz-de-marée. Sa voix s'éleva de plus en plus forte vers la voûte céleste.

En réponse, une lumière vive transperça le thorax de Keith, l'irradiant de l'intérieur telle une étoile étincelante. Dans une ultime poussée, il parvint à s'extraire de l'eau. Simultanément, les os de son côté gauche commencèrent à se fracturer un à un, pour mieux se ressouder par la suite, lui extorquant un hurlement démentiel. Le craquement sinistre qui accompagna cette transformation arracha un long frisson à Glen, manquant de lui faire perdre sa concentration. Une souffrance insoutenable tenailla Keith lorsque ses muscles se déchirèrent également, reprenant eux aussi leur forme initiale. Glen fut tenté de détourner les yeux. Dans un effort suprême, il piégea l'âme de son aîné dans un sort d'attraction. Une nouvelle plainte mourut dans la gorge de Keith quand ses organes se replacèrent à leur tour, répandant un feu dévastateur dans chaque parcelle de son corps. Il se débattit avec une telle sauvagerie que Glen en fut ébranlé. Il n'avait pas prévu que son frère s'opposerait autant. Sur le point de défaillir, il serra les dents. Keith poussa un râle d'agonie. Un vent puissant se leva dans un sifflement perçant en réponse à sa résistance, l'enveloppant tout entier. Ses membres se tétanisèrent dans une traction à la limite de l'imaginable. Du sang s'écoula de son nez, ainsi que de ses oreilles ; plus rien ne lui obéissait. Un rugissement retentissant franchit ses lèvres. Yule se retourna vers Glen en constatant l'instabilité des signes vitaux de son fils. Il fallait suspendre le processus. Le cœur de Keith ne pourrait en supporter davantage. Il risquait de flancher d'un instant à l'autre. Glen secoua la tête, son visage ravagé par la douleur. Il n'avait plus le choix. Ils devaient poursuivre jusqu'au bout. C'était la seule chance qui lui restait d'en réchapper. Le procédé était beaucoup trop avancé pour revenir en arrière, sinon ils perdraient son âme à tout jamais, le condamnant à errer pour l'éternité dans les limbes de l'enfer.

Déglutissant avec peine, Yule lança un regard désespéré vers Glen. Continuer à imposer sa volonté à Keith commençait sérieusement à affaiblir celui-ci. D'ailleurs, les entrelacs sur sa poitrine s'étaient embrasés les uns après les autres sous l'assaut des ténèbres qui luttaient âprement pour garder Keith en leur pouvoir. Une vive douleur martelait ses tempes, mais ce n'était rien à côté du calvaire que vivait son frère. Il souffrait de ne pouvoir l'aider à franchir l'ultime frontière qui se dressait entre lui et la chance de redevenir un homme à part entière. Tourmenté, il cherchait la clé qui renverserait une bonne fois pour toutes le processus de transformation.

Cependant, il avait beau y réfléchir, il ne voyait pas comment y arriver. Une faible brise effleura alors sa joue. D'emblée, il discerna la présence de la reine Fódla. Lui seul sembla être en mesure de détecter son essence. De toute évidence, elle avait pris soin de se dissimuler aux yeux de tous, y compris à ceux du dieu-druide. Il en était à se demander ce qui justifiait son action lorsqu'elle lui murmura quelque chose à l'oreille de sa voix mélodieuse. Contre toute attente, elle venait de lui fournir la réponse à son interrogation. Un poids énorme s'enleva de sa poitrine. Il savait désormais de quelle façon faire plier Keith. Sans hésitation, il s'empara de la main droite de son frère d'une poigne ferme. Il fut fortement secoué quand son esprit entra en contact avec le sien. Pour éviter d'être envahi, il dut déployer une énergie considérable pour le repousser. Il était hors de question qu'il permette à Keith de l'entraîner vers les ténèbres. Il se devait d'être plus fort que lui.

Concentrant toute son attention sur les souvenirs que lui avait partagés Alicia lors de son sauvetage au gouffre de Morget, il les transféra de force en Keith. Celui-ci frémit en recevant les images mentales de la jeune femme. Bien malgré lui, il se tendit vers Glen, oubliant son combat. Ainsi, la reine avait vu juste. Le seul fait d'être imprégné d'Alicia suffisait à le déstabiliser. Ne lui laissant pas le temps de se reprendre, Glen se fit plus impitoyable encore. Il mit l'accent sur les réminiscences concernant le moment où elle s'était retrouvée prisonnière des sangles, quand toute vie désertait son corps. La souffrance infinie qui se dégageait d'elle secoua considérablement Keith, d'autant plus qu'il ressentait tout ce qu'elle avait éprouvé. Ses traits se crispèrent, un grognement de bête traquée s'échappa de ses lèvres. Glen en profita pour lui transmettre d'autres visions. Cette fois-ci, il s'agissait d'images qui montraient l'instant où Alicia avait basculé dans le vide. En la voyant de nouveau s'accrocher à la paroi rocheuse avec l'énergie du désespoir, Keith se débattit rageusement pour se soustraire à ses souvenirs.

Il hurla comme un possédé en apercevant Alicia l'affronter bravement, une lame pointée dans sa direction. Il sentit la déchirure qui lui lacéra le cœur lorsqu'elle fut confrontée à l'obligation de le tuer. Les sanglots qui la secouèrent alors lui rappelèrent cruellement à quel point il l'avait trahie en devenant cet être déchu, assoiffé de sang. Ne pouvant en supporter davantage, Keith tenta de se dérober à ce martyre. Quelque chose se rompit en lui quand il la vit s'effondrer, puis relâcher l'arme qu'elle tenait entre ses mains. Une colère aveugle l'irradia tout entier, plus dévastatrice que tout ce qu'il avait enduré jusqu'à maintenant. Sous le coup d'une émotion violente, il ouvrit les yeux, puis fixa Glen de son regard tourmenté. Glen fut saisi par l'éclat rougeoyant qui y brillait, faisant ressortir encore plus le stigmate qui recouvrait désormais la moitié de son visage. En fait, une cicatrice partait dorénavant de son front, traversait sa tempe gauche, pour enfin terminer sa course sur la partie latérale de sa joue. La forme qui ressemblait vaguement à un croissant à quatre pointes fourchues avait en son centre trois tavelures bien distinctes. Cette marque avait été imprimée au fer rouge par les ténèbres en guise de châtiment.

Cependant, le côté humain de Keith en réclamait plus, beaucoup plus. Il suspectait son frère d'avoir pressenti qu'il lui cachait quelque chose d'important au sujet de Kylia. Ce qui était vrai en quelque sorte. En vérité, lorsqu'Alicia lui avait transmis tout le savoir de Keith, elle avait laissé transparaître involontairement certaines choses à ce sujet. Glen avait à son insu eu accès à ses souvenirs concernant la venue au monde de Kylia. Il se doutait bien qu'Alicia préférait garder ces données pour elle seule, mais d'un autre côté, le poids de ces informations n'était pas négligeable. Tout en se débattant avec sa conscience, il enveloppa Keith d'un long regard. Il devait le faire... C'était sans doute leur unique chance de le sauver. Qui sait ? Ces réminiscences poignantes éveilleraient peut-être définitivement sa sensibilité d'homme, lui montrant ainsi la voie à suivre pour s'évader de l'enfer dans lequel il se démenait. Il espérait qu'Alicia comprendrait l'enjeu auquel il avait dû faire face. Pour sa part, il n'avait pas le droit de lui refuser cette possibilité.

L'étreignant plus fermement encore, Glen lui imposa son propre rythme. En recevant le souvenir de la jeune femme qui tentait désespérément d'accoucher de leur fille, un muscle tressauta sur la joue de Keith. Des larmes silencieuses perlèrent à ses paupières. Chaviré, Glen sentit une boule se former dans sa gorge. Jamais il n'avait lu une telle détresse dans le regard de son aîné. L'amour que Keith portait à sa compagne transcendait tout ce qu'il avait vu par le passé. C'était comme si Alicia et lui constituaient une seule et même pièce. Plus que jamais, il devait s'éloigner d'Alicia, ne pas se mettre en travers de leur chemin. Un sursaut agita Keith en captant cette dernière pensée. Conscient de sa négligence, Glen rompit aussitôt le lien qui les reliait. Le reste de la bataille appartenait à son frère.

Les druides le sortirent de l'eau sur l'ordre de Dagda. Brisé, Keith s'effondra lourdement sur le sol. Il sentit à peine qu'on le transportait sur une couche rudimentaire. Glen le rejoignit, le front en sueur. Il le foudroya de sa propre énergie vitale au moment où son cœur flanchait, dans une manœuvre suprême pour le réanimer.

— Pour l'amour d'Alicia et de ta fille, bats-toi ! lâcha-t-il d'une voix enrouée.

Keith poussa un ultime soupir avant de sombrer. La vision d'un visage ravagé par le chagrin l'accompagna dans sa descente aux enfers...

Lyliall observa avec attention les trois humaines, la petite Kylia et le guerrier qui les escortait. Ils somnolaient tous paisiblement, à la suite du sort de sommeil qu'elle leur avait lancé avant leur arrivée en bordure de la Cour d'été. Elle avait dû agir de la sorte, car aucun d'eux ne devait connaître le chemin qui menait jusqu'au palais des Seelie. C'était là une règle sacrée de son peuple. Ces lieux empreints de magie divine devaient demeurer à l'abri des hommes, ainsi en avait-il toujours été.

Lyliall réveilla doucement Alicia d'une légère pression de la main sur son épaule. La jeune femme sursauta, les sens aux aguets. Se redressant précipitamment, elle chercha aussitôt sa fille. Elle réfréna les battements effrénés de son cœur en l'apercevant pelotonnée comme un petit chat à ses côtés. Elle tourna un regard mitigé en direction de Lyliall. Cette dernière lui souriait avec chaleur, ses yeux brillant d'un éclat étrange. Alicia se morigéna en se remémorant les derniers moments au broch. Elle se rendait compte avec du recul qu'elle avait commis une erreur impardonnable. Jamais elle n'aurait dû écouter Glen. Elle avait permis qu'il implante en elle ce doute infime que tout était encore possible. Il lui fallait étouffer ces chimères avant qu'elles ne prennent des proportions gigantesques. Elle ignorait ce qui s'était produit après son départ, mais refusait de se laisser entraîner sur un chemin qui la mènerait tout droit à la désillusion. Carrant les épaules, elle ravala sa douleur. Elle devait se concentrer sur sa fille, oublier le reste. Keith était mort le jour où il avait perdu son combat contre Conrad. Désirer le contraire ne ferait que l'affaiblir davantage. De toute façon, même si Glen réussissait à inverser le processus, que resterait-il de l'homme fier et noble qu'elle avait aimé ? Au prix d'un effort considérable, elle se résigna à durcir son cœur, le fermant à tout espoir.

Le regard sévère qu'elle leva vers Lyliall chagrina cette dernière. Alicia avait été profondément marquée par son séjour dans le Sidh. Elle ne serait plus jamais la même. Cependant, elle escomptait que son passage à la Cour d'été adoucirait sa peine. Elle ne pourrait aller de l'avant avec un cœur rempli d'amertume. Un jour ou l'autre, il lui faudrait faire la paix avec ce qui s'était passé. La reine Fódla avait pressenti ce qui adviendrait ; voilà pourquoi elle avait exigé des Seelie qu'ils la recueillent dans leur sanctuaire. La beauté des lieux, ainsi que la sérénité qui s'en dégageait apporteraient un baume sur sa souffrance. Loin de la guerre et de la menace que représentait Conrad, elle pourrait guérir. Du moins, elle n'aurait plus à craindre pour sa vie et surtout pour celle de son enfant.

Alors qu'Alicia détaillait ce qui serait désormais leurs nouveaux quartiers, Lyliall s'occupa de réveiller le reste du groupe. Un autre chapitre de leur existence était sur le point de s'écrire.

❊ ❊ ❊

Un mois s'était écoulé, mais Alicia avait l'impression de n'être arrivée que depuis quelques jours à peine. En fait, elle

avait passé les trois premières semaines à errer comme une
âme en peine. Elle s'isolait la plupart du temps, indifférente
à tout ce qui l'entourait. Elle n'avait plus la force de continuer seule, ni le courage d'affronter de nouveau Keith. Leur
dernière confrontation l'avait profondément heurtée, détrui-
sant les barrières qu'elle avait érigées autour de son cœur
pour se protéger. Elle se sentait aussi vulnérable qu'une
enfant, pleurant longuement dans son lit une fois la nuit
venue. Elle tentait de garder un masque neutre en face des
autres, mais celui-ci avait tendance à vouloir se fissurer,
surtout en présence de sa fille. Kylia était l'unique rayon de
soleil dans son existence nimbée de ténèbres.

Elle ne se faisait aucune illusion. Lyliall pouvait bien lui
assurer qu'ils étaient en sécurité en ces lieux, elle n'arrivait
pas à se départir de l'incertitude qui la rongeait. Elle craignait toujours une attaque-surprise de Conrad. Elle était
même persuadée qu'une tierce personne tirait les ficelles
dans l'ombre, une créature puissante, obscure, qui surpas-
sait de loin Conrad. Cet être démoniaque faisait tout ce qui
était en son pouvoir pour demeurer dissimulé à leurs
regards, mais elle percevait néanmoins son influence menaçante. Peut-être s'imaginait-elle le pire, car elle s'était sans
doute perdue quelque part en chemin.

Ce jour-là, l'aube pointait à l'horizon lorsqu'Alicia entraîna
Kylia à l'extérieur. Le soleil la réchauffait de ses rayons
ardents, chassant les angoisses qui s'emparaient de ses rêves
une fois la nuit venue. Depuis une semaine, elle avait peu à
peu réappris à s'ouvrir à la vie. Ce répit, elle le devait à la

présence constante de sa fille à ses côtés. Une telle vitalité se dégageait d'elle, une telle confiance étincelait dans ses prunelles, qu'Alicia n'avait pu faire autrement que de s'extirper graduellement des ombres qui l'engloutissaient. Son instinct de survie avait repris le dessus. D'une main légère, elle caressa les cheveux de Kylia. Ceux-ci brillaient de mille feux. Un doux sourire flotta sur ses lèvres en la contemplant. Le cœur plus léger, elle porta un regard nouveau sur les alentours.

L'endroit où se situait leurs quartiers était des plus charmant, et surtout, à l'écart du palais. Elle n'avait donc pas à se mélanger aux Seelie, préservant ainsi farouchement son intimité. Logés dans un donjon en pierre rustique au centre de la forêt, ils jouissaient d'une vue saisissante. Le lierre qui grimpait en abondance sur les murs irréguliers adoucissait le décor, alors qu'un petit sentier en bordure leur permettait d'aller se promener dans les bois. Plus loin, des arbres majestueux formaient une voûte naturelle tout le long du chemin de gravier. Alicia aimait plus particulièrement les troncs entièrement recouverts d'une mousse d'un vert étincelant, avec à leurs pieds un tapis de minuscules fleurs mauves. Elle s'y sentait bien désormais, en paix avec elle-même.

D'humeur joyeuse, elle entreprit d'escalader la colline qui menait au sanctuaire de la reine Fódla en compagnie de Kylia. Depuis peu, elle avait l'habitude de s'installer sur le banc rudimentaire avec sa fille. Elles contemplaient le paysage magnifique qui se déployait à leurs pieds, profitant de ce moment hors du temps pour se rapprocher l'une de l'autre. La veille, Alicia avait pris une décision importante. Elle désirait transmettre à Kylia les souvenirs merveilleux qui concernaient son père. Même si évoquer ses réminiscences exigeait beaucoup d'elle, Alicia s'efforçait de ne rien en laisser transparaître. Kylia était en droit de connaître la vérité à son sujet, d'être consciente du sacrifice que Keith avait fait pour les protéger.

L'expression d'Alicia s'embua en l'examinant avec attention. Quelle serait sa réaction ? Était-il trop tôt ? En la sondant en profondeur, elle sut que non. Kylia renfermait une sagesse qui n'avait aucun lien avec son corps de fillette de dix ans. Elle était beaucoup plus vieille en réalité. Assise tranquillement à sa droite, celle-ci leva son regard vers elle, dans l'attente de ce qui allait suivre. Une pointe de tristesse serra le cœur d'Alicia. L'âme de Kylia avait déjà atteint une maturité que lui auraient enviée bien des adultes, ce qui pour sa part la désolait. Elle effleura sa joue d'un geste empli de tendresse, lui adressant un sourire confiant en retour. À travers elle, Alicia pouvait voir l'enfant qu'avait dû être Keith à une époque, car elle lui ressemblait à plus d'un égard. Comme toujours, penser à son époux fit saigner son cœur. Elle embrassa avec ferveur le front de sa fille afin de cacher son trouble. Elle l'étreignit avec amour dans ses bras, la gorge coincée dans un étau. Comme elle aurait aimé la présenter à son père ! Elle déposa lentement sa paume sur le dessus de sa tête, étouffée par l'émotion qui la prenait d'assaut. Elle projeta quelques fragments de souvenirs dans son esprit. Revivre pendant un bref instant le bonheur qu'ils avaient partagé ensemble lui fit monter les larmes aux yeux. Une douce nostalgie l'envahit. De sa petite main, Kylia recueillit du bout des doigts toute la douleur qui habitait sa mère avant de se blottir contre sa poitrine.

Plus de deux mois s'étaient écoulés depuis leur arrivée à la Cour d'été. Si cet exil contraignant avait permis à Alicia de se retrouver, il en allait autrement pour Hélène, Caroline et Dougall. Tenus à l'écart dès le départ, ils se sentaient isolés de tous, et cet isolement commençait à peser sur leurs épaules. Hélène en était même venue à se demander si Alicia ne les fuyait pas volontairement. Elle comprenait son besoin de solitude, cependant elle avait l'impression d'être exclue de son existence. Puis peu à peu, elle comprit qu'Alicia s'en voulait de les avoir précipitées dans cet enfer. Dès lors, elle et Caroline respectèrent son choix, la laissant soigner seule ses blessures. Quant à Dougall, son tempérament de guerrier s'accommodait plutôt mal de cette oisiveté forcée. Il avait beau s'entraîner tous les après-midi avec la jeune femme, le cœur n'y était pas. Il n'avait jamais été si longtemps coupé du reste du clan. De plus, le fait d'ignorer ce qui s'y passait ne faisait qu'exacerber sa nervosité. Cette cohabitation avait favorisé un certain rapprochement entre Caroline et lui, mais le Celte réfrénait ses ardeurs, ne sachant que penser de ce lien naissant. La tension qui ne cessait de croître entre eux mettait les nerfs d'Hélène à rude épreuve, la rendant plus acariâtre que jamais. Selon elle, une bonne baise aurait sans doute réglé le problème une fois pour toutes, mais Caroline ne l'entendait pas de cette oreille. Elle ne voulait surtout pas précipiter les choses avec Dougall.

L'après-midi était déjà bien avancé lorsqu'Alicia dévala la pente abrupte de la montagne en compagnie de sa fille. Elles riaient toutes deux aux éclats, le cœur plus léger. Soudain, elle se figea dans son élan. Les sens en alerte, elle ramena Kylia près d'elle. Ses vieilles craintes refirent surface en un seul instant. Tout son être lui criait qu'une menace imminente planait au-dessus d'eux. Croyant à une attaque de la part de Keith, elle serra vivement la main de Kylia. Au même moment, Lyliall entra en contact mental avec elle, la pressant de se mettre à couvert avec la petite en attendant son arrivée. L'anxiété qu'Alicia perçut dans ce message décupla sa peur. Kylia tremblait tout contre elle en gémissant, les yeux agrandis d'effroi. Maudissant ce coup du sort, Alicia se rebella. Elle en avait assez d'être traquée comme une bête sauvage. Dès qu'elle serait assurée que sa fille était en sécurité, elle partirait à la chasse. Fuir éternellement ne servirait à rien. Elle ne voulait pas de cette existence pour son enfant, pas plus que de passer sa vie à regarder par-dessus son épaule, ni à redouter les ombres de la nuit.

Animée d'une nouvelle flamme, elle souleva Kylia dans ses bras, puis s'élança vers le sous-bois. À bout de souffle, elles s'accroupirent derrière un buisson. Un doigt sur les lèvres de Kylia, Alicia lui imposa le silence. Beaucoup plus calme désormais, elle guettait les environs. Lyliall ne devrait plus tarder maintenant.

La voyant apparaître au détour d'un rocher, elle lui fit discrètement signe et fut stupéfaite en constatant son expression. Le regard empli d'appréhension de Lyliall en disait long sur ce qui se déroulait au palais de la Cour d'été. C'était une bénédiction du ciel qu'elle et Kylia se soient retrouvées dans la montagne au moment de l'attaque massive, alors qu'en contrebas, c'était un véritable cauchemar.

— Alicia, vous ne devez pas demeurer ici. Conrad met la région à feu et à sang. Ce n'est qu'une question de temps avant qu'il ne vous repère.

Percevant alors l'écho lointain du massacre qui faisait rage, Alicia réfléchit rapidement. Garder sa fille à ses côtés était trop risqué. Keith serait toujours en mesure de la localiser à cause du lien qui les unissait depuis son éveil à la magie, ce qui n'était pas le cas pour Kylia. Une seule solution s'imposait dans ces conditions, aussi cruelle soit-elle.

— Lyliall, vous devez prendre Kylia avec vous et l'emmener en lieu sûr, la supplia-t-elle.

Lyliall ne parut pas surprise de sa requête. Tout comme elle, la Seelie en était venue à la même conclusion. Lyliall lui indiqua d'un signe de tête qu'elle avait saisi ce qu'on attendait d'elle. Alicia pressa Kylia contre son cœur une dernière fois. Elle déposa un baiser empli d'amour sur son front, profitant de ce bref instant pour s'imprégner de l'odeur si particulière de sa fille.

— Je t'aime, ma chérie... souffla-t-elle d'une voix étranglée.

Dans un mouvement preste, elle se sépara de Kylia, puis s'éloigna sans un seul regard en arrière. Mieux valait effectuer leur séparation de façon nette, sinon, elle risquait de ne plus être en mesure de s'y résigner.

— Maman! hurla Kylia dans un cri déchirant.

Alors qu'elle tentait d'échapper à son emprise, Lyliall fit apparaître un halo de lumière dans lequel elles s'engouffrèrent aussitôt. Quant à Alicia, elle se lança dans une course effrénée vers le cercle de pierres qui se trouvait non loin de là. C'était leur point de rencontre en cas d'offensive, mais aussi un passage qui menait jusqu'au broch des

MacGrandy. Elle avait besoin de l'aide de Glen et des guerriers du clan pour s'en sortir.

Dévastée par sa séparation brutale avec sa fille, Alicia ne fut pas attentive aux changements subtils qui s'opérèrent dans l'atmosphère. L'arrivée soudaine de deux korrigans la prit par surprise. Par chance, elle eut le réflexe de reculer d'un pas. Bloquée par un troisième attaquant qui venait de surgir derrière, elle n'eut pas le temps d'esquiver la première frappe. Elle se mordit les lèvres pour ne pas crier lorsque cinq griffes affûtées déchirèrent sauvagement la chair moite de son dos. Flanchant sous la douleur cuisante, elle tomba à genoux. Du sang s'écoulait le long de sa colonne vertébrale, signe que la blessure était profonde. Non sans peine, elle se releva. Le souffle court, elle tourna sur elle-même afin d'évaluer la situation. Les créatures l'encerclaient, lui coupant toute retraite. Il était évident qu'elles tentaient de la retenir en attendant l'arrivée de Conrad. Il était hors de question qu'elle se laisse faire. Plutôt mourir... Personne ne se porterait à son secours : elle était livrée à elle-même. Cherchant à calmer le tumulte qui grondait dans son esprit, elle prit de grandes inspirations.

Dresser les mains devant elle lui arracha une grimace ; toutefois, elle ignora l'élancement fulgurant. Sans aucune pitié, elle lança un puissant sort de martyre sur l'un des trois korrigans. La bête s'écroula sur le sol dans un hurlement d'agonie, déstabilisant ses deux autres compères l'espace d'un instant. Elle profita de cette ouverture pour les foudroyer d'une décharge redoutable. La déflagration vint les frapper de plein fouet au thorax, les envoyant valser dans l'herbe haute. Sans vérifier s'ils étaient bien morts, elle enjamba les deux corps calcinés, puis se précipita vers le cercle de pierres.

Quand elle arriva enfin sur les lieux, ses poumons brûlaient tandis que les battements de son cœur s'affolaient dangereusement sous l'effort fourni. Dougall l'aperçut à sa sortie du couvert des arbres. Il la reçut contre son torse alors qu'il s'élançait à sa rencontre. Ses bras se refermèrent d'instinct sur elle. Il la retourna d'un bloc en sentant une substance poisseuse sous ses doigts. Il fut horrifié en découvrant son dos si sauvagement meurtri. L'empoignant par la taille, il l'entraîna vers Hélène et Caroline. Alicia se plia en deux, les mains sur les hanches, cherchant à reprendre son souffle. Elle avait été si prompte à utiliser ses pouvoirs sous le coup de l'émotion qu'elle s'était considérablement affaiblie. Sa course effrénée dans le sous-bois n'avait pas aidé sa cause, loin de là. Tout bon guerrier savait qu'il se devait de ménager ses forces lors d'un affrontement. Keith le lui avait pourtant répété plusieurs fois. Songer à lui dans ces conditions l'ébranla. Bloquant aussitôt toute pensée le concernant, elle se secoua, s'efforçant ainsi de reporter son attention sur les alentours. Elle ne devait pas se laisser distraire.

En levant les yeux, elle aperçut une importante horde de korrigans qui se détachaient à leur tour du couvert des arbres. Elle dut se reprendre rapidement, relayant la douleur qui pulsait dans son dos au dernier rang. Elle devait se dépêcher d'éveiller la puissance des mégalithes afin de créer un champ protecteur tout autour d'eux, sinon ils n'auraient aucune chance d'en réchapper.

D'une démarche raide, elle se dirigea vers le menhir le plus proche. Elle y traça un signe et fit de même avec les suivants. Tout en psalmodiant un chant antique, elle finalisa l'incantation dans un état second. La légère distorsion visuelle du paysage environnant fut accueillie avec joie par ses compagnons. Se sachant hors de danger dans l'immédiat, Dougall rejoignit Alicia. En la voyant vaciller, il la rattrapa de justesse. Son visage livide et ses traits tirés l'inquiétèrent. Les lambeaux déchirés de sa tunique collaient à sa peau, masquant à peine les plaies purulentes. Lorsqu'il essaya de les dégager, elle serra les dents. Préférant abandonner cette tâche pour l'instant, il jeta un regard mitigé en direction de l'ennemi. Ils étaient désormais entourés, et leur nombre considérable ne laissait planer aucun doute sur leur intention. Si le champ protecteur venait à tomber, ces monstres n'auraient aucune pitié pour eux. Ils se débarrasseraient de lui, ainsi que d'Hélène et de Caroline. Quant à Alicia, ils s'en empareraient et la ramèneraient aussitôt à Conrad.

Alicia ne sut que penser en n'apercevant nulle part la silhouette familière de Keith. Que leur réservait encore Conrad ? Cette situation ne lui disait rien qui vaille. Gagnée par l'incertitude, elle tourna sur elle-même. Elle en était à chercher une solution lorsque le cri hystérique de Caroline la fit sursauter. Portant aussitôt son regard sur elle, Alicia découvrit à son tour ce qui l'avait tant bouleversée. Elle éprouva un soulagement momentané en prenant conscience que Keith n'était pas là. Cependant, son apaisement fut de courte durée. Ce qui avait à ce point effrayé son amie était l'arrivée de nouveaux korrigans, munis de haches. De toute évidence, ceux-ci s'apprêtaient à tenter d'affaiblir le champ protecteur afin de créer une brèche. Elle ne pourrait le maintenir indéfiniment en fonction, surtout s'ils s'acharnaient dessus : l'ennemi le savait très bien. Tôt ou tard, cette barrière invisible finirait par tomber. Pris en souricière, ils n'avaient aucune issue de secours. Il aurait fallu ouvrir le portail qui menait tout droit au broch pour fuir, mais il lui était impossible de partager son énergie en deux. Elle ne pouvait activer le passage tout en gardant le mur de protection opérationnel. Elle aurait eu besoin d'un druide à ses côtés… Leur seul espoir résidait donc dans la venue de renforts de la part des Seelie. Elle devait résister jusque-là, quel qu'en soit le prix à payer. Dans le cas contraire, elle signait leur arrêt de mort à tous, et c'était une perspective qu'elle se refusait d'envisager.

Keith se dressait en bordure des limites du broch au moment où Glen et Yule le rejoignirent à bout de souffle, Lyliall sur leurs talons. Étonné par cette intrusion soudaine, ainsi que par l'arrivée impromptue de la Seelie, il leva un regard interrogateur dans leur direction. Sa surprise fut d'autant plus grande quand il vit que Glen tenait une fillette dans ses bras. En reconnaissant les traits de Kylia, il fut gagné par un sentiment étrange. Sa fille ressemblait trait pour trait aux souvenirs qu'il gardait d'elle. En prenant conscience qu'elle avait vraisemblablement le même âge que la version d'elle-même qu'il avait découverte dans les débris du Glen Morg, il se sentit oppressé par un doute affreux. Qu'est-ce que cela signifiait ? Alicia aurait dû l'accompagner ; pourtant, il ne ressentait pas sa présence. Assiégé par un mauvais pressentiment, il se retourna vers Lyliall, l'expression sombre. Nullement intimidée par son regard inquisiteur, la Seelie fit un pas dans sa direction.

— Alicia a besoin d'aide, lâcha-t-elle sans ambages.

Un courant électrique traversa Keith. Que lui racontait-elle ? Comment cela était-il seulement possible ? Ne devait-elle pas se trouver à l'abri à la Cour d'été ? En percevant ses pensées confuses, Lyliall déposa une main sur son avant-bras. Les muscles sous sa paume étaient bandés, prêts à réagir.

— Nous avons cru à tort qu'elles seraient toutes les deux en sécurité parmi nous, mais Conrad a réussi à faire pénétrer une horde de korrigans dans notre monde. Il n'aurait jamais pu y arriver par lui-même. Ce qui signifie qu'une force suprême a intercédé en sa faveur. Je soupçonne d'ailleurs qu'il s'agit d'Abaddon.

Au nom de l'ange de l'apocalypse, Keith se figea. Voilà donc comment Conrad parvenait à les contrecarrer continuellement.

— Bon sang ! s'écria-t-il d'une voix tonitruante. Est-ce pour cette raison que Conrad ne cesse de traquer Alicia ?

Ne la voyant pas répliquer, il s'emporta. Il y avait une explication à toute cette folie, il en était désormais certain.

— Parlez, Lyliall ! hurla-t-il à bout de patience. Pourquoi Abaddon a-t-il posé son regard sur Alicia ? Qu'a-t-elle de si particulier ?

Lyliall hésita une fraction de seconde avant de répondre. Elle se devait de peser ses mots pour ne pas se mettre le puissant guerrier à dos. Après tout, il était dorénavant l'un des trois seigneurs des ténèbres, mais elle ne pouvait encore le révéler.

— Alicia n'est pas qu'une simple enchanteresse, commença-t-elle avec prudence. Elle est également une clé de voûte.

Keith jura abondamment en se prenant la tête à deux mains. Il serait capable d'écraser cette Seelie s'il ne se retenait pas. Il arpenta furieusement la terre damée, les dents serrées. Sa colère avait à peine diminué d'un cran. Cessant de faire les cent pas, il se planta devant elle, l'œil mauvais.

— Vous le saviez, n'est-ce pas ? Vous étiez au courant depuis le début ! déclara-t-il d'un ton cassant. Maintenant, vous allez me dire pourquoi Abaddon désire tant sa mort. Quel est le rôle exact d'Alicia ?

— Elle est la seule qui puisse condamner la porte si le voile venait à se déchirer entre nos mondes, lâcha Lyliall d'une voix légèrement vacillante.

— Où est-elle ? mugit Keith en l'agrippant par les épaules, la peur au ventre.

— Selon les miens, elle a trouvé refuge dans le cercle de pierres avec Dougall, Hélène et Caroline.

— Il y a autre chose…

Les prunelles de Keith rougeoyèrent d'un éclat dangereux. Il en faudrait peu pour qu'il perde toute maîtrise de lui-même. Sa récente transformation n'était pas étrangère à son tempérament plus irascible. Déglutissant avec peine, Lyliall leva un regard incertain vers lui. Une telle énergie négative se dégageait de lui que tous ses sens s'affolèrent.

— Alicia a été blessée durant l'offensive. Pour le moment, elle est en mesure de maintenir le champ protecteur du cercle de pierres, mais elle ne peut ouvrir le passage qui mène jusqu'au broch. L'ennemi a déjà envahi le palais de la Cour d'été. Il est donc impossible pour les miens de leur venir en aide. Nous devons agir sans plus tarder, car Alicia s'affaiblit rapidement, et une horde de korrigans les entoure.

Incapable de calmer le tumulte qui grondait en lui, Keith la foudroya du regard. Un sentiment de panique le gagna.

— Si j'interviens en utilisant le lien qui nous unit, je pourrais tout aussi bien la tuer dans d'atroces souffrances...

— J'en suis consciente, Laird MacGrandy. Cependant, vous êtes la seule chance qui lui reste. Je sais que les récents évènements ont laissé des marques indélébiles sur votre âme...

— C'est bien plus que ça, l'interrompit-il avec rudesse. Je ne suis pas encore en mesure de dominer totalement le monstre qui a été éveillé en moi. Si cette partie sombre reprenait le dessus durant cette phase cruciale, Alicia se retrouverait vulnérable face à sa cruauté.

— Votre amour pour elle la protégera de la bête qui sommeille en vous, déclara Lyliall avec ferveur.

Ébranlé par sa conviction, Keith se précipita vers le temple de Dagda. Des druides s'y étaient déjà rassemblés. Après une brève hésitation, il leur ordonna de se regrouper tout autour de lui dans l'optique de créer un cercle protecteur contre les forces obscures. Maintenant qu'il savait qu'Abaddon œuvrait en silence derrière Conrad, il ne voulait prendre aucun risque. Non sans réticence, il concentra toute son attention sur l'esprit d'Alicia. Des gouttes de sueur perlèrent à son front, alors que sa respiration devenait de plus en plus saccadée. La mort dans l'âme, il tenta d'entrer en communication avec elle. Serrant la mâchoire, il refoula au plus profond de son être l'angoisse qu'il sentait vibrer dans chacune des fibres de son corps. Doser la puissance de sa magie afin de ne pas blesser Alicia tout en gardant tapi au fond de lui le monstre qui ne demandait qu'à refaire surface exigeait un effort surhumain.

Dos à Dougall, Alicia chancela lorsqu'une tierce personne chercha brutalement à s'infiltrer dans ses pensées. Elle s'affola en reconnaissant l'essence de Keith, d'autant plus que celle-ci n'était plus exactement la même, elle était pervertie… Dougall se retourna, alerté par son cri.

— Qu'y a-t-il ? s'informa-t-il d'emblée en avisant son expression défaite.

Luttant pour recouvrer son calme, Alicia s'accrocha à son bras. « C'est impossible ! » se dit-elle en secouant la tête. Quel sortilège dévastateur Conrad utilisait-il encore pour contraindre l'esprit de Keith à l'atteindre ? Elle devait se débarrasser de cette présence malveillante.

— Non… rugit-elle en repoussant Dougall.

Dougall ne sut que faire, déstabilisé par la tournure des évènements. Hélène et Caroline lancèrent un regard alarmé vers elle. Le champ protecteur se mit à chatoyer en réponse à son instabilité, perdant de son intensité.

— Non… gémit Alicia en tombant à genoux.

Dougall fourragea dans sa crinière, impuissant face au combat qu'elle livrait. Une décharge fulgurante transperça la barrière invisible au moment où il tendait une main dans sa direction, les projetant violemment contre les pierres. Conrad venait d'apparaître aux côtés des korrigans, un sourire cruel sur les lèvres.

❈ ❈ ❈

Keith se crispa sous l'effort fourni quand Alicia le rejeta abruptement. S'accrochant malgré tout, il força une seconde fois l'entrée de son esprit. Il éprouva un choc en apercevant Conrad. Fou d'inquiétude, il se retourna vers Lyliall.

— Elle est à la merci de Conrad, lâcha-t-il d'une voix blanche.

— Ramenez-les! Maintenant! cria Lyliall.

— C'est trop tôt, le lien n'est pas encore assez solide. Nous pourrions les perdre.

— Laird Mac...

D'un geste brusque, il lui imposa le silence, le corps tendu à l'extrême vers Alicia. Une terreur vicieuse troublait sa concentration, l'empêchant d'agir. Il savait que ce n'était plus qu'une question de temps avant que Conrad ne s'empare d'Alicia. Se rebellant à cette seule perspective, il l'obligea à s'assujettir à sa volonté, risquant par la même occasion de la blesser gravement.

❄ ❄ ❄

Une vague de panique, suivie d'une douleur insupportable, gagna Alicia lorsque Keith la domina davantage. Elle chercha Conrad des yeux, ne comprenant pas ce qui lui arrivait. S'agissait-il de l'un de ses plans démoniaques pour reprendre possession de son esprit? Elle pressa ses tempes entre ses mains en criant, pliée en deux. Conrad la scruta avec stupeur. Simultanément, un passage s'ouvrit entre les fugitifs et le broch.

— Dougall, traversez le voile. C'est un ordre! hurla Keith à travers le halo.

L'instant de surprise passé, Dougall retrouva rapidement son instinct de guerrier. Il propulsa Caroline et Hélène
dans la brèche d'une main ferme, puis il empoigna Alicia
par les épaules dans un même temps. Avant qu'elle puisse
réagir, il sauta, l'entraînant avec lui. Une brume opaque
les enveloppa aussitôt, les masquant à la vue de Conrad. Les
korrigans ne trouvèrent que le vide lorsqu'ils pénétrèrent à
l'intérieur du cercle de pierres. Les prisonniers s'étaient
échappés.

❉   ❉   ❉

Emporté par son élan, Dougall percuta rudement Caroline
et Hélène à sa sortie du passage. Il lâcha Alicia sous l'impact. Celle-ci roula à son tour sur le sol froid. La tête de la
jeune femme heurta durement la surface lisse du temple.
Étourdie par l'onde de choc, elle n'eut pas la force de bouger
tout de suite. Couchée sur le flanc, elle frôla la blessure douloureuse du bout des doigts. Une grimace déforma ses
traits. Confuse, elle chercha un point de repère, mais les
lieux lui étaient inconnus. Elle entendit des pas venir dans
sa direction au moment où elle se soulevait sur ses avant-
bras. Un flot d'adrénaline se déversa en elle en croisant les
iris ambrés de l'homme accroupi à ses côtés. Elle se releva
d'un bond, comme piquée à vif. N'écoutant que son instinct,
elle chercha à fuir. Keith se redressa avec souplesse, plus
prompt qu'elle. Il lui bloqua le chemin par sa stature imposante. Acculée contre un mur de pierre, Alicia essaya de
trouver une issue. Son désarroi était si grand qu'elle ne parvenait pas à réfléchir.

Keith recula, espérant ainsi ne pas l'effaroucher davantage. Elle s'apprêtait à détaler, les sens en alerte, lorsqu'il la rattrapa par le bras. Prisonnière de cet étau de fer, elle le dévisagea d'un regard voilé, complètement déroutée. Keith la relâcha aussitôt, frappé par son expression. Il se contenta de la scruter avec calme, ne sachant quelle attitude adopter. Les jambes légèrement écartées, les bras croisés derrière le dos, il était prêt à réagir à toute nouvelle tentative de fuite. Oserait-il la retenir à nouveau ? Alicia ne savait plus que penser. Elle n'arrivait pas à associer l'homme qui lui faisait face à celui qu'elle avait aimé, ni au monstre qui l'avait torturée au demeurant. Celui qui la surplombait était plus sombre, sans parler du stigmate saisissant qu'il affichait sur le visage. Il s'agissait assurément d'un piège cruel concocté par Conrad afin de la briser. Le cœur en déroute, elle rasa le mur jusqu'à l'ouverture qui donnait accès à la cour extérieure. Parvenue à l'entrée, elle s'enfuit dans les confins de la nuit. Lyliall fit mine de la suivre, bouleversée par l'affliction profonde qu'elle avait lue dans le regard de la jeune femme, mais Keith l'arrêta aussitôt. Elle le dévisagea, se méprenant sur son attitude.

— Il faut la rattraper. Elle est en état de choc. Qui sait ce qu'elle pourrait faire !

Ne le voyant toujours pas réagir, Lyliall se rapprocha doucement. Elle percevait le combat qui se livrait en lui.

— Laird MacGrandy, son réflexe est légitime puisqu'elle ignorait tout des derniers développements vous concernant. Mettez-vous à sa place un instant. Elle vous croyait mort, ou du moins disparu à tout jamais. Ne la laissez pas s'enfuir ainsi, pas seule et perdue comme elle est ! Elle pense

probablement être de nouveau la cible de la magie maléfique de Conrad.

Cillant sous ses paroles empreintes de bon sens, Keith
n'hésita pas plus longtemps et s'élança à sa poursuite. Plus
rapide qu'elle, il eut vite fait de la rejoindre. Une fois à sa
hauteur, il l'emprisonna dans ses bras, freinant sa course
abruptement. Il fut bouleversé de constater à quel point son
visage était ravagé par le doute et le désespoir. Alicia, de
son côté, était paniquée. Elle chercha à se dégager de son
emprise en le martelant de ses poings.

— Non... va-t'en! Va-t'en! cria-t-elle avec force.

— Alicia, arrête, tu m'entends? Arrête, bon sang! rugit-
il à son tour en resserrant son étreinte.

— Non... tu es... c'est un cauchemar... haleta-t-elle.

— Alicia... écoute-moi! Je suis réel... poursuivit-il,
adouci.

Perturbée au plus haut point, Alicia ne cessait de fuir
son regard, incapable d'affronter cette réalité. « Pourquoi
personne ne m'en a informée? » se demanda-t-elle, le cœur
empli de ressentiment. Keith caressa du revers de la main
son visage baigné de larmes, lisant dans ses pensées comme
dans un livre ouvert.

— Pardonne-moi, *mo chroí*, c'est moi qui ai imposé ce
silence. Je voulais être certain du succès de cette démarche
avant de te revoir. Je ne souhaitais pas que tu souffres
inutilement!

Ses paroles firent leur chemin à travers son esprit
confus. Elle éprouva un sentiment de trahison en saisissant
la portée exacte de ses propos. Comment avait-il pu lui faire
cela? Elle était en droit de connaître la vérité à son sujet.

Pouvait-il seulement imaginer ce que sa présence à ses côtés signifiait ? Tourmentée par le souvenir de son corps difforme, elle recula, se fermant à toute intrusion de sa part. Keith la ramena à lui, inquiet de ne plus être en mesure de lire dans ses pensées. Il fixa son visage dévasté, la mort dans l'âme.

— Alicia… regarde-moi, murmura-t-il d'une voix enrouée.

— La dernière fois que je t'ai vu, tu ne désirais qu'une chose : me tuer… déclara-t-elle en s'étranglant.

— Je sais, *mo chroí*, répondit-il avec affliction.

L'entendre prononcer ce mot si tendre après ce qui venait de se passer l'écorcha davantage. Incapable de maîtriser plus longuement la digue qui contenait son chagrin, elle baissa la tête, se soustrayant ainsi à sa vue.

— Je t'en prie ! J'ai besoin de temps… parvint-elle à dire entre deux sanglots.

— Je suis désolé, Alicia, mais nous n'avons pas ce luxe, souffla-t-il, la gorge nouée par l'émotion.

Par tous les dieux, elle était effondrée. Comment faire pour la rejoindre dans ces conditions ? Plus que jamais, elle lui était inaccessible ! Il en était à se demander de quelle façon il pourrait l'atteindre lorsqu'elle le dévisagea avec une expression indécise. Son cœur rata un battement.

— Lorsque j'étais prisonnière de Conrad, tu m'as livrée à ce monstre. Je t'ai supplié, mais tu n'as rien fait pour me venir en aide. Tu restais là… à me fixer de ton œil sanguinaire. Peux-tu comprendre ce que ça représentait pour moi ? Tu m'as torturée plus cruellement encore que n'a pu le faire Conrad. Les images de Cheyne, décapitée par toi, me hantent tous les jours.

Elle se tut, incapable de poursuivre. Un fossé s'était creusé entre eux ce jour-là. Elle recula de nouveau de quelques pas en se rappelant sa mise en garde au gouffre de Morget au sujet de Kylia et d'elle-même. Sa méfiance évidente envers lui le heurta profondément. Relevant la tête, Alicia le défia du regard.

— Comment croire que le monstre en toi a disparu à tout jamais ? lâcha-t-elle avec amertume en portant son attention sur le stigmate qui recouvrait une partie de son visage.

Ébranlé par la dureté de ses paroles, Keith frôla sa tempe gauche. Il n'eut ni le courage, ni la force de garder plus longuement son masque imperturbable. Abattu, il lui répondit tristement :

— *Mo chroí*, comment tuer la seule femme qui soit parvenue à trouver le chemin de mon cœur ? Je n'y suis même pas arrivé dans le gouffre de Morget, alors que j'étais sous l'influence des ténèbres, déclara-t-il avec accablement.

— Seigneur... gémit-elle, en se pliant en deux.

— Alicia... l'implora-t-il, les yeux brillant de larmes à peine contenues.

Franchissant la distance qui les séparait, il tendit lentement une main dans sa direction, lui offrant la possibilité de fuir son contact. Alicia demeura figée sur place, subjuguée par l'intensité de son expression. Elle voulait de tout cœur croire en sa rédemption, ne pouvant supporter de vivre sans lui. Sans doute ses sentiments durent-ils transparaître sur son visage, car les traits de Keith se détendirent, permettant d'entrevoir l'homme qu'elle connaissait. Avec douceur, il essuya les larmes qui roulaient sur ses joues. Son regard dégageait une telle tendresse qu'elle en fut chavirée.

Plus que tout, elle avait besoin de la force, ainsi que de l'amour de son compagnon. Ployant la nuque, elle abdiqua. Sa peine se déversa sans entrave. Elle lui parut si vulnérable à cet instant que Keith éprouva la nécessité de la protéger. D'eux-mêmes, ses bras se refermèrent autour d'elle. À son contact, Alicia tressaillit, laissant fuser une plainte douloureuse entre ses lèvres.

Surpris, Keith la retourna. À la vue des zébrures boursouflées qui marquaient son dos, il poussa un soupir affligé. Elle aurait dû l'en informer de prime abord. Il libéra les plaies purulentes des lambeaux de tissu qui y adhéraient avec d'infinies précautions. Alicia se crispa contre lui, les traits tendus. Il l'enveloppa d'un sort apaisant pour adoucir sa manœuvre avant de poursuivre et la réconforta d'un baiser sur le sommet de la tête. Il éleva les mains au-dessus de la peau tuméfiée et fit pénétrer une lumière régénératrice dans son corps. Alicia se détendit, soulagée que la souffrance ait disparu. Elle ferma les yeux, goûtant le plaisir simple d'être à nouveau blottie contre son torse.

— Alicia, souffla-t-il en lui redressant le menton avec douceur.

Elle fut submergée par un flot d'émotions en plongeant son regard dans le sien. Un tel amour s'en dégageait. Rassurée, elle lui sourit faiblement, la respiration haletante. Il effleura ses lèvres d'une caresse légère, attiré par sa fragilité touchante. Alicia noua ses bras autour de son cou, puis se releva sur la pointe des pieds, désirant davantage. Elle savait que Keith se retenait, de crainte de l'effaroucher. Toutefois, elle avait besoin de sa fougue pour se sentir revivre. Elle enfouit ses doigts dans sa chevelure abondante en accentuant leur baiser, lui arrachant un grognement en retour. Elle percevait très bien les battements effrénés de son cœur. Elle l'embrassa plus longuement encore, confiante.

En réponse, il la plaqua plus étroitement contre son corps. Alicia déposa une main sur son torse, enhardie par sa réaction, puis descendit lentement dans une caresse provocante vers son bas ventre, le faisant tiquer. Keith se contracta alors qu'un gémissement rauque franchissait ses lèvres. Elle pressa son membre durci sans pudeur et poussa l'audace jusqu'à se faufiler sous le tissu, grisée par sa domination sur ses sens. Keith renversa son visage vers l'arrière, l'obligeant ainsi à le regarder. Sa bouche fondit sur elle, avide de sa chaleur. Son baiser fut impératif. Il avait une telle soif d'elle que se contenir se révéla au-dessus de ses forces.

Il l'allongea sur le sol avec une agilité déconcertante, à même le plaid dont il s'était départi. Étendu sur elle, il la dévora sans vergogne, ses mains l'explorant avec une frénésie contagieuse. Alicia vint à sa rencontre, habitée par le même besoin urgent. Son sang ne fit qu'un tour dans ses veines. Submergé par le désir, Keith prit possession d'elle avec une vigueur qui l'entraîna rapidement vers des sommets vertigineux. Alicia s'arqua dans un râle rauque, le corps balayé par des vagues successives, transportant Keith dans son sillage.

La pénombre était tombée lorsque leur passion s'apaisa enfin. Encore frémissante, Alicia scruta les étoiles d'un regard lointain, respirant avec délice l'air pur de la nuit. Elle frôla inconsciemment son ventre plat, l'esprit à la dérive. Surprenant son geste, Keith se retourna vers elle.

— Craindrais-tu une nouvelle grossesse, *mo chroí*?

Au son de sa voix chaude et caressante, Alicia tressaillit. Tout était si soudain qu'elle avait peine à croire à son bonheur. S'il ne l'avait pas prise avec autant de fougue, elle aurait pu s'imaginer qu'il s'agissait d'un rêve. Tournant la tête dans sa direction, elle chercha à déchiffrer ses pensées. La proximité de son corps jointe à la vivacité de son propos vint perturber sa quiétude éphémère.

— Pourquoi cette question ? demanda-t-elle, troublée.

— Alicia, je sais dans quel calvaire tu t'es débattue lors de la venue au monde de Kylia.

— Isaac… il m'avait pourtant fait la promesse de ne rien te révéler sans mon consentement, lâcha-t-elle avec tristesse.

— Alicia, ce n'est pas lui, mais Glen qui a partagé ces réminiscences avec moi. Il les avait captées par mégarde dans ta mémoire.

La voyant esquisser un geste de retrait, il la ramena avec tendresse contre son flanc. De ses doigts, il caressa amoureusement son visage. Il avait eu si peur de la perdre que la moindre rebuffade de sa part le tourmentait.

— Alicia, tu ne dois pas en tenir rigueur à mon frère. Il n'avait pas l'intention de trahir tes secrets. C'est moi qui les désirais. J'avais besoin de m'accrocher à ces souvenirs pour tenir le coup, déclara-t-il avec une solennité qui la fit tressauter. Sinon, j'aurais sombré, sans espoir de retour, ajouta-t-il d'une voix quasiment inaudible.

À cette dernière évocation, Alicia plaqua une main sur sa bouche pour retenir un cri de détresse. Non sans remords, Keith l'observa se débattre entre l'ignominie du passé et le présent. Il était plus que conscient d'avoir changé. D'une certaine façon, une part de lui demeurerait pour toujours assujettie aux ténèbres. Il les avait côtoyées de trop près pour en ressortir indemne. Sa vie serait dès lors un combat perpétuel entre le bien et le mal. Même son âme avait perdu de son éclat. Il ne pouvait imposer cette réalité amère à Alicia. Malgré qu'une telle décision lui coûtait énormément, il la laisserait libre de choisir. La scrutant avec attention, il nota avec une pointe douloureuse qu'elle était torturée par le doute.

Pour sa part, Alicia savait que les derniers évènements survenus dans le gouffre de Morget avaient irrémédiablement modifié la nature profonde de Keith. Il n'avait plus rien de commun avec l'homme fier et arrogant qu'elle avait épousé. Il était dorénavant plus ténébreux, animé par une volonté beaucoup plus primitive. Que restait-il de la noblesse qui le caractérisait auparavant? Pourrait-elle à nouveau lui faire confiance, s'en remettre aveuglément à lui? Plongeant son regard dans le sien, elle le sonda. Pas une seule fois il ne chercha à se dérober. Au contraire, il s'ouvrit à elle en toute impunité, mettant son âme à nu. Ce qu'elle y vit lui fit monter les larmes aux yeux. Son silence soutenu s'éternisa. Plus les secondes s'émiettaient, plus Keith sentait poindre en lui une anxiété douloureuse. Il retint sa respiration sur des charbons ardents. La poitrine étreinte d'un tourment lancinant, il ne savait que penser. Son air malheureux toucha Alicia. Sans le quitter du regard, elle se rapprocha de lui et appuya ses deux paumes sur son torse. Sa chaleur l'imprégna tout entière, faisant fondre ses derniers doutes. Un cœur d'homme battait dans ce corps soumis aux pires tortures.

— Je t'aime, Keith MacGrandy... murmura-t-elle.

Keith reçut ce cadeau précieux avec un bonheur infini. Par ces simples paroles, elle lui signifiait qu'elle l'acceptait tel qu'il était désormais. L'enserrant dans ses bras, il enfouit son visage dans ses cheveux, humant avec un plaisir renouvelé l'odeur de jasmin qui lui avait tant manqué.

CHAPITRE IX

Pour que la lumière triomphe

La nuit était déjà fort avancée quand Alicia se réveilla en sursaut. Une sensation désagréable lui oppressait la poitrine, comme si une chape de plomb y avait été coulée. Demeurant immobile entre les bras de Keith, elle chercha à définir ce qui l'angoissait autant. Par chance, Keith dormait profondément. Elle put donc se soustraire à son emprise sans le déranger. Elle le contempla en silence, un sourire triste sur les lèvres. Il semblait si serein, si détendu. Il n'avait plus rien de commun avec le laird qui menait ses hommes au combat d'une poigne inflexible, ou encore avec le file des druides inébranlable. D'une certaine façon, c'était déstabilisant.

Dans son sommeil, il tourna la tête vers elle, laissant entrevoir le stigmate sur sa tempe gauche. À cet instant précis, elle trouva la raison de ses tourments. Elle craignait en réalité que la récente transformation de Keith ne le place en position de faiblesse face à Conrad. Personne ne pouvait prédire sa réaction devant les pouvoirs maléfiques du mage, ni même l'attrait qu'exerceraient sur lui les ténèbres. Elle ne désirait pas risquer son intégrité, sous aucun prétexte. Elle croyait en son âme et conscience que cette expédition devrait s'effectuer sans lui.

Sans doute la sentit-il se raidir, car Keith se réveilla à son tour. Il comprit en apercevant son humeur sombre que quelque chose de grave la perturbait. Il voulut chasser ses inquiétudes d'un baiser sur son front, mais Alicia se retrancha à son contact. Il n'eut plus aucun doute dans son esprit lorsqu'elle se releva d'un mouvement brusque. Elle arpenta le sol d'un pas nerveux, mal à l'aise sous son regard perçant. Il lui faudrait une dose considérable de courage pour aborder ce sujet épineux. Elle le connaissait suffisamment bien pour savoir que son orgueil démesuré n'allait pas du tout apprécier ses suspicions envers lui. Jamais il n'accepterait de faire preuve de faiblesse devant elle, encore moins face à ses hommes. Renoncer à mener cet assaut équivaudrait pour lui à se déclarer inapte à assumer son rôle de laird. Voilà pourquoi elle hésitait à répondre à son interrogation muette. Peu importaient les mots qu'elle choisirait, aucun ne lui conviendrait.

Se redressant, il tenta de la prendre dans ses bras, mais encore là, elle se déroba. Il n'aimait pas être tenu à l'écart de la sorte, ni être rejeté sans raison valable. Il la toisa avec une pointe d'agacement en croisant les avant-bras sur son torse. Il subissait toujours les contrecoups de sa récente descente en enfer, en plus de ses carences de sommeil. Il n'avait pas assez de tolérance pour tergiverser de la sorte. Ne sachant comment l'aborder, Alicia se mordit la lèvre supérieure, un signe d'inconfort dont Keith n'était pas dupe.

— Bon sang, *oìgh*, s'impatienta-t-il. Vas-tu enfin te décider à me dire ce qu'il y a?

Alicia se crispa, surprise par l'exaspération qui vibrait dans sa voix. Les mains sur les hanches, elle carra les épaules afin de se donner contenance. Il était hors de question qu'elle se laisse intimider. Craignant cependant de manquer de courage, elle alla droit au but.

— Il vaudrait mieux que tu demeures au broch, lâcha-t-elle d'un trait.

— Quoi ? s'exclama-t-il.

Elle baissa la tête en reculant d'un pas, incapable d'affronter son regard courroucé. Plus vif qu'elle, il la rattrapa par le bras et la ramena vers lui. Retrouvant son aplomb, elle releva le menton avec bravade.

— Ta présence risque d'être un élément instable dans cette mission, déclara-t-elle avec moins d'assurance qu'elle l'aurait voulu.

Furibond, il la relâcha brusquement comme si elle était une pestiférée. Ses prunelles brillaient d'un éclat sauvage, teintées de rouge. Se détournant d'elle, il s'éloigna d'une démarche saccadée. D'aucune façon un membre de son clan ne se serait permis d'insinuer une telle chose envers lui. C'était une attaque directe à son intégrité. Si elle avait été un homme, il l'aurait provoquée à l'épée, histoire de lui infliger une bonne leçon. Le corps raide, il revint vers elle, la jaugeant de toute sa hauteur.

— Ne t'avise jamais de mettre en cause mon autorité devant les miens, *Mo chroí*…

La façon dont il prononça « *Mo chroí* » l'écorcha plus sûrement encore que l'aurait fait une lame tranchante. Ce mot doux en temps normal réservé à leurs moments de complicité lui avait été lancé à la figure avec tant de morgue qu'il donnait tout son poids à cette menace lourde de sens.

De surcroît, le fait qu'il l'ait exclu du clan dans ses propos en disait long sur ses sentiments réels. Ses paroles résonnèrent comme un écho en elle. Il lui avait dit « devant les miens », et non « devant les nôtres », ce qui la blessait d'autant plus qu'il avait raison d'une certaine manière. Après tout, elle n'était qu'une étrangère. Toutefois, elle avait vraiment cru pendant un court instant qu'elle faisait partie des leurs ; de toute évidence, elle s'était trompée. Cette façon qu'elle avait eue de se bercer d'illusions était presque pathétique.

Ravaler l'amertume qui la rongeait lui laissa un arrière-goût âcre dans la gorge. Par réflexe, elle raidit le dos en pinçant les lèvres. Elle devrait pourtant y être habituée depuis le temps. Où qu'elle aille, elle avait toujours été un fardeau, une pauvre âme en peine sans port d'attache, une nuisance dont on aurait aimé se débarrasser d'un coup de pied. Alors pourquoi souffrait-elle autant ? Comment avait-elle pu s'imaginer qu'il en serait autrement cette fois-ci ? Keith n'avait jamais eu le choix dans cette histoire. Elle lui avait été imposée par la reine des Tuatha Dé Danann. Cette constatation était douloureuse. Une petite voix en elle essaya de la raisonner, mais trop de souvenirs, d'évènements marquants de sa vie avaient laissé leurs empreintes sur son cœur écorché. Retenir les larmes qui brûlaient ses yeux se révéla éprouvant, voire impossible.

Percevant soudain le changement qui s'était opéré en elle, Keith fronça les sourcils. L'air ambiant était pesant, le visage d'Alicia, ravagé. Son regard s'était éteint, plus aucune chaleur n'émanait d'elle. Pris de court, il fut désarçonné. Sa colère retomba d'un coup. Un tel désespoir se dégageait d'elle désormais.

— Alicia, souffla-t-il en se rapprochant d'elle.

N'obtenant aucune réponse de sa part, il frôla sa joue du revers de la main. Elle ne broncha pas, insensible à tout ce qui l'entourait. Elle ressemblait à l'un de ces menhirs dressés dans le cercle de pierres : froide, immobile, figée dans le temps. Il comprit alors qu'elle s'était retranchée dans un recoin secret de son esprit, loin de lui.

— *Mo chroí*, chuchota-t-il avec douceur.

À ce mot, elle frissonna. Des larmes silencieuses perlèrent à ses paupières, seuls témoins de ses tourments. Se perdant en conjectures, il tenta d'établir un contact mental entre eux, mais il se heurta à une barrière infranchissable.

— Damnation ! lâcha-t-il en fourrageant dans sa chevelure emmêlée.

Son imprécation la sortit brusquement de son état d'hébétude. Sous la surprise, elle cligna des yeux, comme si elle émergeait d'un mauvais rêve. Son cœur était en miettes, ses nerfs, sur le point de craquer, mais elle refusait de s'effondrer devant lui. Mieux valait dans ce cas mettre une certaine distance entre eux, du moins le temps qu'elle se reprenne. En aucun cas elle ne discuterait avec lui sous le coup de l'émotion. Pourtant, Keith ne semblait pas l'entendre de cette façon. Lorsqu'elle voulut s'éloigner, il la retint par le bras d'une poigne inflexible.

— Tu n'iras nulle part, *Mo chroí*. Nous devons parler.

— Ne m'appelle plus jamais ainsi ! s'écria-t-elle d'une voix fêlée.

Sous la virulence de son objection, il se tendit. Il n'y comprenait plus rien. Quelque chose lui échappait. Était-elle de nouveau sous l'influence de Conrad ? Suspicieux, il la scruta avec une attention beaucoup plus soutenue, mais il ne décela aucune aura sombre autour d'elle. Puis soudain, il se souvint de la façon dont il lui avait jeté le mot « *Mo chroí* » au visage. Sous le poids de l'accablement, il poussa un soupir affligé en voûtant les épaules. Il était à l'origine de ce malentendu. Toutefois, il était certain que ce n'était pas l'unique raison de sa détresse. Il se passa une main dans les cheveux, déconcerté par la tournure que prenait cette discussion.

— Qu'attends-tu de moi exactement, Alicia ? demanda-t-il d'une voix lasse.

— Rien.

La sécheresse de sa réponse claqua dans l'aube naissante tel un glas du condamné. D'un geste rageur, elle essuya les larmes traîtresses qui roulaient sur ses joues. Elle ne devait pas faiblir, ni lui en vouloir au demeurant. Il n'était pas responsable de tout ce gâchis. La faute en revenait à la reine Fódla, ainsi qu'à elle-même. Après avoir tué Conrad, elle se retirerait avec le peu de dignité qui lui restait. Elle le libérerait du lien qui les unissait, lui redonnerait sa liberté. Elle ne serait plus un boulet pour personne.

— Possèdes-tu la connaissance requise pour retourner de simples mortelles dans leur monde ? s'informa-t-elle d'un ton neutre.

Un silence lourd suivit sa question. Elle n'osa pas relever la tête, de crainte de croiser son regard.

— Non, répondit-il, catégorique.

Tout son être irradiait d'une colère à peine contenue. Sensible à son humeur, Alicia s'agita. Elle se racla la gorge, ne sachant si elle aurait l'audace de pousser plus loin ses réflexions. L'inflexibilité de Keith ne lui simplifiait pas la tâche.

— La reine le pourrait-elle? se risqua-t-elle après une brève pause, le ventre noué par l'appréhension.

— Regarde-moi, Alicia! ordonna alors Keith. Par tous les feux de l'enfer, regarde-moi! vociféra-t-il.

Avant même qu'elle puisse s'exécuter, il emprisonna son menton dans une étreinte rude. Dire qu'il était furieux était bien en deçà de la vérité.

— Bon sang! rugit-il. À quoi joues-tu?

Alicia se tassa sur elle-même sous la virulence de son ton. Son sang ne fit qu'un tour dans ses veines. Elle devait trouver le courage de lui révéler le fond de sa pensée, de le convaincre du bien-fondé de sa décision.

— Caroline et Hélène doivent retourner dans notre monde. Elles n'ont pas leur place en ces lieux… pas plus que moi d'ailleurs…

S'étranglant sur ses dernières paroles, elle inspira par à-coups. Une incompréhension totale se lisait sur le visage de Keith, ainsi qu'une douleur poignante.

— Est-ce vraiment ce que tu désires, *Mo chroí*? demanda-t-il dans un souffle.

Elle aurait voulu mentir pour lui faciliter les choses, mais en fut incapable. Elle ne pouvait renier ce qui les avait unis l'espace d'un instant. Cependant, sa gorge refusait de laisser passer le moindre mot. Avec accablement, elle secoua la tête en signe de dénégation. Un poids énorme s'enleva des épaules de Keith.

— Pourquoi, dans ce cas?

Sa voix empreinte de douceur fit monter de nouvelles larmes à ses yeux. Ne pouvant supporter plus longtemps cette tension entre eux, elle recula. Son cœur saignait, alors que son âme souffrait mille morts.

— Alicia… Pourquoi ?

Alicia ne savait plus à quel saint se vouer. Tout s'embrouillait dans son esprit. S'accrochant aux derniers lambeaux de conscience qui lui restaient, elle lui fit face.

— Tu as été entraîné dans cette folie bien malgré toi, Keith, et tu en as payé le prix fort ! Tu es le laird de ton clan, tu es en droit de trouver une épouse qui te convienne davantage. De toute façon, je ne suis qu'une étrangère sans importance…

— Comment peux-tu dire une chose pareille ? la coupa-t-il avec rudesse. Après tout ce que nous avons traversé ! Tu es mon épouse, Alicia !

— Quel genre d'épouse, Keith ? l'interrompit-elle à son tour. Depuis que tu t'es lié à moi, ta vie n'a été qu'un véritable cauchemar. Tu mérites mieux que cet enfer…

— Qu'est-ce que tu racontes ? s'emporta-t-il. J'ai fait ce choix en toute connaissance de cause ! J'aurais pu t'éveiller à tes pouvoirs sans pour autant m'unir à toi. C'est moi qui ai prononcé les vœux qui devaient nous attacher l'un à l'autre, qui t'ai incitée à le faire à tes dépens.

Prenant son visage en coupe, il l'embrassa longuement, d'un baiser à la fois tendre et possessif.

— Alicia, murmura-t-il contre ses lèvres, son front appuyé sur le sien. Dès l'instant où je t'ai vue à travers tes rêves, j'ai su que tu serais mienne. Aucune femme ne m'avait jamais ému autant que toi, ni fasciné comme tu l'as fait. Tu as transpercé mon cœur aussi sûrement qu'une flèche. Comment peux-tu douter de mon amour ? demanda-t-il d'une voix douloureuse.

— Je ne remets pas ta noblesse d'âme en question, Keith, mais… mais…

— Mais quoi ?

— Ce que tu as fait pour moi, tu l'aurais fait pour n'importe quelle femme de ton clan. La réalité est que je demeure une étrangère. Je suis consciente que je n'ai pas ma place parmi les tiens.

Il était sur le point de répliquer lorsqu'il se ravisa soudain. « Par tous les dieux, c'est ma faute ! » saisit-il avec effarement en se rappelant les propos colériques qu'il lui avait lancés au visage plus tôt. Il se maudit pour sa bêtise en croisant son regard.

— *Mo chroí*, pardonne-moi ! Si j'ai laissé sous-entendre que tu ne faisais pas partie des nôtres, j'en suis profondément désolé !

Des plis creusèrent le front d'Alicia alors que son regard se chargeait d'incompréhension. Ressentant son trouble, Keith la pressa contre lui.

— Je t'aime, Alicia. Sache que jamais je n'aurais traversé un tel enfer par noblesse d'âme pour aucune autre femme. Si je me suis sacrifié, *Mo chroí*, c'est uniquement par amour pour toi, déclara-t-il d'une voix rauque.

S'accrochant à son plaid comme à une bouée de sauvetage, Alicia éclata en sanglots. La boule qui s'était formée dans sa gorge se dissipa d'elle-même, libérant du même coup toute l'angoisse qui l'étouffait. Elle ne s'était donc pas trompée à son sujet. Il vibrait d'un amour sincère à son égard, sans compter qu'il ne désirait qu'elle. Ce constat l'emplit d'une douce chaleur. Le cœur allégé, elle laissa tomber les barrières érigées autour de ses pensées, se dévoilant entièrement à lui.

Ils demeurèrent ainsi, soudés l'un à l'autre. L'aube nimba le corps d'Alicia d'une lumière éblouissante qui ravit Keith.

De sa paume, il effaça toute trace de chagrin de son visage. Il aurait voulu lui octroyer plus de temps pour se remettre des récents évènements, mais Glen, Dougall, Connall, Lachlan, Lyliall, ainsi qu'une dizaine de leurs meilleurs guerriers les attendaient. Ils devaient partir à la chasse !

Ils progressaient depuis un bon moment déjà, pourtant, pas un seul mot n'avait franchi les lèvres d'Alicia. Elle réfléchissait à ce que Keith lui avait dit après leur discussion. Il lui avait affirmé d'un ton catégorique qu'ils affronteraient Conrad ensemble. Cette dernière injonction avait été donnée par le laird, et non par l'amant attentionné, ce qui signifiait que sa décision était irrévocable.

Perdue dans ses réflexions, elle laissa inconsciemment se creuser une certaine distance entre elle et le reste groupe. Keith, quant à lui, ouvrait la marche d'un pas décidé. Cependant, il ne pouvait s'empêcher de lancer régulièrement des regards perplexes dans sa direction. Glen, qui avait suivi son manège, ne savait que penser de la situation. Il devinait qu'Alicia s'était opposée à ce que Keith les accompagne. Elle s'inquiétait pour son époux, ce qui était tout à fait légitime. Toutefois, elle ne pouvait permettre à ses sentiments d'assombrir l'humeur générale. Ralentissant le pas, il attendit qu'elle soit arrivée à sa hauteur avant de l'aborder. Ne l'ayant pas vu venir, Alicia sursauta lorsqu'il se pencha vers elle.

— As-tu l'intention de le tourmenter encore longtemps ? s'informa-t-il de but en blanc en pointant Keith du menton.

Étonnée, Alicia dirigea son regard vers Keith. Elle demeura interdite en constatant sa physionomie. La rigidité de son dos combinée à la crispation de ses muscles lui donnaient une démarche saccadée. Sans doute avait-il en mémoire leur dernier échange verbal. Il semblait d'ailleurs se demander ce qui lui avait échappé, se morfondant en vain.

— Je réfléchissais… commença-t-elle d'une voix hésitante en reportant son attention sur Glen.

— Tu te fais du souci pour lui, n'est-ce pas?

Le fait qu'elle ne réfute pas ses propos indiquait qu'il avait vu juste. Déposant une poigne volontaire sur son épaule, il l'obligea à s'arrêter.

— Keith est un guerrier aguerri, et il possède en plus des pouvoirs phénoménaux, Alicia. Il est aussi doté d'une force de caractère inouïe, et d'un sens du devoir sacré. Ne lui fais pas l'injure de douter de lui. S'il a jugé qu'il était apte à mener cet assaut, c'est qu'il est en mesure de le faire.

Quelque peu ébranlée par sa ferveur, Alicia se fit à nouveau songeuse. Elle pesa le pour et le contre, et en vint à la conclusion que Glen avait raison. Keith était trop intègre pour risquer la vie des siens par bravade. Elle devait donc s'en remettre à lui, comme elle l'avait toujours fait par le passé. Se questionner inutilement ne ferait que miner son moral, affaiblir leur lien. Chassant les dernières inquiétudes qui la rongeaient, elle permit à son esprit d'entrer en contact avec celui de Keith. *J'ai confiance en toi!* lui murmura-t-elle mentalement. Pour toute réponse, il inclina la tête dans sa direction, son regard habité par un soulagement évident.

Alicia passa devant Glen d'un pas vif, décidée à rejoindre Keith. Une certaine nostalgie imprégna les traits de Glen l'espace d'un bref moment, alors que ses yeux suivaient la silhouette mince. Toutefois, il se reprit rapidement, surtout que Keith le scrutait désormais avec une acuité implacable. Glen secoua la tête en signe de négation pour le tranquilliser. Keith comprit son message silencieux et desserra les dents. La découverte des tendres sentiments qu'éprouvait son cadet pour son épouse le rendait fou. Néanmoins, l'assurance que celui-ci ne tenterait rien de stupide dans ce sens le rasséréna. Après cette guerre, il allait devoir trouver une compagne à son frère, afin de ne pas entretenir indéfiniment ce doute malsain.

Dès l'instant où ils arrivèrent en bordure de la Cour de l'ombre, Keith et ses hommes détaillèrent les alentours avec vigilance, l'esprit en alerte. À l'aide de sa magie, Lachlan sonda chaque recoin afin de vérifier qu'aucune embuscade ne leur avait été tendue, alors que Lyliall portait ses sens jusque dans les confins de ce monde sombre à la recherche de sorts maléfiques susceptibles de leur nuire. Ce n'était surtout pas le moment d'être piégé dans un chassé-croisé.

Une certaine fébrilité s'empara des guerriers lorsqu'ils prirent position derrière une butte stérile. Lorgnant de leur côté, Alicia ne fut pas surprise de les voir effleurer la poignée de leur épée. L'attitude de Glen et de Keith contrastait d'autant plus avec eux qu'ils étaient tous deux d'un calme effarant, leur attention fixée sur les environs. Alicia n'osa prendre le risque de les distraire en s'approchant d'eux. Tout en frottant ses paumes moites sur ses cuisses, elle se félicita d'avoir enfilé ses habits personnels au lieu de la tunique traditionnelle des femmes du clan. Elle serait beaucoup plus à l'aise pour combattre vêtue d'un pantalon de coton et d'un chandail à manches courtes. De cette façon, rien n'entraverait ses mouvements.

Fermant brièvement les paupières, elle s'efforça d'apaiser le tumulte qui grondait en elle, ce qui s'avéra difficile. Le nœud qui s'était formé dans son estomac refusait de disparaître. Comme s'il avait ressenti sa tension, Keith se tourna dans sa direction. *Tout ira bien*, Mo chroí. *Respire…* chuchota-t-il dans sa tête avec un soupçon d'humour. Le sourire franc qu'il lui dédia quand elle ouvrit les yeux la fit pousser un soupir d'exaspération.

— Foutu mâle perclus d'arrogance, grommela-t-elle entre ses dents.

«Il n'y a que ces maudits Celtes qui sont assez idiots pour se gausser d'affronter un mage démoniaque, en plus d'une horde de créatures sanguinaires. N'importe quelle personne sensée aurait peur!» grogna-t-elle intérieurement. Keith, qui avait perçu ses pensées, dissimula son amusement derrière un raclement de gorge. Nullement dupe, Alicia lui décocha un regard noir. En retour, il haussa les épaules en signe d'impuissance.

Lachlan, qui s'était rapproché de Keith, lui signala que le chemin était dégagé devant eux. Retrouvant son sérieux, Keith donna l'ordre de bouger. Ses hommes se déplacèrent prudemment, lançant des coups d'œil furtifs sur les alentours. Ne décelant toujours aucune activité suspecte dans les parages, ils se risquèrent plus loin, à l'affût du moindre indice révélant la présence de korrigans ou de tout autre vassal de Conrad. Leurs recherches s'avérèrent infructueuses dans cette partie de la Cour de l'ombre. Soit Conrad avait regroupé ses forces autour de lui, soit il disposait d'une armée moins considérable qu'ils ne l'avaient cru.

Plus tard, alors qu'ils arrivaient à un embranchement, un hurlement lugubre retentit dans l'air, hérissant les poils d'Alicia. Elle porta d'instinct sa paume à la poignée de son épée. Les dix guerriers qui les accompagnaient en firent tout autant. Sur l'ordre de Keith, ils s'assemblèrent dans un demi-cercle serré, prêts à réagir. Ils s'avancèrent en direction des cris qui mouraient à petit feu. Ce qu'ils découvrirent derrière un rocher choqua Alicia à un point tel qu'elle se détourna prestement dans un hoquet étouffé. L'estomac retourné, elle se plia en deux, une main plaquée sur les lèvres, peinant à réfréner un haut-le-cœur. Keith l'entoura aussitôt de ses bras réconfortants, faisant office de barrière contre la scène qu'elle avait entraperçue. Inspirant par saccades, elle tenta courageusement de se contenir. Cependant, faire abstraction de la vision du malheureux qui était en train de se faire dévorer vivant par une horde de gobelins se révéla au-dessus de ses forces. Un goût de bile remonta dans sa gorge. Keith lui jeta un coup d'œil inquiet. Les gobelins risquaient de les dénicher d'une seconde à l'autre. Ils n'avaient donc pas d'autres choix que de donner l'assaut.

D'une main ferme, il repoussa Alicia, lui intimant en silence de demeurer dissimulée au regard de l'ennemi. Alicia se rebella derechef. Il était hors de question qu'elle reste derrière sous prétexte qu'elle avait eu un léger malaise. Avec détermination, elle tira sa lame du fourreau. Keith haussa un sourcil, mais se retint de justesse de la réprimander. Il comprenait son besoin d'exorciser la scène horrible à laquelle elle venait d'assister. Si elle désirait en découdre avec ces créatures abjectes, ce n'était certainement pas lui qui allait l'en empêcher. Une lame de plus était toujours la bienvenue, surtout quand il s'agissait de l'épée de Nuada.

D'un signe de tête, elle lui signala qu'elle était prête. Préférant ne pas utiliser leur magie dans l'immédiat, il indiqua aux membres de son clan qu'ils combattraient au corps à corps. Alicia devina qu'il ne souhaitait pas attirer inutilement l'attention de Conrad sur eux. Ils s'en tiendraient donc à la fiabilité de leurs armes. Pour Keith et ses hommes, ce serait une vraie partie de plaisir en comparaison de ce qui les attendait. Il y avait longtemps qu'ils ne s'étaient pas battus en duel, si bien que la perspective de cette petite escarmouche ne leur déplaisait pas. Une bonne bagarre serait bénéfique pour tous : elle aiguiserait les sens des hommes, en plus de lui donner un aperçu du potentiel d'Alicia.

À son signal, ils foncèrent sur l'ennemi dans un rugissement de guerre retentissant. En entendant ce hurlement primitif, Alicia fut transpercée par une énergie brute qui lui fouetta le sang, étouffant toute crainte en elle. Un fracas assourdissant accompagna leur arrivée sur les lieux du carnage, suivi de cris de douleur et de grognements. Dans un état second, Alicia abattit sa lame sur la première créature qui lui fit face, la fauchant sans aucune hésitation. Plus rien n'existait autour d'elle, sinon que la soif de vengeance qui l'habitait. Elle frappa avec une précision mortelle à plus d'une reprise, perdant le compte des blessures qu'elle infligeait.

Puis, ce fut le silence complet. Émergeant brusquement de la torpeur dans laquelle elle était plongée, elle chancela en clignant des paupières. Elle eut un hoquet de stupeur à la vue du massacre qui se déployait à ses pieds. Sidérée, elle leva un regard hagard en direction de Keith. Incapable de réprimer les tremblements qui la secouèrent tout à coup, Alicia se laissa choir sur les genoux. Ses tempes bourdonnaient bruyamment. Le contrecoup s'avérait plus percutant encore qu'elle ne l'aurait cru. Keith fut aussitôt à ses côtés. D'une poigne solide, il l'aida à se relever. Il s'empara d'un pan de son propre plaid en l'observant d'un air soucieux. Il effaça avec douceur les traces de sang qui tachaient son front, ainsi que ses joues. Alicia le remercia d'un sourire chevrotant, reprenant peu à peu contenance.

— Tu as combattu vaillamment, *Mo chroí*, déclara-t-il avec ferveur. Je suis fier de toi !

Abasourdie, elle leva un regard incertain vers lui, puis éclata d'un rire libérateur. Keith déposa un baiser réconfortant sur ses paupières.

— Allez, viens, nous devons poursuivre notre route.

Il n'y avait que lui pour la féliciter d'avoir été partie prenante d'un tel carnage. Toutefois, elle devait s'avouer que cela s'était révélé bénéfique d'une certaine façon. Enfin, elle avait l'impression d'avoir pris en main sa destinée. Plus confiante en ses capacités, elle lui emboîta le pas. Rassuré sur l'état d'esprit de sa compagne, Keith allongea sa foulée. Le groupe de gobelins contre lequel ils s'étaient mesurés ne serait pas le seul. Dorénavant, ils devaient s'attendre à d'autres mauvaises surprises de ce genre. Il leur fallait donc redoubler de vigilance. Mentalement, il ordonna à son frère de demeurer près d'Alicia alors que lui-même ouvrait la marche, tous ses sens en alerte.

✳ ✳ ✳

Quand ils tombèrent plus tard sur une bande de korrigans, les hommes étaient déjà prêts à engager le combat. Cependant, Keith jugea préférable de battre en retraite derrière les rochers en avisant leur nombre élevé. Risquant un coup d'œil pour évaluer la situation, il recula précipitamment, évitant de justesse une dague lancée dans sa direction. Glen, qui se trouvait à proximité de lui, jura lorsque le métal émoussé érafla son bras au passage.

En constatant qu'il ne s'agissait que d'une simple égratignure, Keith reporta son attention sur la horde qui lui faisait face. Cette fois-ci, il allait devoir se résigner à utiliser leur magie, ce qui ne l'enchantait guère. Probablement auraient-ils été en mesure de venir à bout de l'ennemi après un rude affrontement, mais il ne souhaitait pas épuiser inutilement ses hommes. Une légère brise frôla ses tempes lorsqu'il entra en contact avec l'énergie brute de l'air environnant. Tout en murmurant une incantation, il fit jaillir du cœur même de la nature un vent déchaîné qu'il propulsa vers les korrigans. Ceux-ci furent projetés violemment contre les parois rugueuses des rochers en contrebas. Sous la force de l'impact, les os de leurs corps se brisèrent en plusieurs morceaux. Un silence oppressant suivit cette attaque vindicative. Avec une fascination presque morbide, Alicia observa un à un les cadavres qui jonchaient le sol sanguinolent. Ce fut à ce moment précis qu'elle prit conscience de l'ampleur réelle de la tâche qui les attendait. Il n'y avait plus de retour possible. Ses mains étaient souillées, recouvertes du sang de l'ennemi. Dorénavant, elle était à l'image des guerriers qui l'entouraient, elle n'avait plus rien de commun avec son passé. Étrangement, ce constat ne l'effraya pas, signe que son cœur s'était endurci.

À cent lieues de telles pensées, Keith s'assura pour sa part que pas un seul korrigan n'avait survécu, puis ils quittèrent les lieux. D'un geste de la main, il indiqua au groupe de continuer leur avancée. Il leur fallait agir promptement, car après le déploiement magique dont il avait été l'instigateur, Conrad ne manquerait pas de remarquer leur présence sur son territoire. Ses doutes furent d'autant plus confirmés lorsqu'un sombre augure s'agita dans ses entrailles. D'emblée, il perçut l'essence de l'ennemi tout près. Cette fois-ci, ils n'auraient pas à affronter des créatures de second ordre comme des gobelins ou des korrigans, mais quelque chose de beaucoup plus obscur… des êtres déchus. Avant même qu'il ne puisse prévenir les siens, les monstres les repérèrent de loin. Ils évoluaient en masse vers eux, tentant de toute évidence de les encercler.

La bête qui sommeillait en Keith s'éveilla avec une rapidité effarante au contact de ses semblables, lui coupant le souffle. Son visage se crispa sous l'effort fourni pour la contenir. Afin de s'éclaircir les idées, il secoua vivement la tête. Son sang se glaça dans ses veines. Bien malgré lui, un doute s'insinua dans son esprit. Serait-il réellement en mesure de repousser le côté sombre de sa personnalité ? Ressentant son malaise, Glen s'avança vers son aîné. Il étreignit brièvement son avant-bras. « Keith ne doit pas perdre foi en lui, surtout pas en ce moment », se dit-il. D'un coup d'œil furtif dans sa direction, Glen l'évalua succinctement. Son front était moite de sueur, ses yeux laissaient entrevoir l'obscurité qui était tapie au fond de lui et l'anxiété se lisait dans la dureté de ses traits ; néanmoins, il tenait bon. Plus loin derrière, sous la protection de Dougall et de Connall, Alicia l'observait en silence, son visage ravagé par l'appréhension. Elle avait perçu la remontée fulgurante des ténèbres en lui. Les souvenirs des évènements qui s'étaient déroulés dans le repaire de Conrad au moment de sa transformation refluèrent dans son esprit. Son regard se voila. *Tout va bien,* Mo chroí. *Il n'y a rien à craindre,* lui murmura mentalement Keith pour la rassurer. La tension qui l'avait envahi retomba d'un cran.

Tranquillisé, Glen reporta son attention sur l'ennemi. Ils approchaient dangereusement. Il érigea un champ de protection autour du groupe en puisant à même les forces de la nature de façon à les prémunir de toute attaque extérieure. Ayant retrouvé la maîtrise de lui-même, Keith chargea ses paumes d'un feu incandescent qu'il dirigea vers les êtres déchus. L'air s'échauffa. Un fracas retentissant gronda sous sa salve dévastatrice. Avec dégoût, Alicia vit les créatures se contorsionner de douleur, poussant des hurlements à glacer le dos. Elle tourna la tête en percevant un grognement sur sa droite, s'attendant au pire. Elle eut un coup au cœur en constatant à quel point Keith souffrait de son action. Combattre simultanément leur ennemi, ainsi que la bête qui ne demandait qu'à ressurgir en lui, exigeait un effort beaucoup trop important de sa part. À ce rythme, il n'allait pas résister encore très longtemps. Elle devait trouver un moyen d'alléger son fardeau afin qu'il puisse ménager ses forces, du moins jusqu'à ce qu'ils affrontent Conrad. Prenant le relais, elle lança successivement plusieurs jets d'énergie brute de sa position.

En réponse à leur offensive, cinq korrigans, ainsi qu'une quinzaine de gobelins se matérialisèrent tout à coup devant eux, armes aux poings. Une lumière presque aveuglante les nimbait. Ils comprirent trop tard qu'il s'agissait d'un nouveau sortilège qui leur permettait de percer leur défense en toute impunité. Incapable de les repousser, Glen rappela à lui sa magie, puis s'empara de son épée. Étant en première ligne, Keith n'eut pas la possibilité d'esquiver la lame qui s'apprêtait à le cueillir. Celle-ci pénétra dans son épaule gauche, provoquant une succion de mauvais augure. Il la retira brusquement dans un hurlement furieux, les yeux flamboyants, puis l'enfonça dans le cœur de la créature qui l'avait attaqué. Anxieux, il se retourna vers Alicia, mais il fut aussitôt foudroyé par un éclair sorti tout droit du vent de folie qui venait de s'élever autour d'eux. Un grognement douloureux lui échappa lorsqu'il alla choir rudement contre un rocher. Légèrement abasourdi, il demeura immobile quelques secondes, le temps nécessaire pour reprendre ses esprits. Un élancement lancinant martela ses tempes, à l'endroit même où du sang s'écoulait dans un mince filet. Il eut tout juste le réflexe de rouler sur lui-même avant qu'une boule de feu le frôle de peu. Une odeur de roussi se dégagea de son avant-bras gauche. Par chance, la brûlure était superficielle et sa blessure à l'épaule ne nuisait pas à ses mouvements.

D'un bref coup d'œil, il estima leur situation. Les évènements avaient rapidement dégénéré. Ils se retrouvaient désormais en position de faiblesse, encerclés par l'ennemi et isolés de tous, alors que des décharges électriques les bombardaient sans relâche. Un sentiment de rage s'empara de lui. Ce conflit devait prendre fin aujourd'hui, avant que les siens n'y laissent leur peau. Il contracta la mâchoire en constatant que Lachlan et Glen étaient en mauvaise posture. Les entailles, ainsi que les cloques qu'ils affichaient sur tout le corps ne le rassuraient pas. Non loin d'eux, Lyliall ne valait guère mieux. Elle était maintenue au sol par un étau invisible qui lui broyait la poitrine, répandant en elle une énergie négative dont l'odeur sulfureuse saturait l'air. De sa position, il voyait que sa respiration se faisait irrégulière, voire ténue. Fou d'inquiétude, Keith chercha Alicia des yeux. Il l'aperçut un peu plus loin, combattre âprement aux côtés de Dougall et de Connall. Tout comme ses hommes, elle semblait épargnée pour l'instant des maléfices dévastateurs de Conrad. De toute évidence, le sorcier tentait de se débarrasser en premier lieu des personnes susceptibles de lui apporter une aide magique. Éliminer les guerriers par la suite ne serait qu'un jeu d'enfant. Si une telle situation devait se produire, Alicia se retrouverait sans assistance, mais surtout à la merci de Conrad. Keith devait la rejoindre avant qu'il ne soit trop tard.

Comme si Conrad avait deviné ses intentions, une déflagration puissante le repoussa brutalement face contre terre alors qu'une force colossale appuyait sur ses reins afin de l'y maintenir. Keith se débattit avec une volonté décuplée par la peur, animé par un sentiment d'urgence, mais en vain. Il comprit alors que l'unique façon pour lui de s'affranchir de cette emprise maléfique était de vaincre le mal par les ténèbres. Il s'y résigna malgré l'angoisse qui le tenaillait à cette seule perspective. En toute connaissance de cause, il éveilla la partie sombre qu'il tenait bridée en lui depuis sa transformation. La bête surgit dans un cri de victoire. Un long frisson parcourut la colonne vertébrale de Keith pendant qu'un pouvoir obscur remontait du plus profond de son être. Il se sentit gagné par une émotion primitive, légèrement grisé par cette force vertigineuse. Il se libéra dans un mugissement sauvage des chaînes invisibles qui le retenaient captif au sol. Il fut tenté un bref moment de laisser le monstre prendre les commandes de son corps. Une sueur froide coula dans son dos. Horrifié, il l'obligea à retourner dans sa prison, bataillant férocement pour garder les rênes. Une douleur insoutenable l'embrasa. La créature des ténèbres refusait d'être confinée pour la seconde fois. Ses genoux fléchirent. Il chercha son souffle, plié en deux. Il réussit à dominer la force dévastatrice au prix d'un effort considérable. S'il voulait éventuellement renouer avec cette puissance bestiale sans perdre la raison, il allait devoir apprendre à mieux la contenir.

Pour l'heure, sa priorité demeurait Alicia. Se redressant avec peine, il essaya de la repérer dans la mêlée. Il eut un instant de panique en ne la voyant nulle part. Il la localisa alors, mince silhouette se débattant contre l'ennemi. En apercevant le korrigan qui s'apprêtait à la frapper traîtreusement par-derrière, il fonça droit sur elle en criant son nom. Il atteignit Alicia à l'instant même où une hache s'abattait dans son dos. Il n'eut que le temps de l'agripper par les épaules pour la précipiter au sol.

La respiration d'Alicia se bloqua lorsqu'elle se retrouva plaquée sur la terre rocailleuse, le corps massif de Keith la recouvrant. Le moment d'après, elle fut relevée comme un simple fétu de paille. Elle entrevit deux prunelles incandescentes avant d'être bousculée. Keith se dressait devant elle, faisant office de barrière entre elle et le danger. Cette scène ne lui était pas étrangère, car ce n'était pas la première fois qu'il agissait de la sorte. Ce qui la préoccupait en revanche, c'était l'éclat rouge qu'elle avait entraperçu dans son regard. La bête qui habitait Keith n'était pas très loin de la surface. À cette seule idée, son cœur rata un battement.

Cependant, elle ne put pousser plus loin sa réflexion, puisqu'au même moment, le temps se suspendit. Sans crier gare, les créatures encore en vie disparurent aussi subitement qu'elles étaient apparues. Nerveux, Keith tourna sur lui-même, entraînant Alicia dans son sillage. Un malaise s'installa en lui. Dès l'instant où il essaya de sonder les alentours, ses sens furent engourdis par un sort puissant, ce qui l'empêcha de détecter quoi que ce soit. De son côté, Alicia ne savait que penser. Les cheveux en bataille, le corps en sueur, elle reprit son souffle. Toutefois, elle refusa de lever les yeux. Affronter le regard de Keith était au-dessus de ses forces. Elle appréhendait ce qu'elle allait y lire. Il se raidit en percevant son état d'esprit. Il devait la rassurer, lui faire comprendre qu'elle ne craignait rien. Même s'il était ébranlé, il maîtrisait la situation. Faisant volte-face, il la serra contre son torse avec une pression démesurée. Alicia ressentit son trouble, mais également son assurance. Keith était toujours avec elle, la bête ne le dirigeait pas. Soulagée, elle s'accrocha à ses épaules en silence, le visage enfoui dans son cou. Les contrecoups de la bataille étaient palpables. La sentant vaciller, il la soutint par la taille.

— Je suis là, *Mo chroí…* Je sais que tu es secouée, mais tu dois te reprendre. Conrad n'en a pas terminé avec nous.

En percevant sa crispation, il déposa un baiser réconfortant sur le sommet de sa tête. Elle n'avait pas la carapace d'un guerrier aguerri, mais elle ne pouvait se permettre de laisser le doute la ronger de la sorte.

— Fais abstraction de l'horreur qui t'environne, de tes angoisses, *Mo chroí*. C'est la seule façon de survivre à ce

calvaire. Tu es forte ! Je suis certain que tu peux le faire !
lâcha-t-il d'une voix profonde.

Alicia poussa un soupir éprouvant et osa finalement
plonger son regard dans le sien. Elle fut rassérénée en
découvrant que ses pupilles avaient retrouvé leur éclat
naturel. Sa poitrine fut soulagée d'un poids énorme. Prenant
appui contre son torse, elle s'efforça de reprendre pied.
Elle devait y arriver, avant que Conrad ne les attaque de
nouveau.

À peine venait-elle de se recomposer une attitude plus
sereine qu'une trouée apparut sur leur gauche. Pressentant
un danger, Keith resserra son emprise sur Alicia. L'instant
suivant, ils furent aspirés par la brèche, sous l'œil médusé
du reste du groupe. L'ouverture se referma sur eux dans un
grincement sinistre. D'un coup de pied rageur, Glen envoya
valser l'épée d'un korrigan qui traînait par terre. Tout en
marchant de long en large, il se contraignit au calme. Les
évènements s'étaient déroulés si rapidement qu'il n'avait pas
eu le temps de réagir. Lorsqu'il avait repéré Keith et Alicia
dans la mêlée, il avait été incapable de les rejoindre. Quand
toutes les créatures avaient disparu d'un seul coup, le regard
de son frère avait croisé le sien avant qu'ils ne se volatilisent
tous les deux. Glen n'avait pas été assez vif pour utiliser sa
magie et leur venir en aide. Le groupe devait dès lors regagner le repaire de Conrad par ses propres moyens afin d'apporter son soutien à Keith et à Alicia. Glen espérait de tout
cœur qu'ils soient en mesure de se défendre jusque-là.

❅ ❅ ❅

Conrad se tenait immobile dans l'ombre lorsqu'Alicia et
Keith furent propulsés à travers la caverne. Instinctivement,

Keith enveloppa Alicia de ses bras protecteurs afin d'amortir le plus gros du choc. Toutefois, il ne put lui éviter totalement les contrecoups. Il jura en entendant son gémissement de douleur. Pour sa part, Conrad rugit de colère en apercevant les deux corps entremêlés qui roulaient sur eux-mêmes. Malgré tous les efforts qu'il avait déployés pour écarter le laird, celui-ci se trouvait de nouveau en travers de son chemin.

Emportés par leur élan, Alicia et Keith heurtèrent rudement un muret rocheux, ce qui freina leur chute de façon brutale. Alicia fut arrachée à Keith sous la force de l'impact, puis rebondit plus loin. Conrad profita de l'ouverture qui s'offrait à lui pour l'attaquer avant qu'elle retrouve ses esprits. Alicia se déporta d'instinct sur la droite en pressentant un danger imminent. Elle évita de justesse une décharge foudroyante qui alla percuter contre l'un des murs de pierre. Elle détourna la tête pour protéger son visage des éclats qui volaient en tous sens. Consciente de sa position précaire, elle s'empressa de trouver refuge derrière un autel lugubre.

Quelque peu comateuse, elle tenta de réfréner les battements précipités de son cœur. Elle n'avait besoin que d'un bref répit pour se reprendre, le temps nécessaire pour réussir à entrer en contact avec la source même de sa magie. Keith ne serait pas en mesure de lui apporter son aide dans l'immédiat, car il avait déjà passablement épuisé ses réserves d'énergie dans le combat précédent. De son côté, Keith évalua succinctement leur situation. Alicia et lui devaient unir leurs forces pour venir à bout du sorcier. Il cilla en apercevant la glésine qui se tenait à la droite de Conrad. Ainsi, cette créature redoutable s'était alliée à lui. En songeant au fait qu'Alicia ignorait tout de la duplicité de ce monstre, Keith prit peur. Cette Unseelie était en réalité mi-femme, mi-chèvre. Elle cachait son affreuse tête de chèvre sous son ample robe vert forêt, n'offrant au regard des humains que son visage angélique. Tout comme les vampires, elle se nourrissait du sang des mortels.

Il devait rejoindre Alicia rapidement et faire en sorte qu'elle ne se retrouve pas à la portée de la glésine. Sa jeune épouse n'était pas très loin de lui, cependant il serait à découvert le temps de gagner sa position. Il n'y avait pourtant pas d'autre solution. D'une main ferme, il empoigna la dague qu'il dissimulait dans l'une de ses bottes. D'un geste précis, il la lança en direction de Conrad. Il ne s'attendait pas à l'atteindre, mais cet assaut créerait une diversion. Déconcentré par cette attaque imprévue, le mage noir porta son attention sur la lame. Keith en profita alors pour plonger vers le sol. Il roula sur lui-même avant d'aboutir près d'Alicia. Un éclair retentissant éclata tout près de lui, le ratant de peu. Se plaquant à son tour contre l'autel, il étreignit brièvement la main d'Alicia.

Le moment était venu pour eux d'accomplir ce pour quoi ils avaient tant combattu et souffert. Il leur fallait mettre un terme définitif à l'existence de ce monstre sanguinaire. L'air redoutable que Keith affichait contrastait avec la pâleur de la jeune femme accroupie sur sa gauche. Seul un muscle qui tressautait sur sa joue trahissait son anxiété. Agrippée à son bras, Alicia s'efforça de retrouver la pleine maîtrise de ses émotions. Keith lui lança à peine un coup d'œil furtif avant de reporter son attention sur Conrad. Son regard se durcit, faisant entrevoir la bête qui sommeillait en lui. Alicia retint son souffle. Dans le mutisme le plus complet, il entrelaça ses doigts aux siens. D'une brève commande mentale, il lui indiqua d'activer avec lui un champ protecteur autour d'eux. Ils puisèrent leurs forces l'un dans l'autre. Protégé par le voile surnaturel, il l'obligea à se relever et à confronter Conrad. Alicia déglutit avec peine, mais la pression de Keith sur sa main la rassura. D'un commun accord, ils avancèrent vers Conrad, une expression des plus déterminées sur le visage.

À leur vue, Conrad éprouva un instant d'incertitude, surtout qu'il ressentait les effets puissants de l'ensorcellement qui les préservait avec une efficacité alarmante. Alicia le foudroya d'un éclair aveuglant qui le propulsa à l'extrémité de la pièce avant même qu'il puisse les attaquer. La glésine prit peur face à ce déploiement de pouvoir. Elle trouva refuge derrière l'une des colonnes de pierre qui longeaient les murs. Conrad se redressa avec une grimace douloureuse. Il ne pouvait pas affronter Alicia et Keith simultanément. Il ne faisait pas le poids. Il créa une brèche dans l'espace-temps afin de fuir cette situation critique. Il allait devoir trouver de nouveau un moyen de les séparer s'il voulait avoir ne serait-ce qu'une chance d'éliminer la clé de voûte. Abaddon n'attendrait pas éternellement qu'il accomplisse la mission pour laquelle il l'avait mandaté. Cet ange déchu n'était pas reconnu pour être un modèle de tolérance, mais Conrad n'était pas assez fou pour s'offrir en pâture au druide et à l'enchanteresse.

En comprenant que le mage noir cherchait à leur échapper, Alicia propulsa à toute vitesse une boule de feu vers le centre du passage qu'il venait d'ouvrir. La puissance de la déflagration qui s'ensuivit souffla Conrad contre le mur derrière lui avec une force inouïe. Sous la violence du choc, ses deux tibias se fracturèrent dans un craquement sinistre. Conrad hurla comme un possédé. Afin d'endormir la douleur qui le consumait tout entier, il fit appel aux ténèbres qui l'habitaient pour se soigner sommairement. Toutefois, il n'était pas en mesure dans l'immédiat de guérir ses jambes. Incapable de se relever, il se traîna tant bien que mal vers l'un des recoins de la salle.

Une lumière vive illumina les lieux l'espace d'un instant. Sous la virulence d'une deuxième explosion, Keith fut projeté à son tour contre les marches découpées à même la pierre. Il perdit brièvement connaissance sous la fureur de l'impact, rompant du même coup le lien protecteur qui l'unissait à Alicia. À découvert également, Alicia fut frappée de plein fouet à l'estomac par un rayon de feu qui s'échappa du centre du passage. Pliant sous la douleur, elle s'effondra au sol, le souffle coupé. Un son incessant bourdonna à ses oreilles. Prise de vertige, elle secoua la tête, cherchant à replacer ses idées. Non sans peine, elle tenta de se concentrer sur un point précis. Une fois que la pièce cessa de tanguer, elle porta une main à son abdomen, à la recherche de blessures internes. Soudain, elle se figea. Son sang se retira de son visage.

— Seigneur ! Non… murmura-t-elle pour elle-même.

Elle poussa un cri perçant, désemparée par la découverte qu'elle venait de faire. Elle était enceinte de nouveau. Sans réfléchir, elle élabora une toile protectrice autour de l'embryon, comme elle l'avait fait auparavant pour Kylia. Déterminée à préserver cette vie ténue, elle dirigea une grande partie de son énergie vitale vers lui. De ce fait, elle s'affaiblit considérablement.

Un rictus grossier déforma les traits de Conrad en constatant qu'elle était immobile. Déterminé à l'anéantir, il propulsa un sort destructif sur elle. Le maléfice l'aurait atteint si Keith ne s'était pas interposé entre eux au même moment.

— Non! s'écria Alicia en le voyant s'effondrer.

Folle d'inquiétude, elle voulut le rejoindre, mais Conrad projeta une décharge dans sa direction, provoquant un éboulement sur sa droite. Elle eut tout juste le temps de s'abriter de nouveau derrière l'autel, avant que les pierres s'écroulent dans un amoncellement. Conrad était furieux d'avoir raté sa cible. Alicia enfonça ses ongles dans sa paume en se jurant de rendre coup pour coup. Ce monstre allait payer, mais pour ce faire, elle devait d'abord se ressaisir. Elle eut toutes les peines du monde à contenir ses larmes en apercevant le corps de Keith qui s'arquait sous les effets du sortilège que Conrad lui avait envoyé. Certes, il était plus résistant physiquement qu'elle, ce qui lui permettait de supporter cet assaut dévastateur sans y laisser sa peau; mais à quel prix? Alors qu'il hurlait sous la douleur cuisante, elle gémit pitoyablement en détournant la tête. Elle ressentait la souffrance de Keith comme sienne et se retenait difficilement de se lancer à ses côtés. Lorsqu'elle sentit son esprit sombrer dans les ténèbres, elle cria son désespoir en frappant le sol de ses poings. Un courant glacial glissa sur Keith, son sang se figea dans ses veines.

— Je t'en supplie, Keith, tiens bon… murmura-t-elle d'une voix étranglée.

Il venait de la protéger au péril de sa vie, c'était maintenant à elle de réagir. Décelant la présence de Conrad dans son dos, elle se retourna d'un seul bloc. Conrad flottait dans les airs, telle une silhouette démoniaque parée des feux de l'enfer. Le cœur empli de rage, elle le fusilla du regard. Faisant appel au savoir que lui avait légué la reine, elle s'empressa de lancer un sort neutralisant sur lui, le privant momentanément de ses pouvoirs. Sous la surprise, le mage mugit et s'affala de tout son long dans un bruit mat. Cet enchantement n'était connu que des dieux. D'où le tenait-elle ? Comprenant alors qu'une divinité évoluait dans l'ombre à l'insu de son maître, Conrad eut un instant de panique. Abaddon ignorait ce fait, il en était certain. Il lui fallait l'en avertir rapidement, avant que les évènements ne dégénèrent.

Conrad chercha un moyen de renverser la situation, refusant de s'avouer vaincu. Apercevant alors la glésine cachée à l'ombre d'une colonne, il lui fit discrètement signe de s'attaquer à la jeune femme par-derrière. Il n'avait besoin que de quelques secondes d'inattention de la part d'Alicia pour donner l'avantage à sa vassale. L'erreur d'Alicia fut de s'être concentrée uniquement sur Conrad et d'oublier la glésine. En silence, le caprin s'avança dans son dos.

Résolue à se débarrasser du mage noir, Alicia dégaina l'épée de Nuada de son fourreau. Lorsqu'elle la pointa en direction de Conrad, la lame se mit à luire d'un éclat particulier. Conrad sourcilla en prenant conscience de l'ampleur du danger qui le menaçait. S'exhortant à ne pas montrer sa crainte, il soutint son regard, une lueur meurtrière dans ses prunelles. Sa respiration sifflante et ses traits déformés par la fureur firent tressaillir Alicia. Il était le mal à l'état pur ! Affermissant sa prise, Alicia leva lentement les bras, prête à frapper. Conrad sut à cet instant précis qu'elle serait sans pitié envers lui.

Une fraction de seconde avant qu'il ne donne le signal d'attaquer à la glésine, son expression retors alerta Alicia.

Au moment où elle se retournait, une longe fut projetée dans sa direction. La corde mortelle s'enroula autour de sa gorge avec une rapidité effarante. Le nœud se resserra sans qu'elle puisse y changer quoi que ce soit. D'instinct, elle chercha à s'en libérer. L'air se raréfia dans ses poumons, des points lumineux dansèrent devant ses yeux. La glésine profita de sa faiblesse passagère et révéla sa véritable nature. Elle dévoila sa tête de chèvre d'un mouvement preste, puis se rapprocha d'Alicia dans un claquement de sabots. Elle planta ses crocs dans la chair tendre du cou de la jeune femme avec une joie perverse. Elle y injecta un venin dévastateur après avoir bu avec avidité son sang chaud et riche. Les muscles d'Alicia se tétanisèrent, lui faisant perdre du même coup son emprise sur l'épée. L'arme percuta le sol dans un bruit lugubre. La souffrance qui irradiait en elle désormais par vagues successives la fit hoqueter de douleur. Ses jambes se dérobèrent sous elle, incapables de la soutenir plus longtemps. Quand elle tomba à genoux, la glésine la libéra de la longe d'une secousse, écorchant sa peau au passage.

Alicia peinait à demeurer lucide, le corps parcouru de spasmes violents. Conrad se traîna jusqu'à elle, une expression de pur contentement sur le visage. Il sortit une dague des replis de sa tunique avec délectation, puis la poignarda avec sauvagerie à la cuisse. La lame s'enfonça en profondeur dans sa chair avant d'être retirée lentement afin de maximiser son supplice. Alicia poussa une longue plainte d'agonie, puis s'effondra. Déchirée par le mal qui la ravageait, elle roula sur le flanc en émettant un gémissement pitoyable. Tout son être se consumait de l'intérieur, comme si on prenait plaisir à lui brûler les entrailles avec de l'acide.

Un rire satanique s'échappa des lèvres de Conrad. Aucun des deux ne porta attention à la brise légère qui venait de se lever. La silhouette floue de la reine surplomba soudain Keith. De sa paume, elle fit irradier une énergie positive qu'elle insuffla en lui. À son contact, la poitrine de Keith se souleva d'un seul coup dans un râle douloureux.

Il perçut la jubilation de Conrad dès l'instant où il ouvrit les yeux. Un regain d'adrénaline le fouetta. En tournant la tête, il aperçut Alicia, le corps perclus de convulsions. Un sentiment de panique le gagna en voyant Conrad la remettre sur le dos, puis pointer sa lame au-dessus de son cœur. Keith eut l'impression qu'il allait mourir sur place en constatant l'immobilité d'Alicia. Il refusait de croire qu'elle s'était éteinte. Elle ne pouvait pas le quitter… pas comme ça… Il s'apprêta à se jeter sur Conrad, submergé par une rage aveugle, quand une emprise invisible le plaqua au sol. Alors qu'il cherchait à s'en libérer, un faible murmure le frôla. Il se figea en reconnaissant tout à coup l'essence de la jeune femme. Un tel soulagement l'envahit que sa gorge se noua.

Alicia perçut ses pensées malgré la confusion qui l'habitait. Elle puisa en lui la force nécessaire qui lui manquait pour porter le coup fatal. Elle projeta une lumière éblouissante vers Keith, déployant ainsi tout ce qui restait de ses pouvoirs. Il grinça des dents sous la puissance prodigieuse qui l'atteignit et s'efforça de ne pas la repousser. Il se releva en silence sans attirer l'attention de Conrad, puis s'approcha d'un pas mesuré.

De son propre chef, l'épée de Nuada se souleva dans les airs en tournant à toute vitesse sur elle-même, puis vint se ficher entre les mains de Keith. Une brûlure vive transperça ses paumes à son contact, lui arrachant un juron. Les évènements se succédèrent si rapidement que Conrad et la glésine n'eurent jamais le temps de saisir l'ampleur du danger qui les menaçait. Sous la seule volonté combinée d'Alicia et de Keith, la lame pénétra Conrad en plein cœur, s'enfonçant jusqu'à la garde. Un frisson parcourut Alicia en croisant le regard qui s'éteignait. Vidé de ses dernières forces, Keith tomba à genoux, brûlant de fièvre.

Stupéfaite, la glésine recula prestement. Elle fut fauchée par Glen à l'instant même où il déboulait dans la salle, le reste du groupe derrière lui. Il s'élança ensuite vers son frère. Une fois arrivé à sa hauteur, il plaqua une paume sur son torse. Aussitôt, il projeta en lui une lumière régénératrice. Keith frémit sous les bienfaits du sort de guérison. Quant à Lyliall, elle était déjà auprès d'Alicia, occupée à réénergiser son corps brisé. La gorge étreinte dans un étau, Keith étendit le bras et s'empara de l'une des mains de sa compagne. Un pli d'inquiétude barra son front quand il sentit que ses doigts demeuraient flasques entre les siens. La respiration d'Alicia était saccadée, signe qu'elle souffrait énormément. S'arquant sous la douleur lancinante, elle gémit faiblement, trop épuisée pour crier. Recroquevillée sur elle-même, elle se mit à claquer des dents, puis ses lèvres prirent une teinte violacée qui fit redouter le pire à Keith. Elle était transie. Lyliall essaya de l'envelopper d'un sortilège apaisant pendant que Glen lui insufflait un peu de sa propre force, mais cela ne sembla pas améliorer son état pour autant. Elle dépérissait à vue d'œil. Quel que soit le venin qu'avait injecté la glésine, il se révélait foudroyant.

Conscient qu'ils ne pouvaient demeurer sur place sous peine d'être attaqués par des vassaux de Conrad, Glen ordonna leur départ. Alicia laissa fuser plusieurs plaintes affligeantes quand il la souleva dans ses bras. Chacun de ses muscles la faisait souffrir, le moindre frôlement ou soubresaut résonnait dans tout son être avec une acuité infernale. Elle ne discernait presque plus les voix autour d'elle. Incapable de supporter plus longtemps ce calvaire, elle ferma les yeux et fut happée par les ténèbres. Glen pressa son corps glacé contre son torse, essayant de lui prodiguer ainsi un peu de sa propre chaleur corporelle. Sur sa droite, Keith serrait les poings et peinait à garder la maîtrise de ses émotions. Il était rongé par la terreur de la perdre. Tour à tour, il implora Lachlan et Lyliall du regard. Ils devaient faire quelque chose... Jamais Glen n'avait lu autant de désespoir dans les yeux de son frère. Lui, qui ne laissait pas transparaître ses sentiments en temps normal, était maintenant ravagé par l'incertitude. Dans un soupir, il reporta son attention sur la précieuse charge qu'il tenait entre ses bras. Alicia luttait âprement pour sa survie...

Trop préoccupés par le sort de la jeune femme, ils abandonnèrent derrière eux la dépouille de Conrad. Ce fut là leur erreur. Dans la confusion générale qui précéda leur départ, aucun des membres du groupe ne remarqua la silhouette diffuse qui se mouvait dans l'ombre. Abaddon jeta un regard dédaigneux sur le mage noir à ses pieds. Il avait pourtant eu des attentes très élevées envers ce disciple. Si quelqu'un avait eu le potentiel de mener à terme cette mission, c'était bien lui. Néanmoins, tout comme Lucurius, Conrad avait échoué. Cependant, malgré cet échec cuisant, Abaddon s'empara de l'essence vitale du sorcier, puis l'expédia dans d'autres lieux, en d'autres temps. Tout n'était pas encore perdu : Conrad pouvait toujours se racheter. La découverte qu'il avait faite en contrepartie était d'une importance capitale. Ainsi, une divinité cherchait à contre-carrer ses plans dans le plus grand secret. Certain qu'il s'agissait d'Isis, Abaddon se promit d'être plus vigilant à l'avenir. Il y avait fort à parier qu'elle éveillerait la troisième clé de voûte : Amélie. Cette fois-ci, il serait paré à toute éventualité. Ne possédait-il pas un atout majeur dans sa manche au sujet du dernier gardien des portes attitré à sa protection ? Sous peu, la chasseresse deviendrait proie. Isis serait surprise… En attendant, Lucurius et Conrad étaient déjà à l'œuvre dans une autre époque, prêts à inverser le cours des évènements.

❊ ❊ ❊

La nuit recouvrait à peine la lande de son lourd manteau quand le groupe arriva enfin aux abords du broch. Une confusion générale accueillit leur retour, vite réprimée par Yule et Todd. Ils furent entraînés sans tarder vers les quartiers de Yule. L'expression de Keith laissait tout deviner de l'ampleur de l'affrontement auquel il avait pris part. Tout en s'affairant à préparer un feu dans le centre de la pièce principale, Yule lui jeta de brefs coups d'œil inquiets. Un pli soucieux barra son front à la vue de la jeune femme inerte qui venait d'être déposée sur une banquette par Glen. Quatre personnes le suivaient de près. Il s'agissait des trois guérisseuses du village mandatées par Todd, ainsi que d'une jeune fille d'environ seize ans. Préoccupé par l'état d'Alicia, Keith ne leur accorda aucun regard, ce qui sembla bouleverser la benjamine. Glen la remarqua le premier en levant les yeux dans sa direction. Un hoquet de stupeur le trahit en reconnaissant Kylia. Lors de leur départ, la petite avait à peu près douze ans, ce qui n'était plus le cas. Ne sachant que penser de sa nouvelle métamorphose, il demeura coi. D'une faible étreinte sur son épaule, Todd le rassura. Le sourire timide que lui dédia alors sa nièce finit par dissoudre son malaise. Sur un signe de tête, il lui indiqua ses parents. Un voile de tristesse assombrit l'expression de Kylia. Sa mère était d'une pâleur mortelle, seul un mince filet d'air s'échappait encore de ses lèvres. Son corps glacé était un indice qu'elle dérivait vers la vallée des morts. Son père et sa grand-mère devaient la ramener, et vite.

Yule ordonna aux hommes de sortir en prenant conscience de la santé précaire de la jeune femme, mais Keith refusa catégoriquement de bouger. Il était hors de question qu'il abandonne son épouse. Yule poussa un soupir d'impatience devant sa détermination farouche, mais s'abstint néanmoins de le contredire. Elle fit signe aux trois guérisseuses de venir la rejoindre dès que Glen, Todd et Lachlan eurent quitté les lieux. Ne désirant pas demeurer inutile, Lyliall s'occupa à préparer un breuvage fortifiant avec les herbes disponibles sur une table de travail. De toute évidence, Yule n'était pas qu'une simple enchanteresse, elle s'y connaissait également en mixtures magiques.

D'un geste du menton, Yule indiqua à Keith de reculer afin de leur permettre de départir Alicia de ses vêtements souillés. Pendant qu'elle-même soignait ses nombreuses plaies à l'aide de ses pouvoirs, les trois femmes frictionnaient son corps frigorifié avec un onguent curatif. L'odeur rance qui s'en dégagea fit plisser le nez de Kylia. Nullement incommodé, Keith se rapprocha dès qu'il le put. Son regard tourmenté resta rivé sur sa compagne. Il constata avec soulagement que la peau d'Alicia rougissait sous les mains habiles des guérisseuses, signe que son sang recommençait à circuler dans ses veines. Au lieu de la blancheur cadavérique, une douce chaleur gagnait graduellement ses membres, ainsi que sa poitrine. Seul son visage tardait à reprendre des couleurs. Déposant une paume sur son front moite, il essaya d'entrer en contact avec elle. Tout d'abord, il ne perçut que les confins obscurs de la vallée des morts, puis il crut discerner au loin une lueur vacillante, dernier sursaut de vie… S'accrochant à ce faible espoir, il l'appela à lui d'une voix empreinte de ferveur. Elle devait revenir, ne pas errer sur ces rivages hostiles. Les notes douloureuses qui perçaient dans chacune de ses intonations firent réagir Alicia. Quelque part dans ce monde empli de désolation, elle ressentait sa présence, y était sensible.

Déterminé à exploiter cet avantage, il frôla ses lèvres des siennes, l'obligeant à éprouver plus intensément encore sa présence. Son souffle se mêla au sien, alimentant l'aura qui l'enveloppait. Un léger soubresaut lui indiqua qu'elle cherchait à refaire surface. Encouragé par cette réaction, Keith approfondit leur baiser, insufflant en elle tout l'amour qu'il lui vouait. Il ne pouvait pas la perdre, pas maintenant, alors qu'il avait entrevu un coin de paradis. Elle était la lumière qui illuminait sa vie, l'étincelle qui le faisait vibrer de toutes ses cordes, sa raison d'aspirer à un bonheur qu'il n'aurait jamais cru possible. En percevant ses émotions, les guérisseuses échangèrent un regard complice avec Yule. Si la jeune femme demeurait insensible à une telle vague de tendresse, c'était qu'il n'y avait plus aucun espoir de retour.

Ayant terminé de la frictionner, les ancêtres recouvrirent son corps de plusieurs plaids. De son côté, Lyliall repoussa doucement Keith afin de lui permettre de faire boire son breuvage à Alicia. Lorsque ce fut accompli, elle s'éloigna en silence. D'un commun accord, les autres sortirent à leur tour, laissant Alicia en compagnie de son époux. Yule entraîna Kylia avec elle en entourant ses épaules d'un bras réconfortant. Une fois seul, Keith s'allongea sur la couche et attira Alicia contre lui. Elle perçut sa force, ainsi que sa volonté inébranlable à travers le brouillard qui l'environnait. Rassérénée, elle se raccrocha à ce phare intemporel pour retrouver son chemin vers le monde des vivants. Keith dégagea ses tempes humides de quelques mèches rebelles. Il la contempla de son regard douloureux, la poitrine compressée par l'angoisse. Il devait s'accrocher à l'espoir qu'elle survive, il le fallait…

Dans le silence de la nuit, il laissa enfin libre cours à son chagrin, incapable de ravaler les larmes brûlantes qui gonflaient ses yeux.

— *Mo chroí*, reviens! l'implora-t-il d'une voix enrouée. Par pitié, reviens-moi…

À travers le puits des oracles, Fódla observa leurs visages brouillés par l'onde. En dépit de son désir de leur venir en aide, la reine s'abstint d'intervenir. Tout comme Abbygaelle, Alicia devait être ramenée parmi les vivants grâce à l'amour qui la reliait à Keith. Ce n'était qu'à cette condition que le lien qui les unissait se solidifierait de façon irréversible. À l'avenir, peu importerait ce qui arriverait, ou à quelle époque ils se retrouveraient, cette connexion perdurerait. Rien ne pourrait l'altérer, ce qui était essentiel pour la suite des évènements. Maintenant qu'Abaddon avait percé le mystère la concernant, la partie allait se révéler beaucoup plus complexe pour chacun d'eux.

❆   ❆   ❆

Alicia refit surface le lendemain, à l'aube d'un jour naissant. Keith ne l'avait pas quittée, refusant même de dormir. Il la tenait serrée contre lui, l'appelant inlassablement. Nul présage funeste n'accompagna son retour à la vie, et par chance, son bébé ne souffrit pas de son passage dans la vallée des morts. Rassurée par la présence de Keith qui l'enveloppait tout entière, elle souleva ses paupières encore lourdes.

Il était là, son regard indéchiffrable braqué sur elle. Il semblait hésiter à parler, de crainte de la bousculer. Elle sentait la tension qui l'habitait ; de plus, il avait une mine de déterrée. D'une main tremblante, elle toucha son visage. Une barbe naissante érafla sa paume, mais il était chaud, fort et ferme. Dans un silence chargé d'émotions, il emprisonna ses doigts dans les siens, puis les pressa avec amour contre ses lèvres.

— Je t'aime, *Mo chroí...* murmura-t-il d'une voix enrouée.

Des larmes de bonheur montèrent aux yeux d'Alicia. Appuyant son front sur son torse, elle s'abandonna à lui. Une main apaisante se glissa dans ses cheveux.

ÉPILOGUE

Une fête grandiose fut organisée en l'honneur de leur victoire. Suffisamment remise, Alicia put enfin se mêler aux villageois. Une allégresse contagieuse régnait dans le bourg. Plus que jamais, les membres du clan avaient besoin d'oublier l'horreur des dernières années. Un nouvel avenir s'ouvrait enfin devant eux. D'autant plus qu'Alicia était enceinte pour la seconde fois, d'un garçon, qui plus est, le futur laird des MacGrandy.

Keith était heureux, comblé au-delà de toute espérance. Il se promit de redonner à sa compagne le goût de vivre. Il souhaitait tant revoir son sourire empli de charme, ainsi que ses yeux pétillants de malice. De plus, il aspirait à lui faire découvrir la beauté des montagnes et des lochs environnants. Le temps était maintenant venu pour elle de prendre sa véritable place au sein du clan. « Elle est une MacGrandy à part entière désormais ! » songea-t-il avec fierté. À son insu, il porta un regard empreint de tendresse sur la silhouette qui se découpait en contre-jour. Alicia rayonnait littéralement : on aurait dit qu'une nouvelle flamme l'animait. Il franchit en quelques enjambées la distance qui les séparait, attiré par son expression enjôleuse. Il releva avec douceur son menton de ses mains calleuses. Il captura ses lèvres avec délice, incapable de résister plus longtemps. Il avait faim de ses formes généreuses, soif de ses soupirs aguicheurs. Si ses obligations de laird ne l'avaient pas retenu, il l'aurait volontiers entraînée à l'écart pour se rassasier d'elle. Comme un écho à son désir, Alicia se moula contre lui.

Le baiser qu'ils échangèrent fut porteur de promesses à venir, et Keith se détacha d'elle avec regret. Sa frustration était si évidente qu'Alicia pouffa. Inondé de bonheur, Keith la souleva, puis la fit valser dans les airs, lui arrachant un éclat de rire. Le cœur en fête, il l'embrassa furtivement sur le bout de son nez. Lorsqu'il la reposa sur l'herbe fraîche, il ne put résister à l'envie de la faire glisser lentement le long de son corps, ce qui provoqua chez elle un frisson délicieux. Ses prunelles s'assombrirent. Dans un grognement, il la relâcha, manquant de peu d'envoyer aux orties ses devoirs de laird. Une tape amicale sur son épaule le ramena à l'instant présent. Tournant la tête, il croisa le regard espiègle de Todd.

À l'image des guerriers du clan, les festoiements se révélèrent tapageurs et des plus propices aux excès. La cervoise coulait à flots. Depuis peu, les hommes se passaient entre eux une coupe remplie de ce breuvage corsé. Non loin de l'attroupement, Alicia observait la scène avec amusement. La coupe en forme de corne revêtait une importance capitale pour les guerriers. Voyant Dougall avancer dans sa direction, elle demeura dubitative, à plus forte raison qu'il tenait la corne entre ses mains. Elle fut d'autant plus désarçonnée lorsqu'il la lui tendit avec solennité. Ne sachant que faire, elle huma la bière, tout en jetant une œillade circonspecte à Keith. Elle fut étonnée par son expression. De toute évidence, il approuvait le geste de Dougall, et il paraissait même plutôt enchanté de l'initiative de ses hommes. Selon lui, elle avait amplement prouvé sa valeur en tant que combattante. Les yeux plongés dans les siens, elle avala une longue lampée fraîche sous les hourras enflammés. Une moue ravie étira ses lèvres humides et des plus invitantes. Keith lui lança un coup d'œil éloquent. Se sentant d'humeur badine, elle s'approcha d'une démarche langoureuse, le détaillant sans vergogne entre ses cils mi-clos. Une fois à sa hauteur, elle effleura sa cuisse d'une caresse légère. Le sang de Keith ne fit qu'un tour dans ses veines. Satisfaite d'elle, Alicia lui dédia son sourire le plus mutin avant de se sauver. Il se contenta de la suivre du regard, en se promettant bien toutefois de lui faire payer ultérieurement sa parade.

Un peu plus tard en soirée, quand arriva le moment du festin, Todd et Glen se présentèrent à leur tour devant leur frère et Alicia. Ceux-ci étaient assis confortablement sur un plaid, face au feu qui flamboyait dans la nuit. Keith avait une jambe repliée, un bras appuyé négligemment sur son genou, tandis qu'Alicia avait la tête penchée sur son épaule dans un abandon total, les traits adoucis par l'allégresse générale. Glen tenait un morceau de porc rôti bien juteux au bout de sa dague, et son attention, tout comme celle de Todd, était braquée sur elle. Comprenant où ses frères désiraient en venir, Keith leur fit un bref signe d'assentiment. Glen tendit alors la pièce à Alicia, la mine réjouie. La coutume voulait que le meilleur morceau soit offert au guerrier le plus brave d'entre eux. Le choix des hommes s'était arrêté

sur elle à l'unanimité. Émue par ce geste des plus symbo-
liques, elle l'accepta, le visage rayonnant de joie. Nul doute
désormais qu'elle était un membre du clan à part entière. À
cette seule pensée, sa gorge se noua. Il y avait si longtemps
qu'elle aspirait à connaître le bonheur de faire partie intégrante d'une famille. En captant ses réflexions, Keith replaça
avec tendresse une mèche de cheveux derrière son oreille. Il
savait à quel point le fait d'être intégrée aux siens comptait
pour elle.

La nuit était déjà fort avancée lorsque Keith put enfin
entraîner Alicia sur un sentier qui menait aux abords du
loch. Au loin, la fête battait son plein. Ils avaient tant dansé
et ri qu'Alicia en était encore tout étourdie. Il faut dire que la
cervoise y était aussi pour quelque chose. Elle ne se rappelait pas avoir ressenti une telle allégresse par le passé. Elle
leva son visage vers les cieux et fut éblouie par leur beauté.
Les étoiles brillaient de mille feux, apportant une touche
romantique à la soirée. Keith entoura ses épaules de son
plaid afin de la préserver de la brise fraîche qui soufflait. Il
ne put s'empêcher de l'attirer à lui en refermant les pans sur
sa poitrine. Désirant davantage, Alicia se débarrassa prestement du tissu, ainsi que de sa tunique. Elle se sauva en
direction de la rive sous le regard incrédule de Keith, puis
plongea tête première dans les flots tranquilles. Les sens
échauffés, il se départit à son tour de son kilt et la rejoignit
dans une grande éclaboussure d'eau. Il l'agrippa par la taille

en refaisant surface à ses côtés. Il la plaqua contre lui avec vigueur avant de s'emparer de sa bouche dans un baiser exigeant. Lorsqu'il se détacha de ses lèvres, il la contempla longuement à la lueur de la lune. Elle était si belle, si femme, qu'il se sentit gagné par une fièvre dévorante !

Il l'entraîna vers un rocher qui saillait de l'onde tel un conquérant. Il la retourna d'une poigne ferme, de façon à ce qu'elle se retrouve dos à lui. Il l'incita à se pencher sur la pierre d'une légère pression de la main, l'obligeant par le fait même à cambrer davantage ses reins. Avec une lenteur affriolante, il remonta ses paumes jusqu'à ses seins tout en appuyant sa virilité gorgée de désir contre ses fesses. Alicia se tendit vers lui, les sens en ébullition. L'eau qui glissait sur sa peau ajoutait à l'érotisme du moment. Malgré son besoin impératif de s'insinuer en elle, Keith s'astreignit à la caresser avec sensualité, provoquant des frémissements sur son passage. Lorsqu'il inséra ses doigts entre ses jambes, elle s'arqua dans un gémissement étouffé. Son attention se concentra sur cet endroit précis de son être qu'il torturait avec délice. Sur le point de basculer, elle laissa fuser un faible cri qui mit à rude épreuve la volonté de Keith. Il voulait qu'elle jouisse une première fois avant de l'envahir tout entière, la sentir se contracter en cet instant ultime.

Il fit rouler le bourgeon sensible niché entre ses cuisses avec une habileté affriolante, la propulsant vers des sommets sans cesse plus hauts. Alicia haletait, le corps embrasé par un désir insoutenable. Au moment d'être balayée par une vague puissante, elle se cambra de nouveau. Keith s'empara de ses lèvres avec avidité, son appétit décuplé par son abandon. Incapable de se contenir plus longtemps, il releva une de ses jambes qu'il appuya contre la pierre, puis la pénétra d'une poussée énergique. Il la posséda avec une vigueur égale à sa fougue guerrière, comme jamais il ne l'avait fait auparavant. La caresse de l'eau qui s'insinuait entre eux accentua d'autant plus leur plaisir. Chaque coup de butoir l'emplissait tout entière, la faisant vibrer comme la corde d'un violon. Une main sur son épaule, l'autre sur sa hanche, il lui imposa un rythme endiablé qui la laissa pantoise une seconde fois.

Une fois pleinement rassasié d'elle, il s'autorisa à la libérer. Leur corps réclamait un répit, mais la nuit était loin d'être terminée… Un sourire de satisfaction sur les lèvres, Keith la contempla amoureusement. Tout en reprenant son souffle, Alicia se blottit contre son torse. Il entoura sa taille d'un bras solide. Elle se sentait si bien ainsi, enfin à sa place. Elle savait que ce fier guerrier empreint de noblesse serait toujours à ses côtés, quoi qu'il advienne. Ne le lui avait-il pas déjà prouvé à maintes reprises ?

Elle faisait partie intégrante de ce monde dorénavant, un endroit hors du temps où elle avait croisé la route d'un être exceptionnel. Un homme qui lui avait fait le plus beau des cadeaux : le don de la vie et de l'amour…

Ne manquez pas la suite

Les **G**ardiens des **P**ortes

AMÉLIE